Kornfeldküsse

Liebeskomödie

von
Karin Koenicke

Impressum:
Erstausgabe in 2021
Alle Rechte bei Autor
Copyright © 2021
Karin Koenicke
Primelstr. 9
85386 Eching
Cover: Karin Reichert Kalligraphie
Mail: karinkoenicke@gmx.de
www.karinkoenicke.de

Herstellung und Druck über tolino media GmbH & Co. KG,
Albrechtstr. 14, 80636 München. Printed in Germany.
Fragen zu Produktsicherheit an: gpsr@tolino.media.

1. Das neue Album

Kelly

„And the Grammy for the best album goes to ..." Mick Jagger macht eine dramatische Redepause und zupft an seinem knallgelben Seidenhemd herum, das er über seiner hautengen Lederhose trägt. An den Füßen hat er Holzschuhe wie Frau Antje aus Holland. Das verwundert Kelly ein wenig. Höchst aufgeregt sitzt sie im Publikum und starrt auf die Bühne des Staples Centers von L.A., allerdings trägt sie einen rosa Schlafanzug und ist ungekämmt.

Von hinten raunt ihr plötzlich die Stimme ihres Vaters etwas zu: *„Nie im Leben gewinnst du irgendeinen Preis, du bist nur eine dämliche deutsche Pop-Tussi ohne Klasse, eine totale Versagerin!"* Das lässt eine Gänsehaut über Kellys Rücken rieseln. Er hat doch nicht recht! Oder doch? Oh Gott, ist sie eine stillose Loserin, die gleich jeder hier im Saal auslachen wird?

Mick öffnet auf der Bühne den Umschlag. Dann ruft er mit seiner kaugummiartigen Sprechweise den Namen Jürgen Drews. Der jubelt, rückt sich ein Krönchen aus Gänseblümchen zurecht und stürmt auf die Bühne. Kelly sieht hämisches Grinsen von allen Seiten und ist so tief enttäuscht, dass sie Tränen auf ihren Wangen fühlt. Der neben ihr sitzende Eric Clapton reicht ihr ein kariertes Taschentuch, verwandelt sich anschließend in eine graue Lauf-Ente und schnattert laut: „Raus aus den Federn!", wobei er mit seinem Erpelhintern wackelt.

Kelly fuhr im Bett hoch. Was? Wie?

Sie musste erst mal durchatmen. Ach so, das war gar nicht real gewesen! Die Morgensonne ließ sie blinzeln, also schloss sie schnell wieder die Augen.

Oh, Mann, was für ein schrecklicher Albtraum!

Sie fühlte sich völlig gerädert und kuschelte sich schnell wieder in ihr Kissen, da wiederholte jemand das Kommando. „Komm schon, du musst aufstehen!", dröhnte es durch den Raum.

Vorsichtig öffnete sie ein Auge. Die Wahrscheinlichkeit, dass Eric Clapton bei ihr im Schlafzimmer stand, war nicht besonders hoch, aber nachschauen schadete ja nicht. Doch es war Francesco, ihr Manager und Lover, der sie aufweckte. Sogar ganz ohne Erpelhinternwackelei.

„Du liebe Zeit, ich hatte so einen irren Traum", erklärte sie und gähnte lange. „Den errätst du nie!"

„Kannst du mir später im Auto erzählen", erwiderte er. „Jetzt erst mal raus aus den Federn mit dir."

Kelly seufzte. Sie hatte nur ein paar Stunden geschlafen und so fühlte sie sich auch. Bis ein Uhr nachts hatte der Choreograf mit ihr neue Nummern für die Show einstudiert. Und danach hatte sie sich ins Wohnzimmer zurückgezogen, um neue Songs zu komponieren. Leider war ihr nichts eingefallen, es hatte nicht mal geholfen, durch die breite Fensterfront in die Nacht hinaus zu starren, die sich längst über den Wannsee und das üppig bepflanzte Grundstück gelegt hatte.

„Nur noch zwei Minuten", bat sie und streckte ihre müden Knochen, während sie erneut gähnte und dabei Francesco musterte. Der hatte sich an der Schlafzimmertür in voller Pracht aufgebaut. Unwillkürlich musste sie schmunzeln. Er war eine wahre Augenweide, wenn er mit einem Handtuch um die Hüften am Türrahmen lehnte und seinen Latin-Lover-Körper präsentierte.

4

Allerdings wusste sie, dass Francesco sich nicht deshalb so sexy in Positur warf, weil er sie beeindrucken wollte. Er tat das vielmehr, weil der Türrahmen der beste Platz war, um sich in voller Schönheit im viertürigen Spiegelschrank bewundern zu können.

Trotz des verführerischen Anblicks konnte Kelly ein drittes Gähnen nicht unterdrücken. Sie riss ihren Blick von seinem Körper los und schaute auf den Wecker. Fuck. Noch nicht mal acht Uhr. Kein Wunder, dass sie so müde war, sie hatte höchstens vier Stunden geschlafen. Und das wusste Francesco auch, doch er war unerbittlich.

„Baby, du hast einen Termin. Um neun Uhr müssen wir bei Radio Hot Stuff Berlin sein, damit du das Interview für das Gewinnspiel einsprichst. *Call Kelly and relax!* wird marketingmäßig der totale Knaller. Du bist deutschlandweit der erste Musik-Star, der sich quasi selbst verlost, das wird deine Beliebtheit nochmal raketenhaft steigern!"

Er ging aufs Bett zu und riss ihr kurzerhand die Daunendecke weg.

Kelly brummte missmutig. „Mist, das Interview beim Sender hatte ich ja total vergessen."

„War mir klar." Er grinste. „Ohne mich würdest du gar nichts auf die Reihe kriegen. Eigentlich müsstest du mir zehnmal so viel bezahlen."

„Pah", machte Kelly und wurde allmählich richtig wach. „Ich hab dir doch schon dein Traumauto besorgt. Und dein Honorar macht mich fast arm."

„Mir kommen die Tränen." Sein Grinsen wurde noch breiter. „Leider kenne ich deine Einnahmen genau, also zählt diese Ausrede nicht. Außerdem habe ich genau deshalb diese Aktion heute geplant, damit du auch künftig so viel Kohle scheffelst. Sei mir dankbar."

„Bin ich sowieso."

Das stimmte, sie wäre wirklich aufgeschmissen ohne ihn, er war nämlich ein Marketing-Genie. Auf so eine Idee mit dem Gewinnspiel musste man erst mal kommen! Dafür hatte er ihre tiefe Bewunderung.

Kelly liebte es, neue Songs zu schreiben, mit den Musikern und Toningenieuren daran zu feilen, bis sie perfekt waren, und auf einer Bühne zu stehen. Ja, da fühlte sie sich wohl. Schon als Kind war sie von allem, was mit Musik zu tun hatte, magisch angezogen worden. Und an die ersten Auftritte mit der Schulband, die mehr schlecht als recht ein Cover von Joan Jetts „I love Rock'n'Roll" zustandegebracht hatte, dachte sie immer noch gern zurück. Sogar daran, dass sie bei dem sehr ambitionierten Whitney-Hit „I will always love you" den allerletzten Ton völlig versemmelt hatte, was ihr Musiklehrer mit einer tiefen Stirnfalte quittiert hatte.

Aber seither hatte sich viel verändert. Ihre Stimme war ausgebildet, ihr Aussehen optimiert, ein eigener Style kreiert worden. Und sie hatte seit vielen Jahren Francesco um sich, der sich um die Auftritte und ums Marketing kümmerte. Das tat er so gut, dass sie sich eigentlich jeden Tag die Finger bis zu den Ellbogen ablecken sollte, weil er ihr Manager war. Da nahm sie gern hin, dass er ein klitzekleinwenig selbstverliebt war, ständig ins Solarium rannte und jedem Haar auf seinem Körper den Garaus machte. Ohne ihn würde sie bestimmt nicht die vielen Charterfolge vorweisen können, hätte keine Goldene Schallplatte an der Wohnzimmerwand hängen und würde nicht in dieser Traumvilla mit Blick auf den Wannsee wohnen.

Sie zog ihr Bein an und rieb sich den linken kleinen Zeh. Oh je. Der juckte. Und das war leider kein gutes Vorzeichen für diesen Tag.

„Ich hab ein komisches Gefühl", sagte sie. „Mein Zeh juckt und du weißt, dass dann immer irgendwas Komisches passiert."

Francesco runzelte die Stirn. „Für so einen Blödsinn haben wir überhaupt keine Zeit. Das Interview heute ist superwichtig!"

„Schon klar. Trotzdem hatte der Zeh immer recht. Immer! Und verdammt müde bin ich auch noch." Sie streckte sich erneut und setzte die Füße schließlich auf den Boden neben dem Bett.

Francesco löste den Blick vom Spiegelschrank, in dem er sich bewundert hatte, und sah Kelly vorwurfsvoll an.

„Baby, du musst viel disziplinierter sein. Außerdem …" Er hielt inne und musterte ihr seidenes Nachthemd, dessen Träger ihr von der Schulter gerutscht war. Kelly wurde es warm, und zwar auf diese ganz besondere Art. Kam sie vielleicht vor dem langweiligen Radio-Termin noch in den Genuss eines Quickies? Sie würde nicht nein sagen, ein bisschen Entspannungssex täte ihr sicher gut vor diesem anstrengenden Tag. Da es hell war im Zimmer, würde sich Francesco bei der ganzen Aktion im Spiegel bewundern können, also hätten sie beide etwas davon.

„… außerdem", fuhr er jedoch fort, leider ohne das geringste sexy Timbre in der Stimme, „solltest du langsam über eine Brust-straffung nachdenken. Doktor Berger vollbringt wahre Wunder. Du könntest für die Show knappere Kostüme tragen und …"

„Was?" Kelly starrte ihn ungläubig an. „Sag mal, tickst du noch richtig?" Sie stand ruckartig auf.

Das erwartungsvolle Pochen in ihrer unteren Etage wich dem Gefühl einer Ice-Bucket-Challenge.

Okay, sie war keine achtzehn, sondern als Früh-Dreißigerin fast schon die Oma unter den deutschen Popstars. Aber mit einem Push-up-BH hatte sie immer noch eine klasse Figur. Oder nicht? Kritisch betrachtete sie sich im Spiegel. Sah sich plötzlich mit Francescos Augen. Eine zwar schlanke, aber sixpack-lose

Frau mit einem hauchzarten Ansatz zum Hängebusen. Verflixt! Musste sie jetzt wie Madonna auf makrobiotische Rohkost umsteigen? Dabei verdrückte sie nach der Show doch so gern ein Banana-Split und keine Selleriestangen!

„Wir reden darüber, wenn wir die Tour genau planen", beschloss Francesco. „Ich habe da ein paar *Wrecking Ball*-mäßige Ideen. Jetzt aber ab ins Bad, es wird allerhöchste Zeit."

„Wir sind doch nicht auf dem Kasernenhof!" Sein Ton war echt unerträglich. Und garantiert würde sie sich nicht wie Miley Cyrus nackt auf eine Abrissbirne setzen oder was immer für Phantasien durch seinen perfekt frisierten Kopf spukten!

Aber jetzt war nicht der richtige Moment für Streitereien. Sie sprang unter die Dusche, stieg danach in eine völlig überteuerte Fetzenjeans und streifte ein Glitzershirt über. Beides würde sie freiwillig nie im Leben anziehen, aber Francesco hatte einen Werbevertrag mit dem Designer ausgehandelt, also musste sie sich darin sehen lassen. Dann stand sie auch schon vor dem Schminkspiegel, um ihre Haare in Form zu bringen und das übliche gewagte Make-up aufzulegen.

Mitten im Lidstrich hielt sie inne. Dachte an früher, als sie sich mit ihrer Freundin Kalinda nach dem Leichtathletiktraining einfach nur einen Pferdeschwanz gebunden und allenfalls kurz die Wimpern getuscht hatte, um sich ins Nachtleben zu stürzen. In bequemen Sneakers. Welch glückliche Zeiten!

Manchmal fragte sie sich wirklich, wie sie eigentlich zu dieser Kelly Kay geworden war, deren Konzerte sich blitzschnell ausverkauften, bei deren Autogrammstunden junge Mädchen sich stundenlang die Beine in den Bauch standen und mit deren Gesicht es Shirts, Handtücher und pinkfarbene Mini-Vibratoren in Lippenstiftform für die Handtasche gab. War das wirklich sie? Das überschminkte Gesicht im Spiegel wusste keine Antwort.

„Ist eben jetzt mein Beruf", sagte sie zu sich selbst.

Sie war kein Teenie mehr, der nebenbei sang, sondern Berufsmusikerin.

„*Als Profi muss man was einstecken können!*", hallten die Worte ihres Vaters durch ihren Kopf. „*Sonst schafft man es nirgendwohin.*" Das hatte sie schon als Kind ständig gehört und es stimmte. Wer als Künstler zu zimperlich war, kam heutzutage nicht weit, das war nun mal Fakt. Also drängte sie den Schmerz über Francescos Kritik an ihrem Körper beiseite, darin war sie geübt.

Um sich mit ihm zu versöhnen, ging sie zu ihm in die Küche, wo er gerade eine Tasse Grüntee einschenkte, die als Frühstück diente. War angeblich gut gegen Falten. Sie nahm sie ihm ab und küsste ihn zum Dank auf die Wange.

Doch er drehte sich von ihr weg und sah auf seine Rolex. „Die Limousine wartet vor der Tür", war seine einzige Reaktion, aber das kannte sie schon. Wenn ein neues Album draußen war, stand er enorm unter Druck und peitschte sie von Termin zu Termin. Was erfahrene Manager eben so taten. Aber irgendwie ... Nun ja, sie sehnte sich manchmal nach einem Hauch von normalem Leben.

„Sag mal, wann haben wir mal wieder einen Tag für uns?", fragte sie, während er einen Schuhkarton anschleppte. „An dem wir einfach entspannen können oder mit dem Boot auf dem Wasser herumschippern?"

Kelly trat ans Fenster und sah auf den See hinaus, der in der Morgensonne glitzerte wie die Diamantohrringe, die Francesco ihr zur ersten Nummer Eins geschenkt hatte. Eigentlich sogar noch schöner. Ganz ruhig lag er da, schaukelte sanft einen alten Kahn, wiegte das Schilf am Uferrand und ließ winzige Lichtreflexe auf seiner Oberfläche tanzen. Es musste traumhaft sein, mal für einen Tag alles hinter sich zu lassen. Barfuß im Motorboot zu sitzen, die Haare vom Wind zerzausen zu lassen und die Hand in den See zu halten, anstatt sich spritzige Antworten für irgendein Interview auszudenken. Es kam ihr so verlockend vor, dass sie am liebsten einfach hinaus auf den Steg gelaufen wäre. Wann war sie das letzte Mal über taunasses Gras gerannt? Wann hatte sie mit einem vergnügten Quietschen einen Sprung in den See gewagt? Es kam ihr vor, als sei das seit hundert Jahren nicht mehr vorgekommen. Ihr Hals wurde eng. Da half auch der Tee nichts. Manchmal schlichen sich diese stachligen, rauen Gedanken ein. Die ihr zuraunten, dass sie nie wieder richtig frei sein würde. Dass sie immer weiter und weiter in diesem Show-Hamsterrad stecken würde, wo sie immer nur laufen, laufen, laufen musste. Und dass dieser wunderbare See vor ihrer Haustür nur so verführerisch glitzerte, weil er sie auslachte, da sie ja doch keine Zeit hatte, um auf ihm herumzuschippern.

„Ich will einen Tag Urlaub", sagte sie halblaut. „Ich will einfach mal ausspannen. Nur wir beide, das wäre doch schön, findest du nicht?" Erwartungsvoll sah sie ihn an.

„Wir haben keine Zeit für sowas Unnützes", beantwortete Francesco ihre Frage und klang ungefähr so gut gelaunt, als hätte ihnen Helene den Echo vor der Nase weggeschnappt. „Das Radio-Gewinnspiel ist eine große Sache, sowas macht sonst niemand!"

„Schon klar. Aber fehlt dir das nicht? Mal eine Woche, wo man nicht ans Handy geht, in den Tag hineinlebt, einfach alles baumeln lässt?"

„Bei mir baumelt grundsätzlich nichts", knurrte er. „Ich mag die Baumelei nicht. Für die Seele brauch ich das nicht und für die andere Stelle gibt es ja enganliegende Slips statt diesen dämlichen Boxershorts. Ich stehe stets parat. Für alle Aufgaben. Wenn es anders wäre, würdest du nämlich in versifften Hinterhof-Clubs auftreten anstatt in den großen Arenen und garantiert nicht in so einer Luxusbude hausen."

Das stimmte natürlich. Und ganz offensichtlich fehlte es Francesco kein bisschen, mal ein paar Stunden auf dem See herumzupaddeln. Oder Freizeit mit ihr, Kelly, zu verbringen. Sie sollte sich das alles am besten aus dem Kopf schlagen.

„Hast ja recht", lenkte sie ein und stellte die Tasse weg.

Dann fiel ihr jedoch etwas ein.

„Bin gleich fertig, ich muss nur dem Igel was rausstellen!"

Den kleinen Kerl hatte sie nämlich gestern Nacht wieder einmal über den Rasen flitzen sehen und sich vorgenommen, ihn heute Morgen zu füttern. Er war einfach so putzig! Und er hatte sie letzte Nacht zum Lächeln gebracht.

„Kelly!", fuhr Francesco sie an. „Wir müssen los, verdammt!"

„Das geht ganz schnell." Sie eilte zum Küchenschrank und nahm ein Schälchen Katzenfutter heraus, das sie extra für den Igel besorgt hatte. Dann entfernte sie den Deckel und stellte es auf den Rasen vor der Terrasse. Wäre doch wirklich niedlich, wenn der kleine Kerl öfters durch ihren Garten laufen würde! Sie saßen sowieso fast nie draußen. Dabei war sie früher so gerne mit ihren Freundinnen um ein Lagerfeuer gesessen und hatte zu einer alten Gitarre „*Country Roooads*" gegrölt ...

Schluss mit den alten Erinnerungen, sie musste jetzt wirklich Tempo machen, damit sie noch pünktlich zum Interview erschienen! Neben einem schlecht gelaunten Francesco stieg sie zwei Minuten später in den Wagen, der sofort losfuhr. Ihren Freund wieder in gute Stimmung zu bringen, war eine ihrer leichtesten Übungen.

„Weißt du, du bist echt der Kreativste aller Manager", sagte sie. „Dieses Gewinnspiel! Mir würde nie im Leben sowas Tolles einfallen. Erklärst du mir den Ablauf nochmal genau?"

„Ganz einfach, Baby." Er kämmte sich die schwarzglänzenden Haare zurück. „Das Ganze steht unter dem Motto *Call Kelly and relax!*, was - bei aller Bescheidenheit – äußerst genial ist. Die Hörer können heute Nachmittag beim Radiosender anrufen und dich für drei Tage als Hilfskraft in ihrem Job gewinnen. Gleich morgen reist du an und beehrst ein Fan-Girl mit deiner Anwesenheit. Das bringt dir irre Sympathiepunkte bei den Radiohörern und überhaupt!"

„Das heißt, ich fliege gleich morgen zum Beispiel nach Hamburg und verkaufe in einer Bäckerei Franzbrötchen oder ich helfe einer Kindergärtnerin in Köln?" Klang echt super, ein bisschen basteln mit Kindern könnte ihr gefallen. „Das ist bestimmt eine schöne Abwechslung."

Francesco steckte den Kamm weg und sah sie ernst an. „Dir ist klar, dass du ein Kamerateam dabei hast, oder? So eine Marketingaktion bringt ja nur was, wenn wir ein gewaltiges Medien-Echo haben. Wir ziehen das so richtig groß auf, Berichte in den Zeitungen, Fotostory, tägliche Postings in den sozialen Medien. Alle fiesen Kritiker, die über dich hergezogen haben wegen der Villa und so, kriegen voll eins auf die Mütze. Du beweist nämlich Volksnähe."

„Indem ich einer Sekretärin beim Kaffeekochen helfe?", fragte sie skeptisch.

„Ja klar! ,*Kelly Kay ist eine von uns!*', werden die Fans jubeln. „*Sie ist sich nicht zu schade, Kartoffeln zu schälen*', posten die dann überall auf Facebook oder Insta und kaufen anschließend wie wild unser Album. Du weißt, die Konkurrenz schläft nicht."

Oh ja, das war ihr klar. Ständig war ihr irgendein Newcomer auf den Fersen, wurde eine hübsche Sechzehnjährige entdeckt oder eine fast schon vergessene Band haute eine neue Nummer raus. Sogar Bob Dylans Scheibe war im letzten Jahr auf Platz eins der Albumcharts gewesen, 55 Jahre nach seiner ersten Platte! Das Musikbusiness war ein Haifischbecken und es war nicht immer ein Spaß, darin herumzuplantschen.

„Ich habe nur leider null Ahnung, wie man Kartoffeln schält", fiel ihr ein. Sie hatte Musik studiert, von Kindesbeinen an Klavierunterricht gehabt und war von ihrem Vater in ganz Europa zu den besten Gesangsprofessoren geschleift worden. Da ihre Eltern den erfolgreichsten Antiquitätenhandel der Stadt besaßen, hatte Geld nie eine Rolle gespielt. Musik war ihr Metier, aber der Umgang mit Menschen kam ihr manchmal schwieriger vor als eine Sonate mit sechs Kreuzen. Von Küchenarbeiten ganz zu schweigen.

„Mein Gott, Kelly, nun stell dich nicht so an", fuhr er sie an. „Du musst doch nur vor der Kamera so tun, als würdest du voller Begeisterung mitarbeiten. Natürlich hockst du in Wirklichkeit nicht acht Stunden am Tag in irgendeiner Küche oder einem Büro herum. Ich brauche neue Songs! Die Plattenfirma wartet schon auf Material fürs nächste Album."

Sie seufzte, achtete aber darauf, dass er es nicht hörte. Klar, als erfolgreichste deutsche Popsängerin konnte man sich nicht einfach eine Auszeit gönnen. Und die neuen Songs waren längst überfällig. Gott, wie hatte sie es immer geliebt, eigene Nummern zu schreiben! Schon als Teenager hatte sie für den Mädchenschwarm Kevin aus der 6b eine tieftraurige Ballade namens: *„He not look to me, but I want that he me see"* komponiert. Gut, er hatte den Song nie gehört und das war wohl besser gewesen, nicht nur wegen der fragwürdigen englischen Grammatik.

Aber da war sie auf den Geschmack gekommen, auch wenn es inzwischen keine Softsongs mehr waren, sondern knackige Dancefloor-Hits. Kreativ zu sein war immer ihre Leidenschaft gewesen, doch inzwischen war es einer von vielen Punkten auf einer endlosen To-do-Liste. Das schnürte ihr manchmal die Kehle so zu, dass sie Angst hatte, irgendwann auf der Bühne zu stehen und keinen einzigen Ton mehr herauszubringen. Neulich hatte sie das geträumt. Dass die Band losgroovte, die Lightshow begann – und sie total versteinerte, ohne singen zu können. Schweißgebadet war sie aufgewacht und hatte lange nicht wieder einschlafen können. Aber sie behielt das für sich, ebenso den verstörenden Jürgen Drews-Traum von heute Morgen.

„Wir sind da", sagte Francesco, als die Limousine anhielt. Sie stieg hinter ihm aus und stöckelte die Treppe des Gebäudes hinauf. Verflixt, diese High Heels machten ihren Zehen das Leben zur Hölle! Leider hatte Francesco die mörderischen Stilettos zu ihrem Markenzeichen auserkoren, sodass sie welche in allen Farben besaß. Dabei war sie früher überzeugte Turnschuhträgerin gewesen! Nur gut, dass sie beim Interview sitzen konnte.

Da kam auch schon der langzottlige Moderator herangeschnauft. „Hey Kelly, du wirst ja immer schöner!", rief er ihr zu und gab ihr zwei schmatzende Küsse auf die Wange, dabei kannte sie ihn gar nicht.

Auch dem neben ihr stehenden Francesco klopfte er wie einem alten Freund auf die Schulter. „Komm, wir legen gleich los mit dem Interview. Das senden wir dann wie versprochen mehrmals täglich." Er zeigte Kelly den Weg und betrat mit ihr das Glashäuschen, in dem sich das Studio befand.

„Zur Primetime!", insistierte Francesco, der sich im Türrahmen aufgebaut hatte und die Arme vor der Brust verschränkte, um noch eindrucksvoller zu wirken. „Sonst machen wir das nicht. Wir wollen die besten Sendezeiten!"

Kelly musste schmunzeln, als sie sich hinsetzte. Er holte immer die besten Deals für sie raus. Okay, mal eine Umarmung oder ein wenig Zärtlichkeit wären auch nicht schlecht gewesen, aber man konnte im Leben nun mal nicht alles haben. Für Erfolg musste man hart arbeiten und Gefühlsduseligkeiten eben zurückstecken. So ungefähr hatte das Motto von sämtlichen Dozenten gelautet, die sie unterrichtet hatten.

„Ja. Klar. Haben wir so eingeplant", knirschte der Moderator. „Du bist wirklich ein harter Verhandlungspartner. Übrigens: Die Auslosung der Gewinnerin ist nachmittags um fünf Uhr. Beste Radiozeit!"

Francesco nickte zufrieden und postierte sich als Zerberus draußen vor der Studiotür, während der Radiomann seinen Platz einnahm, sich die Kopfhörer überstülpte und auf Sendung ging.

„Okay, okay, hier ist Radio Hot Stuff Berlin", jubelte er übertrieben fröhlich ins Mikrofon. „Heute mit unserem Stargast, der großartigen Kelly Kay. Willkommen in meinem Studio! Wir hören gleich einen Song aus deinem neuen Album *My meaning of life*. Verrat unseren Hörern doch erst mal, was das bedeutet. Was ist für dich der Sinn des Lebens?"

Er starrte sie an mit seinen kalten Augen. Wartete auf eine geistreiche Antwort. Im Hintergrund dudelte inzwischen irgendeine alte Rick-Astley-Nummer. Kellys Kopf war mit einem Mal leer gefegt wie eine Konzerthalle zwei Stunden nach dem Gig. Was genau war denn eigentlich der Sinn des ganzen Daseins? Fragte sie sich das nicht schon seit geraumer Zeit?

Die hellgrauen Eisaugen waren immer noch auf sie gerichtet. Verflucht, sie hatte diese Sätze doch einstudiert! Ihr Nacken kribbelte, als hätte ihr jemand Schnee in den Kragen gekippt.

„Na, das ist doch völlig klar!", fiel ihr endlich ein und sie lachte hell, um ihr peinliches Zögern zu überdecken. „Der Sinn des Lebens ist natürlich, Spaß zu haben! Freunde zu treffen, rauszugehen, zu tanzen. Am besten zu meiner Musik, zu was denn sonst." Wieder ein künstlicher Lacher. „Ja, man muss den

Moment voll genießen, sich richtig fallen lassen, total ausgelassen sein. Dann spürt man, dass es genau darum geht im Leben. Also lasst es krachen, Leute, yeah!"

Sie sah auf, sah zur Tür. Sah, wie sich Francescos Miene entspannte. Er nickte ihr zufrieden zu. Gerade noch rechtzeitig war ihr die auswendig gelernte Antwort eingefallen. Ihr Mund war trotzdem seltsam trocken. So, als hätten diese Sätze ihre Zunge ganz rau gemacht. Und als würden diese Wörter gar nicht zu ihr gehören, sondern hätten sich irgendwie in ihren Mund geschlichen.

Der Moderator jedoch strahlte. „Das klingt super. Dann hast du ja für dich dein *Meaning of life* gefunden: Leb den Moment, hab Spaß, geh feiern. Da haben wir was gemeinsam, Kelly. Das ist nämlich auch mein Motto." Er zwinkerte ihr verheißungsvoll zu.

Na wunderbar, Mister Langzottel und sie teilten sich die gleiche Lebensphilosophie. Sie zwang sich zu einem Lächeln.

„Freut mich!", behauptete sie. „Ich hoffe, die Hörer fühlen sich bei meinen Songs auch richtig happy. Auf dem Album sind nur Up-Tempo-Nummern, alles total tanzbar und partygeeignet. Ich bin mir sicher, man kann damit megaviel Spaß haben."

Der Moderator stimmte zu und las dann die nächste Frage von seinem Blatt ab, irgendwas zur anstehenden Tour, das sie leicht beantworten konnte. Ihre Gedanken kreisten jedoch immer noch um diese Sache mit dem Sinn des Lebens. Stimmte das, was sie so inbrünstig erzählt hatte? Natürlich war es ein geiles Gefühl, richtig abzufeiern. Die Sau rauszulassen. Sich ein paar Wodka hinter die Binde zu kippen, alles zu vergessen und einfach nur den Beat zu spüren. Tat gut, keine Frage.

Trotzdem war da so ein nagendes Gefühl in ihrem Bauch, dass irgendetwas fehlte. Etwas, das sie nicht näher greifen oder bezeichnen konnte.

„Dein Album schlägt ja gerade richtig ein", riss er sie aus ihren Grübeleien. „Was machst du denn mit dem ganzen Geld? Kaufst du dir eine zweite Traumvilla oder einen Hubschrauber?"

Francesco gab ihr ein Zeichen, dass sie aufpassen sollte. Aber es war zum Glück nicht ihr erstes Interview, auch wenn sie gerade eben einen Aussetzer gehabt hatte.

„Das klingt, als würdest du mir unterstellen, dass ich ein Luxusweibchen bin", konterte sie. „Aber hey, würde ich dann so ein cooles Gewinnspiel machen und für drei Tage mit einer Hörerin mitarbeiten, ganz egal, welchen Beruf sie hat?"

Das bescherte ihr einen Daumen nach oben von Francesco.

„Yo, da hast du recht", gab der Radiomann zu. „Dann wird es Zeit, unsere Aktion zu starten. Wir haben die Hörer schon seit Tagen heiß gemacht, ich wette, es sitzen tausende vor ihren Geräten und warten nur darauf, dich zu gewinnen. Also, ihr Lieben, heute Nachmittag um fünf Uhr kommt der Countdown zur Aktion *Call Kelly and relax!* Ruft an und bewerbt euch! Wir drücken uns wahllos in eine Leitung hinein und wer am anderen Ende ist, kann drei Tage lang die Beine hochlegen, während Kelly Kay den Job übernimmt."

„Ich freue mich schon total auf die Tage mit euch, Leute, wir werden eine geniale Zeit haben", rief nun auch Kelly ins Mikro, fand ihre Stimme aber seltsam hohl.

Die Anzeigen am Schaltpult begannen, wie wild zu blinken, obwohl es noch gar nicht an der Zeit für das Gewinnspiel war. Offenbar hörten wirklich jede Menge Menschen diesen Sender. Seit er im digitalen Radio übertragen wurde und landesweit lief, war er kein Geheimtipp mehr, sondern ein richtiger Hype.

„Was wäre dein Favorit, Kelly? Würdest du gern als Bedienung arbeiten oder lieber eine Finanzbeamtin vertreten?" Er sah sie an, als könnte er sich beides nicht vorstellen.

„Ach, das ist mir völlig egal", erwiderte sie ins Mikrofon hinein. „Ich kann mit Kindergartenkindern ein paar Lieder einstudieren, in der Konditorei Torten verzieren oder Spaghettiteller durchs Lokal tragen. Ja, es gibt überhaupt nichts, was mir nicht recht wäre. Ich bin nämlich absolut vielseitig und überall einsetzbar."

Sie lehnte sich nach hinten und verschränkte selbstbewusst die Arme. Diese Sätze, die sie eine Zeit lang geübt hatte, saßen perfekt.

Nur – stimmten sie überhaupt? Sie war bisher so mit ihrer Musik-Karriere beschäftigt gewesen, dass sie sich nie Gedanken gemacht hatte, welcher Beruf ihr sonst noch liegen würde.

„Voll genial! Dann nehme ich heute Nachmittag die hundertste Anruferin und wer immer sich dahinter verbirgt, kann drei Tage lang total relaxen, weil du den Job übernimmst. Ein Traum!"

Er drückte einen Knopf und gab dem Techniker ein Zeichen, die Aufzeichnung hier zu beenden. In den nächsten Stunden würde das Interview mehrmals ins ganze Land ausgestrahlt werden und sicher auch ein großes Presse-Echo erhalten. Lief also alles nach Plan.

Kelly stand auf, verabschiedete sich und verließ das Studio, um mit Francesco zurück zum Auto zu gehen. Sie fühlte sich wie eine Marionette. Hatte vorbereitete Sätze zum Besten gegeben, die stets gut gelaunte Pop-Queen gespielt, sich von einem Wildfremden auf die Wange küssen lassen. Außerdem verpassten ihr diese neuen Stilettos dämliche Blasen an den Fersen.

„Hoffentlich losen die jemanden aus, der mediengeeignet ist", brummte Francesco, als sie in die Limousine stiegen. „Ich will ein Fan-Girl, das vorzeigbar ist. Eine Sympathieträgerin, denn das färbt dann auf dich ab. Wird spannend heute Nachmittag."

Sie nickte nur stumm. Vielleicht war das genau, was sie brauchte. Eine liebe, begeisterte Frau, die dreizehn Kelly Kay-Poster an der Wand hatte plus das neue Kelly Kay-Espresso-Set im Geschirrschrank. Die alle Alben besaß, sich drei Autogrammkarten erkämpft hatte und die ihr endlich wieder das Gefühl gab, etwas Besonderes zu sein.

Ja, es war eigentlich eine richtig schöne Sache, fiel ihr jetzt auf. Die Gewinnerin und sie würden in einer Konditorei lustige Cupcakes verzieren oder an der Supermarktkasse nebeneinander Kellys größte Hits trällern, und am Ende würde die junge Frau unter Tränen gestehen, dass das die tollsten Tage seit langer Zeit gewesen waren.

Kelly schloss die Augen und lehnte ihren Kopf an den Autositz. Endlich würde sie wieder spüren, dass jemand sie richtig gut fand. Dass sie es drauf hatte. Nein, mehr sogar, sie würde eine Frau glücklich machen! Und das war doch eine sehr positive Seite am Star-Dasein – man durfte Menschen ihr Leben versüßen.

Oh ja, es würde eine tolle Zeit werden. Kelly lächelte leise. Endlich mal wieder lachen, gemeinsam singen, abends eine Liebesschnulze im Fernsehen anschauen, Leichtigkeit spüren. Die drei Tage mit ihrem freundlichen Fangirl würden absolut gigantisch werden!

2. Der rettende Anruf

Matthias

Seit dem frühen Morgen war Matthias schon im Laufschritt unterwegs. Der Wecker hatte ihn wie jeden Tag um halb sechs Uhr aus den Federn geworfen, dann waren die Kühe dran zum Melken und die Kälber mussten versorgt werden. Natürlich kontrollierte er auch das Jungvieh, er kannte jede seiner über hundert Kühe mit dem Namen.

„Hallo Gretl, geht`s dir gut?", begrüßte er nach dem Melken und Füttern seine Lieblingskuh und nahm sich ein paar Sekunden Zeit, um der Schwarzbunten mit dem Stern auf der Stirn den Hals zu kraulen, weil sie dann immer ihren Kopf an ihn schmiegte. Sie würde die nächsten Tage kalben, so wie es aussah. Ihr Euter war prall, kugelrund war sie sowieso, und laut Terminkalender schon längst überfällig. Aber da sie noch recht ruhig herumstand, würde das sicher nicht in den nächsten Stunden passieren. „Lass dir noch ein paar Tage Zeit, altes Mädel", sagte er zu ihr. „Ich muss heute beim Quirin mithelfen, die Gerste gehört eingefahren, mein eigener Weizen auch bald."

Sie hörte auf zu kauen, schaute ihn aus ihren großen, gütigen Augen an, als verstünde sie jedes Wort, hob den Schwanz und setzte platschend einen gewaltigen Fladen ab. Matthias lachte. „Geht dir am Arsch vorbei, schon klar. Ich muss sowieso weiterarbeiten."

Er mistete den Kälberstall aus, tränkte die wilde Rinderjugend und legte den Kühen Futter nach. Bis er zum ersten Mal auf die

Uhr schaute, war der Vormittag schon fast rum. Er musste sich sputen!

Noch schnell in der Milchkammer schauen, ob die zickige Kühlung ordentlich lief, dann verließ er den Stall und sprintete zu seinem Traktor, den er erst mal betanken musste. Im Eiltempo bereitete er den Anhänger vor, einen geräumigen Muldenkipper, und hängte ihn an die Zugmaschine. Dann sprang er auf den Fahrersitz und ließ den Motor an. Zefix! Quirin war bestimmt schon mit dem Mähdrescher, den sie sich mit ein paar Landwirten hier am Ort teilten, draußen auf dem Feld. Matthias setzte das Gefährt zurück, um zu wenden, tuckerte aus seinem Hof hinaus und auf die Straße, es waren nämlich ein paar Kilometer zu fahren bis zum Gerstenfeld.

Wie erwartet lehnte Quirin, der Besitzer des Nachbarhofs, schon am Mähdrescher, ein Käppi der BayWa auf dem Kopf und in seiner ausgeblichenen Latzhose, die seinen Bauch halb verdeckte. Dazu ein Knitterhemd und ein breites Grinsen im Gesicht. Wäre ja alles kein Problem, wenn er nur zur Feldarbeit so herumlaufen würde, aber der gute Quirin stiefelte in dieser Aufmachung auch zum Wirt hinein, er war da gnadenlos. Matthias trug natürlich auch eine Arbeitshose, aber dazu ein T-Shirt, und besaß immerhin drei Jeans, in die er sich warf, wenn er mal außerhalb des Hofs unterwegs war.

„Auch schon ausgeschlafen?", rief Quirin ihm zu und kletterte auf den Mähdrescher. „Für dich müssten wir künftig wohl das Häckseln auf vier Uhr nachmittags verlegen, damit du deinen Schönheitsschlaf kriegst."

„Sehr lustig", brummte Matthias. „Du brauchst ja in der Früh nicht zu melken."

Quirin war in der glücklichen Lage, dass seine Eltern noch auf dem Hof mithalfen. Matthias hingegen musste sich um Kühe,

Felder, Buchhaltung und sonstiges fast alleine kümmern, seit seine Mutter vor ein paar Jahren an der Seite seines Vaters beerdigt worden war. Gleich in der Nähe, auf dem kleinen Friedhof hinter der Kirche. Egal, wie knapp seine Zeit war, Matthias ging alle paar Tage zum Grab, das war er seiner Familie schuldig. Außerdem waren das Augenblicke, in denen eine tiefe Ruhe über ihn kam und er den hektischen Alltag für ein paar Momente hinter sich lassen konnte. Da stand er dann einfach mal eine halbe Stunde vor dem schlichten Stein, der den Namen seiner Eltern und einiger Verwandter trug, und berichtete ihnen halblaut, wie es auf dem Hof lief. Schließlich hatten sie alles aufgebaut und da war es doch das Mindeste, ihnen Bericht zu erstatten. Manchmal bekam er Gesellschaft von einem fuchsroten Eichhörnchen, das ihn neugierig musterte und darauf wartete, eine mitgebrachte Haselnuss zugeworfen zu bekommen. Matthias beobachtete es beim Knacken und Vertilgen und fand dann immer, dass er für sein Leben trotz der vielen Arbeit und der Einsamkeit mehr als dankbar sein durfte.

Und auch für Quirin, mit dem er immer gern zusammenarbeitete, auch wenn der es mit dem gegenseitigen Necken oft übertrieb. So wie jetzt.

„Such dir halt endlich mal eine Frau, dann wird das mit der Melkerei und dem Hof einfacher", brüllte Quirin durch das Motorengeräusch herüber. „Mich will ja eh keine, aber du bist doch ein sauberer Bursch! Ich glaub, die Moni vom Wirt wartet bloß darauf, dass du sie im Heustadel mal richtig drannimmst. Die steht drauf, wenn's ein wenig grober zugeht." Er machte mitten auf dem Fahrersitz ein paar harte Hüftstöße in Richtung Lenkrad und lachte.

„Woher, bitteschön, willst denn du das wissen?", fragte Matthias lautstark zurück.

„Das sieht der Kenner. Die hat sich ihre Haare rot gefärbt. Und hat immer einen Tanga an. Schau ihr mal zu, wenn sie sich zum Bierträger bückt. Die steht voll auf dich, ich sag's dir. Brauchst nur zuzugreifen, die ist reif wie meine Gerstenähren."

„Dann nimm halt du sie!" Er konnte sich zwar nicht vorstellen, dass die Moni am Quirin interessiert war, aber wissen konnte man es nie.

„Iwo, ich brauch keine Frau", rief Quirin. „Aber du schon, du bist jung und stehst voll im Saft. Ein richtiger Zuchtbulle bist du!" Sein Lachen übertönte sogar den Mähdrescher.

Das alte Thema. Dabei war Quirin nur ein paar Jahre älter als er, Mitte dreißig, während Matthias vor zwei Jahren seinen runden Geburtstag gefeiert hatte. Also tat er, als hätte er nichts gehört, und lenkte seine Zugmaschine an den Rand des Feldes, das der Mähdrescher bearbeitete. Der fraß sich durch die Gerste, trennte in seinem Inneren das Stroh von den Getreidekörnern und sammelte es in einem eckigen Behälter. Wenn der voll war, wurde die wertvolle Fracht auf Matthias' Kipper geladen und er brachte sie zu Quirins Hof, während Quirins Vater mit dem zweiten Kipper zum Gerstenfeld fuhr. Quirins Mutter war auf dem Hof dafür zuständig, dass das Korn gleich direkt in den Getreidespeicher geblasen wurde.

Matthias wechselte ein paar Worte mit ihr und rumpelte anschließend zurück zum Feld, wo die ganze Prozedur von vorne losging.

Die Sonne brannte jetzt zur Nachmittagszeit ordentlich vom Himmel, wurde aber vom feinen Strohstaub der Maschine verschleiert, sodass alles fast unwirklich aussah. So, als hätte man einen idyllischen Weichzeichner über die Szenerie gelegt. Ein leichter Wind fuhr durchs Getreide, wiegte die Ähren, raschelte in den Blättern der Laubbäume am Feldrand. Im Hintergrund erhoben sich majestätisch die Berge des Alpenvorlands, reckten ihre Gipfel selbstbewusst in den Himmel, uralt und von unvergänglicher Schönheit.

Matthias hielt einen winzigen Moment inne, um den Wind auf der Haut zu spüren, obwohl die herumfliegenden Strohteilchen ihn kitzelten. Er wollte die Bilder in sich aufsaugen, ganz tief, wie er es seit jeher tat, wann immer er auf seine Felder hinaus fuhr.

Hier gehörte er hin, das war seine Heimat. Die Äcker, die holprigen Wege, der Blick auf die Berge. Das entschädigte für manche kurze Nacht und für viele Tage, die mehr Arbeit als Stunden hatten.

Um kurz vor fünf Uhr hielt Quirin den Mähdrescher an, stieg herunter und gab Matthias ein Zeichen. „Brotzeit!", rief er und warf ihm ein Päckchen in Butterbrotpapier zu.

„Du hast eh noch nichts gegessen, stimmt's?"

„Da hast du recht." Dankbar packte Matthias das belegte Brot aus und biss hinein. „Ich hab neben der Stallarbeit versucht, jemanden für morgen aufzutreiben, aber kein Mensch hat Zeit."

Da war nämlich sein Weizen dran zum Häckseln, der war erntereif. Deshalb hatte Matthias beim Lohnunternehmer für morgen den großen Häcksler samt Fahrer bestellt. Nur – alleine beziehungsweise zu zweit mit Quirin konnte er die Ernte nicht einfahren, er brauchte unbedingt noch weitere Helfer. Und genau die waren nicht aufzutreiben.

„Saublöd, dass mein Vater morgen diese Knie-OP hat", sagte Quirin. „Und dass die Mama keinen Führerschein hat, ärgert mich sowieso fast jeden Tag."

Matthias nahm einen großen Schluck aus der Wasserflasche. „Schon gut, ich finde bestimmt noch irgendwen."

Er zog sein Handy heraus, scrollte das Telefonbuch durch.

Beim Huber könnte er es probieren, dem hatte er doch neulich erst die Heizung repariert.

Er wählte, hörte kurz darauf eine Stimme. „Huber Alois hier", meldete sich der befreundete Landwirt. „Servus Loisl, du, ich bräuchte noch ein paar Erntehelfer. Hast du morgen Zeit?"

„Da bin ich selber am Grasmähen", erwiderte der. „Die sagen doch zum Wochenende ein Mordsgewitter an, da will ich alles reinholen, was geht."

Matthias seufzte. „Das sagt jeder, den ich anrufe."

Er legte auf. Aß noch einen Bissen und wählte die nächste Nummer. Mit ebenso wenig Erfolg.

„Herrgott noch mal, irgendjemand muss doch Zeit haben!" Diese Bettelei regte ihn jedes Mal aufs Neue auf. Er war doch auch schon oft genug bei anderen eingesprungen, warum bekam er denn heute keine Zusage? „Ich kann den Weizen doch nicht stehen lassen, das ist zum Kotzen."

Mit einem Schnauben versuchte er noch eine andere Nummer, die letzte, die infrage kam. Quirin kletterte inzwischen auf den Mähdrescher, wo er sein neues Internetradio angebracht hatte, auf das er so stolz war. Irgendeine Musik dudelte los.

Matthias hörte gar nicht richtig hin, sondern wartete aufs Freizeichen. Mit dem weichgespülten Zeug vom Radio hatte er überhaupt nichts am Hut, er hörte viel lieber Blasmusik.

Okay, diese Sängerin, die da grad was trällerte, hatte sogar eine halbwegs erträgliche Stimme. Aber der Song mit seinem faden Mitklatsch-Rhythmus war einfach nur dämlich.

„Ich bin da in der Arbeit", hörte er vom anderen Ende der Leitung, „du weißt doch, bei mir ist der Hof nur noch Nebenerwerb. Rentiert sich ja nimmer."

„Verstehe", erwiderte Matthias und legte auf. „Scheiße", stieß er aus und fuhr sich durch die Haare. Was zum Teufel sollte er jetzt machen? Einen Betriebshelfer konnte er sich nicht leisten und bekam sicher auch keinen auf die Schnelle.

„Horch mal, die verlosen im Radio Hilfskräfte", rief Quirin herüber. Matthias machte einen Schritt auf den Mähdrescher zu.

„Echt jetzt? Die haben Leute, die ich hier einsetzen kann? Kann ich mir kaum vorstellen."

„Doch, im Ernst!" Quirin nickte ziemlich auffällig und hatte so ein seltsames Grinsen im Gesicht, das Matthias gar nicht gefiel. „Da läuft ein Gewinnspiel. Man kann anrufen und dann kommt für drei Tage jemand auf den Hof und hilft mit."

Skeptisch horchte Matthias auf die Stimme im Radio, konnte den Moderator hier unten aber nicht gut verstehen. „Das sind ausdrücklich Kräfte für die Landwirtschaft?", hakte er nach, denn er wusste aus Erfahrung, dass Quirin manchmal ein Kindskopf war und Unsinn daherlaberte.

„Ach, jetzt frag nicht lang rum, sondern ruf an! Du hast dein Handy doch eh in der Hand."

Er diktierte ihm eine Nummer, und weil Matthias verzweifelt genug war, wählte er. Es tutete in der Leitung, dann ertönte ein Piepton und schließlich eine Stimme. Matthias wollte gerade auflegen, weil das sicher nur eine Bandansage war mit der Mitteilung, dass er leider nicht gewonnen hatte. Doch die Stimme klang live.

„Hier ist Radio Hot Stuff Berlin und wir haben jemanden in der Leitung!", jubelte ein Mann los, der verdächtig nach diesem nervigen Moderator klang, den er eben noch aus dem Mähdrescher-Führerhäuschen gehört hatte. „Wer ist denn dran?"

„Äh, hier ist der Matthias", antwortete er.

„Wunderbar, Matthias, Sie sind der hundertste Anrufer und haben unseren Preis gewonnen, Glückwunsch! Brauchen Sie denn überhaupt Hilfe?"

Er hatte tatsächlich das große Los gezogen? Das wäre das erste Mal in seinem Leben. Überrascht presste er das Telefon näher an sein Ohr.

„Na klar, ich hab jede Menge Arbeit, stehe gerade eben neben dem Mähdrescher und brauche in den nächsten Tagen …"

„Cool, wirklich cool!", unterbrach ihn der geschwätzige Moderator. „Sie bekommen von uns Unterstützung, Rasenmähen ist überhaupt kein Problem, genau für solche Fälle ist *Call Kelly and relax!* ja da!"

Fragend blickte Matthias zu Quirin, der das Ganze am Radiogerät verfolgte. Was war das für eine seltsame Aktion mit *Call Kelly?* Er hatte gedacht, dass vielleicht irgendwelche Moderatoren ausschwärmten, um zu helfen, wie vor ein paar Jahren beim großen Hochwasser.

„Freuen Sie sich denn, unseren Superstar bei sich begrüßen zu dürfen?"

Verflixt, was laberte der da? Matthias hatte null Ahnung, welchen Star der Typ meinte. Ein Blick zu Quirin half auch nicht weiter, der zog nur die Schultern hoch und machte ein unwissendes Gesicht. Er kramte verzweifelt in seinem Gehirnkastl nach einer Antwort. Mit einem Mal fiel es ihm ein. Kelly! Natürlich! Warum war er da nicht gleich draufgekommen? Das war bestimmt dieser eine aus der Kelly-Family, der so viel Sport machte. Marathon oder Triathlon oder so was. Der Vorname fiel ihm nicht ein. War das dieser Joey oder der andere? Egal, er wusste jedenfalls, wie der Kerl aussah. Der hatte Muskeln und Durchhaltevermögen, genau das brauchte er morgen.

„Stars, die anpacken, sind immer willkommen auf meinem Hof", erwiderte er.

„Haha, coole Formulierung, das mit dem Hof", lachte der Moderator. „Ich nenne meine Wohnung auch gern ‚mein

Schloss'. Aber Sie haben dann ja morgen quasi einen ganzen Hofstaat vor Ort, wenn Ihnen Kelly beim Mähen hilft. Sie sind ein echtes Glückskind, Matthias! Kleiner Insider-Tipp von mir: Kaufen Sie ein paar Bananen und vegane Schokosoße, denn Kelly liebt das. Und fleißige Helfer muss man ja belohnen, nicht wahr?"

„Ja klar", stammelte Matthias. Konnte sich aber keinen rechten Reim auf den Essenswunsch machen. Dass Marathonläufer Bananen aßen, hatte er schon mitbekommen, die Schokosoße traute er einem durchtrainierten Sportler nicht so ganz zu. War vielleicht nur ein Witz.

Na egal, dieser Kelly-Kerl würde sich die nächsten Tage richtig auspowern können bei ihm, es gab jede Menge zu tun. Im Stall gehörten die Futtertränken geputzt, ein paar Balken mussten ins Nebengebäude getragen werden und das Gülle-Aufrühren konnte er diesem Kelly ja auch übertragen. Oh Mann, das war echt super!

Danach gab es natürlich eine Brotzeit mit echtem Bauernbrot, Geräuchertem und ein paar Bier. Zum Abschluss einen selbstgebrannten Birnengeist. Was echte Männer nach schweißreichen Arbeitstagen eben so zu sich nahmen.

3. Kelly kommt!

Kelly

Am nächsten Tag durfte Kelly schon wieder zu schrecklich nächtlicher Stunde aufstehen, denn der Flug startete bereits um acht Uhr. „Wer hat denn den gebucht?", fragte sie gähnend, als sie die zweite Tasse Sencha leerte.

„Sei froh, dass wir überhaupt einen bekommen haben", erwiderte Francesco und schob ihren silbernen Hartschalenkoffer durch den Flur. „Wir schleifen ja das Kamerateam mit."

Klang anstrengend. Kelly stellte die Tasse ab und folgte ihm in den Flur. „Hast du jetzt genauere Infos über die Gewinnerin? Ich habe nur mitbekommen, dass ihr Mann angerufen hat oder so."

Francesco hatte sie nach dem gestrigen Interview sofort aus dem Radiostudio gescheucht, weil eine Autogrammstunde im Kaufhaus anstand und auch der restliche Tag voll verplant war. Der Sender hatte die Adresse aus der *Call Kelly and relax!*-Aktion direkt an das Reisebüro übermittelt, das sich seit Jahren um Kellys Touren und sonstige Kurzvisiten in Großstädten der ganzen Welt kümmerte. Gerade im letzten Jahr waren viele Auftritte im Ausland dazugekommen, denn Kelly Kay etablierte sich momentan als echter Weltstar. Zumindest wenn man Francescos Aussagen und Prophezeiungen Glauben schenken wollte.

„Dummerweise nicht. Es geht irgendwie ums Rasenmähen, ergo haben die Gewinner wohl ein Haus. Angerufen hat zwar ein Mann, aber es soll bestimmt eine Überraschung für seine Holde sein. Ich schätze, sie ist ein riesiges Fangirl von dir."

Kelly nickte. Super! Dann würden es richtig entspannte Tage mit viel Spaß werden! Sie warf sich eine Handtasche über die Schulter und kontrollierte den Sitz ihrer Frisur im breiten Flurspiegel. Für eine Arbeit im Vorgarten war ihr Outfit allerdings nicht so ganz geeignet, sie trug nämlich ein waffenscheinpflichtiges Minikleid mit Totenkopfstickereien, das Francesco erst letzte Woche vom Designer bekommen hatte, dazu natürlich Stilettos. Bücken, um ein Gänseblümchen zu pflücken, konnte sie sich mit diesem Kleid nicht, aber sie hatte schließlich ein Kamerateam im Gepäck und musste gut aussehen auf dem Video von *Call Kelly and relax!*. Das hatte Francesco ihr erklärt, als er ihr das Outfit in die Hand gedrückt hatte.

Umziehen konnte sie sich danach immer noch, falls die Gewinner wirklich darauf bestehen sollten, mit ihr zusammen Rasen zu mähen. Francesco hatte aber gemeint, dass die Fotografen ja nur ein paar Bilder schießen und ein Image-Filmchen drehen würden. Den Rest des Tages konnte Kelly dann mit der Gewinnerin ganz frei verbringen – und später natürlich ein paar neue Songs in Angriff nehmen. Francesco hatte sie gestern nämlich ungefähr siebzehn Mal dran erinnert, wie sehr sie im Rückstand war mit den Nummern fürs nächste Album.

Die Limousine brachte sie zum Flughafen, wo sie als Senator-Kundin direkt zum Gate durchgehen konnte. Das Kamerateam des Radiosenders saß bereits in der Maschine. Erst mit dem Blick auf die Anzeigetafel bemerkte Kelly das Ziel der Reise.

„Die Gewinnerin wohnt in München!", freute sie sich. „Das finde ich toll. Waren wir jemals in der Innenstadt?" Fragend sah sie Francesco an, denn sie brachte oft die Städte durcheinander.

Der schüttelte den Kopf. „War nie Zeit auf der Tour. Aber du hast viele Fans in Bayern, im Januar waren wir dort, die Olympiahalle war innerhalb von Stunden ausverkauft."

Kelly hatte längst den Überblick verloren, wann sie in welcher Stadt gesungen hatte. Selbst die Hotelzimmer sahen alle gleich aus, edel, gepflegt und darum bemüht, ein künstliches Gefühl von Geborgenheit zu vermitteln. *Bei uns fühlen Sie sich wie zu Hause* stand oft auf den Prospekten, die auf den Nachtkästchen lagen. Doch Kelly hatte längst vergessen, wie sich das anfühlte. Oder wo genau ihr Zuhause eigentlich war. Und ob sie sich gerne fühlen wollte wie in ihrem - in jeder Hinsicht kühlen – Elternhaus, war eher fraglich.

„Ich könnte mit der Gewinnerin durch die Stadt bummeln", schlug Kelly vor, als sie im Flugzeug ihre Sitze eingenommen hatten. „Die haben doch bestimmt ein paar flippige Läden in München. Danach gibt es irgendwo eine Latte Macchiato für uns. Und ist da nicht auch dieses lustige Glockenspiel auf dem Marienplatz? Heißt der so? Ja genau, dahin soll sie mit mir einen Ausflug machen."

„Keine Ahnung", sagte Francesco missmutig, der sich mit Sehenswürdigkeiten nie beschäftigt hatte. Kultur war nicht so sein Ding und die deutsche erst recht nicht. Denn Francesco hieß in Wirklichkeit gar nicht Francesco, sondern Bashkim, hatte albanische Wurzeln und stammte aus einer Großfamilie aus Neukölln. Vielleicht war das der wahre Grund für seinen Rasierzwang, das Gel in den Haaren und die goldene Halskette mit einem breiten Kreuz. Ein Latin Lover mit Italoflair oder Iglesias-Einschlag könne als Manager im Showbiz besser punkten, hatte er ihr mal erklärt, deshalb also der neue Vorname.

Er schien zu überlegen. „Ich war noch nie in München, außer in der Konzerthalle. Kann ich auch gern drauf verzichten. Überhaupt, diese Leute aus Bayern – als Publikum sind sie ganz passabel, aber der ganze Menschenschlag ist mir zuwider. Die kommen sich doch immer als was Besseres vor. Sind so idiotisch stolz auf ihre Heimat oder Lederhosen oder diese furchtbare Blasmusik. Und verstehen tut man sie auch nicht."

Kelly lachte. „Nur gut, dass du keine Vorurteile hast!"

Sie dachte an die gemütliche Hochzeit zurück, bei der sie im Mai aufgetreten war. Das hatte sie Kalinda zuliebe gemacht, einer Freundin aus Kindertagen, die sie ewig nicht mehr gesehen hatte und die die Hochzeit von Jasmin und Thore organisierte. Kelly war ohne Band und ohne Manager angereist, was ganz sicher eine gute Entscheidung gewesen war. Ob Francesco sich bei den ungewöhnlichen Leuten rund um Jasmins Häkelcafé namens Café Woll-Lust wohlgefühlt hätte? Bestimmt nicht. Sie hingegen sehr. Ja, es war ein Genuss gewesen, endlich mal aus ihrem Luxusleben auszubrechen.

Sie nippte an ihrem Glas Champagner, das Francesco im Flugzeug immer für sie beide bestellte. In ein „normales" Leben, wie Jasmin und ihr Thore es führten, würde er niemals passen. Er brauchte den großen Auftritt, den Applaus, den Tourstress. Und sie selbst?

Kelly überlegte eine ganze Weile, fand aber keine Antwort. Sie war froh, als der Landeanflug begann und sie nicht mehr über so unnütze Dinge nachgrübeln konnte. Es gab doch viel Wichtigeres in ihrem Leben! Zum Beispiel das neue Album, über das sie sich nach dem Aussteigen unterhielten.

„Das muss ein richtiger Kracher werden", sagte Francesco. „Eine harte Dancefloor-Nummer nach der anderen, bamm, bamm, bamm!". Er schlug mit der Faust in die Handfläche, um es zu verdeutlichen. „Du wirst die Charts auf der ganzen Welt rocken mit dem Album, es wird einschlagen wie eine Bombe. Ja, wie ein Presslufthammer! Und so wird auch die Show werden, noch schneller, lauter, aufpeitschender. Wird nur echt Zeit, dass du dich an die Songs setzt, Baby!" Er sah sie mahnend an.

„Keine Sorge, ich habe eine Menge Ideen", behauptete sie wieder einmal munter, wobei ihr leider mulmig wurde in der Bauchgegend. Das stimmte nämlich nicht. Auch wenn die Texte ihrer Lieder nicht anspruchsvoll waren und die Melodien ebenfalls recht einfach gestrickt, weil sie sofort ins Ohr gehen sollten, hatte sie keinen blassen Schimmer, worüber sie schreiben sollte.

Über Partys, Tanzen und Sex, so wie bisher? Das kam ihr schrecklich abgenutzt vor. Zum x-ten Mal einen Song auszudenken über das ach so geile Gefühl auf der Tanzfläche, erschien ihr mit einem Mal total abwegig. Das musste den Fans doch irgendwann zum Hals heraushängen!

Aber sie hielt brav den Mund, denn Francesco wusste sicher, was sich gut verkaufen ließ. Irgendwie würde ihr schon was einfallen, das war doch bisher immer so gewesen.

Sie setzte die Sonnenbrille und ein freundliches Lächeln auf, denn die ersten Fans liefen auf sie zu, als Kelly die Ankunftshalle des Münchner Flughafens betrat. Sie kreischten Kellys Namen, bettelten um Selfies und umringten sie in kürzester Zeit. Alles wie immer, auch hier im tiefen Süden.

Nachdem sie einen Teil der Fans glücklich gemacht hatte, holte ein Fahrer sie ab. Kelly stieg neben Francesco in die Limousine, das Kamerateam folgte in einem Van. Kaum fuhr der Chauffeur auf die Autobahn, klingelte Kellys Handy. Ihre Nummer hatten nur wenige Menschen. Leider gehörte ihr Vater dazu. Sie überlegte ein paar Sekunden, ob sie den Anruf einfach wegdrücken sollte. Aber dann würde er es immer wieder versuchen. Also biss sie in den sauren Apfel und ging ran.

„Hallo Pa! Wie geht es dir?", begann sie freundlich, doch er war schon richtig in Fahrt.

„Was ist das für ein Unsinn, dem du da zugestimmt hast?", knurrte er. „Du machst dich doch lächerlich!"

Kelly verdrehte die Augen und gab Francesco ein Zeichen, wer am Telefon war.

„Das ist Marketing", wiederholte sie die Worte ihres Managers. „Die Fans wollen Stars zum Anfassen und ich kann damit viele Sympathiepunkte sammeln."

„Unfug! Ich habe dir doch nicht das teure Musikstudium und all die Einzelausbildungen bei angesehenen Dozenten finanziert, damit du dich hergibst für irgendwelche Hilfsjobs! Das ist absolut unter deiner Würde. Reicht doch so schon, dass du nichts Anständiges tust."

Ihr Vater hatte nie verstanden, dass sie nicht eine Laufbahn als klassische Sängerin eingeschlagen hatte. Das hätte perfekt in sein Konzept gepasst. Die Jugendstilvilla mit antiken Möbeln, seine erfolgreiche Firma, die stilvolle Ehefrau – und als Krönung die Tochter als berühmte Diva in den Opernhäusern dieser Welt. Doch Kelly – auch ihren Künstlernamen konnte er auf den Tod nicht ausstehen – fand es schrecklich, immer nur vorgegebene Musik nachzusingen und sich den Noten, Dirigenten, Intendanten zu unterwerfen. Sie hatte etwas Eigenes machen wollen und sich der Popmusik zugewandt. Obwohl sie jetzt feststellte, dass da ein ähnliches Regelwerk vorhanden war, nur nicht ganz so offensichtlich.

„Pa, es sind doch nur drei Tage. Und ich arbeite ja nicht wirklich in irgendeinem Job, das ist nur eine kurze Show, die gefilmt wird. Anschließend kümmere ich mich wieder um das neue Album."

„Darum geht es nicht", fuhr er sie an in seinem gewohnt harten Ton. „Du bist billig geworden. Dabei hattest du die besten Gene, die man sich nur vorstellen kann. Allein der Stil deiner Mutter! Für sie ist es kaum zu ertragen, dass unsere Tochter in kurzen Kostümen auf einer Bühne herumhopst und irgendwelche austauschbaren Nummern trällert. Warum tust du uns das nur an? Und jetzt noch diese herabwürdigende Aktion. Du bist die größte Enttäuschung meines Lebens."

Jetzt reichte es! Musste er ihr immerzu unter die Nase reiben, dass sie nicht gut genug sei?

„Jetzt hör mir mal zu", erwiderte Kelly ernst. „Das hier ist mein Job und ich mache ihn verdammt gut. Ja, es mag nicht in deinen elitären Kopf passen, dass ich populäre Musik mache. Aber ich arbeite hart dafür."

„Du bist immer noch eine ‚von Kronenberg', vergiss das nicht! So etwas verpflichtet", führte er das uralte Argument des uralten Adels an. Kelly konnte es nicht mehr hören.

„Ist ja gut!", schnauzte sie zurück. „Ich lebe ja nicht in der Gosse, sondern in einer Villa. Ich verdiene mehr als ein Topmanager und kann eigenständig arbeiten. Meine Güte, nennst du das denn eine Versagerin?"

„Mit dir kann man ja nicht mehr vernünftig reden", sagte er und legte auf. Wie immer, wenn ihm die Argumente ausgingen.

Wutschnaubend warf Kelly ihr Handy auf den Sitz. Hörte das denn nie auf, diese Verachtung, weil sie nicht den Weg der anderen reichen, gut ausgebildeten Töchter eingeschlagen hatte? Verdammt nochmal, sie hasste es, von ihm ständig als Loserin tituliert zu werden.

„Mach dir nichts draus", tröstete Francesco sie und tätschelte ihr nacktes Knie. „Wenn das neue Album auch in den USA richtig einschlägt, wird er es bestimmt verstehen. Er hat einen Weltstar als Tochter, die mehr verdient als all seine edlen Antiquitätenläden zusammen! Dann wird er dich respektieren."

Das würde er niemals. Aber das verstand Francesco nicht.

Kelly starrte aus dem Fenster, vielleicht würde sie das ablenken. Die Landschaft, die vorbeizog, wurde immer bergiger.

Im Hintergrund blitzte ein See auf und Kühe standen auf saftigen Wiesen herum wie auf einem Werbeprospekt für Biomilch. Die sie allerdings nie trank, weil sie natürlich seit Jahren vegan lebte, dem Teint zuliebe. Und weil es der von Francesco angeheuerte Ernährungsberater so empfahl. Ab einem gewissen Alter musste man wirklich gut auf sich aufpassen.

„Es geht mir doch gar nicht ums Geld", sagte sie leise. „Oder um die weltweiten Charts."

„Worum dann?" Francesco klang erstaunt. „Du willst doch den Erfolg! Wir arbeiten schließlich elend hart dafür."

„Ja, du hast recht, natürlich", lenkte sie ein, weil er alles andere nicht begreifen konnte, es war außerhalb seiner Welt. Wie sollte sie ihm erklären, dass sie sich von ihrem Vater etwas ganz anderes wünschte? Als Mensch sollte er sie wertschätzen. Als seine Tochter, die er liebte, selbst wenn sie als Putzfrau ihren Lebensunterhalt verdiente. Einfach nur, weil sie seine Tochter war. Aber das konnte er nicht, ebenso wenig wie ihre Mutter.

Und wahrscheinlich war das sowieso ein ganz dämlicher Wunsch. Menschen waren nun mal so. Sie liebten ihre Partner wegen des Aussehens, wegen Macht oder Intellekt. Und ihre Kinder, weil sie diese vorzeigen wollten als gelungenes Produkt der elterlichen Anstrengungen. Manchmal war sie wirklich naiv. Dummerweise nagte es schon seit vielen Jahren an ihr, dass ihr Vater vielleicht recht haben könnte. Dass sie zu nichts anderem taugte als zum Trällern von tanzbarer Popmusik, manchmal sogar mit Playback, während andere Töchter Medizin studiert hatten und Menschenleben retteten. Und dies so deutlich zu spüren, zog sie jedes Mal gehörig runter.

„Sag mal, wo fahren wir eigentlich hin?", fragte sie schließlich, als die Berge so nah waren, dass Kelly meinte, nur die Hand ausstrecken zu müssen, um in den Schnee greifen zu können.

Es tat gut, sich nach dem Telefonat abzulenken mit dieser Bilderbuchlandschaft. Am Himmel waren nur vereinzelte Wölkchen zu sehen, die Morgensonne ließ alles erstrahlen und spiegelte sich im goldenen Zwiebelturm eines kleinen Kirchleins. Ja, definitiv Werbebilder für Bioprodukte! Genau so sahen die Packungen im Ökomarkt aus.

Francesco versuchte, das Ortsschild zu entziffern. „Oberapfelbach", las er und legte die Stirn in Falten. Was wirklich erstaunlich war, denn normalerweise verhinderten seine regelmäßigen Botox-Injektionen genau das. „Also, ich weiß auch nicht recht …"

Die Limousine bog in eine Seitenstraße ein. Kelly blickte aus dem Fenster und versuchte, einen Hinweis zu bekommen.

„Vielleicht ist am Ortsrand ein schmuckes Einfamilienhaus. Von einer Familie, die gern im Garten arbeitet. Und die Tochter ist der Superfan und will mich für drei Tage gewinnen."

„Gut möglich", stimmte Francesco zu. „Oder ein paar Neureiche haben sich hier niedergelassen. Und du kannst einer helfen, ihr Reitpferd zu striegeln. Schau, da hinten ist eine Pferdekoppel. Womöglich ein Gestüt!" Er deutete nach rechts.

„Oh je, von Pferden habe ich null Ahnung. Ehrlich gesagt jagen mir die sogar ein bisschen Angst ein."

„Du musst ja kein Galopprennen reiten, sondern dich nur fürs Foto in den Sattel schwingen. Wird nicht so schwierig sein. Aber falls dort auch ein Golfplatz und ein Pool vorhanden sind, machst du dort auf keinen Fall Bilder! Ich brauche dich volksnah. Hilf lieber im Garten mit, schneide Rosen oder pflanze Lavendel ein, sowas macht sich farblich super in den Videos."

Das klang phantastisch. Oh, sie freute sich schon irrsinnig auf die gemütlichen Tage mit ihrer Gewinnerin! Sie würden ganz viel quatschen, Eistee mit Wassermelonenstückchen schlürfen und womöglich würde Kelly der lieben Lisa, Lea oder Lilly sogar einen Song widmen!

Kelly sah sich um, fand aber weit und breit keine Villa oder einen Landsitz. Stattdessen bog die Limousine in einen Hof ein und rumpelte dabei über eine Schwelle, sodass die Insassen von ihren Sitzen hochgeschleudert wurden. Vor einem sehr urig wirkenden Misthaufen blieb der Wagen stehen.

„Das kann nicht stimmen", rief Kelly, stieg aus und schaute sich nach allen Seiten um.

Der Fahrer in Uniform jedoch machte ein ernstes Gesicht. „Doch, wir sind hier richtig. Dorfstraße siebzehn wurde mir als Adresse genannt."

Er deutete auf ein schief hängendes Hausnummernschild mit den Ziffern eins und sieben. Hinter ihnen kam der Van mit dem Kamerateam herangerattert.

„Ja aber … aber", stammelte Kelly und konnte es nicht glauben. „Das hier ist ein Bauernhof!"

Und zwar einer, auf dem es nach Mist stank und Hühner wild herumliefen, völlig ohne Leine oder Zaun. Aus dem Nebengebäude kam ein Geräusch, es hörte sich an wie eine echte Kuh. Und Fliegen surrten ebenfalls herum. Vielleicht war das bei jedem Hof so, Kelly hatte keine Ahnung, sie war ein Großstadtkind und nie nur in die Nähe eines solchen Tier-Etablissements gekommen.

„Da liegt sicher eine Verwechslung vor." Francesco baute sich vor dem Fahrer auf. „Sie haben falsche Daten erhalten, der Gewinner ist doch … "

Er holte sein Handy heraus und scrollte nach der Nachricht des Radiofritzens. „Ja, der Gewinner ist ein gewisser Matthias Seethaler, beziehungsweise wohl eher seine Frau oder Tochter oder irgendwas. Aber doch kein Bauer!"

Just in diesem Moment öffnete sich die Tür des Stalls. Ein Mann in Gummistiefeln und fleckiger Arbeitshose kam heraus, in jeder Hand einen Eimer. Als er die beiden Wagen sah, hielt er mitten in der Bewegung inne. Dann kam er direkt auf sie zu. In seinen dunkelblonden Haaren, die nicht wirkten, als wären sie heute schon einem Kamm begegnet, fing sich die Sonne. Er war unrasiert, aber nicht auf gepflegte Hipster-Art, sondern eher aus Nachlässigkeit. Sein verwaschenes T-Shirt verriet einen ganz ordentlichen Körperbau, er hatte markante Gesichtszüge und erstaunlich blaue Augen. Allerdings half das nicht viel bei dem Duft, der ihn umwehte.

Kelly nagte an ihrer Unterlippe. Sicherlich würde der Kerl jetzt gleich das Missverständnis aufklären, ja ganz gewiss sogar! Eine Namensgleichheit, ein Zahlendreher in der Adresse oder so etwas in der Art. Konnte ja mal vorkommen, kein Problem.

Umso entsetzter war sie, als er ihnen zurief: „Ah, ihr seid die Leute vom Radio, richtig? Ich warte schon sehnsüchtig auf euch, wir können gleich rausfahren aufs Feld, der Weizen ist reif zum Häckseln."

„Häckseln?", wiederholte sie und sah Francesco fragend an. „Wovon redet der?"

Der wandte sich mit sehr hochgezogenen Augenbrauen dem Gummistiefelmann zu. „Bist *du* Matthias Seethaler? Der beim Radio angerufen hat für die *Call Kelly and relax!*-Aktion?"

Der Bauer stellte die Eimer ab, wischte sich die Hände an der Hose sauber und nickte.

„Genau der bin ich. Wo ist er denn? "

Suchend schaute er sich um. Kelly hatte er bisher keines Blickes gewürdigt, was ihr sonst nie passierte. Normalerweise wurde sie umschwärmt, wo immer sie hinkam. Schließlich war sie dank ihres Outfits eine äußerst auffällige Erscheinung.

Mit dem Kerl stimmte ganz sicher irgendwas nicht, der konnte nicht normal sein! Und wer zum Henker sollte dieser „er" sein, nach dem er sich erkundigte?

„Wer denn?", fragte Francesco verdutzt.

Mit überraschter Miene sah der Bauer ihn an. „Na, Joey! Der Marathonmann. Wegen dem seid ihr doch hier."

Das war der Beweis! Der Typ war völlig durchgeknallt! Instinktiv machte Kelly einen Schritt nach hinten, trat in irgendetwas Weiches. Als sie an sich hinuntersah, klebte ein Lehmbatzen am Absatz ihrer High Heels. Oder - Scheiße! Das war gar kein Lehmbatzen, das war etwas viel Schlimmeres!

„Ich ... äh ... verstehe nicht", stammelte Francesco.

„Na, du bist gut!", sagte der Bauer. „Ihr kommt doch wegen Joey Kelly, darum ging es schließlich in dem Gewinnspiel. Dass der kommt und für drei Tage bei mir auf dem Hof mithilft. Da kann er gleich noch ein paar Muskeln trainieren, für ihn als Sportler ist das bestimmt super. Also, wo habt ihr ihn versteckt? Im Van? Kommt er erst raus, wenn die Kameras laufen?"

Er machte ein paar Schritte auf das hintere Auto zu, ging dabei direkt an Kelly vorbei, erneut, ohne sie auch nur für eine Sekunde anzuschauen. Sie schnappte nach Luft.

„Joey Kelly?", rief sie und vor lauter Empörung wurde ihre Stimme ganz schrill. „Was soll der denn damit zu tun haben? *Ich* bin der Superstar und man konnte *mich* gewinnen! Als Hilfskraft in einer Konditorei oder so, das ist doch klar!"

Der Kerl fuhr herum. Sah sie an, als wäre sie aus dem Nichts urplötzlich hier aufgetaucht.

Sein Blick glitt über sie, von den Stilettos über das Minikleid bis zur Sonnenbrille, die sie sich ins Haar gesteckt hatte. Mit genau so einem abwertenden Blick hatte ihre Mutter sie auch oft angesehen. Sie hasste das!

„Du bist ein Star?", wiederholte er ungläubig. „Was tust du denn?"

„Ich singe!", sagte sie. Dummerweise war ihre Stimme, die eben noch schrill gewesen war, jetzt krächzend. War ja kein Wunder bei so einer Beleidigung. Da rief dieser Kerl beim Radio an und wusste nicht mal, wer Kelly Kay war? Warum, zum Henker, hatte er sich überhaupt bei dem Gewinnspiel beworben?

„Aha", erwiderte er nur knapp. „Du singst also."

Er drehte sich danach zur Seite und sprach Francesco an, als wäre sie überhaupt nicht vorhanden. Das hatte ihr Vater genauso getan, als sie sich zum letzten Mal gesehen hatten. Bei der Beerdigung von Onkel Reinhard war das gewesen. Da hatte er sie einfach übergangen, als wäre sie völlig unwichtig oder trotz ihrer seriösen Kleidung sogar peinlich. Ihr Hals fühlte sich schon wieder an, als hätte ihr jemand ein Hermès-Tuch zu eng um den Kragen gebunden. Aber sie war keine Versagerin, sie musste sich das nicht gefallen lassen!

„Soll das heißen, *sie* will bei mir mitarbeiten?", fragte der Bauer jetzt Francesco mit einem winzigen Seitenblick auf Kelly. „Das ist ja wohl ein Witz!"

Francesco klopfte ihm freundschaftlich auf die Schulter. „Keine Angst, Kumpel. Wir finden einen Ausweg. Ist doch klar, dass das so nicht ablaufen wird."

„Warum sollte ich nicht hier mitarbeiten können?", ging Kelly dazwischen.

Was dachte dieser Typ sich nur? Sie hatte sich durch vier Jahre Musikstudium gequält, sich von teuren, russischen Professoren demütigen und zu stimmlichen Höchstleistungen peitschen lassen. Glaubte der wirklich, ein bisschen Hofarbeit würde sie überfordern? Sie packte so etwas locker, sie war nämlich keine Versagerin!

„Weil …", begann der Bauer, sprach aber nicht weiter. Musterte erneut ihr Outfit. „Weil das hier wahrscheinlich nix ist für jemanden wie dich."

„Ach ja?" Sie richtete sich zur vollen Größe auf. Okay, es waren nur ein Meter fünfundsechzig, aber die Stilettos verliehen ihr zusätzliche acht Zentimeter. Trotzdem reichte sie ihm nur bis zur Nase. Aber das war egal, sie würde sich jetzt Respekt verschaffen!

„Jetzt hör mir mal zu, Cowboy", fauchte sie ihn an und stemmte die Hände in die Hüften. „Ich trainiere vor den neuen Shows acht Stunden täglich mit dem Choreografen, ich habe eine Tour hinter mir, bei der ich pro Monat vierundzwanzig Auftritte absolviert habe, und meine russische Gesangsprofessorin hat mich mal eine gesamte Woche lang ausschließlich chromatische Tonleitern singen lassen. Chromatische! Drei Tage auf einem Hof zu arbeiten, ist ein Klacks für eine Kelly Kay und ich werde das durchziehen!"

Zufrieden verschränkte sie die Arme vor der Brust, während dieser Matthias sie endlich ansah, wenngleich ziemlich entsetzt. Dem hatte sie jetzt gezeigt, dass man sie ernst nehmen musste! Wäre ja noch schöner, wenn man ihr schon wieder unterstellte, irgendwo nicht zu genügen.

Dass Francescos Gesicht plötzlich alle Farbe verloren hatte und auch die Kameramänner nach Luft schnappten, nahm sie voller Genugtuung zur Kenntnis. Die trauten ihr wohl auch nicht zu, sich richtig durchzubeißen? Pah, denen würde sie allesamt zeigen, was in einer Kelly Kay steckte!

4. Stilettos vorm Misthaufen

Matthias

Er musste sich verhört haben. Überhaupt kam es ihm vor, als träume er das alles. War ja schon unwahrscheinlich genug gewesen, dass dieser Joey Kelly hier auf dem Hof mitarbeiten sollte. Oder generell, dass er, Matthias, im Radio was gewann. Er hatte noch niemals Glück gehabt bei Verlosungen.

Oder bei sonst irgendwas im Leben.

Aber dass jetzt diese komischen Leute vor seinem Misthaufen herumstanden wie Außerirdische, konnte nur ein Traum sein, so irreal war das alles. Dieser schmierige Schwarzhaarige mit dem eng anliegenden Glanzhemd sah aus wie ein Mafioso. Oder wie ein Türsteher in einem dieser angesagten High Society-Clubs, über die Matthias mal einen Bericht gesehen hatte. Solche Menschen verirrten sich doch nicht aufs Land.

Und dann dieses Modemagazinpüppchen!

Er hatte erst gedacht, die sei eine Assistentin vom Kamerateam oder wie immer man das nannte. Junge Frauen, die herumwieselten, um Kaffee zu verteilen, Butterbrezn zu holen und sich nach Drehschluss vom Kameramann flachlegen zu lassen. Ihr ultrakurzes Minikleid jedenfalls deutete darauf hin. Recht viel genauer hatte er sie gar nicht angeschaut, auf solche Frauentypen stand er überhaupt nicht. Allerdings baute sie sich gerade vor seiner Nase auf.

„Jetzt hör mir mal zu, Cowboy", fing sie an und laberte irgendwas von ihrer Show und von dämlichen Tonleitern. Um am Ende anzukündigen: „Drei Tage auf einem Hof zu arbeiten, ist ein Klacks für eine Kelly Kay und ich werde das durchziehen!"

Auch das noch! Als wäre es nicht schon schlimm genug, dass der Marathon-Kelly nicht kam, kündigte jetzt dieses Musiksternchen noch an, hierbleiben zu wollen.

„Nein, nein", erwiderte er schnell. „Ich brauche ja einen Erntehelfer, das ist nichts für eine zarte Frau. Das ist richtige Männerarbeit, verstehst du?" Offenbar nicht, denn ihre kastanienbraunen Augen funkelten ihn an.

„Wieso haltet ihr Männer euch eigentlich immer für besser?", zischte sie. „Egal, was wir leisten, in euren Augen sind wir nichts wert."

„Das habe ich doch gar nicht gesagt", verteidigte er sich. Die war ja eine echte Zicke, schrecklich. Er wusste schon, warum er lieber allein lebte und sich in keine Beziehung quälte.

Der schmierige Typ mischte sich ein. „Kelly, halt mal den Ball flach. Wir filmen dich jetzt hier auf dem Hof, bestimmt finden wir eine kleine, sympathische Arbeit für dich. Vielleicht was mit Tierbabys, das kommt immer gut rüber. Dann haben wir den Fans gezeigt, dass du das ernst nimmst, und fertig."

Ach, so lief das! War ja eigentlich klar gewesen.

„Verstehe", sagte Matthias kühl. „Ein wenig Herumspielen für die Kameras und gut ist's. Hätte ich mir denken können, ich war echt ein Idiot. Natürlich will sich von euch Großstadtleuten keiner die Hände schmutzig machen, egal, was ihr im Radio versprecht."

„Hey, mach mal halblang!" Der Kerl in diesem lächerlichen Glitzeroutfit hielt ihm drohend den Zeigefinger vor die Nase. „Ich brauche mich nicht beleidigen zu lassen von einem stinkenden Bauern!"

Dem Kerl würde er gleich zeigen, wie ein stinkender Bauer ihn von seinem Misthaufen verjagte! Und zwar mit den Fäusten!

„Aber Francesco, er hat recht", kam von der angeblichen Sängerin. „Wir können doch nicht im Radio sagen, dass ich helfe, und dann ziehen wir nach ein paar Fotos wieder ab, nur weil es nicht der passende Job ist."

„Baby, so läuft Marketing nun mal", gab der zurück.
Matthias blies abfällig Luft aus der Nase. Hätte er sich denken können, dass die beiden ein Paar waren, das passte gut. Da traf es wenigstens keinen Unschuldigen, wie sein Vater gern gesagt hatte. Jetzt funkelte sie nicht mehr ihn, sondern diesen Francesco an.

„Nicht bei mir. Ich will meine Fans nicht verarschen. Und ich will mir auch nicht von dir oder sonst wem sagen lassen, dass ich zu irgendwas nichts tauge. Ich bleibe drei Tage hier, wie vereinbart."

„Hör auf mit dem Scheiß", fuhr der Glitzertyp sie an. „Wir brauchen Nummern fürs neue Album, es ist keine Zeit für so einen Unfug. Du bist ja nur sauer wegen deines Dads, aber der hat doch mit dem hier gar nichts zu tun."

Matthias grinste in sich hinein. Schien nicht gerade die harmonischste aller Beziehungen zu sein. Wunderte ihn gar nicht bei zwei solchen Showgestalten. Bevor das Traumpaar sich weiter streiten konnte, kam Quirin auf den Hof gelatscht. Als der das Minikleid sah, fielen ihm fast die Augen aus dem Kopf.

„Ja, verreck!", rief er. „Das ist ja wirklich die Kelly Kay! Bei uns im Dorf. Ich dreh durch. Was für eine Ehre, dass du ein paar Tage dem Matthias hilfst, der kann wirklich jemanden brauchen." Er ging auf Kelly zu, grinste bis zu den Ohren und zog allen Ernstes sein BayWa-Käppi vom Kopf. Offenbar dachte er, er stünde vor der Königin von England. Als Nächstes machte er bestimmt einen Knicks. Oder fiel zum Zwecke eines Handkusses auf die Knie.

„Du verstehst das falsch, Quirin", erläuterte Matthias mit einer Portion Zynismus in der Stimme. „Das ist alles nur Show. Ein paar Filmchen für den Radiosender und dann sind die alle wieder weg."

„Aber wir häckseln doch jetzt! Wie willst du das ohne Hilfe hinkriegen? Wir müssen so oder so bis in die Nacht hinein arbeiten und für morgen ist der Mähdrescher ja schon vergeben." Das Lächeln war aus dem Gesicht seines Freundes gerutscht. Und selbst für Ihre Majestät, die leicht bekleidete Pop-Queen, schien er sich nicht mehr zu interessieren.

Die war jedoch stur wie ein alter Esel. „Ich bleibe hier und helfe", bekräftigte sie, verschränkte die Arme und machte einen sehr entschlossenen Eindruck.

Quirin neigte den Kopf zur Seite und musterte ihre silbernen Schuhe mit den Mörderabsätzen. „Die musst du aber ausziehen zum Traktorfahren. Der Rest kann gern so bleiben."

„Quatsch, ich zieh mich natürlich um." Sie gab dem Kamerateam ein Zeichen. „Macht mal ein paar Aufnahmen jetzt von mir und dann in Jeans. Man soll die Verwandlung sehen." Einer der Leute nickte und gab ein paar Anweisungen. Die Kamera surrte schon mal los und sie warf sich gekonnt in Pose.

Matthias zog sich in die Milchkammer zurück, um die beiden Eimer auszuwaschen, die er in der Hand gehabt hatte. Als Quirin hereinkam, drehte er sich zu ihm um.

„Ich will die nicht auf dem Hof haben, diese ganze Bagage!", sagte er. „Die stehen nur im Weg rum und machen einen Haufen Arbeit. *Du* hast mich zum Anruf überredet, also sorg du gefälligst dafür, dass die den Abflug machen. Ich will meine Ruhe und vernünftig arbeiten können!"

„Du sturer Esel, verstehst du denn nicht, was das für eine Chance ist?", erwiderte Quirin. „Wir können die Niederbirnthaler endlich übertrumpfen!"

„Herrschaftszeiten, komm mir nicht mit diesem Schmarrn!" Matthias pfefferte die Eimer auf den gekachelten Boden der Milchkammer, dass es nur so scheppterte.

Niederbirnthal war die Nachbargemeinde. Aus irgendwelchen idiotischen Gründen gab es zwischen den beiden Dörfern eine Fehde, die aus jeder schlechten Heimatschnulze stammen könnte. Ihn erinnerte das immer an die alte Fernsehwerbung für Spülmittel, Villariba und Villabajo. Nur halt im tiefsten Bayern. Aber genauso dämlich, denn die Dörfer versuchten ständig, sich bei irgendwas zu übertrumpfen. Nur machte er bei diesem Blödsinn nicht mit!

„Gar kein Schmarrn", erklärte Quirin ungerührt. „Der Bürgermeister von denen hat uns ausgelacht, weil wir fast keine Feriengäste mehr haben. Und bei denen geht's doch total rund seit dieser *Miss Genieß-deinen-Cheese*-Sache. Da pilgern die Fans hin, das glaubst du nicht. Aber jetzt können wir das überbieten."

„Fans?" Matthias starrte ihn an. „Du willst mir doch nicht ernsthaft erzählen, dass die Zenzi vom Kaaserhof einen Fanclub hat? Nur wegen dem stinkigen Käsekleid?"

„Na freilich! Die war doch im Finale dieser Show und hat alle ausgestochen."

„Ja, geruchsmäßig."

„Depp", wiederholte Quirin freundlich. „Schau, ich erklär's dir. Die Zenzi war in dieser Show, wo ganz besondere Schönheitsköniginnen gesucht werden. *Die Miss mit Biss - finde dein inneres Funkeln* nennt sich die Sendung."

„Sendung mit der Maus ist mir bedeutend lieber", warf Matthias ein, das überhörte Quirin aber geflissentlich.

„Na, jedenfalls hat die Zenzi da gewaltig Werbung für ihre Käserei gemacht. Außerdem hat sie sich mit der Heidi Klum angelegt, das hat den Leuten irgendwie gefallen. Und bei so einer Gala ist sie dann mit einem Kleid aus Emmentalerscheiben herumstolziert, ein schwuler Modeschöpfer hat vom Dekolleté abgebissen, was einen Mordsaufschrei in der Presse gegeben hat. Weil es irgendeine sexuelle Belästigung war, haben die alle gesagt, was weiß ich. Also, die Moni vom Wirt hat jedenfalls nix dagegen, wenn man ihr Holz vor der Hüttn bewundert."

„Wenn du ihr in den Busen beißt, scheuert die dir eine, aber probier's ruhig aus", riet Matthias. „Trotzdem versteh ich nicht, was das jetzt mit meinem Besuch von einem anderen Stern zu tun hat."

„Mei, du hockst echt auf der Leitung!" Quirin schüttelte den Kopf. „In Niederbirnthal ist die Hölle los, weil alle möglichen Leute jetzt die Heimat der Cheese-Miss anschauen wollen. Die übernachten dort, gehen ins Wirtshaus – obwohl der ja nicht gscheit kochen kann – und kaufen wie wild in der Käserei ein. Angeblich überlegt der Gemeinderat sogar, ob er eine Statue von der Zenzi schnitzen lässt. Für den Dorfplatz. Gleich unterm Maibaum."

Matthias war sich sicher, dass sich Quirin das mit der Statue ausgedacht hatte, denn sein Freund hatte eine blühende Phantasie. Aber er verstand, worauf er hinauswollte.

„Und du meinst, wenn wir jetzt in die Schlagzeilen kommen wegen dieser Kelly Dingsbums und irgendwelche Fans auftauchen, sind mir alle Oberapfelbacher auf Ewigkeit dankbar, weil wir die Niederbirnthaler ausstechen? Das ist doch Quatsch."

„Nicht auf alle Ewigkeit. Aber für die ganze Erntezeit bestimmt. Ich wett mit dir, der Herr Bürgermeister treibt dir Erntehelfer auf, wenn du die Kelly nicht vom Hof jagst."

Zefix!

Das war ja Erpressung!

Dem Hader Schorsch traute er es allerdings zu, der war so dermaßen stolz auf sein Amt als Bürgermeister, dass er das Dorf unbedingt groß rausbringen wollte. Und da kam ihm eine singende Vogelscheuche wie diese Kelly gerade recht.

„Meinst du echt?", hakte er vorsichtig nach. „Eigentlich bin ich auf den Bürgermeister nicht gut zu sprechen, der will mir doch den Weg zu meinem Acker beim Wald nehmen. Das wär eine Katastrophe, ich muss dann total umständlich fahren und die Maisernte dauert dreimal länger."

„Ich ruf den Schorsch gleich an." Quirin zog sein verstaubtes Handy raus. „Und du kümmerst dich um die Prinzessin. Sei ein bissl netter zu ihr, sie rettet deine Ernte! Und vielleicht sogar deinen Acker am Wald."

„Oh je", machte Matthias. „Ich bin ein ganz ordentlicher Landwirt, glaub ich, ich kann alles Mögliche reparieren und sogar ein Gulasch kochen. Aber als Animateur bin ich richtig mies."

„Denk an deinen Weizen. Das hilft." Quirin grinste breit. „Oder an den kurzen Rock von unserem Star."

War ja klar. Matthias räumte die Eimer zur Seite, wischte sich die Hände ab und ging wieder raus.

Vor dem Stall diskutierte dieser Francesco noch mit Kelly herum, aber nach ein paar Sätzen stieg er in den Wagen. Offenbar hatte er noch irgendwas Wichtiges zu erledigen und blieb nicht hier, zum Glück. Auf diesen aufgeblasenen Gockel konnte er gut verzichten.

Als der wegfuhr, sah Kelly ihm eine Weile hinterher, dann drehte sie sich zu Matthias um.

„Hast du hier ein Gästezimmer oder gibt es ein Hotel in der Nähe?", fragte sie ihn.

Oha. Sie meinte es also wirklich ernst. Eigentlich hatte er damit gerechnet, dass sie jeden Moment ein Glitzerhandy mit Diamanttastatur herausziehen, den Gockel anrufen und hineinschluchzen würde, dass er sie bitte abholen und nicht alleine in dieser Wildnis zurücklassen sollte.

Aber sie schien sich entschieden zu haben. Fürs Erste zumindest.

„Na ja, ich hab die Kammer hergerichtet für Joey. Oben im Haus. Willst du sie anschauen?"

Sie nickte. „Klar, ich muss mich ja irgendwo umziehen."

Das wäre in der Tat nicht schlecht, denn in diesem verboten knappen Kleidchen würde sie wohl kaum ins Führerhaus steigen können, ohne dass der Stoff riss. Oder alles hochrutschte und der arme Quirin vielleicht einen Herzinfarkt bekam, denn er fand diese Singamsel wahrscheinlich sogar noch schärfer als die Moni vom Wirt. Und das sollte was heißen.

Matthias erinnerte sich daran, dass er freundlich sein sollte. Also probierte er ein halbes Lächeln und wandte sich ihr zu. „Die Kameraleute können drüben beim Wirt nach Zimmern fragen, der hat garantiert was frei."

Er deutete durch eine Kopfbewegung auf das Gebäude an der Ecke. Die Technikleute hielten fleißig ihre Kameras auf Kelly und ihn. Quirin stand vor der Milchkammer und zog vorsichtshalber seinen Bauch ein, für den Fall, dass er mit im Bild sein sollte. Er grinste fast so breit wie ein Mähwerk, als Matthias gefolgt von Kelly aufs Haus zuging. Was der sich wohl ausmalte?

Drinnen angekommen zeigte er ihr kurz die Stube mit dem alten Holzofen, der Vitrine und der Eckbank, dann stiegen sie die schmale Treppe nach oben. Ihm kam es vor, als knarzten die alten Treppenstufen ganz anders als sonst, als Kelly mit ihren halsbrecherischen Absätzen hochstieg.

Er ging hinter ihr hinauf, weil er ihren monströsen Koffer trug, und musste dadurch ihre Hinteransicht betrachten. Das Fahrgestell war „eins a", um mal Quirins Lieblingsausdruck zu benutzen, und sie wackelte sehr routiniert mit dem knackigen Hintern beim Treppensteigen. Ging wahrscheinlich auch gar nicht anders, wenn man solche Schuhe und ein so enges Kleid trug.

Die Haare fielen ihr in großzügigen Wellen über die Schultern, bewegten sich aber dabei kaum, weil sie wohl mit einer Wagenladung Haarspray fixiert worden waren. Der obere Teil war dunkelbraun, ab der Mitte der Länge wurden sie immer heller, die Spitzen leuchteten blond mit einem Schuss blau, wenn er es richtig sah. Ziemlich lächerlich, sich außerhalb der Faschingszeit die Haare so bunt zu färben, fand er. Überlegte aber trotzdem, was davon wohl ihre richtige Haarfarbe war. Zu den Kastanienaugen konnte er sich am ehesten einen Braunton vorstellen, aber er war weiß Gott kein Profi, was solche Dinge anbelangte. Oder Frauen ganz allgemein.

„Gleich rechts", sagte er, als sie oben angekommen waren.

„Die Decke ist aber ganz schön niedrig", stellte Kelly fest, obwohl ihr Kopf im Gegensatz zu seinem nicht in Gefahr war.

„Das Haus stammt aus dem achtzehnten Jahrhundert. Da waren die Menschen kleiner. Außerdem haben die selten solche Schuhe angehabt wie du."

„Auch wieder wahr." Sie lächelte sogar, schau an!

Er öffnete die Tür zur Kammer und rechnete bereits damit, dass Miss Superstar irgendetwas auszusetzen hatte.

„Hui, das ist aber ein schmales Bett", kam auch gleich. Sie machte einen vorsichtigen Schritt ins Zimmer und blieb stehen.

Er folgte ihr. „Es ist ganz normal, würde ich sagen."

Wo war denn das Problem? Es hatte doch bestimmt achtzig

Zentimeter in der Breite und sie war ja dünn.

„Ja, stimmt, sorry. Ich war nur überrascht. Normalerweise habe ich Queensize, wenn ich unterwegs bin."

„Nur ist das hier kein Hotel. Ich bring dir auch kein Frühstück aufs Zimmer, nur damit das schon mal klar ist. Außerdem wird es höchste Zeit, der Weizen wartet. Zieh dich hier um und komm dann runter."

Mit seiner Geduld war es langsam zu Ende. Er war kein Page im Hilton, sondern Landwirt, und musste verdammt hart für sein Geld arbeiten.

„Wo ist denn das Bad? Nebenan?", fragte sie, beugte sich aber immerhin zum Koffer hinunter.

„Nein, nebenan schlafe ich. Das Badezimmer ist da hinten. Und beeil dich!"

Er zog die Holztür zu und lief die Stufen hinab. Es war nur noch ein Kameramann übrig, ein grauhaariger Senior, der ein bisschen humpelte, die anderen Leute vom Radiosender bezogen schnell ihre Zimmer, bevor es losging. Matthias sagte ihm, dass er sich gern ein Bier aus dem Kühlschrank in der Küche holen könne, und besprach dann mit Quirin die Vorgehensweise.

„Übernimm du wieder die Verdichtung im Fahrsilo", schlug er seinem Freund vor. „Ich steig in meinen Traktor mit dem Anhänger und übernehme die erste Tour, Kelly soll hinter mir herfahren und sich das anschauen, sie ist als Zweite dran. Ich geb ihr den alten Fendt, da kann sie nicht viel kaputtmachen."

Bauchgrummeln hatte er trotzdem. Der Häcksler spukte das Gut nämlich in hohem Bogen über sein Rohr zur Seite, das bedeutete, man musste im richtigen Abstand und in der passenden Geschwindigkeit neben ihm her fahren, damit das Gehäckselte auf dem Anhänger landete. Aber er würde es Kelly ja vormachen.

„Alles klar, Boss." Quirin klopfte sich mit dem Finger ans Käppi. „Jetzt musst du deinem Großstadtgewächs nur noch klar machen, wie man einen Traktor fährt."

Matthias seufzte. Er hätte es wissen sollen, dass er niemals im Leben irgendetwas gewann. Man bekam nun mal nichts geschenkt, das war in seiner Familie schon immer so gewesen. Und auch jetzt, mit dieser Kelly, ging er davon aus, dass diese gewonnenen drei Tage kein Urlaub, sondern eher eine verdammt harte Zeit werden würden. Dass sie in diesem Moment von oben herunterrief: „Du hast doch hoffentlich noch irgendwo mehr als diese zwanzig Kleiderbügel, die im Schrank sind?", unterstützte seine Vermutung.

Matthias ging in den kleinen Vorratsraum neben der Küche. Nicht, weil er dort Kleiderbügel versteckt hatte. Sondern um die Flasche Kirschwasser, die er da für Notfälle lagerte, in den Kühlschrank umzuräumen. Er würde heute Abend ein Glaserl Hochprozentiges brauchen, da war er sich schon jetzt absolut sicher.

5. Traktor-Drama

Kelly

Ein Bauernhof! Ausgerechnet! Das war doch kaum zu glauben. Wieso, bitteschön, rief so jemand wie dieser Matthias überhaupt bei einem Berliner Radiosender an? Gab es denn hier keine „Heimatwelle" oder „Kuhfreundefunk", wo man dann eben Heugabeln verloste anstatt eines Stars als Arbeitskraft?

Sie durchwühlte ihren Koffer auf der Suche nach etwas Passendem. Verflixt nochmal, hatte sie denn gar keine bequemen Schuhe eingepackt? Doch hier. Erleichtert zog Kelly ein Paar schneeweiße Sneaker mit goldenen Applikationen aus einem Fach des Koffers. Eine Jeans, natürlich knalleng, fand sie auch. Sie schlüpfte dazu in ein Shirt, band sich die Haare zu einem Pferdeschwanz und war sich sicher, jetzt dem Dresscode der Weizenernte zu entsprechen.

Also auf in den Kampf! Sie würde diesem arroganten Landei schon zeigen, mit was für einer Fighterin er es hier zu tun hatte!

Sie sprudelte über vor Tatendrang, also band sie die Sneakers zu, eilte die Treppe hinunter – und prallte auf eine bunte Kittelschürze. In dieser befand sich eine grauhaarige Frau, die aussah wie eine Mischung aus Hexe Rumpeldidumpel, einer Voodoo-Priesterin und einer Berliner Hinterhofhausmeisterin. Allerdings sprach sie einen Slang, der rein gar nichts mit der typischen Berliner Schnauze zu tun hatte.

„Kreizbirnbaumhollerstauern!", rief die Frau nämlich, als sie sich von dem Zusammenstoß erholt hatte.

Was immer das zu bedeuten hatte. Sie beäugte Kelly, als wäre sie ein seltsames Tier, das im Haus nichts verloren hatte. „Ja sag amal, wer bist denn du?"

„Ich bin Kelly. Ich helfe Matthias bei der Ernte. Und wer sind Sie, wenn ich fragen darf?"

„Ich bin die Burgi, also eigentlich Walburga", erklärte sie und fuhr fort, Kelly von oben bis unten zu mustern. „Also sowas. Ich hab nicht gewusst, dass Erntehelferinnen jetzt so scharf ausschauen. Da hat der Matthias sich ja was Heißes ins Haus geholt. Schlafst du denn bei ihm in der Kammer?" Sie kicherte heiser.

„Du liebe Zeit, nein!"

Wohnte diese seltsame Person auch hier im Haus? Dann war das wahrscheinlich seine Mutter. Obwohl sie ihm nicht besonders ähnlich sah. Burgi hatte im Gegensatz zu Matthias rabenschwarze Augen, eine Knubbelnase und einen schiefen Schneidezahn. Ihre graue Naturwelle stand in alle Richtungen, da half auch das knallrote Kopftuch nicht mehr viel, das sie im Nacken gebunden hatte. An den Ohren baumelten lange Ohrringe aus Holzperlen und allerlei seltsamen Symbolen, um den Hals trug sie ebenfalls eine ganze Reihe Ketten. Sie sah ein bisschen so aus, als hätte sich jemand als Putzfrau verkleidet, um dann Keith Richards Schmuckschatulle auszuräumen und sich alles gleichzeitig umzuhängen. Seine Schminkschublade ebenfalls, denn ihre dunklen Augen waren von einem breiten schwarzen Mascarastrich umrandet.

Von der längsten Kette konnte Kelly kaum ihren Blick lösen. Die sah aus wie ... Nein, das konnte echt nicht sein!

„Sind das kleine Knochen?", rutschte ihr trotzdem heraus, auch wenn sie diese Frage gar nicht hatte stellen wollen, weil sie sich nämlich vor der Antwort fürchtete.

Wie selbstverständlich nickte Walburga. „Ist ein Amulett.

Gegen den bösen Blick. Ich bin nämlich die örtliche Schamanin. Soll ich dir aus der Hand lesen oder in deine Aura spüren, ob ein hundsgemeiner Zauber auf dir liegt? Das kann ich nämlich auch alles. Und ich brau dir einen Tee gegen alle Gebrechen, die man sich nur vorstellen kann."

Sie streckte ihre Hand aus, um Kellys zu nehmen. Doch die machte einen Schritt nach hinten, was einen markerschütternden Schrei auslöste, der sie schrecklich zusammenzucken ließ.

Als sie sich umdrehte, flitzte irgendwas Rabenschwarzes wie der Blitz zur offenstehenden Haustür hinaus.

„Das war nur eine der Hofkatzen", erklärte die Schamanin. „Du bist ihr auf den Schwanz getreten, mach dir nix draus. War ja kein Mann. Da wär's schlimmer." Sie lachte scheppernd. Dann streckte sie ihr erneut fordernd den Arm entgegen.

Himmel, wo zum Teufel war sie hier nur hingeraten?

„Gib schon her, tut gar nicht weh, wir schauen auch gleich, was deine Lebenslinie so sagt. Die vom Seidl war nämlich richtig kurz, das hab ich ihm gesagt. Aber der hat ja nicht auf mich gehört, hat mich sogar ausgelacht, der Esel. Dann ist er zum Schifahren gegangen und zack hat ihn eine Lawine erwischt. Aber ich schwör dir, ich hab meine Hände da nicht im Spiel gehabt. Racheflüche mach ich nur ganz selten."

Jetzt war es Kelly wirklich mulmig zumute. Was, wenn diese Frau geistesgestört wäre? Gleich nebenan war die Küche, da lagen bestimmt Messer herum. Und vielleicht würde die ihr einen Finger absäbeln, nur weil ihr Kellys Lebenslinie zu lang vorkam?

„Na los, her mit der Hand!", beharrte die Alte.

Verflucht, wohin sollte sie fliehen? Panisch suchte Kellys Blick die Räumlichkeiten nach einem Fluchtweg ab.

„Tante Burgi, also echt!", dröhnte in diesem Moment Matthias` Stimme durch den Raum. „Lass doch Kelly in Ruhe, du erschreckst sie ja zu Tode! Und nimm endlich diese Hühnerknochenkette ab, das kann man ja nicht anschauen."

Erleichtert atmete Kelly aus. Er hatte sie gerettet!

„Ich hatte gerade ein Ritual", erklärte ihm Burgi selbstbewusst. „Mit den Damen vom katholischen Frauenbund. Wir haben an unserer geistigen Heilung gearbeitet. Schamanisch natürlich."

„Das wird den Pfarrer freuen. Aber hier im Haus herrscht Zauberverbot, wie du weißt. Und auch Handlese-Verbot, Zahnweissagerei-Verbot und Haarflammenorakel-Verbot."

Haarflammenorakel? Kelly band das Gummiband noch enger um ihren Pferdeschwanz. Vielleicht sollte sie lieber einen Dutt machen, das war sicherer.

„Wir müssen los", beschloss Matthias und Kelly freute sich noch mehr als vorher, das Haus verlassen zu können. Sie stapfte neben ihm her. Die Kameraleute sahen das und suchten sofort ihr Equipment zusammen, um ihr zu folgen.

„Wo gehen wir hin?"

„In die Maschinenhalle, dort warten die Traktoren. Ich hoffe, Tante Burgi hat dich nicht zu sehr erschreckt. Sie ist harmlos, mach dir da keine Sorgen. Dort drüben wohnt sie, im Austragshaus." Er deutete auf ein kleines Häuschen auf der anderen Seite des Stalls. „Und sie kümmert sich ein bisschen um mich. Also mit dem Haushalt und so."

„Indem sie dir eine Kartoffelsuppe hext?"

Er lachte. Hörte sich dummerweise ziemlich gut an, so melodisch und volltönend. Außerdem blitzten seine Augen, die dem blauen Himmel farblich in nichts nachstanden.

„Sie ist ziemlich chaotisch, aber kochen kann sie richtig gut." Er musterte sie von der Seite. „Du bist eher nicht für Haushalt und solche Sachen geschaffen, vermute ich."

Das war ja wieder mal typisch. Nur, weil sie ein Star war, gerade von einem mehrköpfigen Kamerateam verfolgt wurde und dank stundenlangem Hotness-Training wusste, wie man sich in knallengen Jeans perfekt bewegte, hielt er sie für eine Versagerin am Herd. Okay, er hatte leider recht damit, sie konnte höchstens Spaghetti mit Pesto aus dem Glas zubereiten. Aber es war trotzdem eine Unverschämtheit, ihr das zu unterstellen!

„Da täuschst du dich gewaltig, Herr Sexist!", zischte sie. „Ich verdiene ein Vermögen mit meiner Musik, kann aber selbstverständlich trotzdem ein ordentliches Abendessen zaubern."

„Echt?" Sein überraschter Blick war wieder eine Frechheit!

„Oh ja!"

„Hm", machte er und fuhr sich über sein unrasiertes Kinn. „Ich wollte eigentlich Burgi fragen, ob sie uns heute Abend ein Gulasch macht."

„Ich esse kein Fleisch."

Er verdrehte die Augen. „War ja klar. Wie dumm von mir. Ist ja alles giftig, was vom Tier kommt und so."

Dieser Matthias war echt die Pest!

„Ich könnte dir erklären, wieso das sogar stimmt", sagte sie. „Aber du würdest das sowieso nicht hören wollen. Also lass deine Hexentante draußen und ich koch was für uns."

„Oha!" Er schenkte ihr ein Lächeln. Und sie ärgerte sich darüber, dass es ihr ein klein wenig gefiel. „Mein Superstar kocht für mich, das hätte ich dir wirklich nicht zugetraut."

„In mir steckt mehr, als du dir vorstellen kannst!", sagte sie. Dann drehte sie sich zu den Kameraleuten um. Jens, der älteste von ihnen, war ein geübter Hobbykoch. Der konnte ihr womöglich bei dieser Essens-Sache den Hintern retten.

„Habt ihr das mitgekriegt? Ich koche abends, das bauen wir in das Special mit ein."

„Ist gebongt, Kelly", rief einer.

„Ach so. Verstehe." Matthias verengte die Augen. „Ist super für deine Fans. Wie konnte ich das nur vergessen?"

Sie wollte etwas entgegnen, aber ein komisches Rauschen kam dazwischen. Matthias zog eine Art Handy aus einer der vielen Taschen seiner Arbeitshose. Ein Funkgerät? Er drückte eine Taste und sprach hinein.

„Wir sind gleich auf dem Weg, Quirin. Ich zeig Kelly nur noch die Bedienung."

„Hehe", drang rauschend aus dem Funkgerät. „Lass sie ran an deinen Knüppel! Ich warte derweil auf euch. Der Häckslerfahrer kommt gerade."

Bevor sie sich aufregen konnte, zuckte Matthias entschuldigend mit den Schultern. „Er hatte lange keine Frau mehr. Und – na ja - bei uns geht's halt schon ein bisschen derb zu."

„Kann man so sagen."

Sie schaute auf die riesigen Maschinen, vor denen sie standen. Du liebe Zeit, die Reifen von diesem Trecker hier waren ja höher als sie selbst! Und ihr kleiner Zeh juckte. Oh je, das verhieß nichts Gutes. Aber sie ließ sich nicht unterkriegen, niemals! Nicht von einem Juckezeh und nicht von einem Monstertruck! „Was muss ich jetzt eigentlich machen?"

Das Kamerateam rückte mit surrenden Kameras näher, während Matthias den Ablauf erklärte.

„Ist ganz einfach. Der Häcksler wirft hinten mit einem großen Rohr die zerkleinerten Weizenpflanzen raus. Du fährst mit der Zugmaschine seitlich daneben her, sodass sie auf deinen Anhänger fallen. Wenn der voll ist, fährst du zurück zum Fahrsilo, da ist der Quirin und zeigt dir, wo du abladen musst."

Er sagte das, als würde er ihr mitteilen, sie sollte drei Schritte geradeaus gehen, aber sie fand das reichlich kompliziert.

„Wie merke ich denn, ob ich den richtigen Abstand habe?", fragte sie vorsichtig.

„Musst halt schauen. Hast ja Augen im Kopf. Bissl staubig wird es sein, aber wir haben ja fließend Wasser im Haus." Er grinste.

„Das werden super Bilder!", schwärmte einer der Kameramänner. Kelly hoffte, dass er sich auf die staubige Traktorfahrt bezog und nicht auf die Körperpflege danach. Sie war bereit, sehr viel für ihre Fans zu tun, aber irgendwo gab es Grenzen!

Kelly legte den Kopf in den Nacken, um zum Führerhaus zu schauen. Verdammt, wie kam man denn da überhaupt hoch?

„Das ist nicht deiner", erklärte er. „Mit dem hier fahr ich. Du nimmst den kleineren Traktor."

Puh, zum Glück. Doch als sie seinem Finger folgte, der nach rechts zeigte, stand da ein Vehikel, das ebenso hoch war. Shit.

„Du hast aber schon den Führerschein, oder?", fragte er sie mit skeptischem Blick.

„Ja sicher! Was denkst du denn nur von mir?"

Wieder ein Schulterzucken.

Kelly schnaubte. Nur innerlich natürlich. Äußerlich würde sie sich garantiert nicht anmerken lassen, wie sehr dieses arrogante Landgewächs sie aufregte mit seiner herablassenden Art!

„Steig mal ein, ich zeig dir die Sachen, die anders sind als beim Auto", schlug er vor.

Also gut. Sie marschierte mit entschlossenen Schritten zu ihrem Gefährt, wobei sie versuchte, das Surren der Kameras zu verdrängen. Irgendwie musste sie da jetzt hoch, und zwar möglichst elegant. Nur wie?

„Wart, ich hab den Schlüssel." Matthias überholte sie, machte einen kleinen Sprung, eine wendige Bewegung auf dem Trittbrett – und war schon oben.

Kein Wunder, der war auch fast zwanzig Zentimeter größer als sie. Und hatte Übung. Sie fand einen Griff an der Tür, zog sich irgendwie auf die Stufen, erklomm schließlich die Fahrerkabine. Ganz schön eng, hier drin!

Matthias steckte den Schlüssel in die Zündung. „Ist nicht viel Unterschied. Hier der Anlasser, Lenkrad und der Rest ist wie beim Auto. Den Multifunktions-Knüppel hier brauchst du dann zum Ablassen, der steuert den Muldenkipper hinter dir. Schau, du musst nur das hier machen."

Er führte ihr irgendwas vor, doch Kellys Augen hatten sich an den Pedalen festgesaugt.

„Das – äh – das ist gar keine Automatik."

Verdutzt schaute er sie an. „Natürlich nicht. Du kannst aber kuppeln und schalten wie im normalen Auto."

„Ich habe seit der Fahrschule kein normales Auto gefahren", gab sie kleinlaut zu. „Nur welche mit Automatikgetriebe."

„Saxndi!", sagte er. Schien sich dann aber irgendwie zusammenzureißen und schenkte ihr sowas wie ein aufbauendes Lächeln. „Ist aber nicht schwer, probier's doch mal aus. Der Neffe vom Quirin kriegt das gut hin und der ist erst zehn."

Na toll. Gut, dass Matthias keinen Druck aufbaute. Kelly biss die Zähne zusammen, nahm auf dem seltsam frei stehenden Fahrersitz Platz und wollte gerade den Schlüssel in der Zündung drehen, da rief Matthias panisch: „Halt!" und zog ihre Hand weg. „Du musst kuppeln!"

Verdammte Scheiße, ja klar! Wie konnte sie nur so dämlich sein! Sie presste das linke Pedal ganz nach unten. Puh, das ging zehn Mal schwerer als bei dem Fahrschul-Audi, mit dem sie vor fünfzehn Jahren den Führerschein gemacht hatte. Anlassen. Gas langsam kommen lassen.

Ups! Der Traktor röchelte heiser, ruckelte voller Missmut und blieb schließlich stehen.

„Fuck!", entfuhr es Kelly.

„Ähhh", machte Matthias. „Das mit dem Lenken kriegst du aber dann hin? Ich mein, der Fendt ist trotz seiner zwanzig Jahre noch einige Tausender wert und der Kipper ebenfalls."

„Super aufbauend!", sagte sie und versuchte es ein weiteres Mal. Endlich sprang das Riesenbaby an. Sie lenkte es im Schneckentempo aus der Halle, wobei sie versuchte, nicht auf Matthias' entsetzten Blick zu achten.

„Ein bissl schneller müsstest du dann aber schon fahren", erklärte er.

„Wieso? Der Häcksler wird ja nicht mit hundert Sachen übers Feld brettern."

„Mit fünf aber auch nicht. Vor allem musst du die Wendungen mitmachen."

Er hörte sich an, als würde er ihr das keine Sekunde zutrauen. Was für ein Mistkerl! Der tat ja, als würde sie nur im Schritttempo fahren, dabei düste sie doch inzwischen mit ordentlichem Speed über den Weg hinter der Maschinenhalle. Als sie aus dem Fenster schaute, gingen die Kameraleute neben ihr her, und zwar im gemächlichen Schritttempo.

„Super, dass du so langsam fährst, Kelly!", rief Jens. „Auf die Weise kriegen wir wackelfreie Videos von dir."

Verflixt und zugenäht!

Matthias rubbelte über seine Haare, sodass die noch mehr als vorher in alle Richtungen standen. „Kann denn nicht einer von deinen Kameraleuten vielleicht ...?", fragte er.

Kelly schüttelte den Kopf. „Die kommen aus der Großstadt. Mike hat keinen Lappen und Jens musste seinen neulich abgeben."

Jetzt sah er richtig verzweifelt drein. Und das wurmte sie.

Er tat ja gerade so, als sei es das Wichtigste auf der Welt, dass sie diesen dämlichen Trecker fuhr! Dann sollte er seinen Weizen halt wann anders reinholen. Genau, sie würde sich jetzt voll reinhängen und ihm morgen eine richtige Hilfe sein. Ja, was für ein super Vorschlag!

„Machen wir es morgen", schlug sie großmütig vor. „Ich übe heute Nachmittag tapfer und versprech dir, bis morgen düse ich mit dem Ding hier perfekte Kurven."

Das war doch ein Angebot!

Sie schenkte ihm ihr strahlendstes Lächeln. Dem konnte kein Mann widerstehen, das wusste sie. Zumal ihr das Shirt über die Schulter gerutscht war und sie jetzt garantiert supersexy aussah.

Doch sein Blick blieb hart wie die Federung des Traktorsitzes. „Morgen ist der Häcksler schon vergeben, die Tage danach auch. Außerdem ist ein Unwetter angesagt in den nächsten Tagen."

„Naja, so wichtig wird dieser Weizen doch nicht sein." Sie deutete auf die Felder hinter ihnen, die allesamt voll standen mit irgendwelchem Grünzeug. „Ist ja noch genug anderes da. Und notfalls zahl ich dir eben den Ausfall."

Er drehte sich ihr zu und starrte sie an. So, als konnte er nicht recht glauben, was sie gerade von sich gegeben hatte.

„So stellen sich Großstadtleute also Landwirtschaft vor?" Matthias' Augen blitzten. „Dass man die Felder halt nicht erntet, wenn es grad nicht passt? Sag mal, geht's noch? Mit was, glaubst du, füttere ich meine Kühe? Und nein, die fressen nicht einfach irgendwas, das grad auf dem Feld herumsteht. Das sind keine süßen Viecher aus einem Streichelzoo, sondern Hochleistungs-Milchkühe, die mein Einkommen sichern. Und ihre Ernährung muss ganz genau abgestimmt werden. Außerdem kann ich den gesamten Weizen wegschmeißen, wenn das Unwetter den flachlegt."

„Hey, reiß dich mal zusammen!" Sie hielt den Traktor an. „Es ist nicht meine Schuld, dass du keinen richtigen Helfer hast! Nicht ich habe beim Radio angerufen und gefragt, ob ich mal auf einem Bauernhof aushelfen kann. Sondern du! Du hast dich gemeldet und die Hilfe einer Popsängerin angefordert!"

Was bildete der sich ein, sie so anzublaffen! Ja, okay, sie stellte sich nicht allzu toll an mit dem Trecker. Und sie hatte keine Ahnung von Gerste, Weizen oder Wiesengrünzeug. Aber so runterzuputzen brauchte er sie echt nicht!

Matthias schluckte, das konnte sie sehen. „Stimmt, du hast recht", gab er immerhin zu, sogar recht kleinlaut. „Du kannst nix dafür. Und wahrscheinlich versteht man den Wert von so einer Ernte oder den der Felder eh nur, wenn man wie ich aufgewachsen ist. Dass das halt mehr ist, als man mit Geld bezahlen kann."

Und das wäre? Irgendwie sprach er in Rätseln. Ja, okay, das mit dem Geldangebot hatte er wohl in den falschen Hals bekommen. Dabei war das nicht böse gemeint gewesen, sie wollte doch nur helfen! Und er erinnerte sie mit seiner Art einfach so schrecklich an ihren Vater, deshalb fuhr sie ständig aus der Haut. Aber wenn sie drei Tage mit ihm arbeiten sollte, mussten sie miteinander auskommen. Es war an der Zeit, ihm ein Friedensangebot zu machen.

„Sorry, ich bin irgendwie angespannt", gab sie zu. „Aber pass auf, ich probier's jetzt mal mit dem Schnellerfahren, vielleicht krieg ich es ja hin und dann kann ich ...", begann sie, aber die Stimmen von zwei Männern unterbrachen sie.

„Servus Matthias", riefen sie und kamen näher. „Der Hader Schorsch hat gesagt, du brauchst ein paar helfende Hände."

Der Größere der beiden beäugte Kelly neugierig. Sie gab dem Kamerateam ein Zeichen, dass sie jetzt nicht filmen sollten. Denn die zwei sahen aus, als könnten sie – im Gegensatz zu ihr –

mit verbundenen Augen einen Traktor samt drei Anhängern fahren.

„Ich brauch jemanden fürs zweite Gespann", erklärte Matthias. „Und wenn deine Mulde noch frei ist, Walter, bin ich auch nicht böse. Mit drei Gespannen werden wir schneller fertig, der Quirin übernimmt das Silo."

„Geht klar!" Nun musterte auch der andere sie von oben bis unten. „Kommst wohl nicht zurecht mit dem Fendt?", rief er ihr von unten zu. „Ist halt nix für zarte Frauen."

Verdammt nochmal! Sie war kein kleines Weibchen, das ihr Leben nicht im Griff hatte! Aber das konnte sie diesem Kerl wohl nicht erklären.

„Kelly lernt das schon noch", kam Matthias ihr zu Hilfe. „Ist ja noch alles neu, aber sie lernt es."

Sie sah ihm aber an, dass er viel lieber mit den beiden Männern gearbeitet hätte, denn bei denen saß sicher jeder Handgriff.

„Ist wohl besser, die Jungs übernehmen das", sagte sie schweren Herzens. Sie hasste es, irgendwo klein beizugeben, aber das war das einzig Vernünftige.

„Na ja, schneller sind wir dann schon", räumte Matthias ein.

„Ich geh ins Haus", beschloss Kelly. „Da kann ich mich bestimmt nützlich machen."

„Morgen früh nehm ich dich mit in den Stall, das gibt bestimmt schöne Fotos", sagte Matthias freundlich. „Also falls du willst!"

„Klar. So machen wir das."

Sie kletterte vom Traktor, was gar nicht so leicht war. Anschließend stapfte sie zum Haus zurück. Den Kameraleuten gab sie frei, die brauchte sie jetzt nicht mehr.

Drei Meter von der Haustür entfernt, saß ein riesiger, buschiger, rotweißer Kater und sah sie an, ohne sich auch nur einen

Millimeter zu bewegen. Sie machte ein paar Schritte auf ihn zu, da sprang er auf und wich hinter einen herumstehenden Blumenkasten zurück.

„Ich versteh schon", sagte sie. „Du willst auch nichts mit mir zu tun haben. Auch bei dir würde ich versagen, ich wüsste ja nicht mal, wo dein Futter ist."

Ein Scheißgefühl war das. Nicht nur, dass sie sich beim Traktorfahren saudumm angestellt hatte. Nein, alles miteinander hier gab ihr das Gefühl, zu nichts nutze zu sein.

Sie ging vor den knallrot blühenden Geranien in die Hocke. „Ich schätze, jeder Teenager im Ort hier kann besser Treckerfahren als ich", erzählte sie dem Kater. „Und ich wette, alle Frauen sind perfekte Köchinnen. Weißt du, ich hab eigentlich eine Menge Sachen, die ich kann. Aber irgendwie zählen die nur in meiner kleinen Welt was. Hier nicht und bei meinen Eltern erst recht nicht."

Der Kater richtete seinen gestreiften Schwanz steil auf und machte einen kleinen Schritt auf sie zu. Kelly wollte gerade die Hand ausstrecken und versuchen, ihn zu streicheln, aber er wirkte sehr scheu. Und sie war eine Fremde. Für ihn und alle anderen hier. Also behielt sie ihre Hände bei sich.

„Du hast es gut", sagte sie. „Eine Katze weiß immer, was zu tun ist. Instinktiv. Ja, jemand wie du kommt bestimmt total gut durchs Katzenleben, so ein stattlicher Kater, wie du bist."

Vielleicht sollte sie diese Schamanen-Burgi fragen, ob es einen Tauschzauber gab. Dann würde sie ab sofort einfach eine dicke Hofkatze sein, manchmal eine Maus fangen und ansonsten faul in der Sonne liegen. Kelly stand auf, der Kater wich einen Schritt zurück und war nun neben dem Blumenkasten, sodass sie ihn besser sehen konnte. Ach je, der hatte ja ein trübes Auge! Von wegen unbeschwertes Katzenleben.

„Tut mir leid", entschuldigte sie sich. „Ich labere offenbar heute nur Unsinn. Leicht hast du es sicher nicht."

Du liebe Zeit, wenn irgendjemand sie hören würde! Kelly sah sich nach allen Seiten um, aber es war niemand auf dem Hof. Ein paar Schwalben segelten herum, eine Kuh muhte, in der Ferne ratterten Traktoren.

Sie sollte sich jetzt mal ernsthaft Gedanken machen, was sie kochen würde. Ob es im Haus sowas wie eine Vorratskammer gab? Kelly ging hinein, fand neben der Küche eine Speisekammer, entschied sich für eine Packung Fusilli und eine Dose Pizzatomaten. Zusammen mit der Salami und der roten Paprika aus dem Kühlschrank konnte sie daraus vielleicht etwas zaubern. Notfalls würde sie halt Jens anrufen.

Sie streifte durchs Haus, sah sich im Wohnzimmer um und sah in der Ecke hinter dem Eichenschrank etwas Bekanntes stehen. „Eine Gitarre!"

Kelly komponierte ihre Songs normalerweise mit dem Keyboard, weil da gleich eine Aufnahmefunktion dabei war. Aber sie hatte sich vor vielen Jahren das Gitarrespielen beigebracht, später vom Bassisten ihrer Band noch ein paar Nachhilfestunden bekommen. Okay, eher in Sachen Sex, aber hin und wieder hatte er ihr auch ein paar Griffe auf dem Bass und ein paar fortgeschrittene Akkorde auf der Gitarre gezeigt.

Vorsichtig hob sie das Instrument hoch und schälte es aus der Tasche, in der es steckte. Es war eine normale Gitarre in blassem Hellbraun, die an den Seiten ein paar abgeschlagene Stellen hatte. Kelly setzte sich auf die Kante der Couch und beugte sich über die Gitarre, die völlig verstimmt war. Offenbar hatte sie seit langer Zeit niemand mehr in der Hand gehabt. Sie stimmte die sechs Saiten und schlug ein paar einfache Akkorde an. Klang gar nicht schlecht, das Baby.

Nur – über was sollte sie schreiben? Meist dachte sich Kelly den Text gleichzeitig mit der Musik aus, aber dann hatte sie auch einen groben Plan, welches Thema der Song haben sollte. Francescos Worte fielen ihr ein. „Bamm, bamm, bamm, ein knallharter Dancebeat", oder sowas Ähnliches hatte er gesagt.

„Bamm, bamm, bamm, you lift me up, bamm, bamm, bamm, don´t ever stop", sang sie probeweise vor sich hin. Sie versuchte es in A-Dur, schlug zum *Bamm* ein paar harte A-Akkorde an, wechselte zu D-Dur und E-Dur. Hielt inne. Das klang nach dämlichem Trinklied. Nach gegrölter Fußballhymne oder nach einem *„Hey, heyey babyyyy"*-Verschnitt, den man besoffen beim Karneval grölte.

Verdammt! So würde das ganz bestimmt nichts werden. Mit so einem Mist würde sie jede Plattenfirma der Welt rauswerfen, da konnte sie noch so bekannt sein.

Dummerweise suchten ihre Finger ständig nach den falschen Akkorden, sie schummelten ihr immer wieder Moll-Melodien oder unpassende Musikstile unter. Ein Partyhit, der mit einem A major 7 Akkord begann und dann von einer Jazz-Folge mit A 7 und A 6 abgelöst wurde? Du liebe Zeit, Francesco würde sie umbringen!

Entnervt legte sie die Gitarre auf die Couch. Als sie aufsah, saß der halbblinde Kater im Türrahmen. Er starrte sie ein paar Sekunden lang an, dann maunzte er und lief hinaus.

Nicht mal ihn hatte sie beeindrucken können. Kelly fühlte sich, als hätte man ihr einen Bleimantel über die Schultern gelegt. Gab es eigentlich irgendetwas, das sie heute hinbekam?

Sie stand auf. Okay, als Traktorchauffeuse hatte sie versagt, einen Song bekam sie ebenfalls nicht zustande. Aber ein leckeres Nudelgericht, das konnte sie zaubern. Ja, das bekam sie hin, gar keine Frage!

6. Sinnieren beim Silieren

Matthias

„Steht sauber da, dein Weizen", lobte Walter übers Funkgerät. „Da kriegen wir dein Silo ruckzuck voll."

„Wird auch besser sein", mischte Quirin sich krächzend ein. „Dann kann er wieder zurück zu seinem Supergirl. Die hilft dir bestimmt, den ganzen Arbeitsstaub abzuwaschen. Ich wette, sowas kann die richtig gut."

„Ja, bestimmt ist sie beim gemeinsamen Duschen besser als beim Fendt- Fahren", rief Lenz dazwischen.

„Gehört auch nicht viel dazu." Quirins Lachen drang scheppernd aus dem Funkgerät.

Zum ersten Mal im Leben verfluchte Matthias, dass er hier in seinem Traktor so ein Ding eingebaut hatte. Normalerweise war die Verständigung über Funk total praktisch, weil alle Beteiligten alles mithören konnten und man sich auf diese Weise gut abstimmen konnte. Aber heute wurde dieser Segen zum Fluch.

„Habt ihr denn kein anderes Thema als diese Kelly?", rief er ins Mikrofon.

„Das musst du verstehen, sie ist eine Sensation!"

„Ja genau, und die Niederbirnthaler werden grün vor Neid, wirst schon sehen!"

„Weil wir ja jetzt den viel besseren Star hier haben!"

Wie schön, dass die drei sich einig waren. Das Dumme war nur, dass *er* derjenige war, der sich mit diesem ach so tollen Star herumschlagen musste.

„Ihr dürft euch die Dame gern ausleihen", sagte er.

„Geh, so ein Unsinn", erwiderte Quirin. „Du bist doch der Fescheste von uns. Und viel fotogener als der Walter mit seiner Kartoffelnase."

„Ich geb dir gleich eine Kartoffel!", rief Walter lachend. „Schau lieber, dass du mit dem Häcksler in der Spur bleibst, ich bin nämlich hinter dir und löse gleich Matthias ab, der hat den Anhänger schon fast voll."

Matthias grinste. Auch wenn die Burschen alle ein freches Mundwerk hatten – beim Arbeiten konnte man sich aufeinander verlassen. Anders würde es auch gar nicht gehen. Hier in Oberapfelbach gab es nur kleine Betriebe. Der Walter hatte mit seinen zweihundert Milchkühen den größten Hof und leistete sich sogar einen Melkroboter. Alle anderen hatten kleinere Betriebe, teilten sich die teuren Maschinen und halfen sich natürlich gegenseitig bei der Ernte. Nur wurden es immer weniger, die einen Hof führen wollten. In den letzten Jahren hatten sieben Bauern ihre Viehhaltung aufgegeben, weil es sich einfach nicht mehr rentierte. Manche verpachteten ihre Höfe und saßen in irgendeinem Büro, andere arbeiteten in Handwerksbetrieben und hatten schweren Herzens ihren Hof verkauft, obwohl der seit Generationen im Familienbesitz war. Aber wenn man nicht irrsinnig viel Liebe zu den Tieren und zu den eigenen Feldern mitbrachte, war dieser Beruf wirklich nicht zu schaffen. Leider. Übrig blieb nämlich nicht gerade viel, obwohl man als Bauer weder Wochenende noch Urlaub kannte.

Matthias erreichte das Fahrsilo, rangierte rückwärts heran und kippte sein Häckselgut ab. Dann gab er ein paar Anweisungen, damit das Silo auch ordentlich verdichtet wurde und kein Sauerstoff mehr drin war, der den Gärungsprozess unterbrach. Er lief noch schnell in den Stall und schaute nach Gretl, die kurz vorm

70

Kalben stand, aber sie kaute noch munter auf ihrem Futter herum. Anschließend machte er sich wieder auf den Weg zurück zum Feld, um sich hinter Walter einzureihen. Das lief ja heute wie am Schnürchen!

Sie waren so schnell, dass sie früher als erwartet die Folien über das randvolle Silo spannen und mit Sandsäcken abdecken konnten. Matthias schleppte doppelt so viele Säcke wie die anderen, immerhin war es ja das Futter für seine eigenen Kühe und da wollte er lieber dreimal sichergehen, dass alles passte. Er wischte sich gerade den Schweiß von der Stirn, als ein cremefarbener Mercedes den holprigen Feldweg heranbretterte.

„Ja, leck mich", kommentierte Quirin das ankommende Fahrzeug. „Was will denn der Herr Bürgermeister hier?"

Das fragte sich Matthias allerdings auch, denn jeder hier wusste, dass das der Wagen vom Hader Schorsch war. Allerdings war er dann doch überrascht, als Burgi aus der Beifahrertür stieg, ihren alten geflochtenen Korb in der Hand.

„Ich bring euch die Brotzeit", erklärte sie und teilte ein paar Wurstsemmeln aus.

„Dank dir schön", sagte Matthias. „Aber es ist mir neu, dass der Schorsch neuerdings ein Taxiunternehmen hat."

Der Bürgermeister stieg ebenfalls aus. Matthias musste sich wie immer das Grinsen verkneifen, denn der Hader sah aus, als wollte er sich um eine Rolle in einem Heimatfilm bewerben. Er schaute dem Walter Sedlmayr sowieso ähnlich, trug immer eine Trachtenweste über dem Hemd und gern eine Lodenjacke. Das Highlight aber war sein Schnauzbart, den er sich allen Ernstes nach oben zwirbelte. Matthias war durchaus stolz, Bayer zu sein, er besaß für besondere Anlässe eine Hirschlederne und spielte in der örtlichen Blaskapelle. Aber ihm wäre im Traum nicht eingefallen, wie die Karikatur eines Oberbayern herumzulaufen!

„Grüß Gott, die Herren", sagte der Hader. „Ich war grad zufällig in der Nähe, hab bei der Burgi was abholen müssen für meine Frau. Na ja, da hat sie mir erzählt, dass sie eh hier rausfährt zum Silo. Da bin ich halt mitgefahren."

„Hast so Sehnsucht gehabt nach uns?" Quirin grinste ihn an.

„Ich wollt mit dem Matthias reden", erwiderte er ungerührt.

War ja klar. Matthias biss in seine Schinkensemmel, aber das hielt den Bürgermeister natürlich nicht von seinem Vorhaben ab. „Komm, wir gehen ein Stück zur Seite", beschloss der.

Widerwillig folgte ihm Matthias.

„Es geht um meinen Besuch, nehm ich an?"

Der Hader nickte. „Was für ein Segen für unser schönes Dorf! Endlich kommen wir groß raus. Wir haben es auch verdient."

Er hatte es doch gewusst! „Was genau stellst du dir unter groß rauskommen vor?", fragte er.

„Geh, Matthias, das ist doch klar. Du verwöhnst unseren Gast nach Strich und Faden, die Burgi hilft dir bestimmt. Und du führst sie überall herum. Sie soll bei der Maggie einkaufen und sich beim Metzger einen Leberkäse holen, außerdem unsere schönen Gärten bewundern und selbstverständlich machen wir eine extra Abendandacht für sie, ich hab schon mit dem Pfarrer geredet."

„Sag mal, spinnst du? Die ist doch nur irgendeine komische Sängerin und nicht die Queen persönlich!"

Der Schorsch zog seine buschigen Augenbrauen zusammen. „Du verstehst es echt nicht! Deine Kelly ist ein Mordsdrum-Star, die kennt jeder! Ich hab mal geschaut, die hat Millionen Follower auf Instagram und Facebook, die ist in den sozialen Medien total präsent, die ist unsere persönliche Goldgrube! Du musst einfach nur dafür sorgen, dass sie sich in Oberapfelbach verliebt."

„Was?"

Matthias starrte ihn an. Dass der Herr Bürgermeister immer mal völlig verrückte Ideen daherbrachte, hatte Matthias schon von ein paar Gemeinderäten gehört. Aber jetzt drehte er wohl total durch!

„Komm schon, Matthias, es soll dein Schaden nicht sein."

„Moment mal, ganz langsam. Ich soll also den Animateur für das Goldkehlchen spielen, ihr die hundert besten Sehenswürdigkeiten des Ortes zeigen und dadurch dafür sorgen, dass sie uns auf irgendwelchen Insta-Dingern berühmt macht? Sag mal, geht's noch? Wir sind Oberapfelbach und nicht Paris!"

„Genau das ist unser Vorteil." Vor lauter Aufregung zwirbelte er an seinem Schnauzer herum. „Schau, für die Kelly ist das alles doch neu, für ihre Fans vielleicht auch. Ich hab mal geschaut, sie postet jeden Tag Bilder von der Tour oder von Auftritten. Und sie hat ein kleines Image-Problem, die Presse wirft ihr nämlich vor, abgehoben zu sein, weil sie in einer protzigen Villa wohnt und ihrem Manager einen Lamborghini gekauft hat."

Na das passte. Matthias hatte geahnt, dass sie ein Luxusweibchen war. „Soll das heißen, wir sind ihre Anti-Arroganz-Kur? Sie stolziert ein bissl im Kuhstall herum oder trällert in der Kirche *„Maria, breit den Mantel aus"*, und Schwupps – schon ist ihr Ruf wiederhergestellt?"

„Nicht nur das, sie wird begeistert über ihre Zeit hier berichten, das macht die Leute neugierig. Du musst sie nur dazu bringen, überall zu verkünden, dass sie bald wiederkommen wird. Das wird uns Fans in Massen herlocken. Und die Niederbirnthaler werden sich in den Arsch beißen."

Matthias verschränkte die Arme. „Das wird nie im Leben funktionieren. Ich hab sie doch gesehen, sie kann mit dem Landleben überhaupt nix anfangen. Schon der Geruch eines Misthaufens ist der Dame ja zu viel."

„Mein Gott, dann umwirb sie halt! Mach ihr Komplimente, flirte mit ihr, leih dir drüben vom Reiterhof eine Kutsche aus oder was weiß ich. Du wirst doch wissen, wie man eine Frau glücklich macht."

„Nein. Ich hab keine Ahnung, wie das geht."

Wie immer tat der Hader so, als hätte er eine Entgegnung, die ihm nicht in den Kram passte, gar nicht gehört. „Das ganze Dorf wird dir dankbar sein. Und wenn ich's mir genau überlege: Das könnte in Zukunft bestimmt auch für deinen Hof gut sein. Wenn du mal ausbauen willst. Oder wenn wir über das Wegerecht an deinem Maisfeld hinterm Wald neu entscheiden."

Dieser hinterfotzige Mistkerl!

„Ich hab meinen Hof immer ehrlich geführt. Und ich gedenke, das auch weiterhin zu tun", stellte Matthias klar.

„Hab ich gesagt, du sollst was Unehrliches machen? Jetzt stell dich nicht so an. Lass einfach deinen Landburschencharme spielen, so schwer wird das nicht sein! Dann kannst du dich künftig auf mein Wohlwollen verlassen. Einfach nur aus Dankbarkeit, dass du so ein engagierter Bürger unseres schönen Dorfes bist."

Matthias stopfte sich den Rest der Semmel in den Mund. Der Hunger war ihm vergangen, aber er warf grundsätzlich keine Lebensmittel weg.

„Gut, dann ist das abgemacht", beschloss der Hader und marschierte mit selbstbewussten Schritten voran. Kaum war er bei den anderen angekommen, zog er die Schultern gerade und stellte sich in seine übliche Rede-Pose.

„Männer, es geht steil bergauf mit Oberapfelbach! Wir müssen jetzt alle zusammenhalten, dann werden wir noch groß rauskommen. Jeder kann seinen Teil dazu beitragen. Der Matthias hat gerade zugesagt, dass er unseren Star bezirzen wird. Kelly Kay wird unser größter Fan werden, dafür wird er sorgen mit allem, was er zur Verfügung hat. Und damit er die Zeit dafür hat, werden wir alle mithelfen und ihm Arbeit auf dem Hof abnehmen. Einer für alle, alle für unser Oberapfelbach!" Er ballte die Hand zur Faust und sah triumphierend in die Runde. Nur stellte sich nicht der erwartete Applaus ein.

„Wir haben aber selbst einen Haufen Arbeit", warf Lenz ein. „Ja, genau", stimmte Walter zu.

Bevor der Bürgermeister antworten konnte, mischte Burgi sich ein. „Sakra, jetzt führt's euch nicht so auf! Ihr habt es doch gehört, wir müssen alle zusammenhalten. Es sind doch nur ein paar Tage. Der Matthias arbeitet eh jeden Tag von sechs in der Früh bis spät am Abend, dem könnt ihr ruhig ein wenig helfen. Und dafür wird er sich mit seiner ganzen Manneskraft einsetzen, damit es der Kelly hier gut gefällt."

„Hehe", machte Quirin. „Da bin ich ja gespannt. Also, ich bin mit im Boot. Wenn mehr Leute ins Dorf kommen, kocht der Wirt vielleicht auch mal wieder richtige Spätzle und nicht immer nur seine Knödel. Außerdem hab ich nix dagegen, wenn noch mehr solche Weiber herkommen. Schauen die Fans von der Kelly auch so rattenscharf aus wie sie?"

„Ja, freilich!", antwortete Burgi sofort. „Lauter alleinstehende junge Frauen werden zu uns kommen. Ganze Busse voll!"

Du liebe Zeit, was für eine Vorstellung!

Matthias musste lachen. Wahrscheinlich war Burgi darauf aus, ihre selbstgesammelten Kräutertees für viel Geld an die Frau zu bringen oder einigen von den Fangirls für teures Geld aus der Hand zu lesen. Aber ihn selbst würde es auch freuen, wenn der Metzger, der Wirt und die anderen Betriebe hier am Ort mehr verdienen konnten. Auch Maggie würde sich in ihrem kleinen Café bestimmt über neue Gäste freuen und mit Feuereifer losbacken.

„Dann leg dich so richtig ins Zeug, Meister!" Quirin grinste anzüglich und schlug ihm mit seiner Pranke auf die Schulter.

„Ich werde mich von meiner besten Seite zeigen", versprach er. „Aber jetzt fahren wir erst mal zurück, ich hab einiges zu tun, bevor ich meinem Gast den roten Teppich ausrollen kann.

„Ich schon auch", sagte Walter, nahm sich für den Weg noch eine Semmel mit und stieg auf seinen Traktor.

Burgi folgte dem Bürgermeister noch nicht, der auf sein Auto zuging, sondern baute sich neben Matthias auf.

„Ist eh gut, wenn endlich mal wieder eine Frau im Haus ist", erklärte sie. „Und überhaupt: Ich predige dir doch schon ewig, dass du ein bissl was für dich selbst tun sollst. Nicht immer nur arbeiten, arbeiten, arbeiten. Bub, du musst auch mal leben!"

„Das tu ich doch, Tante. Und du weißt das."

„Schmarrn. Du opferst dich auf für den Hof und kümmerst dich überhaupt nicht um dich selber. Nur wegen diesem depperten Versprechen."

„Für mich gilt, was ich am Sterbebett versprochen habe!" Daran gab es nichts zu rütteln.

„Aber wenigstens in den nächsten drei Tagen kannst du doch mal kürzer treten. Vielleicht kommst du dann ja auf den Geschmack. Also, was Freizeit angeht. Und vielleicht auch, was Frauen angeht." Sie kicherte.

„Falls es so ist, wirst du die Erste sein, die es erfährt. Und jetzt wartet dein Taxi auf dich."

Auf ihn selbst wartete erst mal der Stall mit den üblichen Tätigkeiten. Als alle Kühe und Kälber versorgt waren, reparierte er noch eine Kleinigkeit am Kraftfutterautomaten, dann machte er sich auf den Weg ins Haus. Seinen Charme sollte er also spielen lassen. Zum Wohle des Dorfes. Er atmete tief durch. Nun gut, so schwer konnte das doch nicht sein, oder?

7. Nudel-Pizza

Kelly

Also gut. Die Zutaten hatte sie jetzt vor sich auf der Küchen-arbeitsplatte liegen. Nudeln, Salami, Tomatenstücke, Gewürze. Einen Topf fand sie auch. Seltsamerweise sah die Küche sogar aus, als würde sie öfters benutzt werden. Ob Matthias selbst kochte? Konnte sie sich kaum vorstellen. Wahrscheinlich wer-kelte diese komische Schamanin hier herum.

Kelly wollte unbedingt alles richtig machen. Der Tag war bis-her bescheiden gelaufen, also musste der Abend ein voller Erfolg werden. Erst mal würde sie ein wunderbares Abendessen kochen – sogar ein nicht-veganes - sich dabei natürlich filmen lassen und danach einfach die begeisterten Kommentare auf Insta und Face-book lesen, das baute sie immer sehr auf. Dadurch war sie bestimmt in der richtigen Stimmung, um wenigstens noch einen oder zwei Texte für neue Songs zu schreiben.

Damit erst mal die Nudelsoße ein Hit wurde, holte sie sich Verstärkung. Sie nahm ihr Handy, rief die Nummer von Jens auf und wartete ungeduldig, dass er sich meldete.

„Ihr könnt mich beim Kochen filmen, das ist doch mal was Neues", schlug sie vor. „Aber zuerst brauche ich noch ein paar Tipps von dir. Kannst du vor den anderen rüberkommen?"

„Bin schon unterwegs. Das schaffe ich sowieso allein, da reicht doch eine Kamera."

Kelly verließ das Haus, um zu sehen, aus welcher Richtung Jens kam. In sicherer Entfernung vor der Haustür saß wieder der rotweiße Kater.

„Miez, miez, miez, komm her!", lockte sie ihn. „Hast du denn einen Namen?"

„Hat er nicht", ließ Burgis raue Stimme sie zusammenfahren. Die kam gerade um die Ecke gebogen. „Der ist total scheu, lässt sich nicht anfassen. Kannst ihm aber was vom Trockenfutter zuwerfen, das hat Matthias immer in der Milchkammer rumstehen. Milch kriegen sie sowieso von ihm."

„Ich dachte, Katzen vertragen die nicht?", fiel ihr ein. Bei Jasmins Hochzeit hatte sie sich mit deren Freundin Viktoria unterhalten, die auch eine Katze besaß. Die hatte ihr lachend erzählt, was sie alles für ihren Feinschmeckerkater namens Sigmund einkaufte, unter anderem laktosefreie Milch.

„Die hier auf dem Hof sind das gewöhnt. Aber geh nur rein in die Milchkammer, der Matthias ist auch drin. Der freut sich bestimmt, wenn du ihn besuchst."

Da war sich Kelly nicht so sicher. Außerdem hatte sie überhaupt keine Ahnung, wo diese ominöse Milchkammer denn sein sollte.

„Ach, ich wollte gerade was kochen. Nudeln mit Feinschmeckersoße. Na ja, man könnte auch sagen: Was der Kühlschrank halt so hergibt. Wahnsinnig viel an frischen Sachen ist da nicht drin."

„Brauchst bloß in den Garten zu gehen", sagte Burgi und deutete nach links. „Da drüben, zwischen dem Bauernhaus und meinem Austragshäuschen, da ist unser Gemüsegarten. Wir sind in vielen Sachen Selbstversorger. Nimm dir einfach, was du brauchst. Matthias hat bestimmt den ganzen Tag noch fast nix gegessen, kannst also ruhig eine große Portion kochen. Männer kriegt man mit gutem Essen ja am besten rum, gell?" Burgi zwinkerte ihr vielsagend zu.

„Äh, ja, klar", erwiderte Kelly.

Sie hatte schon einige Männer rumgekriegt, aber ganz sicher nicht mit etwas Essbarem. Francesco achtete sehr auf seine Figur, der bestellte am liebsten beim Japaner oder Vietnamesen. Und für sie bestellte er gleich mit, weil er nämlich noch viel mehr auf *ihre* Figur achtete.

Burgi musterte sie kritisch von oben bis unten, was Kelly ein bisschen Angst machte. Konnte diese Voodoo-Hexe am Ende wirklich Gedanken lesen? Eine schreckliche Vorstellung.

„Bissl mager bist du ja schon", urteilte sie schließlich. „Du musst unsere gute Milch trinken, nicht immer so Molkezeugs. Und geh doch morgen mal zur Margarete, die hat diese Scones, da schmierst du dir dann richtig dick Butter drauf. Das wird schon, wenn du ein paar Tage hier bist."

Scones? Nein, da musste sie sich verhört haben, die gab es nur in England. Und auch nicht mit Butter, sondern mit Clotted Cream, so etwas hatten die hier in Oberapfelbach ganz sicher nicht. Wer sollte das auch bestellen?

„Ich mach eben viel Sport. Für die Shows und so."

„Mei, wenn man's braucht ... Aber übertreiben sollte man es halt nicht. Häuptling Schwarzbrauner Luchs sagt nämlich: ,*Hüte dich, zu lange dem Mammut nachzulaufen. Zu einem glücklichen Geist gehört auch, am Lagerfeuer zu sitzen und zur Gitarre zu singen.*' Er ist ein sehr weiser Mann."

„Mammut?", wiederholte Kelly überrascht. „Reden die Indianer sonst nicht über Büffel?"

„Sapperlott, da hab ich das wieder verwechselt. Aber du weißt, was ich meine. Man muss auch mal gemütlich vor dem Tipi hocken und schön spielen."

„Mit der Gitarre? Ich dachte ja, die haben eher Flöte gespielt oder getrommelt. Aber ist ja egal." Sie wollte sich nicht mit Burgi anlegen. Man musste solche Sprüche ja eher im übertragenen Sinn sehen. Insbesondere welche, die eine Schamanin sich offenbar spontan ausgedacht hatte.

„Ach, ist doch wurscht. Du verstehst bestimmt, wie ich es meine. Weißt du, meine Schwester und ich, wir haben schon als Kind gern zweistimmig gesungen. Sie hatte einen wunderschönen Sopran und geklampft hat sie auch dazu. Ich bin ein Alt, hab aber nie ein Instrument gelernt. Aber sag mal – wir beide könnten ja mal ein Duett singen! Ich hab die Texte noch gut drauf, glaub ich."

Zu Kellys Entsetzen fing Burgi an, in schiefen Tönen *Am Brunnen vor dem Toooreee* zu schmettern. Herrje, das würden die anstrengendsten drei Tage ihres Lebens werden! Zum Glück nahte in diesem Moment ihre Rettung in Form von Jens. Er trug eine Kamera auf der Schulter und sah Burgi mit ziemlich verdattertem Blick an.

„Das machen wir gern mal", beeilte sich Kelly zu sagen. „Aber vorher muss ich was kochen. Vielleicht passt es morgen mit dem Duett, gar kein Problem!"

„Na gut. Ich übe bis dahin schon mal." Sie trollte sich.

Puh. Das war gerade nochmal gut gegangen. Kelly nahm Jens mit ins Haus hinein und zeigte ihm die Vorräte in der Küche.

„Ich kann noch was aus dem Garten holen, hat seine Tante gesagt. Was würde denn passen?"

Jens sah sich die Zutaten kurz an. „Wenn du frische Tomaten und Paprika ernten kannst, wäre das super. Zucchini gehen auch. Ein paar Kräuter passen gut. Auf jeden Fall aber brauchen wir Zwiebeln oder Lauch."

„Bin schon unterwegs."

Das würde ein tolles Video werden. Kelly Kay beim Zwiebelschneiden in einer Bauernhof-Küche. Ja, genau sowas wollten die

Fans sehen! Das war bodenständig und bescheiden. Francesco würde stolz auf sie sein.

Kelly betrat den Garten, der ihr ziemlich kunterbunt vorkam. Sie hatte erwartet, dass es ein paar schicke Hochbeete mit Gemüse gab und in den Blumenrabatten elegante Iris oder farbenfrohe Nelken ihren Platz hatten. Aber weit gefehlt, hier wuchs alles wild durcheinander. Immerhin die Tomatenstauden fand sie, die waren echt riesig. Sie pflückte drei reife Früchte ab. Mann, die rochen vielleicht intensiv! Viel besser als die aus dem Supermarkt. Eine kleine gelbe Paprika fand sie auch. Aber wie Zucchini wuchsen, wusste sie überhaupt nicht. War auch nicht so wichtig, Hauptsache, sie brachte Zwiebeln mit, damit das Essen schön würzig wurde.

Nur – wie sahen Zwiebeln eigentlich über der Erde aus? Kelly durchkämmte den ganzen Garten, fand aber nichts, was irgendwie passen konnte. Sie könnte Burgi fragen. Die Idee gefiel ihr gar nicht, am Ende würde die sie vor der Zwiebelübergabe dazu verdonnern, dreizehn selbstausgedachte Strophen von *Im Märzen der Bauer den Traktor anspannt* zu singen. Und zwar zweistimmig, was schon mit geübten Sängerinnen echt schwierig war.

Nein, sie bekam das hin. „Einfach nur logisch denken, Kelly!", schärfte sie sich selbst ein.

Irgendwo mussten die ja sein, die brauchte man schließlich ständig in der gutbürgerlichen Küche. Hier am Rand war der Boden locker. Vielleicht sah man die Dinger gar nicht über der Erde, sondern musste sie ausgraben? Wäre doch naheliegend.

Kelly fand eine kleine Schaufel, grub vorsichtig in den Boden hinein – Voila! Da waren sie, die Zwiebeln!

Sie klopfte ihre wertvolle Beute ab und ging zurück in die Küche. Das würde ein Festmahl werden! Na ja, das war übertrieben. Aber ein solides Nudelgericht sollte doch herauskommen.

Jens hatte inzwischen die Nudeln ins kochende Wasser gegeben und die Salami klein geschnitten. „Knöpf du dir das Gemüse vor", schlug er vor und reichte ihr ein Messer, „das gibt tolle Bilder."

„Dachte ich mir schon."

Kelly frischte kurz ihr Make-up auf, dann war sie auch schon bereit. Sie summte hörbar den Refrain ihres letzten Hits vor sich hin, während sie die Paprika und Tomaten kleinschnitt. Als Letztes machte sie sich über die beiden Zwiebeln her. Das war zwar ein wenig tricky, aber sie schaffte es mit einem sympathischen Zwinkern in die Kamera, kleine Würfel zu schneiden. Nicht mal Weinen hatte sie dabei müssen, sie hatte einen richtig guten Lauf! Sie sah mit Jens die Aufnahmen durch und war sehr zufrieden. „Postest du das gleich direkt in all meinen Kanälen?"

„Na klar doch. Ich schreib die üblichen Hashtags dazu und ein paar Sätze von dir, dass Kochen sowieso deine heimliche Leidenschaft ist. Vorher mach ich dir noch die Soße fertig."

„Perfekt!".

Jens briet die Zwiebeln an, gab die restlichen Zutaten dazu und würzte alles ordentlich. Als er gerade das Paprikapulver in die Hand nahm, glitt Kellys Blick zum Fenster. Mist, Matthias kam aus dem Stall und ging zielsicher aufs Haus zu!

„Schnell, du musst verschwinden! Durch die Hintertür."

Er lachte. „Bin schon weg. Würz noch ein bisschen mit Pfeffer und Paprika nach, du musst halt abschmecken!"

„Mach ich!"

Sie schob ihn in Richtung Ausgang. Kaum war er draußen, kam auch schon Matthias herein. Allerdings nicht in die Küche, sondern nur in den Flur.

„Ich hab uns was gekocht", kündigte Kelly stolz an. „Riecht schon ziemlich gut, findest du nicht?"

Er schnupperte und lachte dann freundlich. „Oh ja, das tut es! Allerdings überdecke ich gerade den Wohlgeruch. Nach den vielen Stunden Silieren und Stall brauche ich erst mal eine Dusche, ich bin total eingestaubt."

Er schälte sich mit einer wendigen Bewegung aus der dreckigen Jacke, die er trug. Sein T-Shirt hatte ebenfalls Flecken.

Dummerweise sah Matthias aber trotzdem irgendwie sexy aus. Auf so eine raue, männliche Art. Aus dem Shirtkragen spitzten ein paar Brusthaare hervor, so etwas wäre bei Francesco natürlich nicht vorgekommen. Leider ertappte sich Kelly bei dem Gedanken, wie Matthias wohl unter dem Shirt aussah. Oder ohne die grobe Arbeitshose. Unter dem Stoff des T-Shirts zeichneten sich deutlich seine Muskeln ab. Ob er Gewichte stemmte? Ach Quatsch, für so etwas hatte ein Landwirt bestimmt keine Zeit. Dann kamen diese knackigen Bizepse, die sie gerade sah, weil er sich am unrasierten Kinn kratzte, also vom Arbeiten? Irgendwie gefiel ihr das. Seine blonden Strubbelhaare ebenfalls. Und das kleine Lächeln, das er gerade auspackte.

„Du schaust mich an, als hättest du noch nie einen Kerl in Arbeitsklamotten gesehen."

Oh, Fuck. Er hatte es bemerkt.

Kelly musste jetzt selbst lachen. „Erwischt. Ich geb's zu, ich hab gerade überlegt, ob du wohl ins Gym gehst. Aber dann fiel mir auf, dass das ein dämlicher Gedanke ist. In meiner Welt ist das einfach so üblich." Entschuldigend hob sie die Schultern.

„Kann ich mir schon vorstellen", sagte er. „Da muss man ja eher selten Sandsäcke durch die Gegend schleppen. Als Bauer kann man sich das Fitness-Center tatsächlich sparen. Praktisch, oder?"

Schmunzelnd spannte er seinen Arm an, sodass die Muskeln aufsprangen. Kelly musste schlucken. Dabei waren die gar nicht so mächtig wie Francescos Muckis. Aber dafür eben echt.

„Ja, äh, sehr praktisch", wiederholte sie, weil ihr nichts Besseres einfiel. Himmel, seit wann war sie denn so auf den Mund gefallen?

„Bin in zehn Minuten zurück." Unbeschwert vor sich hin pfeifend zog er seine Socken aus, warf sie in einen Wäschekorb, der im Garderobenkämmerchen stand, und ging mit flinken Schritten nach oben. Obwohl sie das sonst nie tat und wirklich nicht wollte, blieb Kelly an Ort und Stelle stehen, um ihm nachzuschauen.

Erst als das Wasser in der Dusche lief, kam wieder Bewegung in sie. Oh Mann, das musste die Landluft sein. Die hatte ihr wohl für ein paar Augenblicke die Sinne vernebelt. Aber jetzt hatte sie sich zum Glück wieder im Griff. Sie ging zurück in die Küche, wo die Soße appetitlich vor sich hin blubberte. Es sah gut aus und roch verführerisch. Außerdem hatte sie ein paar tolle Videos im Kasten. Der Tag hatte zwar supermies angefangen, aber ab jetzt würde alles gut werden. Sie würde mit Matthias essen, nebenbei noch zwei Fotos für Instagram schießen, sich mit dem Hinweis auf die lange Reise früh ins Bett verabschieden und sicher noch einen hammermäßigen Song schreiben. Wie sollte es auch anders sein, sie war eine Kämpferin, eine Gewinnerin, ein angehimmelter Star!

Fröhlich summend holte sie zwei Teller aus dem Hängeschrank, legte Besteck dazu und fand nach einigem Suchen noch zwei Servietten. Da war zwar ein Nikolaus drauf, aber egal.

Nur noch kurz die Nudeln warm machen und die Soße abschmecken. Mit einem Esslöffel probierte sie die wunderbar duftende Soße – und war ein bisschen enttäuscht. Da war so ein bitterer Beigeschmack. Vielleicht würde ein wenig Ketchup helfen? Sie fand eine Flasche im Kühlschrank und kippte ordentlich was in die Pfanne. Hm. Ein bisschen besser war es. Ohne diesen Nachgeschmack wäre die Soße perfekt. Na ja, Matthias hatte bestimmt Hunger, dem würde das gar nicht auffallen. Vielleicht waren ja auch ihre Geschmacksknospen etwas verwirrt durch die Landluft.

Ihr Riechorgan allerdings funktionierte einwandfrei, als Matthias frisch angezogen in die Küche kam. Er war barfuß, trug eine ausgewaschene Jeans und ein T-Shirt mit dem goldenen Logo von *Lord of the Rings*, allerdings lautete die Aufschrift: „Der Herr der Rinder". Dummerweise hatte der Stoff genau den gleichen intensiven Blauton wie seine Augen, was Kelly schon wieder durcheinanderbrachte. Ebenso wie sein Duft. Dabei war das nur ein einfaches Duschgel, wie sie vermutete, kein „Shining Gold Luxusbody Supersmoother mit Orchideenextrakt" von Prada, sondern wahrscheinlich eines aus dem Sonderangebot vom kleinen Edekamarkt im Nachbardorf oder so. Aber der Geruch passte zu ihm. Das Prada-Ding hatte ein schweres, süßliches, exotisches Aroma, weil Francesco das bei all seinen Düften so liebte. Matthias hingegen roch herbfrisch wie eine Wiese am frühen Morgen. Nicht, dass sie in den letzten Jahren jemals über einen taunassen Rasen gelaufen wäre und früh morgens schon gar nicht. Aber so stellte sie es sich vor, weil sie zu dem Geruch plötzlich Bilder im Kopf hatte. Bilder vom Sonnenaufgang in den Bergen, von einem knallblauen Himmel, von gelben Löwenzahnpompoms und dem schwebenden Flug einer Schwalbe.

Moment mal, vielleicht wäre das was für einen Song? „*Early in the morning when I look without a warning in your eye, blue as the sky, soft as a sigh* ...".

Mist, verdammt, das war viel zu kitschig. Aus so einem Text bekam man nie im Leben eine harte Tanznummer hin.

„Alles okay bei dir?" Matthias stand immer noch vor ihr, wehte ihr weiterhin seinen Sommertagsduft um die Nase und sah sie fragend an.

„Ja, ja. Mir ging nur gerade ein Songtext durch den Kopf."

„Die schreibst du doch nicht selbst, oder?" Sein Blick verriet Überraschung.

„Klar mach ich das, was denkst du denn?"

Er zuckte mit den Schultern. „Ich bin davon ausgegangen, dass du für sowas Leute hast. Ich meine, du hast ja auch nicht selbst am Steuer gehockt, als ihr hier angekommen seid. Und ein Filmteam hast du auch, anstatt selbst ein paar Fotos zu knipsen."

Kelly musste schlucken. So sah sie also jemand von außen? Als ein verwöhntes Luxusweibchen, das für alles Personal hatte? Na ja, war ja eigentlich kein Wunder.

„Ich schreibe selbst, komponiere selbst und habe selbst gekocht", lenkte sie ein.

„Riecht auch schon super. Ich hab richtig Kohldampf. Hab außer einer Semmel beim Häckseln heute noch nichts gegessen."

Er nahm einen Glaskrug aus dem Schrank, befüllte ihn mit Leitungswasser und setzte sich damit an den Tisch. „Ich hab in der Speisekammer noch ein paar Flaschen Limo und Cola stehen, vielleicht ist da was für dich dabei?"

„Schon gut, Wasser ist okay."

Das trank sie zu Hause in Berlin auch in Mengen. Zwar nicht aus der Leitung, sondern aus schweineteuren Glasflaschen, die der Ernährungsberater empfohlen hatte. Wegen Mineralien oder Gesteinsaura oder sonstigen Superkräften. Sie nahm einen Schluck aus dem Wasserglas, weil sie plötzlich Durst verspürte. Wow, das schmeckte richtig gut!

„Kommt direkt aus den Bergen", sagte Matthias, der offenbar ein sehr guter Beobachter war.

„So schmeckt es! Und jetzt meine berühmten Fusilli mit Feinschmeckersoße! Genau richtig für hungrige Landwirte." Sie gab eine große Portion Nudeln auf einen Teller, tauchte die Suppenkelle in die Soße und wollte diese gerade über das Gericht kippen – da ließ ein lautes Getrampel im Flur sie zusammenzucken.

„Nicht essen!", kreischte Burgi und walzte ins Zimmer.

Matthias fuhr herum. „Herrschaftszeiten, was ist denn jetzt wieder los? Ich bin am Verhungern und Kelly hat was Herzhaftes gekocht, warum soll ich das nicht verdrücken?"

„Weil sie Tulpen reingekocht hat. Und die sind giftig."

Vor lauter Schreck ließ Kelly die Kelle fallen.

„Was hab ich?"

Burgi kam auf sie zu. „Mädel, hast du vielleicht im Gemüsegarten was geholt?"

„Das sollte ich doch! Tomaten, eine Paprika und ein paar Kräuter." Die Alte hatte echt ein Rad ab, da war sich Kelly sicher. Sie wusste doch, wie Tulpen aussahen! Die hätte sie nie im Leben abgeschnitten, was dachte diese Walburga sich nur?

„Und Zwiebeln hast du auch genommen, das hab ich auf diesem Instakrampf gesehen, die Margarete hat mir das nämlich auf meinem Handy eingerichtet, ich bin total modern. Hab sogar den Mondphasenkalender online, damit ich weiß, wann ich mir die Nägel schneiden kann."

„Burgi, bitte!", mahnte Matthias. „Was reimst du dir da schon wieder zusammen?"

„Ich reime nicht, ich zähle nur eins und eins zsam. So wie Miss Marple, die hätte das auch sofort gesehen. Es fehlt nämlich keine einzige Zwiebel im Garten. Ich hab gestern fürs Gulasch die letzten drei in der Reihe genommen und die neue Reihe ist unversehrt. Aber bei meinen Tulpen wurde herumgegraben. Also kombiniere ich: Ihr wolltet gerade was ziemlich Giftiges essen."

„Ach du Scheiße." Kelly sank auf den Stuhl. Sie war so verdammt dämlich! „Deshalb hat es so einen bitteren Nachgeschmack!", fiel ihr ein. „Oh Gott, es tut mir so leid."

„Ach komm, ist doch nichts passiert", sagte Matthias ruhig. „Und ich wette, so tödlich, wie die Burgi sagt, ist das Essen eh nicht. Tantchen übertreibt gern."

„Ich hab beim Kochen einen Löffel davon probiert!"

„Macht nix, ich brüh dir einen Rausspültee aus Brennnesseln, Melisse und gemeinem Hohlzahn. Das hilft immer", kündigte Burgi an.

Kellys Hals wurde eng. Alles war mit einem Mal zugeschnürt und rau und schrecklich verkrampft. Nicht, weil sie Angst hatte vor einer Vergiftung. Sondern weil sie sich vorkam, wie der größte Idiot auf diesem Planeten. Was sollte sie hier eigentlich? Niemand hier wollte sie und man konnte sie zu nichts gebrauchen.

„Ich verkacke offenbar alles, was ich anfange", sagte sie mit leiser Stimme. „Ist echt besser, ich reise ab. Hier bin ich ja doch nur ein Totalausfall."

„Jetzt mal langsam", sagte Matthias warm. „Du hast doch noch heute Mittag verkündet, wie hart du dich immer überall durchbeißt? Dann lässt du dich doch nicht von so einem Rückschlag aufhalten. Außerdem kann jeder mal was verwechseln."

Sie seufzte. War echt nett von ihm, dass er sie jetzt nicht einfach rauswarf. Immerhin hatte sie ihn fast vergiftet.

„Burgi bringt dir den Tee und ich klär mal schnell mit dem Doc ab, ob ein Löffel davon irgendwie gefährlich ist. Wie viele Zwiebel hast du rein?"

„Zwei", gab sie kleinlaut zu. „Hab aber viel weggeschnitten."

Er gab Burgi ein Zeichen, dass sie gehen sollte, und stand auf. Dann zog er sein Handy aus der Hosentasche, rief einen offenbar befreundeten Arzt an und erhielt zum Glück Entwarnung.

„Ist kein Problem, wenn du nur ein bisschen was gegessen hast, sagt unser Doc."

„Ich komm mir so saublöd vor", wiederholte sie. Weil es nun mal stimmte. Und weil sie sich am liebsten sofort weggebeamt hätte. „Außerdem haben wir ja jetzt kein Essen! Nur die Nudeln ohne alles. Ach, Mensch."

Er schenkte ihr ein Lächeln. „Das stört mich gar nicht. Weißt du, was? Ich hab in der Tiefkühltruhe noch ein paar Pizzen. Da belegen wir uns eine zusätzlich mit den Nudeln und den restlichen Salamistücken. Mach dir da mal keinen Kopf."

Dankbar sah sie ihn an. War er vielleicht gar nicht so arrogant und barsch, wie sie gedacht hatte?

„Schon irre, was das hier für eine fremde Welt ist für mich", sprach sie ihre Gedanken aus. „Ist mir vorher gar nicht so aufgefallen. Also, wie anders ich lebe. Man denkt darüber nicht besonders viel nach, oder?"

Matthias nickte. „Stimmt. Ich hab mir ehrlich gesagt noch nie Gedanken darüber gemacht, wie es wäre, in der Großstadt zu wohnen. Oder einen stinklangweiligen Bürojob zu haben. Und dein Leben ist ja noch viel verrückter. Erzähl doch mal, wie schaut eine normale Woche bei dir aus? Ich hol uns nur schnell die Pizza."

Er kam kurz darauf zurück, belegte mit geübten Griffen die Pizza, schob diese in den Backofen und setzte sich wieder zu Kelly an den Tisch.

„Kommt immer drauf an, ob wir gerade auf Tour sind oder im Studio oder in der Vorbereitung für eins davon." Sie berichtete von den schweißtreibenden Trainingseinheiten beim Choreografen, von Fotoshootings, Tonaufnahmen, Nächten im Tourbus.

Matthias hörte aufmerksam zu. Er hatte so eine Art, sie dabei anzusehen, die sie selten bei einem Menschen erlebt hatte. So, als würde er alles andere ausblenden und seine gesamte Aufmerksamkeit auf sie, Kelly, richten. Das war ein wenig verstörend, weil sie selbst sich immer sehr schnell ablenken ließ, fiel ihr auf. Immer gab es eine Nachricht auf dem Handy, die man nebenbei checken musste, oder es wurde ihr Song im Radio gespielt und sie wollte die Ansage dazu hören. Er hingegen war total bei ihr. Und das fühlte sich irgendwie schön an. So, als wäre es wichtig, was sie von ihrem verrückten Alltag erzählte.

„Tourbus?", hakte er nach. „Ist das so ein umgebautes Ding mit Schlafkojen und Küche und Klo?"

Kelly lachte. Es war gar nicht so schwer, mit ihm zu reden. „Ganz genau. Wir haben sogar eine Dusche."

„Und das Bett ist bestimmt Queensize, stimmt`s?" Matthias zwinkerte ihr zu.

„Würde eine Popqueen wie ich in etwas Schmalerem schlafen? Niemals!" Sie grinste.

„Kein Problem, ich kann dir eine Box im alten Kälberstall freimachen und mit Stroh auslegen. Da hast du dann richtig viel Platz zum Ausstrecken. Und ein Feeling wie im teuren Wellness-Hotel."

„Wie ausgesprochen nett von dir. Wundert mich eigentlich, dass du mir nicht ein Bett im Kornfeld anbietest."

„Ui, bei euch geht es ja schon richtig rund!" Burgi kam herein, eine bauchige Kanne in den Händen. „Dann will ich das junge Glück nicht weiter stören." Sie kicherte, zwinkerte Kelly zu und stellte die Kanne auf den Tisch. Dann stapfte sie aus dem Haus.

„Oh, unsere Pizza!", fiel Matthias ein. Lachend sprang er auf und holte sie aus dem Ofen. „Das hätte noch gefehlt, dass uns die verbrennt."

Er stellte sie auf die Arbeitsplatte, schnitt sie in Stücke und platzierte sie mitten auf dem Tisch. „Greif zu!"

Kelly trank erst noch einen Schluck. Irgendwie kam sie sich vor wie in einem Film. Sie saß auf alten Holzstühlen, würde morgen im Kuhstall herumlaufen und aß eine Nudelpizza. Mit einem Kerl, der sich weder das Kinn noch die Brust rasierte, der verdreckte Arbeitskleidung hatte, aber nach frischem Sommermorgen roch. Der Augen hatte wie der Junihimmel und ein Lächeln, das er garantiert noch nie vor irgendeinem Spiegel geübt hatte.

Das Leben war schon wirklich seltsam. Und diese drei Tage hier würden sie vor eine Menge Herausforderungen stellen, da war sie sich sicher. Eine zehn Zentimeter hohe und super wacklige Nudelpizza zu essen, war dabei wahrscheinlich nicht mal das Allerschwierigste, befürchtete Kelly.

8. Gespräche

Matthias

Es war unmöglich. Völlig unmöglich. Matthias schüttelte innerlich den Kopf, während er in das erste Stück der Pizza biss.

Was der feine Herr Bürgermeister sich da in den Kopf gesetzt hatte, würde nie im Leben funktionieren. Einen Superstar, der über Personal verfügte, sich nur in Großstädten und edlen Hotelzimmern herumtrieb, dazu mit diesem Glanzhemd-Heini auch privat ganz offensichtlich auf Glitzer und Haargel stand – nein, den konnte man nicht dazu bringen, sich in ein einfaches Bauerndorf wie Oberapfelbach zu verlieben!

Klar, er würde sich Mühe geben und alles. Aber der Hader Schorsch und die Gemeinderäte malten sich das alles viel zu phantasievoll aus. Kelly lebte nun mal in einer völlig anderen Welt. Nein, mehr sogar, in einer total entgegengesetzten. Sie war quasi das Neuseeland von Oberapfelbach. Und er wusste beim besten Willen nicht, mit was er sie hier begeistern sollte. Das Dorf hatte überhaupt nichts zu bieten, was einen Superstar interessieren könnte. Und ob er sie mit dieser eigenartigen Pizzakombination überzeugen konnte, war mehr als fraglich. Allerdings schien sie für den Moment ganz zufrieden zu sein damit.

„Erstaunlich, das schmeckt sogar richtig klasse!", sagte sie und biss zum zweiten Mal von ihrem Stück ab. „Du bist echt kreativ, was das Kochen anbelangt."

Er musste grinsen. „Du würdest dich wundern! Im Winter brate ich mir sogar recht oft irgendein Essen. Meist ohne Rezept, weil ich einfach das nehme, was gerade da ist. Und manchmal kommt was richtig Gutes dabei raus."

„Da hast du mir schon wieder was voraus", gab Kelly zu. „Ich bin völlig unbegabt in der Küche. Aber das weißt du ja inzwischen schon." Sie lächelte entschuldigend.

Matthias musterte sie heimlich, während er weiteraß. Wenn sie mal nicht die Zicke rauskehrte, konnte sie sogar ganz nett sein. Ein bisschen leid tat sie ihm ja jetzt schon. Klar, sie war eine verwöhnte Lady, aber immerhin hatte sie sich Mühe gegeben. Sie wollte das hier durchziehen, wenngleich es ihr dabei nur um ihre Fans ging. Nicht darum, mal eine ganz andere Lebensart kennenzulernen. Obwohl das eine Riesenchance sein könnte!

Sie hatte sich beim Traktorfahren angestrengt, sie hatte sich beim Kochen bemüht. Und dass beides nix geworden war, setzte ihr gewaltig zu. Das machte sie fast schon wieder ein bisschen sympathisch.

„Wieso kochst du nur im Winter?", wollte sie wissen und sah ihn fragend an.

Oh je, sie hatte wirklich überhaupt keine Ahnung, wie das hier lief. „Weil Landwirte ab dem Frühling alle Hände voll zu tun haben. Wir müssen die Felder vorbereiten, also pflügen und mit der Scheibenegge bearbeiten, dann säen, düngen, den ersten Grasschnitt mähen, das gibt dann das Heu. Und natürlich wird mehrmals siliert, kommt immer darauf an, was man gepflanzt hat. Außerdem wird auch Gülle ausgebracht und eingearbeitet, die Vorschriften sind ja inzwischen eine Wissenschaft für sich. Später dann Grummet gemäht und ..."

„Grummet? Ist das Getreide wie Grünkern oder Chia?"

„Äh, nein. Das ist der zweite und dritte Schnitt vom Gras. Nur der erste heißt Heu." Sah aus, als müsste er seine Arbeit etwas einfacher erklären.

Und er hatte da eine Idee. „Na ja, du hast bisher wohl noch nie was mit Landwirtschaft zu tun gehabt. Wenn es dich interessiert, können wir die Sendung mit der Maus anschauen. Da gab es mal ein Special über Bauern."

Ihre Miene verfinsterte sich. „Erklärt da die Maus auch, warum die Bauern so überheblich sind? Das würde mich nämlich tatsächlich interessieren."

Wie bitte? „Ich bin doch nicht ...", begann er, aber sie unterbrach ihn.

„Oh doch, das bist du! Du gibst mir das Gefühl, ein ungebildetes Großstadtkind zu sein, nur weil ich das Wort Grummet nicht kenne. Mag ja sein, dass das hier in deinem Dorf jeder weiß, aber frag mal die Leute in Berlin, Hamburg oder in jeder anderen Stadt mit mehr als hundert Einwohnern. Die gehen alle davon aus, dass gemähtes Gras immer Heu heißt. Außerdem – wenn ich dich mit Wörtern aus meinem Leben konfrontiere, hast du garantiert auch keine Ahnung, was die bedeuten. Würde ich mit meiner Band über ein Decrescendo, da Capo oder Synkopen reden, stehst du garantiert genauso dumm da wie ich bei dieser Grummet-Sache."

Matthias grinste. Sie sah richtig heiß aus, wenn sie sich so aufregte. Da blitzten ihre Kastanienaugen und sie gestikulierte wild, er mochte Frauen mit Temperament. Auch wenn ihm das schon mal eine verdammt herbe Enttäuschung eingebracht hatte.

„Na ja", sagte er langgezogen. „Da Capo heißt von vorne, beim Decrescendo wird das Stück leiser und Synkopen sind versetzte Taktschläge, also so irgendwie: *dadamm, dadamm.*" Er sang zwei Takte vor sich hin.

Anschließend freute er sich diebisch, weil Kelly ihn total entsetzt anschaute. „Du kennst das?"

„Ich spiel in der örtlichen Blaskapelle."

„Was denn?"

„Tenorhorn."

Ihre Augen weiteten sich noch ein Stück. „Tenorhorn?", wiederholte sie. „Fuck, ich bin Berufsmusikerin, hab aber keine Ahnung, was das ist!"

Kelly sah ihn noch einen Moment an, dann passierte etwas Seltsames. Sie lachte plötzlich los. Ja, es platzte förmlich aus ihr heraus, schüttelte sie richtig durch. Sie lachte und lachte, als wäre das Wort *Tenorhorn* das Lustigste, was sie jemals gehört hatte. Irgendwie musste Matthias sogar ein wenig mitlachen, weil es einfach so ansteckend war.

„Sorry", stieß sie in einer Atempause aus und wischte sich eine Lachträne aus den Augen. „Es ist einfach nur die ganze Situation. So skurril! Das alles hier. Der Bauernhof, die fremde Welt, dieses ganze Gewinnspiel. Irgendwie vernebelt das mein Hirn. Und offenbar hab ich nicht mal wirklich Ahnung von Musik, zumindest was Tenorhörner angeht. Meine Fresse, ich muss dir vorkommen wie eine komplett dumme Kuh. Tut mir wirklich leid."

Matthias grinste. „Du willst doch wohl nicht die Gretl, die Susi und die Gitti beleidigen?" Er lachte, hob dann sein Wasserglas und hielt es ihr entgegen. „Komm, lass uns auf Frieden anstoßen. Und darauf, dass wir uns gegenseitig respektieren. Ehrlich gesagt bin ich mir bei eurer Ankunft hier auf meinem Hof selbst total dumm vorgekommen. Überleg doch mal, ich wusste nicht, wer dieser Kelly-Star sein sollte, ich hab also für den Falschen im Radio angerufen. Außerdem habt ihr mir gleich das Gefühl gegeben, dass ich doch nur ein dämlicher Bauer bin. Sowas hört halt niemand gern."

Sie nickte und hob ihr Glas. „Also Frieden!", rief sie, stieß mit ihm an und trank es aus. „Wir einigen uns darauf, dass wir beide in unserer Welt absolut super sind, aber von der des anderen rein gar nichts verstehen."

„Genau. Und darauf, dass du bei deiner nächsten Tour unbedingt ein paar Bläser in deiner Band brauchst, damit du deine musikalischen Bildungslücken in dieser Hinsicht schließt." Er widmete sich wieder seiner Pizza.

„Soll das heißen, du willst dich als Hornist bei mir bewerben?"

„Um Gottes willen, nein! Ich hab hier genug zu tun. Deshalb ja der Anruf beim Sender. Schuld ist der Quirin, der hat gesagt, die verlosen da Erntehelfer, und hat mir die Nummer diktiert." Er hätte es eigentlich wissen müssen. Vom Quirin kam oft genug Quatsch. Und dieses Grinsen hätte ihn stutzig machen müssen. Aber mei - jetzt war sie schon mal da und er musste mit ihr zurechtkommen. Eigentlich war es gar nicht so schlimm, mal nicht alleine das Abendbrot essen zu müssen. Matthias war das gar nicht mehr gewöhnt, aber es machte ein klein wenig Spaß, hier mit ihr zu sitzen.

„Ihr helft euch hier immer gegenseitig?"

Sie hörte sich an, als wäre ihr sowas fremd. Was irgendwie traurig war. Eigentlich sollte es doch überall so sein, dass Menschen zusammenhielten. „Bei mir im Showbusiness ist sowas nämlich nicht unbedingt üblich", fügte sie an.

„Logisch helfen wir uns. Anders würde es gar nicht hinhauen. Wir teilen uns einige Maschinen oder leihen sie gegenseitig aus. Und beim Silieren ist man eh drauf angewiesen, dass ein paar andere mitfahren. Ach so, Silieren bedeutet übrigens, dass das Futter durch Gärung haltbar gemacht wird. Ist ein ähnliches Prinzip wie Sauerkraut. Deshalb riecht es auch im Stall ein bisschen säuerlich. Kannst ja morgen mitkommen."

„Sowieso! Ich sing den Kühen dann eine Mozart-Arie, dann geben sie mehr Milch. Hab ich zumindest mal im Radio gehört."

Was für eine Vorstellung! Kelly im Stall? Darauf war er echt gespannt.

„Kann ich mal was von dir hören?", fragte er. „Ich hatte leider keine freie Minute heute, sonst hätte ich mir was von dir angeschaut, gibt doch bestimmt jede Menge Videos auf YouTube. Von dir auf der Bühne und so."

Er sah sie an und versuchte, sich das vorzustellen. Gelang ihm allerdings nicht. Wenn sie hier an seinem rustikalen Eichentisch saß, herzhaft in die Nudelpizza biss oder sich – wie vorhin – aus Burgis alter Kanne Kräutertee eingoss, sah sie gar nicht aus wie eine Beyonce, Madonna oder Jennifer Lopez. Okay, wie die Moni vom Wirt auch nicht, die hatte weder so bunte Haare, noch trug sie so knallenge Jeans.

„Warte, ich such dir was. Ist von meiner letzten Tour." Sie wischte auf ihrem iPhone herum.

Wie sie unter all dem Make-up wohl aussah? Und mit normaler Frisur? Ein hübsches Gesicht hatte sie auf jeden Fall. Nur mochte er es nicht, wenn alles so künstlich war, dass man kaum mehr was erkennen konnte. Ihr Lächeln war jedenfalls verflixt süß, musste er zugeben.

Nicht, dass das irgendeinen Unterschied machte. Er musterte sie natürlich nur deshalb so genau, weil er sich erklären wollte, warum sie so überaus erfolgreich war. Irgendwas Besonderes musste sie doch an sich haben.

Harte Gitarrenriffs erklangen aus ihrem Handy. Sie zog ihren Stuhl zu ihm herüber, damit sie gemeinsam das Video sehen konnten.

„Das ist in Köln", erklärte sie. „Der Song lief in den Charts echt gut, wir haben ihn für die Liveshow um eine Minute verlängert. Vielleicht hast du ihn schon mal gehört, er heißt *Get up and dance, Girls!*"

Wow, was für eine monströse Bühne! Das war ein bisschen anders als im Gemeindesaal von Winkelstadt, wo sie mit der Kapelle schon mal aufgetreten waren. Matthias beugte sich über das Handy, um alles genau sehen zu können. Über die riesige Leinwand schossen bunte Streifen, eine Horde Tänzer jagten über die Bühne und machten seltsame Verrenkungen. Dann kam Kelly auf die Bühne.

Er musste schlucken, als er sie sah, denn sie trug einen hautengen Lack-Overall mit tiefem Dekolleté, dazu High Heels, bei deren Anblick ihm schwindlig wurde. Wie schaffte sie es nur, damit über die Bühne zu laufen und sich von den Tänzern herumschwingen zu lassen? Auf jeden Fall sah sie rattenscharf aus, ihre Bewegungen waren höllisch sexy und das Make-up hochdramatisch. Dann begann sie endlich zu singen.

„*Don't stay in bed, move your butt and head*", röhrte sie und die Zuschauer kreischten vor lauter Begeisterung. Gebannt starrte Matthias sie an. Ihre Stimme war nicht schlecht. Ja, sie traf die Töne, sie baute Spannung auf, sie riss die Leute mit. Aber irgendwie – keine Ahnung – war das alles so leer. Klar, der treibende Rhythmus ging in die Beine, er konnte verstehen, warum die Zuschauer hüpften und tanzten. Aber irgendwas fehlte. Was Persönliches. Etwas, bei dem man Kelly selbst erkannte. Das würde er ihr natürlich nicht sagen.

„Großes Kino!", lobte er stattdessen. „Was für eine ausgefeilte Show! Und deiner Stimme hört man an, dass du eine richtige Gesangsausbildung hast. Ist bestimmt nicht bei allen so, die man im Radio hört."

Hätte er noch anfügen sollen, dass sie in diesem heißen Bühnenoutfit und den aufreizenden Bewegungen supersexy aussah? Lieber nicht. Auch wenn es schön war, das anzusehen – er stand mehr auf Natürlichkeit. Er mochte es, wenn eine Frau ihm nicht gleich sämtliche weiblichen Körperteile unter die Nase rieb. Bildlich gesprochen. Auf Entdeckungsreise zu gehen war doch viel spannender.

„Danke." Sie strahlte ihn an. „Steckt auch viel Arbeit drin. In der Show, der Musik, der Stimme."

„Die russische Dozentin mit den chromatischen Tonleitern, ich erinnere mich."

Kelly nickte. „Gut aufgepasst! Horch mal, hier muss ich sogar rauf bis zum g 3. Und das nach der Hiphop-Hüpferei bei der Nummer davor." Sie ließ ein weiteres Lied laufen, bei dem sich ihre Stimme in himmelhohe Höhen wand.

Nur berührte es ihn halt nicht besonders.

„Alle Achtung, du gibst wirklich alles." Er nickte ihr zu und versuchte, begeistert auszusehen.

Kelly ließ ihren Blick über sein Gesicht gleiten. Anschließend schaltete sie das Video ab und legte das Handy zur Seite. „Es gefällt dir nicht, stimmt's?"

„Quatsch. Ich find's super. Ist halt nicht so ganz mein Musikstil. Aber du bist eine tolle Sängerin und zurecht ein richtiger Star."

Ihr Blick blieb skeptisch. Sie schien tief in ihn hineinschauen zu wollen, was ihm ein bisschen unangenehm war. Reichte doch schon, dass Burgi meist wusste, was er dachte oder fühlte und ihm das knallhart unter die Nase rieb. Er brauchte nicht noch eine Frau mit diesen Fähigkeiten.

„Schon okay", sagte sie schließlich, aber er konnte hören, dass sie ein bisschen enttäuscht war.

„Nein, echt, es ist klasse. Ich bin halt einfach nicht so zu Hause in der Pop Musik."

„Unsinn. Musik ist Musik. Das hat was mit Gefühl zu tun. Entweder sie erreicht einen oder nicht, da ist der Stil doch eigentlich egal. Kann schon sein, dass meine Show viel zu technisch ist. Wenn ich ehrlich sein soll, mach ich mir zur Zeit eine Menge Gedanken darüber. Viel zu viele sogar." Sie atmete tief durch. „Und ich frag mich, wieso ich dir das überhaupt erzähle."

Oha! Sie steckte in einer Schaffenskrise? Das hätte er jetzt echt nicht vermutet.

„Weil es immer gut ist, mit einem Fremden zu reden. Da fällt einem vieles leichter", sagte er.

Kelly nickte und sah mit einem Mal sehr müde aus. „Kann schon sein. Francesco darf ich damit nicht kommen, der ist überzeugt davon, dass wir auf dem genau richtigen Weg sind. Er macht mir gerade eine Menge Druck, dass endlich die Songs fürs neue Album fertigwerden. Aber es ist echt schwer."

Das glaubte er ihr sofort. Er hatte nie darüber nachgedacht, wie es wäre, Künstler zu sein. Eigentlich hatte er sogar immer gedacht, dass die ein richtig leichtes Leben hatten. Ein bisschen herumträllern, Interviews geben, Platten aufnehmen und ansonsten faulenzen. So hatte er sich das ausgemalt. Da war er aber reichlich naiv gewesen.

„Komm doch morgen Abend mit zur Musikprobe unserer Kapelle. Vielleicht kannst du dir ein paar Inspirationen holen?"

Sie lächelte. „Wieso nicht? Ist bestimmt spannend. Ich hab ja musikalisch schon ziemlich viele Erfahrungen gesammelt, aber bei einer echten Blaskapelle war ich tatsächlich noch nicht. Wir jammen dann gemeinsam, oder?"

„Klar. Obwohl der Ernstl, also unser Dirigent, wahrscheinlich keine Ahnung hat, was das Wort *jammen* bedeutet."

Der würde sowieso tot umfallen, wenn Kelly in einem scharfen Minikleid daherkam. Und wenn sie mit dem Hintern wackelte, erst recht. Ernstl Mooshammer nahm die Musik nämlich äußerst ernst und hasste es wie die Pest, wenn die Kapelle beim

Dorffest spielen sollte und die Leute sich die üblichen Blechmusikgassenhauer wünschten. Er fühlte sich zu Höherem berufen. Leider reichte weder sein Talent als Posaunist noch als Dirigent dazu, ein neuer Ernst Mosch zu werden.

Kelly winkte entspannt ab. „Ach, keine Sorge. Wir finden schon was, das wir zusammen performen können. Wie gesagt, ich bin in allen Genres zu Hause und hab ein phänomenales Gedächtnis, was Songtexte und Melodien anbelangt."

Matthias nickte beeindruckt. Jetzt war er wirklich gespannt, wie sie sich morgen Abend schlagen würde. „Sag mal, war das schon immer dein Wunsch? Also Berufsmusikerin zu sein? Oder hat sich das irgendwie ergeben? Klingt vielleicht komisch, aber alle Musiker, die ich persönlich kenne, machen das nur nebenbei. Oder haben zumindest eine Ausbildung in einem anderen Job. Aber bei dir ist das bestimmt anders. Sind deine Eltern auch Musiker und sollte ich sie kennen? Wahrscheinlich hab ich totale Lücken, weil deine Mutter die berühmte Geigerin Vanessa Kay ist und dein Vater, Maestro Sir Simon Kay die Berliner Philharmoniker leitet oder so."

Sie lachte. Und er mochte es, wenn sie lachte. Das klang herrlich rau und wild und ein wenig dreckig. Aber auch so, als würde sie es viel zu wenig tun.

„Herbert von Kay würde es eher treffen, wenn wir schon bei Phantasienamen sind. Du wirst es nicht glauben, aber wir tragen tatsächlich einen Von-Titel. Nur haben meine Eltern mit Musik überhaupt nichts am Hut. Mein Vater führt ein Antiquitätenimperium und meine Mutter macht auf Charity-Lady, wenn sie nicht ein paar wichtige Kunden bezirzt."

Erstaunt sah er sie an. „Du bist eine *von*?"

„Exakt. Von Kronenberg, wenn du es genau wissen willst."

Das musste er erst mal verdauen. Wenn er an diesen Glanz-

Heini mit Gel im Haar dachte, hätte er sie eher auf neureich geschätzt. Aber dass sie einem Adelsgeschlecht entstammte?

„Ich dachte ja immer, in Adelskreisen hat man traditionelle Vornamen. So wie Elisabeth oder Viktoria oder Hildegunde."

Schon wieder lachte sie. Und wieder rieselte ihm dabei ein prickelnder Schauer über den Rücken.

„Du liebe Zeit! Wir sind kein uralter Adel mit Stammbaum, ich weiß ehrlich gesagt gar nicht, wo dieses *von* herkommt. Und ich heiße nicht Kelly, sondern Kerstin."

Jetzt lief sie ein kleines bisschen rot an, fiel ihm auf. Offenbar erzählte sie das nicht vielen Menschen.

„Aber verrat es niemandem", setzte sie nach. „Ich konnte es bisher geheimhalten. Ist mir auch lieber so, denn meine Eltern wollen nichts mit dieser Kelly-Kay-Sache zu tun haben. Bisher findet man meinen echten Namen nicht auf Wikipedia. Muss an Burgis Tee mit dem gemeinen Hohlzahn liegen, dass ich plötzlich so viel preisgebe." Sie seufzte und beäugte die Teetasse skeptisch.

„Tja, da hat sie dir wahrscheinlich noch Wahrheitskraut mitreingebraut. Sauerampferum Veritas. Sehr beliebt hier im Voralpenland." Er grinste sie an. „Aber keine Angst, von mir erfährt niemand etwas. Allerdings würde es mich sehr interessieren, wie aus einer angesehenen Kaufmannstochter eine Pop-Queen wurde. Und noch was: Darf ich Kerstin zu dir sagen, wenn wir allein sind? Gefällt mir nämlich viel besser als Kelly."

Das war ihm rausgerutscht, aber es stimmte. Kerstin – das war die andere Seite von ihr. Die echte. Die ohne Make-Up und High Heels und Lackleggings. So hoffte er zumindest. Irgendwie war ihm eine Kerstin näher als eine Kelly. Und seltsamerweise wollte er, dass sie ihm näher war, wie ihm gerade auffiel. Er fuhr sich durch die Haare. Zefix! Er musste aufpassen. Großstadtfrauen brachten ihm Unglück, das wusste er bombensicher!

„Ist schnell erzählt", sagte Kelly-Kerstin. „Meine Eltern bestanden natürlich auf einer klassischen Bildung für ihre einzige Tochter, dazu gehörte neben dem humanistischen Zweig auf dem Gymnasium auch Klavierunterricht. Ich sollte sie ja schließlich stolz machen."

In ihrer Stimme schwangen verschiedene Gefühle mit, das konnte er deutlich hören. Wut war dabei, aber auch Frustration. Nach einer glücklichen Kindheit klang das jedenfalls gar nicht.

„Das hast du doch bestimmt? Sie stolz gemacht?", fragte er.

Sie schüttelte den Kopf. „Griechisch und Latein waren mir ein Graus. Trotz der teuren Nachhilfelehrer hab ich die nächste Klasse nur immer mit Ach und Krach geschafft. Mathe war auch nicht viel besser. Aber auf die Klavierstunden und den Musikunterricht hab ich mich immer gefreut wie ein Schneekönig. Wahrscheinlich wäre ich längst von der Schule geflogen, doch ich hab jedes Mal Preise bei *Jugend musiziert* gewonnen. Außerdem bin ich bei jeder Schulfeier aufgetreten, was den Schulrat sehr gefreut hat. Deshalb hat man dann in den Hauptfächern alle Augen zugedrückt, denk ich."

Wahnsinn. „Das kenne ich nur von amerikanischen Football-Cracks an den Highschools. In Filmen sieht man das, dass die ein Stipendium kriegen, weil sie für die Schulmannschaft spielen."

„Ganz genau." Kelly schmunzelte. „Ich bin quasi der Musik-Quarterback des Goethe-Gymnasiums. Hab ich einen genialen Chopin gespielt, drückte der Lateinlehrer bei Ovid ein Auge zu und gab mir eine Vier. Tolle Sache, oder?"

„Oh ja!" Matthias musste kurz lachen, wurde aber dann wieder ernst. „Ich war in der Hauptschule. Weil die hier aufm Dorf war. Zur Realschule hätte man mit dem Bus fahren müssen, darauf hatte ich keine Lust. Aber meine Hornblaserei hätte mir keine Zusatzpunkte eingebracht, glaub ich."

Sie sah ihn an. Lange.

„Ich wette, du hattest sowieso richtig gute Noten", sagte sie schließlich.

Das stimmte. Er hatte sich immer leichtgetan in der Schule. Und auch später in der Ausbildung. Sogar eine Weiterbildung zum Agrarbetriebswirt hatte er gemacht und als Bester seines Jahrgangs abgeschlossen, weil ihn die betriebswirtschaftlichen Zusammenhänge brennend interessiert hatten. Aber damit wollte er jetzt nicht angeben, es ging schließlich um Kellys Werdegang, der war viel spannender als seiner.

„War schon okay", gab er zu. „Aber wieder zu dir: Hast du damals auch schon gesungen oder nur Klavier gespielt?"

„Ich habe schon als kleines Mädchen herumgeträllert. Meine Mutter hat das wahnsinnig gemacht, weil ich gnadenlos war und sämtliche Strophen von *Wer will fleißige Handwerker sehen* oder von der *Vogelhochzeit* gesungen habe, stundenlang. Also hat sie mir das verboten."

„Moment mal. Sie hat dir das Singen verboten? Als Kind?" Na, die war ja drauf!

„Ja, hat sie." Kellys Stimme klang stumpf. „Das wäre zu viel für ihre Nerven, hat sie immer gesagt. Zum Glück hatten wir einen großen Garten und den Gärtner hat überhaupt nicht gestört, dass ich gesungen habe. Wir haben uns sogar gemeinsam neue Strophen von *Grün grün grün sind alle meine Kleider* ausgedacht. Leider hat er nach zwei Jahren gekündigt und der neue hatte mit der Singerei nichts am Hut."

Matthias starrte sie an. Als ihm bewusst wurde, dass er das tat, senkte er schnell den Blick und sah auf das letzte Pizzastück. Sein Hunger war plötzlich verschwunden.

Bei ihm zu Hause war viel musiziert worden. Gerade seine Mutter hatte immer ein Lied auf den Lippen gehabt, oft genug ein Kirchenlied. Er sah sie vor sich, die langen Haare hochgesteckt, wenn sie kochte, ein sanftes Lächeln im Gesicht. Und sie sang mit ihrer wunderbaren Altstimme ihr Lieblingslied: *Möge die Straße uns zusammenführen und der Wind in deinem Rücken sein.*

Verdammt, er vermisste sie. Sie und ihre Stimme und ihren Duft nach den Lavendelblüten, die sie in lila-weiß karierte Säckchen einnähte und zwischen die Wäschestücke im Schrank legte. Die Straße hatte sie leider zu früh weggeführt, genau wie seinen Vater. Und das tat immer noch weh.

„Matthias?" Kellys Stimme war weich und fragend, ihr Blick besorgt.

Er schluckte. Setzte dann ein Lächeln auf. „Hab nur gerade an etwas von früher gedacht, nicht wichtig. Irgendwie schon traurig, dass du nur mit dem Gärtner singen durftest. Aber ich vermute, es ging dann doch in dieser Richtung weiter?"

Kelly zögerte einen Moment, sah ihn an, als wollte sie fragen, was ihm eben durch den Kopf gegangen war. Doch schließlich erzählte sie weiter.

„Schuld war mein Musiklehrer. Ich hab nämlich im Schulchor mitgesungen und ihm fiel meine Stimme auf. Da kam er zu meinen Eltern nach Hause. Er war eine beeindruckende Gestalt, trug auch im Sommer einen dreiteiligen Anzug und hatte einen Professortitel. Das hat meinen Vater dann doch überzeugt. Na, jedenfalls verkündete der meinen Eltern, dass ich unbedingt Gesangsunterricht haben müsste, weil mir eine große Karriere als Opernsängerin bevorstand. Meine Mutter war großer Fan von Maria Callas, besonders gut gefiel ihr die Tatsache, dass die Callas sich den millionenschweren Reeder Onassis geangelt hat. Also stimmte sie zu."

Grinsend schüttelte Matthias den Kopf. „Das ist ja wie aus einer Seifenoper! Sie stimmen deiner Gesangskarriere nur zu, weil sie hoffen, du angelst dir mal mit einer Opernarie einen Millionär? Wow, das ist echt irre."

„Sie wollten halt, dass ich in ihren Kreisen bleibe. ‚*Heute in der Matinée singt unsere Tochter zusammen mit Jonas Kaufmann vier Schubert-Lieder, es gibt auch Kaviar-Kanapées, Sie sind herzlich eingeladen, Herr und Frau von Goldeselstein*' – das wäre ihre Vorstellung von meiner Zukunft gewesen. Wenn ich schon nichts Vorzeigbares wie Jura oder Medizin studiere, dann doch bitteschön zumindest sowas."

Sie hatte es witzig vorgetragen, doch Matthias war nicht nach Lachen zumute.

„Soll das heißen, sie sind nicht einverstanden mit dem, was du erreicht hast?" Das konnte er kaum glauben.

„Richtig. Sie schämen sich für mich."

„Herrgott nochmal, du bist total berühmt! Ich kenn mich ja nicht aus, aber du verdienst doch bestimmt eine Menge Kohle!"

„Oh ja. Mir gehört eine Villa am Wannsee, ich hab goldene Schallplatten an der Wand, ein prallvolles Bankkonto und mein Manager fährt einen Lamborghini. Zählt aber alles nichts."

„Solche mordsdrum Deppen!", entfuhr es ihm.

Kelly musste lachen. „Super auf den Punkt gebracht!" Sie trank den letzten Schluck Tee. „Aber was soll's. Ich bin kein Kind mehr, ich bin nicht auf meine Eltern angewiesen. Es ärgert mich halt manchmal, wenn mein Vater anruft und mir sagt, wie dumm ich bin. Diese Aktion hier findet er übrigens sehr unter meiner Würde."

„Dann hoffe ich, er folgt dir in den sozialen Medien und sieht, wie du dich morgen im Kuhstall vergnügst. Also, falls du das willst. Gibt bestimmt tolle Bilder, ich habe gerade neun kleine Kälber. Deine Fans werden entzückt sein."

Es war gut, sich das ins Gedächtnis zu rufen. Fast hätte er nämlich viel zu viel Mitgefühl für sie empfunden. Es war aber nie gut, eine Frau nah an sich heranzulassen. Sowas brachte nur Ärger, Schmerz und schlaflose Nächte. Nein, er musste sich stets der Tatsache bewusst sein, dass sie nur drei Tage hier sein und danach auf Nimmerwiedersehen aus seinem Leben verschwinden würde. Was auch besser war.

Und nett war er ja nur zu ihr, weil der Hader Schorsch ihm das Wegerecht für den Acker beim Wald in Aussicht gestellt hatte, und weil dadurch vielleicht der Umsatz vom Wirt und vom Metzger angekurbelt wurden. Genau.

„Unbedingt!" Ihre Augen strahlten. „Wann gehen wir denn morgen zu den Kühen und Stieren?"

„Stiere hab ich nicht, nur Kühe. Ich geh halt gleich in der Früh, da wird ja gemolken."

„Ui, da will ich dabei sein! Nimmst du mich mit?"

Matthias zuckte mit den Schultern. „Von mir aus kannst du schon mitkommen. Ich weck dich einfach auf, wenn ich selbst aufstehe."

„Perfekt!" Kelly stand auf und stellte das Geschirr auf die Arbeitsplatte. Dann schaute sie sich in der ganzen Küche um. „Wo hast du denn den Geschirrspüler versteckt?"

Er deutete auf eine Plastikflasche mit grüner Flüssigkeit und streckte seine Hände nach oben. „Das hier ist der Geschirrspüler", sagte er lachend.

Sie riss die Augen auf. „Ernsthaft? Ich dachte echt, das wäre wie Telefon und überall vorhanden." Unschlüssig schaute sie auf die Spüle. „Soll ich hier heißes Wasser einlaufen lassen oder wie geht das?"

„Lass nur, ich mach das schon. Ich bin es ja gewöhnt. Ist ganz schön spät geworden." Draußen war es schon fast dunkel, fiel ihm auf, als er aus dem Fenster schaute. „Ich will danach noch kurz im Stall vorbeischauen. Hab eine Kuh, die bald kalbt."

Matthias stand ebenfalls auf und ging zur Spüle.

„Und ich sollte endlich ein paar Songs schreiben! Ach so, ich hab mir die Gitarre ausgeliehen, die im Wohnzimmer in der Ecke stand."

Er fuhr herum. „Die hat meiner Mutter gehört!"

„Oh, das tut mir leid." Sie sah zerknirscht drein. „Ich war aber ganz vorsichtig. Hab sie nur gestimmt. Und wieder in die Tasche gesteckt, sie liegt auf dem Sofa. Ist halt einfacher für mich, wenn ich ein Instrument in der Hand habe."

Matthias atmete tief durch.

Seiner Mutter hätte es wahrscheinlich sogar gefallen, wenn jemand ihre alte „Klampfe", wie sie sie oft genannt hatte, in die Hand nahm. Ein Instrument war schließlich kein Kunstobjekt, sondern wollte gespielt werden.

„Ist schon okay", lenkte er ein. „Sie würde es eh gut finden, wenn du mit ihr spielst. Kannst sie ruhig mit nach oben nehmen, sie ist ja nicht wertvoll."

Nun ja, für ihn war sie das schon. Aber Kelly war ja keine Punk-Röhre, die Gitarren schrottete. Er glaubte ihr aufs Wort, dass sie sie pfleglich behandelt hatte.

„Danke", sagte sie und stand recht unschlüssig in der Tür. „Ich, also, ich geh dann mal rauf."

„Gute Nacht."

Matthias widmete sich dem Abspülen. Er mochte es, mit den Händen zu arbeiten, da konnte er besser seine Gedanken sortieren. Heute jedoch half es nichts, denn irgendwie wusste er nicht, was er von Kelly halten sollte. So zickig und verwöhnt, wie sie ihm anfangs vorgekommen war, schien sie gar nicht zu sein. Und auch wenn sie jetzt im Luxus badete, hatte sie es nicht immer einfach gehabt. Vielleicht urteilte er manchmal zu vorschnell über Menschen?

Er trocknete die Teller, den Topf und die Pfanne ab, räumte alles weg und machte sich auf den Weg in den Stall. Dort brannte Licht. Nanu? Hatte er vorhin vergessen, es auszuschalten?

Eilig schob er eine Hälfte der breiten Stalltür auf und sah, wieso hier alles hell war: Burgi wandelte im Mittelgang entlang, wobei sie ein brennendes Büschel über ihrem Kopf schwenkte und irgendein seltsames Lied vor sich hin krächzte.

„Was in drei Teufels Namen treibst du hier auf dem Futtertisch?", rief er ihr zu.

Sie machte überhaupt keinen ertappten Eindruck. Das war typisch. Egal, was sie tat, sie hielt es immer für das Richtige und konnte gar nicht verstehen, wieso andere Menschen gar manches für befremdlich hielten.

„Das siehst du doch, ich räuchere den Stall aus, damit alle bösen Schwingungen verschwinden. Mit Salbeibüscheln, die reinigen. Ich hab sie mit Weihwasser besprüht und meine Superspezialtinktur aus dem peruanischen Heiler-Buch dazugetan, außerdem singe ich das Hohelied der Naturgöttin Donatella", erklärte sie mit ernster Miene.

„Na, dann kann ja nichts mehr schiefgehen", erwiderte er trocken. „Außer, dass du hier alles in Brand steckst, die Kühe keine Luft mehr kriegen oder eine deiner verschiedenen Gottheiten sich beleidigt fühlt, weil sie nicht allein besungen wird, und uns einen Kugelblitz schickt."

„Mei, Bub, was du wieder für einen Schmarrn daherredest!" Burgi schüttelte ihren Kopf.

Matthias lachte. Er hatte es längst aufgegeben, sich mit seiner Tante zu streiten. Am besten war es, man gab ihr immer recht, dann war sie die netteste Person auf der ganzen Welt. Oder zumindest in Oberapfelbach.

So schrullig, wie sie war – ohne sie wäre er aufgeschmissen.

Sie half ihm, wo immer sie konnte. Und mehr noch – sie sorgte sich um ihn. Nicht, dass er das brauchte oder wollte. Aber irgendwie war es ja doch ein schönes Gefühl, dass da ein Mensch war, dem sein Wohl am Herzen lag. Auch wenn genau über diesem Herzen gerade eine grottenhässliche Brosche saß, die einen sitzenden Buddha darstellte. Er fragte lieber nicht, was die zu bedeuten hatte.

„Ich wollte nur kurz nach der Gretl schauen. Dauert nicht mehr lang, bis sie kalbt."

„Aaach", machte Burgi und winkte ab, was einige Rauchschwaden zu ihm herüberwehen ließ, „die ist erst morgen soweit. Das sagt mir ihre Aura. Leg dich morgen unterm Tag mal hin, denn es wird dann eine kurze Nacht."

Auch das noch! Aus welchen Gründen auch immer – Burgi hatte in dieser Hinsicht meist recht.

„Hab keine Zeit. Ich muss raus aufs Feld, außerdem soll ich ja unseren Gast von der Schönheit des Dorfes überzeugen. Aus Marketinggründen will unser Bürgermeister das so. Ich habe also den offiziellen Auftrag, dafür zu sorgen, dass sie sich in Oberapfelbach verliebt." Er seufzte lautstark.

Burgi zuckte mit den Schultern. „Typisch Mann, die denken immer so umständlich."

Er sah sie fragend an. „Umständlich?"

„Ja, freilich! Auf das Naheliegendste kommt ihr Mannsbilder ja nicht. Es ist doch viel einfacher, wenn sich die Kelly nicht ins Dorf, sondern in dich verliebt!"

Matthias lachte laut. „Tantchen, du bist echt durchgeknallt. Was soll die denn mit einem Bauern wie mir? Und was soll ich mit so einer Großstadtpflanze?"

„Wo die Liebe hinfällt ...", flötete Burgi träumerisch. Allerdings musste sie dann ordentlich husten, was der aufkeimenden

Romantik irgendwie die Luft rausnahm.

„Die fällt hier gar nirgends hin. Kelly lebt in einer völlig anderen Welt. Wir sind für sie wie ein Ausflug in einen Freizeitpark. In Disneyland oder so. Sie schaut sich ein bissl um und geht dann zurück auf ihre glitzernde Showbühne. Das will der Schorsch nicht wahrhaben, aber genau so wird es sein."

„Das glaub ich gar ned", bestand Burgi stur. „Ich schau mir morgen mal die Teeblätter an, dann weiß ich's gewiss! Mein Gefühl sagt mir nämlich, dass ihr zwei Seelenverwandte seid."

Ja klar. Matthias musste schmunzeln. Kelly und er waren Yin und Yang, waren Hanni und Nanni, Blüte und Biene. Was für ein Unsinn!

Vielleicht war es nicht schlau, Burgi noch enger mit Kelly zusammenzubringen. Aber er hatte keine Zeit, sich morgen den ganzen Tag mit seinem Gast zu beschäftigen. Also blieb ihm nichts anderes übrig: „Sag mal, hast du zufällig Zeit, dich morgen mal für eine Stunde um Kelly zu kümmern? Für einen kleinen Rundgang im Dorf oder so?"

Ihre Miene hellte sich sofort auf. „Ja logisch! Ich zeig ihr alles, was wichtig ist. Und ich nehm sie mit zu Margarete, damit sie bissl was auf die Rippen bekommt. Ist ja spindeldürr, das Mädel."

Das fand Matthias nicht, Kelly hatte eine top Figur. Trotzdem konnte es nicht schaden, wenn sie sich im Café ein Stück Schokotorte gönnte, sowas machte Frauen ja eine gute Stimmung, hieß es. Und vielleicht verstand sie sich ja mit Margarete wirklich so gut, dass sie sich anfreundeten, Kelly zum Dauergast im Café beziehungsweise in Oberapfelbach wurde, man ihn selbst zum Ehrenbürger ernannte und sämtliche Probleme sich wie durch Geisterhand lösten. Matthias grinste. Offenbar hatte er zu viel von diesem Salbeirauch eingeatmet.

„Super, das hilft mir sehr." Er lächelte seine Tante an.

„Mach ich doch gern. Ich seh schließlich, wie es knistert zwischen euch. Und wenn ich mit der Kelly spazieren gehe, kann ich ihr von dir vorschwärmen. Ich muss mal schauen, ob ich irgendwo noch das Foto vom Fasching hab. Wo du mit dem Quirin als Asterix und Obelix gegangen bist, da habt ihr doch obenrum fast nix angehabt. Das Foto wird ihr gefallen, da schaust du richtig scharf aus!"

Um Gottes willen! Wenn Burgi sich als Amor betätigte, kam bestimmt ein Riesenchaos raus!

„Du, die Kelly hat ständig halbnackte Tänzer um sich herumwedeln. Außerdem ist sie mit diesem Manager zusammen und total glücklich mit ihm. Du brauchst also nix in dieser Richtung zu versuchen."

„Erzähl mir doch nix! Ich hab den ausm Fenster gesehen, diesen Lackaffen. Das ist doch kein richtiges Mannsbild! Den kann man doch mit einem wie dir überhaupt nicht vergleichen."

Matthias wusste nicht, ob er es erfreulich oder peinlich finden sollte, dass seine alte, unverheiratete Tante ihn anpries wie frisch gebrauten Maibock. Er wollte etwas sagen, doch sie war wieder mal schneller.

„Ich sag's dir doch schon lang, dass du dich endlich mal um dich selber kümmern sollst. Also mach dir eine schöne Zeit mit dem heißen Feger! Man muss mitnehmen, was geht, sag ich mir immer."

„Weil du ja so viel Erfahrung mit Beziehungen und kurzen Affären hast." Das hatte er sich nicht verkneifen können. Doch Burgi war da schmerzbefreit.

„Ja eben!", drehte sie sich seine Aussage passend. „Du willst doch nicht so enden wie ich! Alt und faltig und allein. Weißt, Bub, ich hätt damals wirklich mit dem Alfons ins Holz gehen sollen. So sehr gebettelt hat er und so geschwärmt hat er für mich! Aber ich war so dumm und wollt meine Unschuld verteidigen. Das bereue ich heute noch, also mach nicht den gleichen Fehler! Mei, er war schon echt ein Prachtkerl, der Fonsi." Sie presste ihre Hand gegen die Brust und seufzte so lautstark, dass die Susi und die Traudi, die gerade am Fressgitter standen, vor lauter Schreck das Kauen unterließen. Und das sollte was heißen, denn die beiden waren richtig verfressen.

„Da musst du dir keine Sorgen machen", erwiderte er lachend. „Ich hab meine Unschuld längst verloren. Und bei der Kelly gehe ich auch nicht davon aus, dass sie unberührt ist."

„Ja freilich, ich bin doch nicht deppert. Das meine ich ja, die ist bestimmt eine richtige Granate, also schnapp sie dir!" Sie sah ihn mit ihrem intensiven Schamaninnen-Blick an. Nur war er gegen den zum Glück immun.

„Tante, ich brauch keine Frau. Gar keine. Und so eine weltberühmte Großstädterin erst recht nicht, auch nicht für ein kurzes Gspusi. Das Einzige, was ich brauche, ist ein paar Stunden Schlaf. Allein. Und deshalb hau ich mich jetzt hin. Solltest du auch tun, es ist genug geräuchert, alle bösen Kobolde haben den Stall längst hustend verlassen."

Widerwillig trottete Burgi neben ihm her.

„Du nimmst mich nicht ernst", maulte sie. „Aber du wirst schon sehen, dass deine alte Tante recht hat. Ich kenn mich nämlich aus mit den Vorzeichen, so wahr mir die heilige Kunigundula helfe!"

9. In der Kammer

Kelly

Die alte Holztreppe knarzte freundlich, als Kelly in den ersten Stock hinaufging. Sie holte ihren bauchigen Kulturbeutel, ging ins Bad, das blitzblank sauber war, und machte sich fertig. Anschließend tappte sie rüber in ihr Zimmer, setzte sich aufs Bett und grübelte, warum sie sich so anders fühlte als sonst.

Verflixt, das hier war doch nicht anders, als in einem x-beliebigen Hotelzimmer zu sein! Wieso war sie dann so seltsam aufgewühlt?

Und überhaupt – warum hatte sie ihm das alles von ihrer Kindheit erzählt? Sowas sagte sie sonst nie irgendjemandem. Selbst Francesco wusste nur ein paar wenige Details.

„Liegt bestimmt daran, weil ich ja nie wieder hierher zurückkomme", murmelte sie sich zu. „Weil ich diesen Matthias nie mehr wiedersehen werde. Ist wahrscheinlich so ähnlich, als wenn man bei der Telefonseelsorge anruft."

Ja genau, das musste es sein. Es hieß doch immer, dass man einem Fremden viel leichter sein Herz ausschütten konnte. Offensichtlich stimmte das.

Wobei – so fremd kam er ihr eigentlich gar nicht vor. Also einerseits schon, er lebte ein total anderes Leben als sie. Andererseits war es gemütlich gewesen in seiner Küche mit dieser unorthodoxen Pizza, dem Leitungswasser, dem Kräutertee. Selbst die Sache mit der giftigen Tulpenzwiebel hatte er total gelassen hingenommen. Francesco wäre bei sowas ausgeflippt.

Sie sollte ihn endlich mal zurückrufen. Schon, als sie das Video der Bühnenshow angeklickt hatte, waren ihr die vier Anrufversuche aufgefallen, doch sie hatte die Anzeige schnell weggewischt. Länger konnte sie ihn aber nicht warten lassen.

Kelly stand auf und sah aus dem Fenster. Das da drüben musste der Stall sein, da brannte Licht. Also war Matthias noch dort, das hatte er ja angekündigt. Sie schaute auf die Uhr, es war zehn Uhr abends. Um diese Zeit ging sie sonst nie ins Bett.

Sie setzte sich im Schneidersitz auf die Matratze und rief Francesco an.

„Endlich!", empörte der sich sofort. „Wieso rufst du so lange nicht zurück?"

Am liebsten hätte sie geantwortet: Weil ich eine erwachsene Frau und nicht deine Sklavin bin. Aber das ließ sie natürlich bleiben. „Wir haben zu Abend gegessen, uns ein wenig unterhalten, ich muss ja wissen, wie das hier alles so abläuft und dann ..."

„Hast du denn die Kommentare nicht gelesen?", fuhr er sie an, bevor sie fertig geredet hatte. „Die Fans wollen Fotos von euch beiden! Die beschweren sich, dass man fast immer nur dich sieht. Fuck, Kelly, du weißt doch, worum es geht!"

Sie hasste es, wenn er in diesem Ton mit ihr redete. Und sie hasste es, die Marionette von irgendwelchen Marketingaktionen oder Fanwünschen zu sein.

Verdammt nochmal, sie war doch ein Mensch und keine Figur in einem Computerspiel, die man herumschicken konnte, wie es einem gefiel!

„Hör auf, mich wie eine Anfängerin zu behandeln", zischte sie. Was dachte er sich eigentlich?

„Dann benimm dich nicht so!", konterte er. „Du bist schließlich nicht in diesem Kaff, um Urlaub auf dem Bauernhof zu machen, sondern um deine Beliebtheit zu steigern. Oder kriegst du es nicht hin, diesen plumpen Bauern um den Finger zu wickeln? Dann brechen wir das Ganze ab, suchen dir in der Nähe ein Fangirl und lassen uns was einfallen, warum du ganz plötzlich bei der in der Küche stehst. Ist dann eben seine schwangere Cousine und du hilfst ihr, weil es ihr schlecht geht oder was weiß ich."

Kelly erstarrte. Sie wusste, dass Francesco ein Marketing-Genie war, und auch, dass es in diesem knallharten Business nun mal so lief. Meistens machte sie sich darüber gar keine Gedanken. Aber wenn sie mal wieder so direkt hörte, wie er, ohne mit der Wimper zu zucken, die Fangemeinde verarschte, blieb ihr die Luft weg.

„Nein, ich bleibe hier", presste sie hervor.

„Dann mach endlich was Sympathisches. Das auf dem Trecker war ja ein Anfang. Zieh Gummistiefel an, nimm eine Mistgabel in die Hand, striegel ein Fohlen."

„Es sind Kälber", warf sie ein, aber er überhörte das geflissentlich.

„Und zeig den Leuten, dass du dem Bauern richtig hilfst! Der muss dir dankbar sein. Am besten sagt er ins Mikro, dass du ein richtiges Landmädel bist und er nie gedacht hätte, dass du ihn so unterstützt. Nein, noch besser: Bring ihn dazu zu sagen, dass du seine Rettung bist! Das wird eine geile Schlagzeile: *Kelly Kay rettet die bayrische Landwirtschaft!* Baby, ich bin so genial!"

Sie fand ihn eher total durchgeknallt und vollkommen größenwahnsinnig, sagte aber gehorsam: „Ja, klar, das bist du."

„Was steht morgen an? Die Kameraleute sollen gefälligst bei jedem Schritt mit dabei sein."

„Ich geh am Vormittag mit in den Stall, das ist schon so besprochen. Gibt sicher tolle Fotos und Videos. Die Kühe sind ja zum Teil im Freien, soweit ich gesehen habe. Da machen wir was richtig Geiles für die Social Media Kanäle."

Es war immer gut, wenn sie seine Ausdrucksweise übernahm, das hatte sie gelernt.

Francesco hatte ihr überhaupt sehr viel beigebracht. Ja, sie waren ein super Team, außerdem hatte er sie gerade anfangs total angebetet. Seine Selbstsicherheit hatte ihr imponiert und auch die Tatsache, dass er sich um sie kümmerte. Sie war sich schrecklich allein vorgekommen, als das mit der Pop-Karriere richtig los-gegangen war. Jeder wollte was von ihr, jeder hatte Ratschläge. Dann trat Francesco in ihr Leben, wehrte die Geier ab, suchte die richtigen Leute für die Zusammenarbeit aus, passte auf sie, Kelly, auf. Und das hatte ihr gefallen. Sie war nicht mehr allein, da war ein Mitstreiter – vor allem aber war das einer, der an sie glaubte! Der nicht, wie ihre Eltern, in jedem Gespräch prophe-zeite, dass sie doch sowieso nur ein One-Hit-Wonder wäre und demnächst ganz sicher abstürzen würde. Nein, Francesco hatte ihr immer gepredigt, dass sie das Zeug zum absoluten Superstar hatte. Dass sie die Massen begeistern, die geilsten Songs schrei-ben und jeden mit ihrer Stimme überzeugen konnte.

„Leg dich ins Zeug, Baby", riet er ihr. „Wir werden jedem dämlichen Kritiker beweisen, dass du total bodenständig und null abgehoben bist. Und bring mir eine Ladung neuer Songs mit."

„Na klar, ich krieg das alles hin. Werde mich gleich dran-setzen."

„Super. Du, ich muss noch was klären wegen deines Auftritts in Amsterdam. Wir hören uns, du bist die Beste, ciao." Er legte auf.

Kelly starrte noch eine Weile auf das Handy. Dann legte sie es zur Seite.

Sprach man so miteinander, wenn man ein Paar war?

Sie wickelte eine Haarsträhne über ihren Finger. Ihre Haare

117

waren so oft gebleicht und gefärbt worden, dass sie sich trotz der teuren Pflegeprodukte trocken anfühlten. Dabei hatte sie es früher geliebt, die Finger durch ihre glatten, braunen Haare gleiten zu lassen.

Jasmin und Thore fielen ihr ein. Als sie vor ein paar Wochen auf deren Hochzeit gewesen war, hatte sie auch noch andere Paare rund um Jasmins Häkelcafé mit dem witzigen Namen Café Woll-Lust kennengelernt. Die gingen alle irgendwie anders miteinander um. Liebevoller. Allerdings waren die bestimmt noch nicht so lange zusammen. Anfangs hatte Francesco sie ja auch auf Händen getragen und ihr ständig Geschenke gemacht. Trotzdem. Hatte er sie jemals mit so viel Liebe im Blick angesehen, wie es Thore bei seiner Jasmin machte? Oder hatte sie so gestrahlt bei seinem Anblick wie ihre alte Freundin Kalinda, wenn die Magnus anschaute? Kalinda liebte ihren Job als Hochzeitsplanerin, sie ging richtig darin auf. Und hatte sicher niemals solche komischen Krisen wie sie gerade.

Schon komisch, dass sie jahrelang nur in der Welt herumgejettet war, in noblen Hotels gewohnt und Nabelschau-Partys mit edlen Buffets besucht hatte, jetzt aber innerhalb kurzer Zeit zwei Mal hier im Süden mit ganz normalen Leuten zusammensaß. Erst bei der Hochzeit, jetzt hier mit Matthias.

Das Handy vibrierte. Eine Nachricht von Francesco.

„Denk immer daran, dass der Bauer dir aus der Hand fressen muss. Das wollen die Fans!", hatte er ihr geschrieben.

„Gar kein Problem", tippte sie zurück. *„Diesen Matthias um den Finger zu wickeln, ist eine meiner leichtesten Übungen. Den krieg ich ganz einfach auf meine Seite, mach dir da keine Sorgen. Für meine Karriere tu ich alles, das weißt du doch, Sweetheart."*

„Ja, so klingt mein Baby!", schrieb er zurück, schickte sogar noch ein Herzchen hinterher.

Sie starrte auf das, was sie geschrieben hatte. Himmel, wie das klang! War sie jetzt auch schon so eine skrupellose Marketing-Tussi geworden?

Dabei wünschte sie sich tatsächlich, noch mehr über Matthias' Leben zu erfahren. Allerdings nicht, weil sie die Fans damit beeindrucken wollte. Sondern, weil es sie irgendwie interessierte. Na ja, morgen würde das sowieso passieren, da nahm er sie ja mit in den Stall.

Sie stand nochmal auf. Sah aus dem Fenster. Das Licht war jetzt aus. Und sie hörte Schritte auf den Stufen. Jemand ging ins Bad, kam kurz darauf wieder heraus, die Tür neben ihrer Kammer knarzte.

Dann war alles still. Tja, Landwirte gingen halt früh ins Bett. Sie musste grinsen, weil das so ein Klischee war. Sie selbst war es nicht gewöhnt, jetzt schon schlafen zu gehen. Außerdem sollte sie die Zeit ja nutzen, um Songs zu schreiben.

Also wartete sie noch ein paar Minuten, dann schlich sie sich aus dem Zimmer, die Treppe hinunter und ins Wohnzimmer. Dort lag immer noch die Gitarre.

Kelly zog sie vorsichtig aus der Hülle. Das war ein großer Vorteil der Gitarre gegenüber dem Klavier – man konnte sie auch sehr leise spielen.

Und das tat sie. Sie dämpfte den Klang der Saiten mit der flachen Hand, nachdem sie ein paar Akkorde angeschlagen hatte. Vielleicht mal was in D-Dur?

Sie summte eine weiche Melodie vor sich her. Glitt irgendwie hinüber zu b-Moll. Die Unterhaltung von heute Abend ging ihr durch den Kopf. Ihre Kindheit, ihre Eltern, die Schulzeit.

„*They say they know what's best for me*", sang sie leise und viel zu melancholisch. „*They say they do all what's right for me – but they never see the rest of me - and they never realise how I want to be free.*"

Du liebe Zeit, was für eine Schnulze! Die würden ihr Francesco und die Plattenfirma um die Ohren hauen. Aber irgendwie mochte sie die sanfte, lyrische Melodie. War doch egal, dass so eine Ballade nicht aufs Album passen würde. Hauptsache, sie schrieb mal wieder Songs. Und zum Reinkommen durfte das doch auch ein ganz langsames Lied sein. Später fielen ihr sicher noch richtige Tanzkracher ein.

Sie sang weiter, probierte mit den Akkorden herum, nahm den Refrain schon mal mit dem Diktiergerät ihres Handys auf. Auch an den Strophen feilte sie noch herum, bekam aber keinen vollständigen Text zustande.

Verflixt, es mussten doch schnell Nummern her! Sie horchte über ihr Headset in ein paar Songs ihres allerersten Albums rein, schob dann noch knackige Titel aus den 90er Jahren hinterher. Zu *Rhythm is a dancer* bewegte sie im Takt ihre Zehen, sie ließ „Dr. Alban" *Sing Halleluja!* jubeln und schreckte nicht mal vor *Cotton Eye Joe* zurück, um sich in die richtige Stimmung zu bringen. Das musste doch jetzt mal funktionieren!

Tat es aber nicht. Da sie davon ausging, dass Matthias schon lange tief schlummerte, griff sie ein wenig beherzter in die Saiten. Immer in der Hoffnung, dass der Gitarrenbeat sie mitreißen und endlich zu einem musikalischen Geistesblitz inspirieren würde.

Kelly schloss die Augen, stellte sich das Wahnsinnsgefühl vor, auf einer riesigen Bühne vor kreischendem Publikum zu stehen, und sang einfach aufs Geratewohl los. War völlig egal, was es war, es musste sich nur gut anfühlen. „*Yeah Yeah, I'll make you happy, I'll make you sing, move your boobs, move your ass. I am your Misses Wonderful!*"

„Aha", hörte sie eine Stimme sagen. Eine, die weder zu ihrer Band, noch ins begeisterte Publikum gehörte.

Sie riss die Augen auf.

Matthias stand vor ihr, ein fettes Grinsen im Gesicht und nur mit Schlafshorts bekleidet. Beides ließ ihren Puls in die Höhe schnellen. Er hatte sie ertappt, wie sie dämliches Zeug sang. Und – er sah verflucht knackig aus mit nacktem Oberkörper.

„Was treibst du denn hier unten?", fragte er.

„Solltest du nicht längst schlafen?", gab sie zurück.

Sein Naturburschenlächeln wurde breiter. „Hab ich schon. Bin aber aufgewacht, weil ich dachte, die Katzen liefern sich irgendwelche lautstarken Kämpfe. War aber wohl nur deine Gitarre."

Wie nett, dass er nicht gesagt hatte, es sei ihre Stimme gewesen! Kelly legte die Gitarre zur Seite.

„Ich habe eben auch meine Aufgaben zu erfüllen. Und irgendwie fällt mir das gerade echt schwer."

„Das wird bestimmt wieder. Wahrscheinlich gibt dir unsere testosterongeschwängerte Blasmusik morgen so einen kreativen Schub, dass du die ganzen Nacht hindurch Songs schreibst."

So abwegig klang das gar nicht. Manchmal zündete so ein Input tatsächlich ein Feuerwerk an Ideen.

„Oder die Arbeit im Stall", sagte sie schnell, weil Francescos Anweisungen ihr einfielen.

„Genau. Na dann ...", er fuhr sich mit den Händen durch seine blonden Strubbelhaare. „Ich hau mich nochmal hin. Weiß ja jetzt, dass es keine Katerduelle gibt."

Er ging mit kraftvollen Schritten die Treppe hinauf. Aber sein Lächeln blieb zurück. Es schwirrte um Kellys Kopf herum, flatterte über die Gitarre und kitzelte sie hinterm Ohr. Kelly versuchte mit aller Macht, sich nochmal in die Bühnenstimmung von vorhin zu versetzen, aber es gelang ihr nicht. Immer, wenn sie die Augen schloss, sah sie sein Gesicht. Sah, wie er über sie schmunzelte, sie neckte, wie seine viel zu blauen Augen verheißungsvoll glänzten. Sie sah seine muskulösen Beine vor sich, seine breiten Schultern, seine etwas behaarte Brust.

Verdammt nochmal, sie hatte doch schon öfter in ihrem Leben einen Mann in Shorts gesehen! Ihre Tänzer wuselten ständig in dieser Aufmachung herum, vom Strand oder der hoteleigenen Sauna ganz zu schweigen. Wieso blieb sein Anblick dann so in ihrem Kopf kleben?

„Weil es schön war, sich mit ihm zu unterhalten", murmelte sie tonlos vor sich hin. Er hatte zugehört. Nachgefragt. Sich für sie interessiert. Und anders als Francesco oder jeder Mann, der ihr im Showbusiness über den Weg lief, hatte er offenbar nicht das Bedürfnis, sich selbst groß darzustellen.

Schluss damit!

Entschlossen steckte sie die Gitarre in die Tasche, stellte sie zurück an ihren Platz und schlich nach oben. Sie würde jetzt endlich in den wohlverdienten Schlaf fallen, im Traum ein paar supergeniale Songideen haben und keinen einzigen winzigen Gedanken mehr an einen Bauern verschwenden, der sowieso bald komplett aus ihrem Leben verschwunden war.

Sie sagte sich dieses neue Mantra so lange auf, bis sie tatsächlich in den Schlaf hinüberglitt.

Nur ....

Es waren gefühlt erst zwanzig Minuten vergangen, bis ein lautes Klopfen an der Tür sie im Bett hochfahren ließ.

„Aufstehen!", rief Matthias' Stimme.

Herrje, wie ätzend wach er klang! Es konnte doch sicher erst drei Uhr nachts sein!

Sie nahm ihr Handy vom Nachtkästchen und schaute auf die Anzeige. 5.30 Uhr leuchtete ihr entgegen. Himmel, wieso stand irgendjemand freiwillig zu dieser unchristlichen Uhrzeit auf?

„Jetzt schon?", antwortete sie krächzend.

„Du wolltest doch mit in den Stall!", rief er durch die Tür.

„Aber so früh?"

„Ich kann dich auch nach dem Melken holen, wenn du deinen Schönheitsschlaf brauchst."

Sie hörte sogar durch die Tür hindurch, dass seine Stimme grinste. Breit grinste. Bisher hatte sie nicht gedacht, dass eine Stimme so etwas konnte, aber seine beherrschte es perfekt.

„Bin gleich da."

Ächzend wälzte sich Kelly aus dem Bett. Vor sechs Uhr aufstehen und dann noch in einen Kuhstall gehen – Wahnsinn, was man als Superstar alles tun musste! Sie dachte an Francesco, der ihr den ganzen Schlamassel eingebrockt hatte und der ganz gewiss noch selig schlummernd in den Daunenfedern lag. Blödmann!

Sie tappte ins Bad und stellte dort fest, dass es überflüssig wäre, sich zu schminken, weil sie nämlich die Augen gar nicht aufbrachte. Und zum Haarestylen hatte sie auch weder Kraft noch Nerven. Also band sie ihre bunte Mähne nur mit einem Haargummi zusammen, tuschte sich mit einiger Mühe immerhin die Wimpern und schlüpfte anschließend in die Jeans von gestern Nachmittag. Dazu zog sie sich ein leuchtend oranges Shirt mit tiefem Dekolleté an, das lenkte auf den Fotos bestimmt von ihrem ungeschminkten Gesicht ab, zumal sie einen Push-up darunter zog. Ihre Zimmertür stand einen Spalt offen und ließ einen herrlichen Duft hereinwehen. Kelly schnupperte aufgeregt.

Kaffee! Echter, frischer Kaffee, so etwas hatte sie seit Ewigkeiten nicht mehr getrunken.

Sie flitzte die Treppe hinunter, dieses Mal sogar, ohne auf eine Kittelschürze samt Burgi zu prallen. Matthias stand in der Küche und beugte sich über etwas, das Kelly noch nie untergekommen war. Auf der Arbeitsplatte stand eine große Tasse, auf die er etwas gesetzt hatte, das wie ein Keramiktrichter aussah. In diesem steckte Filterpapier und, wenn sie es richtig sah, darin Kaffeepulver. Und nebenan ein kleines Holzkästchen mit obendrauf einer Messingkurbel.

„Soll ich dir auch einen aufbrühen?", fragte er und hatte schon wieder dieses unverschämte, und doch umwerfende Lächeln im Gesicht. Überhaupt sah er unverschämt gut aus um diese Uhrzeit. Frisch und wach und knackig und herrlich rau. Nicht nur sein unrasiertes Kinn, der ganze Kerl hatte diese raue Ausstrahlung, die Kelly eigentlich nur von alten Cowboyfilmen oder Pils-Werbespots kannte. Dummerweise stellte sie fest, dass sie ihn gerne ansah. Auch wenn er in diesem Moment zurückstarrte. Klar, er wartete auf eine Antwort!

„Äh, ja gerne. Aber wieso hast du keine Kaffeemaschine?"

„Rentiert sich nicht für einen allein. Aber ich will eigentlich auch keine. Weißt du, das ist sowas wie ein Morgenritual für mich. Ich steh sogar extra ein paar Minuten früher auf, damit ich das in Ruhe machen kann. Die Bohnen mahlen, aufbrühen, warten, bis der Kaffee durchläuft. Und dann ganz genüsslich trinken. Das ist für mich eine kleine Auszeit, irgendwie gibt mir die dann Energie für den Tag. Klingt vielleicht blöd, aber ist so."

Nein, das klang gar nicht blöd, ganz im Gegenteil. Kelly verstand das sehr gut.

„In meiner Welt machen eine Menge Leute viel Geld mit solchen Sachen. Mit Meditationskursen am Morgen, mit Kundalini Yoga, japanischer Tee-Zeremonie oder Achtsamkeitstraining."

„Tja, für Achtsamkeit hab ich wohl keine Zeit."

Er zwinkerte fröhlich, füllte Bohnen in das Holzkästchen und begann, die Kurbel zu drehen. Sie hatte alle Hände voll zu tun, sich davon abzuhalten, das Spiel seiner Muskeln zu bewundern.

„Die Kaffeemühle ist noch von meiner Oma. Ich durfte als Kind manchmal mahlen und das war immer was ganz Besonderes. Total ehrfurchtsvoll hab ich das gemacht und mich drauf gefreut, wenn ich am Ende diese kleine Schublade rausziehen durfte."

Er zeigte ihr, als er fertig gemahlen hatte, das winzige Ding im unteren Teil, das mit einem noch winzigeren Holzknauf verziert war.

„Darf ich?", fragte Kelly spontan, weil sie die Kaffeemühle irrsinnig spannend fand.

„Klar, mach ruhig."

Sie nahm sie in die Hand. Das Holz war warm und unglaublich glatt. So, als hätten es viele Hände durch liebevolle Berührungen abgeschliffen.

Vorsichtig berührte sie den kleinen Knauf und zog die Schublade heraus, aber die verkantete nach den ersten Zentimetern. Sie musste erst ruckeln, dann gab die Mühle den gemahlenen Kaffee frei. Ein irrsinnig intensives Aroma stieg aus dem feinen Pulver, das in der winzigen Schublade lag.

„Kipp es hier rein." Matthias war näher gekommen, sein Ellbogen berührte ihren für einen kurzen Moment, ließ einen Schauer über ihren Rücken rieseln. Kelly merkte, dass ihr Atem unregelmäßiger wurde, wenn er so nah neben ihr stand.

Lag sicher nur an der frühen Uhrzeit, da waren ihre Hormone wohl noch sehr durcheinander. Oder nur die falschen waren schon aufgewacht. Die, die ihr zuflüsterten, dass er ganz schön sexy aussah und dass seine dunkle Stimme viel schöner klang als die von Francesco und dass niemand auf der Welt auf so erotische Weise eine Kurbel betätigen konnte wie er.

Mist, sie musste schleunigst die anderen Hormone aufwecken! Die, die für ihre Karriere und ihren Seelenfrieden und für die Vernunft zuständig waren. Der starke Kaffee, den Matthias ihr gerade aufbrühte, half da sicher.

„Zu Hause trink ich ja nur grünen Tee", sagte sie, weil ihr die Stille unangenehm war. Sie sahen nämlich beide dem Kaffee zu, wie er langsam durch den Filteraufsatz nach unten lief. Matthias strahlte dabei eine unglaubliche Ruhe aus. Dummerweise machte genau diese sie nervös. Und wenn sie nervös war, plapperte sie immer drauf los. Das hatte ihr schon in der Schule viele Schwierigkeiten eingebracht.

„Dabei schaust du aus, als könntest du es gar nicht mehr erwarten, bis er durchläuft." Sein Blick wanderte kurz zu ihr, jagte ihren Puls in die Höhe. Wie konnte jemand Augen haben, die aussahen, als würde sich der gesamte bayrische Sommerhimmel in ihnen spiegeln?

„Ich mag Kaffee total. Aber mein Ernährungsberater sagt, Sencha ist viel besser für den Teint. Und gegen die freien Radikale." Himmel, was laberte sie da nur? „Mein Manager allerdings trinkt gern mal Espresso. Wir haben so ein Höllengerät, das rattert und zischt, als würde es gleich explodieren." Sie lachte nervös. Herrgott, wieso hatte sie denn jetzt ausgerechnet Francesco erwähnen müssen.

Matthias hob die Brauen. „So ein Riesenelektronikteil mit Kapseln aus Metall? Die dann in den Abfall wandern? Ich kenn die, aber mir war nie klar, wozu man die braucht."

Kelly schluckte. Für die Umwelt war das nicht toll, da hatte er recht. „Na ja, du wirfst den Kaffeesatz ja auch weg", entgegnete sie, auch wenn das natürlich ein schwaches Argument war.

Wieder sein Grinsen. „Ich sammle den für Burgi. Die düngt ihre Tomaten damit. Sagt sie zumindest. Vielleicht braut sie auch ein Mittel gegen Hühneraugen für ihre Kundinnen, bei ihr ist alles möglich. Hier, probier doch mal. Willst du einen Schluck Milch mit rein?" Er hatte ein rotgepunktetes Kännchen daneben stehen.

Kelly verkniff sich zu sagen, dass sie doch eigentlich Veganerin war. Ihm zu erklären, warum das viel gesünder war, ergab wohl wenig Sinn. Und der Hinweis aufs Tierwohl oder die Klimaproblematik wegen der CO2-schädlich-pupsenden Rinder war ebenfalls ein klein wenig unangebracht bei einem Milchbauern, der ja von seinen Kühen lebte.

„Ja, gern", sagte sie deshalb, nahm den Kaffee mit Milch entgegen und probierte.

Wow. Auch wenn sie ihren Sencha durchaus mochte – das hier war sensationell. Es schmeckte intensiv und herb, voll und bodenständig, stark und doch mild.

Ein bisschen wie er.

Sie sah ihn an. Wartete, dass er irgendwas sagte. Etwas, das die Leute in weichgezeichneten Werbespots oder in Nicolas Sparks-Filmen in solchen Situationen von sich gaben. Irgendwas mit „schön mit dir" oder „was bin ich für ein Glückspilz" oder „für dich kurble ich am allerliebsten, meine Prinzessin".

Er öffnete den Mund. Schöne Lippen hatte er, stellte sie gerade fest. Dann sagte er: „Trink du in Ruhe aus, ich zieh mir schon mal meine Stallklamotten an. Du hast hoffentlich auch was Altes, denn wir stehen gleich unterhalb der achtzig Damen im Milchstand und oft kacken die genau dort ihre Fladen, sodass du von oben bis unten angespritzt wirst."

10. Melken mit Mädel

Matthias

Sie war schon irgendwie witzig. Matthias grinste in sich hinein, als er auf den Stall zuging. Wie verdutzt sie vor der Kaffeemühle gestanden hatte! Als wäre das etwas aus einem anderen Jahrhundert.

Andererseits war es das ja auch irgendwie. Vielleicht war er einfach total altbacken und wehrte sich gegen die moderne Technikwelt? Nun ja, so ganz stimmte das auch nicht, denn sein Handy hatte er immer in einer der Taschen seiner Arbeitshose. Und wenn er die Flächenberechnung für den Mehrfachantrag machte oder sich mit den Neuerungen der Düngeverordnung auseinandersetzte, baute er sich gern einen zweiten Bildschirm an seinen Laptop.

In vielen andern Bereichen aber schätzte er tatsächlich noch das Altmodische, das musste er zugeben. Er mochte handgebrühten Kaffee, selbstgebackenen Kuchen und ungeschminkte Frauen.

Ein Seitenblick zu Kelly, die hinter ihm hereilte, bestätigte das. Sie sah heute Morgen völlig verändert aus, aber zum Positiven! Die Haare hatte sie sich zu einem einfachen Pferdeschwanz gebunden, der munter über ihre Schultern wippte. Da sie kein Make-up trug, war ihr Gesicht zum ersten Mal gut erkennbar. Ein Gesicht, das ihm durchaus gefiel, wie er leider feststellen musste. Nicht, dass das in irgendeiner Weise etwas zu bedeuten hätte ...

„Im Futtermittelraum stehen Gummistiefel", rief er ihr zu. „Da finden wir bestimmt welche, die dir passen. Burgi hat die in verschiedenen Größen, warum auch immer. Vielleicht verändern sich ihre Füße je nach Mondphase."

Kelly machte ein paar schnelle Schritte, um zu ihm aufzuschließen. „Wieso rennst du denn so? Gerade eben noch warst du total entspannt und jetzt hetzt du durch die Gegend."

Er lachte „Mein Morgenyoga ist halt jetzt beendet. Nun kommt die Arbeit dran, die Kühe haben Hunger."

„Kann man die denn nicht umerziehen, dass sie später Hunger haben? Du könntest sie doch einfach abends später füttern. Gute Idee, oder?" Sie war jetzt neben ihm und schaute ihn stolz an.

„Grundsätzlich eine super Idee – nur kommt bei uns das Milchauto immer schon um acht Uhr. Damit sie die Milch mitnehmen, muss die auf acht Grad runtergekühlt sein. Das dauert, denn die kommt ja mit achtunddreißig Grad aus dem Euter."

Komisch eigentlich, er hatte diese Sachen noch nie jemandem erklärt. Er selbst war schon als Kind damit aufgewachsen, da seine Eltern und vor ihnen fünf andere Generationen den Hof geführt hatten. Und für die anderen Leute im Dorf war das auch selbstverständlich, nahm er an. Zumindest hatte ihm noch keiner diese Fragen gestellt.

„Das ist ja doof", fand Kelly. „Aber ich versteh nicht, was das mit dem Füttern zu tun hat."

„Na, die Kühe kommen zum Melken, weil sie erst danach frisches Futter hingeschoben bekommen."

„Ach so! Das ist ja ganz schön schlau."

Sie hatten den Hof überquert und waren am Stall angekommen. Matthias ging mit ihr in den Nebenraum, wo im Regal verschiedene dunkelgrüne Gummistiefel standen.

„Ah, hier sind welche in Größe siebenunddreißig", stellte sie fest und schlüpfte hinein.

Matthias musterte sie dabei. Er war schon mit einigen Frauen im Milchstand gewesen. Mit seiner Mutter, mit Verwandten, mit Frau Bieber, die einmal monatlich wegen der amtlichen Milchprobe kam, und natürlich mit Burgi. Jede von ihnen hatte eine alte Hose, einen Schlabberpulli oder eine dünne, fleckige Stalljacke getragen. Kelly hingegen steckte in einer knallengen Jeans und einem knalligen Shirt, das keine Fragen über ihren Körperbau unbeantwortet ließ. Quirin würden die Augen aus dem Kopf fallen, wenn er sie darin sah.

„Hast du die Kameraleute schon angerufen?", fragte er. Schließlich war sie ja nicht zum Spaß hier.

Sie winkte grinsend ab. „Die kriegst du um diese Uhrzeit ganz sicher nicht aus dem Bett. Ich versuche es später. Bis dahin kann ich ja schon ein bisschen üben, damit ich auf den Videos dann sehr professionell aussehe. So ein Versagen wie beim Traktorfahren will ich nicht wieder hinlegen!"

Ehrgeiz hatte sie, das musste er zugeben.

„Gut, dann machen wir uns auf den Weg. Burgi hat die Damen schon von den Schlafplätzen aufgetrieben, die stehen bestimmt schon alle an."

Er ging voraus, überquerte den breiten Futtertisch, doch Kelly hielt seinen Arm fest. „Nicht so schnell! Ich muss mir das alles doch kurz anschauen. Das ist ja riesig hier! Und die können sich da überall bewegen?"

Ihre Hand lag weiterhin auf seinem Oberarm, während sie sich zur Stallseite gedreht hatte und alles fasziniert musterte.

„Klar, das ist ja ein Laufstall. Genauer gesagt, sogar ein Offenstall, die Kühe können dort hinten ins Freie gehen."

Er deutete auf die hintere Seite des Stalles, durch die man

hinter grünen Feldern und einem Stück Wald die Bergketten der Alpen sehen konnte.

„Deine Kühe haben eine bessere Aussicht als manches Luxushotel", sagte Kelly trocken.

Das stimmte. Und er fand, es stand ihnen auch zu. Klar, seine weit über hundert Rindviecher sorgten für seinen Lebensunterhalt, sie waren Nutzvieh, wie es so schön hieß. Aber sie waren ihm alle ans Herz gewachsen und er wollte, dass es ihnen gut ging. Ob sie sich am Voralpen-Panorama erfreuten, wusste er nicht. Wohl aber, dass sie gern nach draußen gingen, manche sogar bei strömendem Regen. Dass sich Freundschaften bildeten zwischen ihnen und dass jede der Kühe ihre Eigenarten hatte.

Manchmal hielt er mitten in der Arbeit inne, so wie jetzt. Dann lehnte er sich einfach ans Fressgitter und sah seinen Tieren zu. Beobachtete zufrieden, wie manche faul dalagen und wiederkäuten. Freute sich, wenn sich andere an der Bürste schrubben ließen oder den Kraftfutterspender bedienten. Im Winter sprangen die Kälber in der Gruppenhaltung munter herum und das Jungvieh, das abgetrennt von den anderen stand, streckte neugierig die Köpfe heraus.

„Es riecht gar nicht nach Kuhstall", sagte Kelly. „Sondern irgendwie anders. Ist das dieses Silozeug, von dem du erzählt hast?"

Er machte zwei Schritte auf die Haufen zu, die in den Rinnen bereitlagen, und nahm eine Hand voll heraus.

„Da, riech mal. Das ist das Futter. Eine ganz fein abgestimmte Mischung aus gehäckseltem Gras, Getreide, Mais plus speziellem Mineralfutter und Viehsalz. Damit es lange hält und immer so ziemlich die gleiche Zusammensetzung hat, wird es beim Silieren einem Gärprozess ausgesetzt." Oh Mann, er hörte sich an wie sein eigener Berufsschullehrer.

131

„Dann kriegen die gar nicht das frische Gras von der Wiese?"

„Das Jungvieh ist auf einer Weide. Und die Kälber sind ja im Sommer draußen, die zeige ich dir später. Die haben einen Unterstand und ein Iglu, ansonsten können sie herumspringen. Aber meine Hochleistungskühe werden zwei Mal täglich gemolken, die brauchen ganz ausgewogene Futterrationen, sonst könnte ich nicht davon leben. Allein für den Ausbau vom Stall hab ich einen Riesenkredit aufgenommen, der will abbezahlt sein, der neue Traktor genauso."

„Matthias?", rief von irgendwoher eine Stimme. „Bist du da?"

„Burgi ist schon fleißig. Komm, wir lösen sie ab."

Er marschierte voran, begrüßte seine Tante aus der Ferne und stieg in den Melkstand hinunter, wo sie bereits fleißig war. Kelly kam mit großen Augen hinter ihm her.

„Das ist ja klasse gebaut, man ist fast auf Augenhöhe mit den Kuheutern!" Sie sah sich ungläubig in der Vertiefung um.

Matthias schmunzelte. Für ihn war das Alltag, aber wie musste es für jemanden sein, der zum ersten Mal eine Melkmaschine sah? Rechts und links von ihnen standen etwas schräg jeweils acht Kühe. Wie Kelly richtig festgestellt hatte, befanden die sich in der perfekten Höhe, um das Melkzeug anzuhängen. Waren sie fertig, durften sie den Melkstand vorne verlassen und zum Futtertisch latschen, während hinter ihnen die nächsten bereits auf ihre Plätze marschierten.

„Kann ich mithelfen?", fragte Kelly ernst.

„Ja, freilich!" Burgi war Feuer und Flamme und erklärte ihr gleich alles. „Also, erst musst du das Euter sauber machen, dafür gibt's hier das Euterpapier. Danach ziehst du das Melkzeug runter, das hängt hier über dir. Du drückst die Taste, damit da ein Vakuum ist. Jetzt heißt es schnell sein. Du stülpst einfach auf jede Zitze so ein Teil, schau. Und schon fließt die Milch."

Gespannt beobachtete Matthias, wie Kelly sich dabei anstellte. Sie machte ein ernstes Gesicht, hörte ganz genau zu und probierte es bei der nächsten Kuh sogar selbst.

Allerdings hielt sie das Melkzeug falsch, sodass der Schlauch im Weg war, dadurch dauerte es zu lange, der Zitzenbecher rutschte ab, die Kuh fand das seltsam und trat nach Kellys Hand. „Pass auf!" Matthias schoss nach vorne und zog sie weg von der Kuh. „Hat sie dich erwischt?"

„Nein, alles gut", sagte Kelly, war aber ein wenig blass um die Nase.

Matthias nahm ihr das Melkzeug ab, das sie immer noch in der Hand hielt. „Ich übernehm die Liesl, die ist manchmal ein bissl kitzlig."

„Aber die nächste will ich dann wieder machen", kam wie aus der Pistole geschossen.

Erstaunt sah er sie an. „Okay, wenn du willst."

„Unbedingt. Ich bin nämlich kein verwöhntes Gör, sondern krieg das hin."

Er nickte. Auch wenn er es ungern zugab: Es gefiel ihm, dass sie sich durchbeißen wollte. Ehrgeizig war sie auf jeden Fall und das war ihm sowieso lieber, als wenn eine Frau sich nur von hinten bis vorne bedienen ließ oder immer nur auf armes, hilfloses Frauchen machte.

Sie sah ihm genau über die Schulter beziehungsweise am Arm vorbei, als er die Liesl molk. „Wir können schon die nächste anhängen, das geht ja alles gleichzeitig. Burgi macht inzwischen die anderen acht."

Die Liesl drehte ihren Kopf herum und schaute Kelly neugierig an. Und die strahlte. „Wahnsinn, was die Kuh für tolle Augen hat! Und die langen Wimpern! Lassen die sich auch streicheln, wenn wir wieder oben sind?"

„Manche schon. Die Berta, das ist gleich die nächste, die mags gern, wenn man ihr unterm Kinn den Hals reibt." Er gab Kelly das Melkzeug in die Hand. „Hier, walte deines Melk-Amtes."

Hochkonzentriert nahm sie es, drückte die Taste und steckte die vier Zitzenbecher an. „Es läuft!", jubelte sie. „Dann kann ich gleich bei der nächsten weitermachen."

Alle Achtung, sie lernte schnell. Und Durchhaltevermögen hatte sie auch, denn sie steckte die ganze Reihe Kühe an und war schon ganz heiß drauf, bei den nächsten acht weiterzumachen.

„Respekt, du schlägst dich tapfer", lobte er sie. „Als Bäuerin Kerstin machst du eine gute Figur, vielleicht sollten wir deine Kamerajungs wecken?"

Sie strahlte ihn an. Noch mehr sogar, als sie vorher die Kuh Liesl angestrahlt hatte. Und blöderweise kribbelte das in seinem Bauch mehr als damals, als Burgi ihm den vergorenen Quittensaft vorgesetzt hatte.

„Freut mich, wenn ich doch mal irgendwas hinkriege", sagte sie.

Er lächelte sie an. „Viel mehr, als wenn es andersherum wäre und ich auf irgendeiner riesigen Bühne singen müsste." Sie lächelte zurück. Und in seinem Bauch blubberte jetzt quasi Quitten-Prosecco.

„Ich hab's doch gewusst!", platzte Burgi dazwischen und grinste bis über beide Ohren, während sie von einem zum anderen schaute. „Das Druidenhoroskop sagt für heute sowieso voraus, dass die Funken fliegen. Das kann nur euch meinen!"

Oh, nein, bitte nicht! Wenn Burgi da was vermutete, würde sie gnadenlos in den Verkupplungsmodus schalten.

„Tantchen, ich glaub eher, dass zwischen diesem rundlichen Kameramann und dir heute noch was läuft. Ihr passt doch ganz wunderbar zusammen, das hat mir mein Kuhfladen-Horoskop gerade verraten. Schau doch nur den Haufen von der Hanni an, das ist ein Herz mit einem B darin und oben drüber schwebt eine Kamera."

Er hörte Kelly verhalten kichern, was irgendwie spannend klang.

„Ich mag's nicht, wenn man sich über mich lustig macht", herrschte Burgi ihn an und zog verärgert die Augenbrauen zusammen, linste aber trotzdem vorsichtshalber auf den dunkelbraunen Haufen, den Hanni abgesetzt hatte.

„Und ich nicht, wenn man mich verkuppelt", konterte er.

Burgi seufzte theatralisch. „Bub, ich mein es doch nur gut mit dir! Ich tu doch alles, damit du es gut hast."

„Wenn das so ist, kannst du ja hier fertig machen und wir gehen in die Milchkammer", beschloss er. „Aber nicht, weil wir da heimlich knutschen!"

Sie brummte irgendwas Unverständliches vor sich hin, das nicht allzu freundlich klang. Aber wenn man bei Burgi nicht von vorn herein klarstellte, dass man kein Interesse an einem amourösen Abenteuer hatte, war man ihr hilflos ausgeliefert, sie war da völlig skrupellos.

„Komm, hier geht's lang." Er zeigte Kelly den Weg zu dem Raum, der an den Stall angrenzte und in dem sich Milchspülung, die Kühlung und die große Milchwanne befanden.

„Da kommt alles rein?" Kelly starrte fasziniert durch einen offenen Deckel in den gewaltigen Tank, in dem sich die frisch gezapfte Milch befand. „Aber das ist doch nicht nur von einem Tag, oder?"

„Klar, von gestern Abend und heute. Unsere Schwarzbunten geben ja über zwanzig Liter Milch pro Tag. Da wir Bauern mit einem Bruchteil des Verkaufspreises abgespeist werden, wird man trotzdem nicht reich. Außer natürlich, man hat einen dieser

Riesenbetriebe mit tausend Kühen. So kleine Höfe wie meiner sterben ja immer mehr aus, weil es sich einfach nicht mehr rentiert. Aber genug gejammert, wir machen jetzt was, wo du deine Filmjungs gern dazuholen kannst."

„Nämlich?"

Er mochte es, wenn sie ihn gespannt anschaute. Oder überhaupt, wenn sie ihn anschaute. Verdammt, er musste endlich wieder auf den Boden der Tatsachen zurückkommen! Eine Erinnerung blitzte auf. An damals. Als schon mal eine Frau hier neben ihm gestanden und ihn ebenso fasziniert angesehen hatte. Scheiße, er musste echt aufpassen!

„Kälber füttern", antwortete er knapp.

„Ui, ja! Ich weck die Jungs jetzt gnadenlos auf!" Kelly riss ihr Handy förmlich aus der Hosentasche. Wie das überhaupt dort reinpasste, so eng, wie die Jeans saß, war ihm ein Rätsel. Sie wählte eine Nummer und sprach ins Telefon, während er nach der Kühlung sah und die Blecheimer bereitstellte.

„Sie sind gleich da", sagte Kelly und beobachtete interessiert, was er da tat.

„Gut, dann tragen wir schon mal die Eimer rüber zu den Kälbern. Du kannst zwei Zapfenkübel nehmen, die sind leichter." Er befüllte die Blecheimer und die kleineren weißen Plastikkübel und stellte diese vor ihre Gummistiefel.

„Können wir noch einen Moment warten?", fragte sie. „Damit die Jungs filmen können, wie ich die Eimer trage? Wird sicher ein klasse Foto, das geht dann sofort online."

Fast hätte er vergessen, warum sie wirklich hier war. Er atmete tief durch und nickte. „Logisch. Ich schau derweil nach zwei Kühen, die zum Kalben anstehen."

Als er das erledigt hatte und zurück in die Milchkammer kam, hielt sie ihr Handy im Selfiemodus vors Gesicht und zupfte sich ein paar Haare aus dem Pferdeschwanz, sodass sie ihr locker in die Stirn fielen. „Ich sehe furchtbar aus! Ganz schrecklich. So kann ich mich doch niemandem zeigen. Am besten ist wohl, ich lauf nochmal zurück ins Haus und schminke mich erst mal ordentlich."

Oh Mann, sie war wieder im Superstar-Modus. Hatte ja nicht lange angehalten. Und er war offenbar für sie ein „niemand", denn dass er sie ungeschminkt sah, hatte sie nicht gestört. Tja. Fast wäre sie ihm sympathisch geworden, aber zum Glück war er rechtzeitig aufgewacht.

Matthias zuckte mit den Schultern. „Kannst du schon machen, aber dann verpasst du halt das Füttern. Die Kälber haben Hunger, die lasse ich jetzt nicht warten, bis du dein Make-up aufgelegt und die Haare eingedreht hast."

Schließlich war sie ja offiziell hierher gekommen, um hier zu helfen. Und nicht, um ihn ständig von der Arbeit abzuhalten. Außerdem sah er schon durchs kleine Fenster der Milchkammer, dass die Kameraleute herangeeilt kamen.

„Ich geh jetzt füttern", beschloss er. „Kannst dir ja überlegen, ob du mitkommst oder nicht."

„Sei doch nicht so zickig." Sie steckte das Handy weg. „Bin ja sowieso schon fertig. Du verstehst das nicht, du musst ja auch keine Fangemeinde bei Laune halten."

„Oh doch, das muss ich. Allerdings ist die etwas kleiner als deine. Und sie macht mich auch nicht so steinreich. Dafür ist sie aber darauf angewiesen, von mir gut versorgt zu werden."

Ohne auf eine Antwort zu warten, packte er zwei schwere Blecheimer und verließ damit die Milchkammer in Richtung Kälbergruppe. Warum seine Stimmung plötzlich fünf Stockwerke tief im Keller war, wusste er gar nicht so genau. Vielleicht, weil ihm endlich wieder bewusst geworden war, dass Kelly nicht um ihn herumtanzte, weil sie so gerne das wahre Landleben kennenlernen wollte. Sondern weil sie eine knallharte Geschäftsfrau war und er selbst nur ein winziges Rädchen in ihrer gut geölten Marketingmaschinerie darstellte.

„Warte doch!", rief sie und kam hinter ihm her. „Und ihr haltet immer schön mit den Kameras drauf!", trichterte sie ihren Lakaien nebenbei ein.

Er ging auf den umzäunten Bereich neben dem Stall zu, in dem ein Teil seiner Kälber herumsprang. Sie hatten ein großes Iglu, also einen wetterfesten Unterstand, konnten sich aber auch auf der kleinen Wiese bewegen. Als sie ihn sahen, streckten sie sofort ihre Köpfe aus dem Gitter, in das er die Kübel hing, zwei von ihnen muhten sogar laut.

„Klasse Bilder", hörte er jemanden sagen. Das war der Fotograf, der stand jetzt direkt hinter ihm.

Was an seiner täglichen Arbeit so spektakulär sein sollte, verstand Matthias nicht. Es war ein ganz normaler Job. Und irgendwie fand er es mit einem Mal total dämlich, dass Kelly sich bei etwas so Selbstverständlichem wie dem Kälberfüttern filmen ließ, als wäre es eine Einhorngeburt. Aber er hatte nun mal zugestimmt, für sie den Entertainer zu spielen, also musste er das über sich ergehen lassen. War ja fürs Dorf. Und für sein Wegerecht, für das er das Wohlwollen des Bürgermeisters brauchte.

„Schütt den Kälbern die Milch in die Zapfenkübel, die da hängen", erklärte er und zwang sich sogar zu einem kamerawirksamen Lächeln.

Kelly tat, was er ihr gesagt hatte. Sie verschüttete zwar ein bisschen Milch, bis sie den Bogen raus hatte, aber das war nicht schlimm. Natürlich erging sie sich danach in den üblichen Rufen, wie süß die Kälber wären und wie niedlich die aussahen. Was Großstadtfrauen halt so sagten, wenn sie mal ein Nutztier sahen.

Aber es half nichts, er musste jetzt da durch.

„Das hier musst du mal am Hals streicheln, das hat ein ganz weiches Fell." Er zeigte auf eines der schwarz-weiß gemusterten Kälber.

„Ja wirklich!", jubilierte sie in die Kamera und knipste ihr bestes Lächeln an. „Und schaut nur, wie es mich ansieht mit seinen riesigen Augen!"

Während sie mit filmreifem Streichelzoo-Verhalten beschäftigt war, fuhr er mit der Schubkarre von der hinteren Seite durch das Gatter und mistete das Iglu aus.

Anschließend nahm er Kelly plus hinterhereilenden Anhang mit zur nächsten Gruppe, das waren die ganz jungen Kälber. Die standen zusammen mit drei Seniorinnen in einem kleineren Teil des Stalles. „Das ist meine abgewandelte Mutterkuh-Haltung", erklärte er. „Die drei Kühe geben nicht mehr so arg viel Milch, also dürfen sie ihre eigenen Kälber behalten und Amme spielen für ein paar andere."

„Warum dürfen denn nicht alle kleinen Kälbchen bei ihren lieben Mamas bleiben?", fragte Kelly. „Das ist doch schlimm für die, wenn sie getrennt werden. Die Mama leidet total, hab ich gesehen. Und die armen Kuhbabys erst!"

Das war ja klar. Sie hatte die einschlägigen Videos gesehen von Muttertieren, die dem Wagen hinterherliefen, der die Kälber abholte. Nur gab das nicht unbedingt die Realität in einem normalen Stall wider.

Einer der Männer hielt seine Kamera auf ihn. Na toll, sie fühlten sich in diesem Moment als Enthüllungsjournalisten und wollten eine Antwort. Womöglich eine, die ihn als geldgierigen Tierquäler offenbarte, so wie man heutzutage die Bauern ja gern darstellte, das war irgendwie schick.

„Erklärst du uns, warum du das so machst?", drängte Kelly.

Er atmete durch. Also gut.

„Wenn Kälber ein paar Tage bei der Mutter bleiben und dann wegmüssen, ist das tatsächlich schlimm, weil eine Bindung entstanden ist", sagte er in die Kamera hinein. „Sowas würde ich niemals machen. Aber unsere Milchkühe interessieren sich oft gar nicht richtig für ihr Kalb. Manche lecken es ab, manche gehen nach der Geburt sofort wieder zum Fressen. Also wandern meine Kälber rüber in die Gruppenhaltung, die ja auch eine natürliche Form ist. Die Milch von der Mutter bekommt jedes von ihnen, denn darin stecken wichtige Nährstoffe."

„Ach so", sagte Kelly und schob sich neben ihn, damit nicht nur er im Bild war. „Bei dir lernen meine Fans ja richtig viel! Hey, Kelly bildet euch weiter!" Sie wandte sich wieder den Kälbern zu, offenbar war das zu viel trockene Information gewesen.

Was für ein Zirkus! Aber so leicht kam sie ihm nicht weg. „Na klar, liebe Fans!", sprach er in die Kamera. „Ich finde es super, wenn sich viele von euch für Tierwohl interessieren. Sucht doch einfach nach einem Biomarkt, der Milch aus Mutterkuhhaltung anbietet, damit tut ihr echt was Gutes. Wenn viele das machen und bereit sind, den höheren Preis zu zahlen, können wir Bauern das wieder anbieten. Und holt euch Eier nicht aus der Massenproduktion, sondern von kleinen Bauern, die lassen nämlich die männlichen Küken am Leben. Überhaupt wäre es gut, wenn man örtliche Höfe unterstützt. Bei fast allen kann man direkt einkaufen. Ist halt leider nicht so modern wie die Flugmango und die vorgereifte Avocado, schätze ich."

Shit, er hatte sich in Rage geredet. Dabei ließ er sich sonst nicht so leicht provozieren. Keine Ahnung, warum er heute so dünnhäutig war.

Kelly gab dem Kameramann ein Zeichen, dass er abschalten sollte.

„Was soll denn das?", fuhr sie Matthias an. „Du bist doch hier nicht im Bundestag und hältst ein Plädoyer für die Rechte der Landwirte!"

„*Du* hast doch gefragt, was mit den armen, armen Kälbern ist! Und wenn du schon mal hier bist und mich filmst, kann ich doch über meinen Alltag reden."

„Meine Güte, das hier ist ein Promo-Auftritt, keine Doku über Bauern!" Sie hielt erschrocken inne. „Nein warte, so sollte das jetzt nicht rüberkommen. Ich will schon auch wissen, wie das alles hier bei dir ..."

„Spar dir das", unterbrach er sie. „Ich verstehe schon. Verteil einfach die restliche Milch noch an die Kälber, das gibt bestimmt tolle Fotos, wo du dich so richtig als Landmädel zeigst. Ich geh derweil Eimer waschen, spritze meinen Muldenkipper aus und fahre dann aufs Feld zum Grubbern. Die Bodenbearbeitung erledigt sich nicht von allein. Dir habe ich aber eine Sightseeingtour durchs Dorf organisiert, Burgi wird sich um dich kümmern."

„Matthias!" Sie machte einen Schritt auf ihn zu. „Nein, so ist das nicht, ich hab mich dumm ausgedrückt. Warte doch mal!"

Doch er hatte keine Lust.

Es war wie damals. Genau wie bei Vivienne. Frauen, die aus einer anderen Welt kamen, hielten das alles hier nur für eine niedliche Abwechslung und verschwanden dann wieder, das wusste er doch. Er hatte gedacht, er hätte das alles hinter sich gelassen, aber die Erinnerungen kamen hoch. Auf diesen Schmerz hatte er absolut keine Lust, also musste er sich von Kelly fernhalten. War ja auch nicht schwer. Nur noch zwei Tage überstehen. Und heute Abend bei der Musikprobe würde er einfach so laut in sein Tenorhorn blasen, dass er nicht mitbekam, was sie sagte. Damit waren er und sein Herz garantiert auf der sicheren Seite, jawohl.

11. Scones mit der Queen

Kelly

Verdammt. Sie sah Matthias nach, der mit verschlossener Miene von ihr wegeilte. Das war jetzt richtig doof gelaufen. Offenbar hatte sie bei ihm irgendeinen wunden Punkt getroffen. Und – na ja – so ganz okay war es ja auch nicht, was sie hier trieb. Eine wirkliche Hilfe war sie nämlich nicht, das wurde ihr gerade klar. Er machte ganz normal seinen Job, der nicht gerade ein Zuckerlecken war, während sie ihn als Marketingtrick nutzte. Andererseits schadete sie ihm doch auch nicht!

Trotzdem fühlte es sich mies an, dass er jetzt offenbar eingeschnappt war. Sie gab den Kameraleuten ein Zeichen, dass jetzt erst mal Pause wäre.

„Gönnt euch ein Frühstück", riet sie ihnen. „Das gibt`s doch bei euch drüben im Wirtshaus, wo ihr übernachtet? Ich such mir jetzt erst mal eine Dusche. Jens, du schickst die Bilder und Filme an Francesco?"

„Klar, Chefin."

„Super." Der würde sie dann aufbereiten und in den sozialen Medien verteilen. Vielleicht bekam er es sogar hin, dass schon heute eine Teenie-Zeitung oder ein Boulevardblatt darüber berichtete. Auf der Homepage des Radiosenders gab es natürlich auch eine Fotostrecke.

Marketingtechnisch lief also alles wie am Schnürchen. Und doch lag ihr ein Gewicht auf den Schultern. Fühlte sich so ähnlich wie bei der vorletzten Tour an, als sie für einen Song ein

Kostüm mit sauschweren, motorbetriebenen Engelsflügeln angehabt hatte. Nur dass sie heute nicht vom Boden abhob, weder durch die Flügel, noch durch eine ausgeklügelte Bühnenkonstruktion. Ganz im Gegenteil, alles kam ihr schrecklich schwierig vor heute.

Sie ging mit schweren Schritten zurück zum Wohnhaus. Eine Bewegung ließ sie nach rechts schauen.

Der rote Kater war wieder da! Und er kam sogar auf sie zu. Einen Meter vor ihr blieb er unschlüssig stehen.

Kelly ging in die Hocke, damit sie kleiner wirkte. Er maunzte fordernd, während er sie mit seinem gesunden Auge anstarrte.

„Sag mal, was ist dir denn passiert?", fragte sie leise. „Hast du so wild gekämpft oder eine Krankheit?"

Sie knickte ihren Zeigefinger ein, sodass er fast wie eine Katzenschnauze wirkte, und streckte ihm ihn entgegen. Er zögerte einen Moment, dann machte er ein paar Schritte auf sie zu und kam mit seinem Näschen an ihren Fingerknöchel, um zu riechen. Vorsichtig näherte sich ihm Kelly mit ihrer anderen Hand. Er ließ sich tatsächlich kurz streicheln!

Sein Fell war ein wenig stumpf, die Zeichnung unregelmäßig und bei der Wahl zur schönsten Katze des Landkreises hätte er bestenfalls den vorletzten Platz belegt. Trotzdem berührte der alte, einäugige Kater irgendwie ihr Herz. Er stupste sie mit dem Kopf an, sah ihr tief in die Augen und ließ ein forderndes „Mau!" erklingen.

Leider hatte Kelly keine Ahnung, wo sie etwas zum Fressen herbekommen sollte. „Warte kurz!", schärfte sie dem Kater ein, obwohl der das wahrscheinlich nicht verstehen konnte.

Sie lief ins Haus, suchte in der Küche und fand schließlich ein Glasschälchen. Das befüllte sie mit Milch und Wasser, legte noch ein kleines Stückchen Käse an den Rand und ging wieder hinaus.

Der Kater saß tatsächlich direkt vor der Haustür.

„Hier, für dich." Sie stellte das Schälchen ab. „Ich hoffe mal, du verträgst Milch. Bauernhofkatzen tun das ja, heißt es", sagte sie. Er antwortete aber nicht, sondern stürzte sich sofort auf sein Futter. Lächelnd beobachtete Kelly ihn. Als er alles vertilgt hatte, strich er kurz schnurrend um ihre Beine herum und verschwand anschließend unter der Hecke.

Kelly hob das Schälchen auf, da kam Burgi angetrabt, immer noch in Stallkleidung.

„Ah, da bist du ja!", rief sie. „Machen wir einen kleinen Spaziergang? Ich muss dir unbedingt zeigen, was es bei uns im Dorf alles gibt."

Warum eigentlich nicht? Matthias hatte so geklungen, als wäre er ein paar Stunden beschäftigt und froh darüber.

„Gern. Ich will mich nur kurz duschen."

„Lass dir ruhig Zeit, ich zieh mir auch mein Stallgewand aus. Komm einfach rüber ins Austragshaus, wenn du fertig bist, die Tür steht immer offen." Sie verzog sich.

Kopfschüttelnd ging Kelly ins Haus. Eine Haustür, die immer auf war – so etwas konnte sie sich in der Stadt nicht vorstellen. Ihre Villa war mit einem hochmodernen Alarmsystem gesichert. Und auch das Loft in der Innenstadt, in dem sie bis vor ein paar Jahren gewohnt hatte, war mit allem Möglichen gesichert gewesen. Das hier war echt eine andere Welt.

Sie hüpfte unter die Dusche, machte sich zurecht und klopfte eine Stunde später drüben im Nebenhaus an der Tür.

„Bin schon da!", rief Burgi und erschien kurz darauf tatsächlich an der Tür. Sie trug eine Art Haremshose in Blau, dazu eine flaschengrüne Tunika und die unvermeidlichen Ketten. Nur auf das Kopftuch hatte sie heute verzichtet, ihre grau melierten Haare wurden von ein paar Spangen gehalten, wehrten sich aber offensichtlich dagegen und standen irgendwie in alle Richtungen.

Das widerspenstige Haar lag wohl in der Familie, denn Matthias` Blondschopf schien sich auch nicht zähmen zu lassen, fiel ihr ein. Da hörten die Ähnlichkeiten aber auch schon auf.

„So, jetzt geht's los", sagte Burgi und schaute sich suchend um. „Wo sind denn die Filmfritzen? Ich hab mich extra rausgeputzt, damit ich gut rüberkomme. Läuft das dann irgendwo im Fernsehen, was die hier drehen?"

„Äh, nein. Das ist nur für die sozialen Medien und so. Und für ein paar Zeitschriften. Die kann ich Ihnen aber gern schicken."

„Unbedingt! Und hör auf, mich zu siezen, sonst komm ich mir so alt vor. Hier bei uns sagt man immer du."

„Okay." Sie lächelte Burgi an. Eigentlich war die alte Tante ganz in Ordnung. „Die Kameras laufen eher dann mit, wenn ich irgendwas helfe. Oder halt mich nützlich mache."

„Aber wir wollen doch, dass unser Dorf gezeigt wird!", rutschte es Burgi heraus.

Kelly musste grinsen. „Können wir gern machen, ich schau mir jetzt einfach alles an und entscheide dann, welche tollen Orte wir filmen."

„Passt!" Zufrieden marschierte Burgi los. Für eine nicht mehr ganz taufrische Frau hatte sie ein ordentliches Tempo drauf. Kelly hatte zu tun, Schritt halten zu können.

„Das da drüben ist der Wirt, aber das weißt du ja schon." Burgi deutete auf ein etwas heruntergekommenes Gebäude, das ein Schild mit der Aufschrift „Zur grünen Linde" trug.

„Da sind meine Jungs untergebracht, genau. Ist da auch ein Restaurant dabei?"

Burgi sah sie an, als hätte sie gefragt, ob es hier am Ort ein Running Sushi mit Live-Auftritten von echten Samurai gäbe.

„Rästorooos haben wir hier in der Gegend nicht", erklärte sie mit ernsthafter Miene. „Nur Wirtshäuser. Na ja, man kann schon essen beim Wirt, aber umhauen tut es einen nicht. Da mach ich einen besseren Schweinsbraten. Und größere Knödel eh, Semmel und normal!"

Kelly hatte keine Ahnung, was der kryptische Ausdruck „Semmel und normal" zu bedeuten hatte, aber vorsichtshalber antwortete sie einfach: „Glaub ich sofort, dass du super kochen kannst, Burgi."

„Darauf kannst du wetten!", brummte die zufrieden. „Schau, da vorn, das ist der Metzger. Eigene Schlachtung, die Blutwurst vom Karl ist eine Wucht! Komm, wir holen uns eine für heute Abend. Einen prima Presssack hat er auch, der schmeckt dir bestimmt."

Du meine Güte! „Lieber nicht", sagte Kelly schnell, denn Burgi steuerte schon mit forschen Schritten auf den Laden zu. „Ehrlich gesagt, ess ich wenig Fleisch. Und Blutwurst ist so gar nichts, was ich probieren will."

„Ach so. Ja klar." Burgi blieb stehen und wirkte ein wenig unentschlossen. „Macht nix, dann decken wir uns halt bei der Margarete gut ein, die hat prima Sachen."

Kelly hatte keine Ahnung, wer diese hochgelobte Margarete sein sollte. Wahrscheinlich eine alte Freundin von Burgi, die selbstgemachten Käse, steinhartes Brot und Stachelbeermarmelade verkaufte. Plus Gestecke aus Trockenblumen. Sie seufzte leise.

Während sie ihren Rundgang durchs Dorf fortsetzten, zeigte Burgi ihr den Friseurladen. „Das ist der Salong Jessica. Sie hat nur einen Platz zum Schneiden, nicht so wie bei dir in der Stadt. Aber sie ist richtig super!"

Wie man ja an Burgis wilder Mähne sah. Kelly betrachtete den

Laden, der winzig sein musste. Man sah nur ein einziges Schaufenster und das war dekoriert mit l`Oreal-Plakaten, die eine 80er-Jahre Dauerwelle zeigten.

„Die Jessica war mit dem Matthias in der Schule, aber leider ist nichts draus geworden. Schade. Sonst würd ich meinen Haarschnitt bestimmt umsonst kriegen." Burgi schob sich mit einer theatralischen Bewegung eine Strähne aus der Stirn.

Das war ja interessant. Kelly tat, als würde sie angeregt die Preisliste mustern. Die war tatsächlich spannend, denn alles hier kostete ungefähr ein Drittel von dem, was man in Berlin zahlte. Aber viel lieber wollte sie natürlich andere Details wissen.

„Mit wem ist er denn zusammen?", fragte sie in beiläufigem Ton. „Sicher mit einer Frau hier aus dem Dorf, oder?"

„Der Matthias?" Burgi lachte. „Schön wär's! Nein, der ist stur wie ein Eselshintern und behauptet, er will überhaupt kein Mädel. Weil er dafür keine Zeit hat und lauter so Ausreden."

„Wundert mich. Er ist doch ein sehr ansehnlicher Kerl."

„Gell?" Burgis Miene hellte sich auf. „Das find ich ja auch. Weißt du, du könntest mir da helfen." Sie kam einen Schritt näher und senkte die Stimme. Es war zwar weit und breit niemand auf der Straße zu sehen, aber sie wollte wohl auf Nummer sichergehen.

„Ich?", wunderte sich Kelly.

„Logisch. Du bist eine hübsche Frau und mein berühmter siebter Sinn spürt ganz deutlich, dass da was ist zwischen euch. Etwas - hör gut zu – etwas Magisches!" Sie zog das Wort bedeutungsschwer in die Länge und machte eine Handbewegung wie ein Zauberer, der ankündigte, gleich einen Elefanten verschwinden zu lassen.

„Das glaube ich eigentlich nicht." Herrjeh, was hatte Burgi vor?

„Mit glauben hat das rein gar nichts zu tun. Das sind Tatsachen. Und deshalb bist du prima geeignet, um ihn wieder auf den Geschmack zu bringen."

Kelly meinte im ersten Moment, sich verhört zu haben. „Ist er schwul? Und ich soll ihn umdrehen?" Das wunderte sie jetzt echt, sie hatte normalerweise ein gutes Radar in dieser Hinsicht, schließlich war sie ständig von Tänzern und anderen Kreativen umgeben. Bei Matthias jedoch hatte ihr Gay-Radar überhaupt nicht angeschlagen. Ganz im Gegenteil. Er war so archaisch-maskulin, wie ein Mann nur sein konnte!

„Ja, spinnst du, natürlich ist er das nicht!", empörte sich Burgi. „Er steht auf jeden Fall auf Frauen. Hat als Teenager beim Maitanz schon mit der Anna geknutscht, die ist aber dann weggezogen. Und später war dann ja diese Vivienne." Sie seufzte sehr dramatisch.

„Was war mit der?"

„Ja mei, war halt eine aus der Stadt", sagte Burgi, als würde das alles erklären.

Jetzt verstand Kelly überhaupt nichts mehr. „Aber das bin ich doch auch! Wieso soll ich dann helfen können?"

Burgi schloss ihre Faust um einen der Anhänger, die sie um den Hals trug. „Eine Städterin passt nicht, das weiß ich auch. Sowas würde nie gut gehen, schon klar. Aber – wie soll ich das jetzt erklären ..." Sie überlegte einen Moment, dann sprach sie weiter. „Schau, wenn der Zucht-Stier keine Lust hat, die Kuh zu bespringen – weil er lieber frisst oder auf der Weide rumrennt – dann hält man ihm Pheromone unter die Nase. Verstehst du? Er erinnert sich dadurch wieder, wie super das ist mit dem Schnackseln, und ist total heiß drauf, auf die nächstbeste Kuh zu hüpfen."

Kelly starrte Burgi an. Das konnte nicht ihr Ernst sein!

„Ich soll also Matthias aufgeilen, damit er endlich wieder Lust auf Sex hat und mit der Nachbarstochter vögelt?", rief sie.

„Pscht, nicht so laut!", mahnte die Burgi sofort. „Da hinten fährt der Walter mit seinem Johnny, nicht dass der noch was hört!"

Als Kelly sich umdrehte, sah sie nur einen einzigen Mann im Führerhaus des knallgrünen Traktors sitzen. Von einem Johnny war weit und breit nichts zu sehen. Die Alte hatte offenbar doch viel weniger Tassen im Schrank als angenommen.

„Und so drastisch musst du es ja auch nicht ausdrücken", tadelte Burgi sie. „Aber vom Prinzip her stimmt das schon. Er schaut dich gern an, das sieht ja sogar der dicke Kater mit seinem blinden Auge! Also musst du doch bloß ein bissl mit ihm flirten. Ist doch gar nicht schwer. Ich hab mir deine Videos angeschaut, da machst du doch auch die Männer scharf. Hast du zufällig diesen Lackanzug im Koffer? Wenn du den anhast, kommt doch jeder Mann wieder auf den Geschmack, meinst du nicht?"

Burgi sah sie fragend an.

„Den habe ich leider daheim gelassen." Kelly wusste nicht, was sie antworten sollte, so ungeheuerlich war der Vorschlag! Sie war doch kein Fläschchen mit Duftstoffen, das man einem Bullen vorsetzte, sondern eine Frau! Und zwar eine, die Burgi jetzt mal ordentlich die Meinung geigen würde. Doch die sprach schon wieder weiter.

„Also gut, dann ist das abgemacht. Wird ihm eh gut tun, wenn mal jemand im Haus ist. Er ist nicht gemacht fürs Alleinsein, auch wenn er sich das einredet. Seit seine Eltern tot sind, hat er sich nämlich echt verändert. Außer mir hat er ja niemanden."

„Keine Verwandten?"

Sie sah Burgi überrascht an. Stets hatte sie gedacht, dass man auf dem Land eine Horde von Geschwistern, Tanten, Cousinen und Neffen hatte, ständig auf Familienfeiern herumsaß und so.

„Ein paar entfernte gibt es, aber die mag er nicht besonders. Er hockt halt mit den Burschen von der Blasmusik beieinander, ist bei der Feuerwehr oder geht, wenn er mal in die Kirche kommt, ausnahmsweise danach zum Frühschoppen beim Wirt. Aber das war's dann auch." Burgi hielt inne. „Er würde das nie zugeben, aber er vermisst seine Mutter. Die zwei haben sich sehr nah gestanden. Der Herrgott hat sie viel zu früh zu sich geholt." Burgi bekreuzigte sich kurz, schickte sich dann aber sofort wieder an, weiterzugehen.

Kelly kam kaum mit. Nicht mit den schnellen Schritten und auch nicht mit allem, was sie erzählt hatte. Noch nie hatte sie gesehen, dass sich jemand im Gespräch bekreuzigte. In ihrem Bekanntenkreis gab es niemanden, der in die Kirche ging. Ein paar Buddhistinnen kannte sie aus dem Yoga-Kurs, aber die behaupteten das nur von sich. In einen Tempel ging sicher keine von ihnen. Sie selbst hatte sich nie Gedanken gemacht darüber. Ihre Eltern waren nur zu Weihnachten in die Christmette gegangen und selbst das nur, als sie noch ein Kind war. War hier der Glaube tatsächlich noch ein Bestandteil des Lebens? Es war wirklich eine andere Welt, in die sie da geschlittert war. Passenderweise kamen sie gerade an der Kirche vorbei, einem weißen, alten Gebäude mit Zwiebelturm und Butzenfenstern.

„Fast vergessen, ich wollte dir ja alles zeigen", sagte Burgi und klang jetzt wieder total fröhlich. „Das ist Sankt Bonifaz, über den Pfarrer könnte ich dir vieles erzählen. Seine Köchin kommt nämlich gern zu mir in meine schamanischen Kurse." Sie kicherte. „Dort hinten, siehst du die Koppeln? Das ist der Reitstall. Sind ein paar Neureiche aus der Umgebung dort, ein sehr seltsames Volk. Und ein Stück dahinter, wo der Wald aufhört und der Hügel anfängt, da ist unser Schloss Kastanienstein. Aber der alte

Graf führt ein total zurückgezogenes Leben, noch schlimmer sogar als Matthias. Der lässt sich fast nie im Dorf blicken. Aber jetzt sind wir endlich da. Hier ist unser Ziel, ich hab eh schon total Hunger!"

Sie bogen um eine Ecke. Gespannt hielt Kelly Ausschau nach dem angekündigten Reich dieser ominösen Margarete. Aber alles, was sie sah, war eine Bäckerei mit kleinem Laden. Oder ein Tante Emma-Laden mit Bäckerei, so genau war das nicht zu unterscheiden. „Nah und gut", stand über der Tür in Buchstaben, die an den EDEKA-Schriftzug erinnerten.

„Da gehen wir rein?", fragte Kelly. Wollte Burgi sich ein Glas Wiener, Paprikachips und eine Dose Erbsen kaufen? Irgendwie hätte sie bei dieser tollen Ankündigung etwas anderes erwartet.

„Na klar!" Burgi drückte bereits die Eingangstür auf.

Als Kelly sich im Laden umschaute, war sie dann doch überrascht. Der Laden ähnelte einem großen Tankstellen-Shop, es gab die üblichen abgepackten Lebensmittel, Zeitungen, Spirituosen und ein Kühlregal. Aber im Gegensatz zum ARAL-Shop konnte man auch knackig frisches Gemüse und Obst kaufen. Außerdem befand sich eine Bäckertheke darin, hinter der eine junge Frau mit modischer Bobfrisur stand und Burgi herzlich begrüßte.

Die beiden redeten kurz, aber Kelly hörte nicht zu, denn sie war damit beschäftigt, die Einrichtung zu bestaunen.

Die Theke war mit ungefähr zwanzig Englandfähnchen dekoriert, hinter der Verkäuferin hing ein riesiges Plakat des Buckingham Palasts und von einem Regenschirm, der über dem Brotregal aufgespannt war, grinsten Charles und Diana herunter. Als sie sich zur Seite drehte, wurde es noch eigenartiger. Vom Laden aus konnte man nämlich über einen Durchgang einen weiteren Raum betreten, in dem kleine Stühle und Tische standen. Ein breites, reich verziertes Schild kündigte in großen Lettern an, was man dort betrat: *Maggie's original British Tearoom*

„Ein Tearoom hier in Oberapfelbach?", entfuhr es Kelly und sie sah Burgi fragend an.

Die deutete auf die junge Frau. „Das ist Margaretes ganzer Stolz, gell?"

„Absolut", sagte sie und streckte ihr die Hand über die Verkaufstheke entgegen. „Ich bin die Maggie, grüß dich, Kelly. Hab schon viel von dir gehört. Wie wär's mit Frühstück? Ich hab frische Fruit Scones gebacken, clotted Cream hab ich auch, sogar selbst gemacht."

Sie sprach die englischen Wörter etwas seltsam aus. Ein bisschen so wie der Herr Oettinger in seiner englischen Rede, die ihm zweifelhafte Berühmtheit eingebracht hatte.

„Klingt gut", sagte Kelly, denn die Kuchen und das Gebäck in der Theke sahen sehr einladend aus. Außerdem war sie jetzt wirklich gespannt auf das, was sich nebenan befand.

„Geht ruhig rüber in den Tearoom, ist sonst eh keiner da", sagte Maggie. „Für dich Kaffee, Burgi, ich weiß. Und was willst du trinken, Kelly? Einen Öörl greeh? Oder lieber inglisch brääkfäss?"

Es dauerte einen Moment, bis Kelly die Worte verstand. „Earl Grey White wäre super. Also mit einem Schuss Milch, meine ich."

Sie war schon mehrmals in London gewesen, das vorletzte Album hatten sie sogar dort eingespielt. Auch andere englische Ort kannte sie von diversen Auftritten und Urlaubsreisen. Aber so einen Ort hatte sie selbst in den touristischsten Straßen rund um den Leicester Square nicht gesehen. Staunend bewunderte sie die Wände des kleinen Tearooms, nachdem sie ihn betreten hatte. Poster vom Big Ben neben einem Gemälde der Tower

Bridge im Nebel, Fotos von idyllischen Cottages in den Cotswolds, dazu Bilder von sämtlichen Mitgliedern des Königshauses. Plus den Bewohnern von Downtown Abbey, natürlich auch vom Personal.

„Incredible!", kommentierte Kelly die Einrichtung, erntete aber von Burgi einen verständnislosen Blick.

„Setz dich doch hin, kostet auch nicht mehr", schlug die vor und ließ sich auf einer geblümten Eckbank nieder. „Ich lade dich eh ein, quasi als Lohn für die Mission in Sachen Bauer sucht Frau, die du erfüllst." Burgi kicherte.

Himmel, die ritt ja immer noch auf dieser idiotischen Idee herum! Kelly überlegte fieberhaft, wie sie aus dieser Nummer wieder herauskam. Bevor sie etwas sagen konnte, schleppte Maggie das Frühstück heran. Natürlich stilecht mit zierlichen Porzellantassen, Tellern mit Lavendelblüten und einer Kanne, von der ihnen die Queen persönlich entgegengrinste.

Kelly musste lächeln. Sie mochte schräge Sachen und das hier war das mit Abstand Schrägste, was ihr seit Jahren untergekommen war.

„Du bist ja ein leidenschaftlicher Englandfan", sagte sie zu Maggie, als die die duftenden Scones abstellte.

„Ja, schon immer. Obwohl ich noch niemals drüben war." Traurig senkte sie den Blick.

„Was?" Kelly starrte sie an. „Du bist noch nie an der Themse entlangspaziert?"

„Nein, ich ..."

„Burgi! Gut, dass ich dich sehe!" Eine dralle Frau in einem blassblauen Jogginganzug stürmte in den Raum. „Du, ich brauch dich ganz dringend. Es geht um den Schorsch. Du weißt schon, sein geheimes Problem."

Kelly sah auf. Wenn die Dame in dieser Lautstärke weitererzählte, wäre das Problem nicht mehr lange geheim.

„Hat denn mein Spezialmännertee mit Prachtspier-Extrakt und Hartholz-Rute nicht geholfen?", erwiderte Burgi.

„Wenn ich das bloß wüsste! Weißt, der Schorsch kommt halt oft spät heim von den Gemeindesitzungen und dann schlaf ich ja schon." Sie sah sich plötzlich um, als hätte sie jetzt erst bemerkt, dass auch Kelly und Maggie anwesend waren. „Komm mit, Burgi, ich sag's dir vor der Tür", schlug sie vor und klang nicht so, als würde sie irgendeine Widerrede zulassen.

„Na gut", sinnierte Burgi beim Aufstehen, „ich könnte auch einen Nachtkerzen-Spargel-Tee zubereiten, aber der ist schon echt heftig."

Die beiden Frauen verließen den Laden, wie man an der Glocke hörte. Maggie grinste breit und setzte sich zu Kelly. „Offenbar scheint der Prachtspier unseres Herrn Bürgermeisters nicht mehr so gut zu funktionieren", sagte sie.

Kelly nahm sich eines der warmen Scones und schnitt es auseinander. „Zumindest nicht bei seiner Ehefrau."

„Das hab ich mir auch gedacht. Ehrlich gesagt glaube ich nämlich nicht, dass er dreimal pro Woche auf einer Gemeinderatssitzung ist, aber das werde ich der guten Edeltraud nicht auf die Nase binden."

„Echt lustig, was hier bei euch los ist." Kelly lächelte Maggie freundlich an und probierte dann ein Stückchen vom Scone. „Wow, die sind ja super! Wo hast du denn das Rezept her, wenn du noch nie drüben warst?"

Maggie zuckte mit den Schultern. „Aus dem Internet. Ich hab einiges durchprobiert. Hast du in England schon mal welche gegessen? Haben die so wie meine geschmeckt?" Ihr klaren, blauen Augen sahen sie erwartungsvoll an.

„Absolut! Ich hab niemals bessere gegessen."

„Du musst auch die clotted Cream testen. Und die Orangenmarmelade."

Maggie wirkte so aufgeregt, dass Kelly das gerne tat. Francesco würde sie erwürgen und sein Ernährungsberater tot umfallen vor Schreck, wenn sie sie jetzt sehen könnten. Aber sie waren nicht da, also strich sich Kelly seelenruhig die cremige Butter auf die Scones, kleckste Marmelade drauf und biss herzhaft ab. „Ein Gedicht!", lobte sie.

Dann fiel ihr etwas ein und sie holte ihr Handy raus. „Rück mal näher ran, Maggie. Wir schießen ein paar Fotos und ich stell die gleich ins Netz. Vielleicht kommen dann ja ein paar Fans vorbei, wenn sie hier in der Ecke sind. Ich schwärme ihnen nämlich von deinem Gebäck vor!"

„Das machst du für mich? Ist ja supernett von dir!" Schon wieder strahlte Maggie.

Kelly knipste ein paar Fotos und filmte ein kurzes Video, in dem sie den Tearoom anpries. Vor lauter Begeisterung darüber drängte Maggie ihr auch noch eine Ladung Shortbreads auf. „Nimm den Rest für Matthias mit, wenn es dir zu viel ist. Der mag gern Süßes."

Das ließ Kelly aufhorchen. „Kennst du ihn gut?", fragte sie betont beiläufig.

„Ach, so wie man sich halt hier kennt. Er ist schwer in Ordnung, denk ich. Immer hilfsbereit und total fleißig. Außerdem liebt er seine Tiere." Maggie holte sich eine Tasse aus der Nussbaum-Vitrine und goss sich Tee ein.

„Dann sollten sich die Frauen doch um ihn reißen."

Maggie schien einen Moment zu überlegen. „Da hast du schon recht. Aber er ist – wie soll ich sagen – ein bisschen abweisend. Die Moni vom Wirt, die würde ihn gern näher kennenlernen, aber da läuft nichts."

Soso, die Moni. Kelly hatte zwar keine Ahnung, wer das war, aber sie musste grinsen. Schnell wurde sie aber wieder ernst.

„Es gab ja mal eine Vivienne, hab ich gehört. Weißt du was darüber?"

Maggie nickte. Sie rührte erst ein paar Sekunden in ihrem Tee herum, bevor sie antwortete. „Das hat ihn schwer getroffen damals. Ist schon ein paar Jahre her. Ich glaub, der Matthias ist ein total emotionaler Mensch, auch wenn er das nicht zugeben würde. Welcher Mann macht das schon!"

Kelly lachte. „Oh ja, das stimmt!"

„Na ja, er hat sich Hals über Kopf in diese Vivienne verliebt. Die wollte hierher ziehen, sich selbstständig machen als Steuerberaterin und hat ihm versprochen, auf seinem Hof mitzuarbeiten. Er sollte aber auf Bio umstellen, alles nur noch organisch, Direktverkauf vom Hof und lauter so Ideen hat die angeschleppt."

„Hat er das getan?" Langsam wurde ihr klar, warum er so genervt reagiert hatte auf einige ihrer Fragen.

„Erst schon. Aber dann hat ihm seine Mutter ins Gewissen geredet, die hat da noch gelebt. Vivienne kam mit ihr ja überhaupt nicht klar. Er hat ein paar Dinge infrage gestellt und von jetzt auf sofort war sie verschwunden. Einfach weg. Hat ihm wohl nur gesagt, dass das mit einem Bauern eben doch viel zu schwierig ist und sie das unterschätzt hat."

„Was für ein Miststück."

„Echt wahr. Mir hat er schrecklich leidgetan. Er hat sich zurückgezogen, eine Zeit lang nicht mal mehr bei der Blasmusik gespielt. Dabei liebt er das total. Ich glaube, seither igelt er sich ein. Also gefühlsmäßig. Und will nie mehr eine Frau an sich ranlassen. Kann ich gut verstehen." Maggie machte einen tiefen, mitfühlenden Atemzug.

„Ich auch", sagte Kelly. Sie mochte Maggie. Die hatte etwas Offenes, Ehrliches an sich, das man in der Großstadt selten fand, ein großes Herz noch dazu. Und sie hatte eine Leidenschaft. Es gab zu wenig Menschen, die für etwas brannten oder ihre Verrücktheiten so schön pflegten.

„Du sagst aber nicht, dass du das von mir hast, gell?", bat Maggie.

„Never ever! Außerdem hat mir Burgi schon ein bisschen was darüber erzählt. Jetzt will ich aber echt wissen, warum du noch nie in London warst, wenn du alles Englische doch so liebst! Dein Earl Grey ist übrigens auch toll." Sie trank noch einen Schluck.

Maggie knetete ihre Hände. „Ist eigentlich peinlich. Ich trau mich nämlich in kein Flugzeug. Schlimmer sogar, ich verreise generell nicht gern, allein der Gedanke, auf ein Schiff zu steigen oder durch den Eurotunnel zu fahren, schrecklich! Und außerdem hab ich überhaupt kein Sprachtalent. Wahrscheinlich würde mich in England kein Mensch verstehen. Aber weißt du, das macht nichts. Vielleicht ist es eh besser, seine Sehnsüchte und Träume zu pflegen, als sie zu erfüllen." Sie hob die Hand und strich liebevoll über das Gesicht der Queen auf der Teekanne.

Da war etwas Wahres dran. Kelly wollte gerade die zweite Sconehälfte bestreichen, hielt aber inne. „Das kann schon sein", sagte sie nachdenklich. „Ich hab immer davon geträumt, mal eine berühmte Popsängerin zu sein. Hätte nie gedacht, dass ich das mal erreiche. Na ja, jetzt bin ich es und fühle mich oft erdrückt von all den Terminen und so."

Sie sollte so etwas nicht laut aussprechen. Niemals. Sonst landeten solche Sätze sofort in der Presse und jemand machte einen Artikel daraus, dass Kelly Kay unter Burnout litt oder was auch immer. Aber irgendwie vertraute sie Maggie. Die würde sicher keine heimliche Aufzeichnung des Gesprächs machen und damit zum nächstbesten Journalisten rennen.

„Eben. Vor sowas hab ich auch Angst", gab Maggie zu und sah sie interessiert an. „Und wovon träumst du denn jetzt?"

„Von einer Karriere als Weltstar, vom Supererfolg meines neuen Albums", spulte Kelly die oft geäußerten Sätze ab. Doch stimmten die überhaupt? Sie fuhr sich übers Gesicht. „Nein, das stimmt alles nicht. Keine Ahnung. Ich kann es dir echt nicht sagen."

„Vielleicht tut es dir ganz gut, mal ein paar Tage hier zu sein." Maggie lächelte warm. „Ist ja ganz was anderes als sonst für dich. Die Kühe, die Felder, die Traktoren. Und die Landluft." Sie lachte.

„Ich weiß nicht recht." Kelly zuckte müde mit den Schultern. „Eigentlich sollte ich neue Songs schreiben, aber das klappt überhaupt nicht. So richtig inspiriert werde ich wohl nicht durch das Landleben."

„Kommt bestimmt noch. Burgi wird schon dafür sorgen."

Die Ladenglocke verriet, dass jemand hereinkam. Es war aber nicht Burgi, sondern ein anderer Kunde, der sich „zwei Butterbrezn und a Mohnsemml" bestellte.

Kelly aß den Rest der Scones und probierte ein Stück Shortbread, das auch hervorragend schmeckte. Dann war sie pappsatt. Da Maggie nebenan mit weiteren Kunden beschäftigt war, trank sie den Tee aus und stand auf. Sie wollte bezahlen, doch Maggie bestand darauf, dass das aufs Haus ging.

Also verabschiedete sie sich und ging nach draußen. Von Burgi war weit und breit nichts zu sehen, dafür dröhnte irgendein Riesengefährt vorbei, das fast die ganze Breite der Straße einnahm. Ein Mähdrescher vielleicht? Oder ein Häcksler? Kelly hatte keine Ahnung. Sie spazierte noch ein wenig im Dorf herum und bewunderte die blumenreichen Vorgärten, in denen nicht nur bunte Blüten, sondern auch mannshohe Tomatenstauden und dichte Himbeersträucher den Blick auf sich zogen. Dann klingelte ihr Handy. Sie schaute auf die Anzeige und freute sich.

„Kalinda! Wie geht es meiner allerliebsten Hochzeitsplanerin?"

Ihre alte Freundin lachte. „Als ob du sonst noch eine kennen würdest! Mir gehts gut, ich muss ja nicht schwere Milcheimer schleppen."

„Ah, du folgst mir auf Instagram!"

„Und auf Facebook. Da habe ich das Unfassbare gesehen!"

Kelly hatte keine Ahnung, wovon Kalinda sprach. „Findest du es so erstaunlich, dass ich mir die Hände schmutzig mache?"

„Quatsch. Dass du ausgerechnet bei Matthias gelandet bist, Thores altem Kumpel. Ihr habt euch bei der Hochzeit knapp verpasst. Er musste früher zurück wegen seiner Kühe. Das muss kurz vor deinem Auftritt gewesen sein, ist das nicht irre?"

„Nicht dein Ernst! Matthias kennt Thore, Jasmins Bräutigam?" Sie hatte die Hochzeit in bester Erinnerung.

„Ja genau. Die waren gemeinsam beim Bund, glaub ich. Und das Brautpaar hat sogar einen Gutschein gekriegt für einen Kurzurlaub in Oberapfelbach. Was für ein irrer Zufall, dass genau Matthias dich gewonnen hat! Jasmin sagt übrigens, dass sei Vorsehung. Ich soll dich fragen, wie es läuft mit ihm. Sie hat irgendwelche Schwingungen gespürt, als sie euch beim Kälberfüttern gesehen hat."

Herrjeh, nicht auch noch Jasmin!

„Da läuft gar nichts, Matthias ist nämlich am liebsten allein. Und an einer Großstadtfrau hat er überhaupt kein Interesse."

„Schade." Kalinda seufzte. „Ich hab ihn ja bei der Hochzeit kennengelernt und mochte ihn total gern. Er hat einen super

Humor. Und höllisch attraktiv ist er ja auch, findest du nicht?"

Verflixt, was sollte sie jetzt sagen? „Wenn man auf Naturburschen steht, vielleicht. Aber wie du weißt, bin ich ja vergeben."

Da fiel ihr siedendheiß ein, dass sie sich schon längst bei Francesco hätte melden sollen. Aber irgendwie hatte sie heute noch gar nicht an ihn gedacht.

„An diesen Manager? Hey, du hast mir selbst erzählt, dass da die Luft ziemlich raus ist."

„Er passt zu mir", behauptete Kelly stur. „Besser als irgendein Bauer. Noch dazu einer, der mich gar nicht haben will." Mist, das war ihr jetzt rausgerutscht.

„So?" Kalinda hatte es natürlich gehört, war ja klar. „Dann hast du also doch Interesse an ihm! Und Jasmin hat recht."

„Hat sie nicht. Ich bin nur freundlich zu ihm, mehr ist da nicht. Außerdem will mich hier sowieso niemand haben, stell dir vor, was seine Tante mir vorgeschlagen hat!"

Sie berichtete vom Ausflug in das britische Café und von ihrem geplanten Einsatz zum Anheizen des Zuchtstiers.

„Wahnsinn!" Kalinda lachte. „Du sollst ihn heiß machen? Das ist ja mal ein Auftrag. Würdest du doch aber hinkriegen, nicht wahr?"

„Klar. Ich kann ihn ganz locker um den Finger wickeln."

Ihr fiel ein, dass sie das auch schon Francesco versprochen hatte. Der hatte ihr ja ebenfalls eingebläut, dass sie den Bauern bezirzen sollte. Oh Mann, wieso wollte plötzlich jeder, dass sie ausgerechnet diesen sturen Esel Matthias anmachte?

„Klang aber vorhin nicht so, als würde er sich leicht von dir einfangen lassen", sagte Kalinda und hörte sich so an, als zweifle sie an Kellys femme fatale-Fähigkeiten.

„Pah! Das ist ein Klacks. Ich hab nämlich eine Geheimwaffe, die bisher noch jeden Kerl umgehauen hat."

„Dein sexy Lackanzug?"

„Meine Stimme! Ich kann vielleicht nicht Traktorfahren oder Kochen, aber als Performerin bin ich unschlagbar. Und stell dir vor, heute Abend habe ich dazu die Gelegenheit. Er hat mich nämlich eingeladen, bei der Probe seiner Kapelle dabei zu sein. Und da werde ich den guten Matthias sowas von umhauen, dass er Ochs und Kuh nicht mehr unterscheiden kann!"

Oh ja, das war der perfekte Plan. Er würde dahinschmelzen bei ihrer Gesangskunst, ihr in den nächsten beiden Tagen zu Füßen liegen und dadurch allen Fans zeigen, was für ein umwerfender Mensch sie war. Burgi würde zufrieden sein, Francesco auch und sie konnte sich die restliche Zeit endlich in Ruhe mit dem Songwriting beschäftigen. Herrlich!

Kelly verabschiedete sich von Kalinda und marschierte zügig zurück zum Hof. Sie konnte es kaum mehr erwarten, mit den örtlichen Musikern heute Abend so richtig zu grooven!

12. Der Geranien-Kater

Matthias

Der Fendt rumpelte über den Feldweg, dann bog Matthias in seinen gestern gemähten Acker ein. Der Weizen war weg, jetzt ging es weiter mit der Bodenbearbeitung. Er stieg nach den ersten Metern ab, kontrollierte die Tiefe des Grubbers, dann fuhr er weiter, während hinter ihm die Erde umgegraben und feingekrümelt wurde. Wenn es so trocken war wie zur Zeit, staubte das mächtig, so dass er eine gewaltige Wolke hinter sich herzog. Ein bisschen wie dieser Linus, der Freund von Charlie Brown. Nur hatte der nicht hundertfünfzig PS unterm Hintern.

Ob Kelly die Peanuts mochte?

Verdammt, wieso dachte er schon wieder an sie? Er konzentrierte sich auf das GPS-Spurführungssystem, das er sich vor drei Jahren geleistet hatte. Schaltete das Funkgerät an in der Hoffnung, abgelenkt zu werden. Es war aber niemand on air.

Also kreisten seine Gedanken erneut um Kelly. Oder Kerstin, was ihm eigentlich besser gefiel. Obwohl das eh egal war, denn wahrscheinlich würde sie nie mehr wieder ein Wort mit ihm reden.

Herrgott, was war nur in ihn gefahren bei den Kälbern? War doch nichts Neues, dass Leute aus der Stadt nach diesen Dingen fragten und sie hatten ja auch recht damit. Im Grunde war es ja super, wenn die Verbraucher sich fürs Tierwohl interessierten.

Aber was hatte er getan? War total ausgerastet und hatte eine herablassende Predigt gehalten.

„Na prima", schnaubte er, weil er sich über sich selbst ärgerte. Sowas nutzte doch niemandem etwas.

Schuld war sowieso nur er selbst. Er hätte nicht auf Quirin hören und die Nummer wählen sollen. Dass Kelly das Ganze hier als Marketingaktion nutzte, konnte er ihr beim besten Willen nicht vorwerfen. So war es doch von Anfang an angelegt gewesen und jeder Radiohörer wusste das.

Er fuhr sich durchs Haar. Fragte sich zum hundertsten Mal, wieso ihn das alles so aufwühlte. Fand keine Antwort.

„Es ist nur ein Job", sagte er zu sich selbst. „Sonst nichts. Das ist für sie das Gleiche, als wenn ich in der größten Sommerhitze in Schutzkleidung zwanzig Fichten umsäge, denen der Borkenkäfer den Garaus gemacht hat." Das hatte er letztes Jahr mehrmals tun müssen, bei 35 Grad, da war ihm der Schweiß in Bächen heruntergelaufen. Die Klauenpflege alle fünf Monate war auch immer ein Großkampftag, der ihn oft genug an seine Grenzen oder in gefährliche Situationen brachte, denn die Kühe waren nicht begeistert, wenn jemand ihren Klauen mit einer Flex zu Leibe rückte.

Gegen diese Arbeiten war es doch ein Leichtes, sich mal drei Tage um einen Popstar zu kümmern, jawohl.

Er wendete den Traktor, fuhr die nächste Bahn entlang. Kelly saß bestimmt auch öfters bei der Pediküre. Nur kam da eine sanfte Kosmetikerin zum Einsatz und kein grober Landwirt. Wahrscheinlich gab es da bequeme Sessel, kalorienreduzierte Cocktails und im Hintergrund chillige Loungemusik.

Ihm fiel ein, dass er vielleicht dem Dirigenten Bescheid sagen sollte über den Gast heute Abend. Er nahm sein Handy und wählte eine Nummer.

„Servus Ernstl, hier ist der Matthias. Du, ich ruf an wegen der Probe heute Abend. Ich würd jemanden mitbringen."

„Weiß ich doch längst", erwiderte der Ernst. „Unser Bürgermeister persönlich hat mich angerufen, er kommt übrigens auch für ein Gastspiel. Wir sollen so tun, als wäre er immer dabei."

Auch das noch! „Der macht uns doch alles kaputt, wenn der wieder keinen Einsatz erwischt. Von den schiefen Tönen ganz zu schweigen."

Matthias war nicht der Einzige, der heilfroh war, dass Schorsch Hader aus *Zeitmangel* die Blaskapelle verlassen hatte. Seit er weg war, hatten sie sogar eine Chance, bei Wertungsspielen endlich mal was zu gewinnen, was natürlich Ernstls allergrößter Traum war.

„Ich hab ihm gesagt, dass er herzlich willkommen ist. Blieb mir ja nichts anderes übrig, wenn wir weiter einen Zuschuss von der Gemeinde wollen. Er soll halt einfach nur so tun, als würde er mitspielen, die neuen Stücke kennt er ja nicht. Ihm geht es eh nur darum, unseren Star kennenzulernen. Wahrscheinlich will er sie danach noch zum Essen ausführen."

Matthias lachte. „Na, da wird sie sich freuen. Wo will er denn hin mit ihr?"

„Ich hab läuten hören, dass er beim Wirt ein exklusives *Dinner* bestellt hat. Was immer das sein soll."

„Wahrscheinlich einen Schweinsbraten ohne Kruste, wie immer halt." Matthias konnte sich schon vorstellen, wie das laufen würde. Der Hader Schorsch würde die arme Kelly den ganzen Abend belabern und davon schwärmen, was er alles für sein Dorf getan hatte. Und wenn er drei Helle intus hatte, was eigentlich immer der Fall war, würde er wahrscheinlich noch versuchen, sie anzugrabschen. Natürlich nachdem er sie zur Ehrenbürgerin und Fremdenverkehrsbeauftragten ernannt hatte.

„Was machen wir eigentlich mit ihr?", fragte Ernstl. „Wir haben ja in drei Wochen das Wertungsspiel und brauchen jede

Probe. Da können wir es uns nicht leisten, einen Abend lang nur Blödsinn zu spielen. Kennt sie denn was aus unserem Repertoire? Sind ja anspruchsvolle Stücke."

„Keine Ahnung. Sie hat mir gesagt, dass sie in allen Genres zu Hause ist und ein super Gedächtnis für Texte und Melodien hat. Ich würd sagen, wir spielen halt irgendeinen Gassenhauer, lassen sie mitsingen, ihre Leute sollen das filmen und danach ziehen wir unsere normale Probe durch."

„Hm", machte Ernstl und klang gar nicht begeistert. „Du weißt, wie ich zu Gassenhauern stehe."

„Pass auf, die Kelly kommt mit Kameras und Fotografen an. Das ist eine große Nummer für die Zeitungen oder YouTube und sowas. Und wer wird überall groß im Bild sein? Du. Weil du als Dirigent ja neben ihr stehst. Die Niederbirnthaler Pfeifen werden vor Neid platzen!"

„So hab ich's noch gar nicht betrachtet!"

Ernstl klang mit einem Mal so, als wäre er höchst angetan von Kellys Besuch. „Wenn das so ein Medienereignis ist, sag ich allen Bescheid, dass wir heute in Tracht spielen. Und wir machen mit ihr was Mitreißendes, das wirklich jeder kennt. Die Vogelwiese?"

„Super!" Matthias grinste. Schon erstaunlich, dass das Argument mit der Nachbargemeinde bei jedem hier zog. Und sogar so sehr, dass Ernstl sich herabließ, eines der bekanntesten Volksmusiklieder zu spielen.

„Gut, dann bis später. In Musikertracht." Er legte auf.

Auf die Probe freute er sich jede Woche. Schon als Kind hatte er es geliebt, seiner Mutter beim Gitarrespielen und Singen zuzuhören, manchmal hatte sie sogar mit zwei anderen Frauen als Dreigesang den Gottesdienst mitgestaltet. Und natürlich war er bei jedem Auftritt seines Vaters dabeigewesen, der hatte ebenfalls Tenorhorn gespielt in der örtlichen Kapelle. Die Kraft der Blechbläser haute ihn auch heute noch um, aber er mochte auch die weichen Töne, wenn sie ein böhmisches Stück anstimmten.

Wie Kelly sich wohl einfügen würde? Ihre Stimme war kräftig genug, um mithalten zu können. Er lachte kurz bei der Vorstellung. In der Volksmusik war der Gesang immer sehr weich und zurückhaltend, ganz anders als im Rock und Pop. Es würde ein spannender Abend werden, da war er sich sicher. Aber erstmal musste er den Acker hier fertig machen, sonst würde es mit der nächsten Saat nichts werden.

Als er alles bearbeitet hatte, zuckelte er mit seinem Traktor zurück ins Dorf und brachte den Grubber zurück zu Quirin, denn sie teilten sich dieses Gerät. Er bastelte noch ein wenig an der Anhängevorrichtung herum, dann ging er aufs Haus zu. Was er da sah, brachte ihn zum Schmunzeln. Burgi hatte ihm auf beide vorderen Fensterbänke Blumenkästen mit knallrot blühenden Geranien gestellt. Zum Glück kümmerte sie sich ums Gießen, denn er vergaß sowas grundsätzlich. Heute jedoch saß eine ganz besondere Blüte in einem der Kästen, nämlich eine rotweiß getigerte.

„Was machst du denn da?", fragte Matthias leise und schlich ans Fenster heran. Der Kater sah sich nur kurz um, starrte dann aber wieder durch die Scheibe ins Wohnzimmer. Das Fenster war gekippt, dadurch konnte Matthias hören, was den Kater so faszinierte: Kelly spielte Gitarre und sang.

Auch wenn es ziemlich irre war, von außen am eigenen Wohnhaus zu lauschen, stellte Matthias sich neben den Kater und horchte.

Kelly schlug ein paar Akkorde an, gab einen vorantreibenden Takt an, als würde sie ein Intro spielen. Dann ertönte ihre Stimme. Sie sang etwas, das klang wie eine flotte Soulnummer, wie eine Mischung aus *Respect* und *Son of a Preacherman*. Die Worte konnte er nicht verstehen, aber die raue Art, in der sie sie intonierte, machte ihm gute Laune. Sie brach ab, sang die letzten vier Takte erneut, nur ging der Melodiebogen jetzt nicht nach oben sondern nach unten. Fasziniert presste er sich näher an die Wand, um mehr zu hören. Auch die Tonart wechselte jetzt. War das jetzt F-Dur? Mit Gitarre kannte er sich nicht so gut aus, bei den Bläsern konnte er die Tonarten recht gut hören, da hatte er mehr Übung.

Kelly versuchte es noch einmal, dieses Mal sogar noch schneller. Sie schlug die Akkorde laut an, auch ihre Stimme war jetzt kräftiger, nachdrücklicher, bestimmender. Doch sie brach wieder nach einem halben Song ab. Wenn er es richtig hörte, fluchte sie sogar vor sich hin.

„Ja Saxndi, was ist denn hier los?"

Burgis laute Stimme ließ ihn zusammenzucken. Verflucht! Ausgerechnet sie hatte ihn erwischt!

Er machte schnell ein paar Schritte von der Mauer weg. Der Kater war vor lauter Schreck auch aus dem Blumenkasten gesprungen. Nicht, ohne eine der Geranien niederzudrücken.

„Hab nach den Blumen geschaut", erklärte er eilig. „Weil diese dicke Katze drin saß. Vielleicht hat sich eine Wühlmaus in den Kasten verirrt. Hab aber keine gesehen."

„Red doch keinen Schmarrn, gelauscht hast du! Ich hab die Kelly vorhin getroffen, da hat sie gesagt, sie will noch ein bissl komponieren. Und dir hat das wohl gefallen, was sie auf der Klampfe gespielt hat?" Burgi hatte ein ganz besonderes Grinsen im Gesicht. Eins von der Art, die etwas mit Händchenhalten, heimlichen Küssen und Babygeschrei im Bauernhaus zu tun hatten.

„Nein. Du weißt doch, dass ich mich bei Musik nur für den *Bozner Bergsteiger-Marsch* begeistern kann."

Das war natürlich gelogen. Er liebte zwar Blasmusik, aber er hörte durchaus auch eine Menge anderer Sachen. Bei der Feldarbeit lief oft das Radio und zu Hause legte er sich je nach Stimmung auch mal Metallica auf. Allerdings nicht, wenn Burgi bei ihm war.

„Als würde es um die Musik gehen!", sagte Burgi selbstbewusst. „Gib's doch zu, dass du unseren Gast interessant findest! Ist ja kein Problem, sie hat mir nämlich heute bei unserem Spaziergang verraten, dass sie von dir auch total fasziniert ist."

Er starrte sie ungläubig an. „Die Kelly hat das gesagt? Das glaube ich nie im Leben."

„Doch, doch", bestätigte Burgi eine Spur zu schnell. Sie nickte auch viel zu eifrig. „‚Der Matthias ist ein super Kerl‘, hat sie wortwörtlich gesagt, ‚einer, bei dem ich schwach werden könnte‘. Ich sag's doch, sie steht auf dich! Also mach was draus."

Niemals würde Kelly sich so ausdrücken! *„Schwach werden."* Nein, das gehörte nicht zu ihrem Wortschatz. Und wieso sollte sie auch so etwas sagen? Aber wenn er jetzt energisch widersprach, würde Burgi keine Ruhe geben und sonst was anstellen, damit er mal wieder mit einer Frau knutschte. Wahrscheinlich träumte sie von einer Horde kleiner Großnichten, die sie dann in die Geheimnisse der heidnischen Göttinnen einweihen konnte.

„Na, wenn das so ist ...!" Er versuchte, ein glückseliges Lächeln aufzusetzen. „Dann werde ich mich da richtig ranhalten. Sie ist ja auch eine scharfe Braut!"

Das Grinsen seiner Tante reichte jetzt fast um den Kopf herum. „Absolut! Hau sie um! Am besten spielst du ihr gleich heute in der Probe ein Solo. Ach, nimm doch den *Andachtsjodler*! Da schmilzt doch jedes Frauenherz dahin, wenn du ihr den voller Inbrunst auf deinem Horn bläst!" Sie fasste sich an die Brust und sah verträumt zur alten Kastanie neben dem Haus. Offenbar erwartete sie, dass ein Galan sich dort auf einen Ast schwang, ihr ein inniges Ständchen spielte und nach dem Herunterhüpfen vor ihr auf die Knie fiel, um ihr einen Antrag zu machen. Doch die einzigen Lebewesen, die dort herumsprangen, waren zeternde Spatzen und eine schwarzweiße Katze, die gerade den Stamm hinunterflitzte.

„Ich denke darüber nach." Er stellte sich Kellys Gesicht vor, wenn er mitten in der *Fuchsgraben-Polka* aufstand und zum schrecklich kitschigen *Andachtsjodler* ansetzte. Sie würde ihn wahrscheinlich für total verrückt halten! Ganz davon abgesehen, dass seine Musikerkollegen ihn rauswerfen würden.

„Jetzt geh ich erst mal duschen und zieh mich dann um. Wir spielen heute in Tracht", sagte er. „Da schau ich doch bestimmt fesch aus, meinst du nicht, Tantchen?"

Sie strahlte. „Bist sowieso ein stattlicher Bursche!", lobte sie.

Matthias ging nach drinnen. Oh Mann, da hatte er sich ja in was reingeritten! Aber es half nichts, er musste da durch. Er klapperte im Flur absichtlich laut herum, damit sie ihn hörte. „Kelly?", rief er. „Bist du im Haus?"

„Hier, im Wohnzimmer."

Er atmete tief durch und ging hinein. Sie saß im Schneidersitz auf der Couch, die Gitarre auf dem rechten Oberschenkel und schaute ziemlich verzweifelt drein.

„Ich krieg`s nicht hin", stöhnte sie. „Seit zwei Stunden probiere ich rum. Hab mir sogar einen Technobeat angemacht, aber es hilft alles nichts."

Um es ihm vorzuführen, tippte sie kurz auf ihrem Handy herum und es dröhnte ein steriler, vorabpeitschender Rhythmus durchs Zimmer. Matthias konnte mit sowas Künstlichem überhaupt nichts anfangen, er mochte handgemachte Musik mit Seele. Aber er konnte verstehen, dass sie so einen Beat im

Hintergrund brauchte, damit ihre Songs die Fans zum Abrocken animierten.

Er setzte sich in den alten, verschlissenen Sessel, den seine Mutter so geliebt hatte. „Wie machst du das denn sonst mit dem Komponieren?"

„Am Keyboard", sagte sie.

„Schon klar, aber wie genau gehst du da vor? Schreibst du erst den Text oder erst die Musik, weißt du das Thema schon vorher und wie lang brauchst du dafür?"

Er selbst hatte zwar schon öfters mal mit seinem Horn zu bekannten Stücken improvisiert, wäre aber nie auf die Idee gekommen, ein eigenes zu schreiben. Das überließ er lieber Leuten, die das konnten. So wie Kelly, denn ihr riesiger Erfolg sprach dafür, dass sie Meisterin darin war.

„Gute Frage." Sie glitt mit der Hand sanft über den gerundeten Korpus der Gitarre. Das war sicher unbewusst, aber er konnte seinen Blick nicht von ihren Fingern losreißen. Würde sie einen Männerkörper auch auf diese Weise berühren? So liebevoll über die Rundungen streichen, mit dem Zeigefinger auf der Haut entlangfahren, die Handfläche schließlich an einer intimen Stelle ruhen lassen?

„Meistens bin ich schon in der richtigen Stimmung", sprach sie weiter. „Ich hab Bock drauf, einen Tanzkracher zu schreiben, also leg ich mir einen harten Beat drunter, schlag ein paar Akkorde an und dann geht das von allein. Der Text kommt gleichzeitig zur Musik. Doch die letzte Zeit ist mein Kopf total leergefegt. Francesco wird mich umbringen." Sie seufzte tief.

Francesco. Genau. Den hatte er jetzt fast vergessen. Dessen solariumgebräunter und eiweißdrinkgestählter Body war es ja, den sie so zärtlich berührte wie die Gitarre.

War eh besser so.

„Hm", machte er, weil er seine Gedanken erst wieder sortieren musste. „Vielleicht ist dir einfach derzeit nicht nach diesen schnellen Disconummern? Ich meine, die sind ja auch auf Dauer – na ja – ..." Er brach ab.

Doch ihr Blick hielt ihn fest. „Die sind was?", fragte sie.

Er zuckte mit den Schultern. „Keine Ahnung, klingt halt alles ein bisschen ..." Wieder hielt er inne. Wenn er ihr die Wahrheit sagte, kam sie garantiert nicht mit zur Probe heute Abend und dann hatte er die Hölle auf Erden. Er fand ihre Stücke nämlich irgendwie leer. Seelenlos. Zu wenig Kelly.

„... ähnlich", beendete er den Satz. „Aber das ist ja bestimmt so gewollt. Wiedererkennungseffekt und so."

Kelly antwortete nichts, sondern schaute ihn nur an. Sehr durchdringend. Ungefähr so, wie der leitende Staatsanwalt den Mann ansieht, der im Begriff war, sieben Doppelmorde zu gestehen.

„Du wolltest etwas anderes sagen", behauptete sie.

Himmel nochmal, sie war heute zu lange mit Burgi zusammen gewesen! Offenbar gab es irgend so eine geheime Weibersache, mit der die sich gegenseitig ansteckten, damit sie in die Köpfe ihrer armen männlichen Opfer schauen konnten.

Abwehrend hob er die Hände. „Nein, alles gut. Ich kenn mich mit moderner Musik gar nicht aus. Aber dafür zeige ich dir ja heute meine Welt. Der Dirigent freut sich schon auf dich."

Ablenken war immer gut. Er sah auf die Uhr. Sie mussten sowieso bald los.

„Da bin ich ja mal gespannt." Sie legte die Gitarre zur Seite.

„Wird sicher lustig." Er verdrehte innerlich die Augen über seine kläglichen Smalltalk-Versuche. Das war echt nicht sein Ding. Überhaupt war es ja viel einfacher, mit den Frauen von hier zu reden. Da ging es um die lästige Baustelle auf der Umgehungsstraße, die neue Düngeverordnung und übers Wetter. Auf dem Land redete man sicher siebzehnmal öfter übers Wetter als in der Stadt. Alles Themen, bei denen er sich wohlfühlte und über die er stundenlang reden konnte. Insbesondere über die Düngeverordnung. Aber mit Kelly war alles anders und er hatte oft das Gefühl, keinen vernünftigen Satz herausbringen zu können.

Aber er musste sich anstrengen, schließlich hatte er einen Auftrag von ganz oben. Sie sollte sich ins Dorf verlieben, so wahnsinnig schwer konnte das doch nicht sein! Heute Abend würde er dafür den Grundstein legen, jawohl. Eine Musikerin, die ihresgleichen traf, das war doch – wie man hier sagte – a gmahte Wiesn! Das würde von ganz allein laufen, da war er total sicher.

„Ich geh mich schnell in Schale werfen, wir proben heute in Tracht. Extra für unseren Stargast." Er zwinkerte ihr zu. „Kommt bestimmt auch gut rüber in den Videos, wenn wir so angezogen sind."

„In Tracht?" Ihre Augenbrauen sprangen in die Höhe. „Ich dachte, das wäre nur Touristenkitsch, dass ihr hier so rumlauft."

Matthias lachte. „Nein, das ist echte Tradition. Blaskapellen haben alle ihre Uniform, wenn du es so nennen willst. Aber wir hier ziehen auch sonst mal eine lange Lederhose oder ein Dirndl an. Zum Beispiel bei Familienfeiern oder an Maria Himmelfahrt in der Kirche und natürlich bei Dorffesten." Immerhin hatte der Landstrich seine eigene Tracht und viele der Menschen waren stolz darauf.

„Klasse, wo kann ich mir denn ein Dirndl ausleihen? Irgendjemand hier muss doch eines mit kurzem Rock haben, also ein Mini-Dirndl. Großen Ausschnitt haben die ja alle, ein paar Push-ups hab ich im Gepäck, das sollte ich hinkriegen. Meine Fans werden ausflippen!" Lachend schob sie ihr Dekolleté nach oben.

Matthias wurde heiß und kalt zugleich. Ihr Shirt war nicht extrem ausgeschnitten, also hatte er nichts zu Gesicht bekommen, aber trotzdem ging es nicht spurlos an ihm vorbei. Kelly und ihr Push-up, puh, der Gedanke setzte sich gerade in seinem Kopf fest. Gleichzeitig musste er ihr die Dirndl-Idee ausreden, denn der Ernstl reagierte oberallergisch, wenn sich eine Nichtbayerin in ein Dirndl presste, weil sie das so witzig fand. Der sagte dann immer erbost: „Die glauben, das ist eine Faschingsverkleidung, aber das ist altes, bayrisches Brauchtum! Außerdem sind die Originaltrachten züchtig, jawohl!"

Damit hatte er recht, die edlen, dunkelblauen Dirndl der Oberapfelbacherinnen waren knöchellang und der Ausschnitt wurde durch ein einfarbiges Tuch, das hineingesteckt wurde, verdeckt. Mit den billigen und megakurzen Fetzen, die norddeutsche Teenies auf dem Oktoberfest trugen, hatte das nichts zu tun.

„Ich weiß nicht recht", begann er vorsichtig. „Die Jungs hier sind in dieser Hinsicht ein bisschen eigen. Also die Frauen auch. Wir haben ja drei Klarinetten und zwei Querflöten. Ich wollte sagen: Frauen, die die spielen."

Kelly lächelte. „Frauen, die bei euch spielen, sind eigen wegen Dirndln? Klingt ja lustig. Dabei bin ich ja keine Preußin, ich komme nicht aus dem hohen Norden."

„Alles nördlich der Donau ist Norddeutschland." Er lächelte zurück.

Sie sah schön aus, wenn sie lächelte. Strahlend wie ein Sommermorgen. Frisch wie der Wind, der sanft über die goldenen Ähren blies. Federleicht wie die Schmetterlinge, die um den roten Klatschmohn tanzten. Hinreißend wie der Sonnenuntergang über dem Jakobiberg.

„Ich seh schon", sagte sie, „das Leben hier ist gar nicht so einfach, wie es scheint, sondern ganz schön kompliziert. Aber kein

Problem, ich hab deine dezenten Andeutungen verstanden und werde keine Dirndl-Blasphemie begehen. Ein Minikleid darf ich aber anziehen? Oder kriegt dann die Tuba einen Herzinfarkt?"

Er mochte ihren Humor. Und auch, dass sie Verständnis zeigte. Verflucht, er musste aufpassen, dass er nicht noch mehr an ihr mochte!

„Der Tubist wird's überleben."

Und er selbst hoffentlich auch.

Matthias atmete tief durch. Er sollte längst im Bad sein und sich fertig machen, hatte sich aber bisher nicht losreißen können. Jetzt schaffte er es endlich, seinen Blick von ihr wegzuziehen und sich in Richtung Flur zu drehen. Er kündigte an, nach oben zu gehen, und setzte sich in Bewegung. Oh Mann, er musste dringend Abstand bekommen zu ihr, in jeder Hinsicht. Das Letzte, was er brauchte, waren irgendwelche Gefühle!

Aber das war heute Abend null Problem. Bei der Blasmusikprobe war er in Sicherheit. Da ging es um Takt und um Es-Tonleitern, da wurden Base Drums geschlagen und laute Trompetensignale gesetzt. Ja, da erklang die pure Männlichkeit. Da war er absolut in seinem Element und würde mit hundertprozentiger Sicherheit nicht für eine miniberockte Rocksängerin, die gar nicht dazupasste, schwärmen!

13. Die Vogelwiese

Kelly

„Also, ich weiß nicht, wie die Fans dazu stehen", sagte Francesco, den sie angerufen hatte, als Matthias nach oben verschwunden war. „Eine Blasmusikprobe? Sowas will doch kein Mensch hören."

„Na, du bist gut! Mein Auftrag war doch, Volksnähe zu beweisen! Wo könnte ich das besser, als wenn ich mich hier unter die Landbevölkerung mische? Außerdem macht es mich irrsinnig sympathisch, wenn ich mich selbst nicht allzu ernst nehme, findest du nicht?"

Sie hatte eigentlich erwartet, dass er vor Begeisterung ausflippte. Klang aber nicht danach. Dabei war das doch eine tolle Sache! „Hm. Mag sein", gab er zu.

„Ich werde den Volksmusik-Jungs richtig einheizen! Außerdem kann ich dabei zeigen, dass ich nicht nur Pop kann. Und Klassik erlaubst du mir ja nicht." Sie lachte, weil sie ihn damit schon lange neckte.

Aber er stieg nicht darauf ein. „Da würdest du ja noch viel elitärer rüberkommen, das wäre marketingtechnisch ein Tiefschlag!"

„Ja, ja, weiß ich doch."

Es ärgerte sie trotzdem. Schon lange träumte sie davon, mal auf der Bühne einen wilden Chopin-Walzer zum Besten zu geben oder eine klassische Arie zu singen. Einfach nur so, zum Spaß. Das konnte schließlich kein anderer deutscher Popstar. Aber

Francesco war strikt dagegen. Gegen diese Blasmusiksache konnte er jedoch beim besten Willen nichts haben!

„Ich kann hier richtig punkten mit meiner Musikalität", setzte sie nach. „Schließlich hab ich mich durch unzählige Jahre harter Ausbildung gequält, das zahlt sich jetzt endlich mal aus. Mein feines Gehör noch dazu. Wir suchen ein oder zwei Songs aus, die auch meine Fans kennen, dann wird das prima. Dieses Volksmusikzeug geht doch oft in Schlager über. Und die alten Heino-Hits sind derzeit sogar bei den Jungen als Party-Hits beliebt."

„Könnte funktionieren", gab er zu. „*Schwarzbraun ist die Haselnuss* war als Techno-Remix vor vier Monaten auf Rang sechzehn der Club-Charts."

Er war ein wandelndes Lexikon für Chart-Platzierungen, das bewunderte sie zutiefst. Zahlen waren absolut nicht ihr Ding.

„Wir machen das als Live-Act", sprach er weiter. „Ich kündige das gleich mal in den sozialen Medien an, das bringt nämlich deutlich mehr Klicks und Sichtbarkeit."

„Live?" So ganz recht war ihr das nicht, sie war Perfektionistin und probte gern vorher, damit alles genau saß.

„Na klar, das wird einschlagen wie eine Bombe! Ich poste das jetzt gleich. ‚Überraschungsauftritt von Kelly Kay! So hast du die Popqueen noch nie gehört!' Die Fans werden dich feiern, keine Frage. Und du hast ja gesagt, du hast die Stücke drauf."

Okay, er hatte sicher recht. Und so schwer konnte das nicht sein. Sie würde ja nicht mit den Wiener Philharmonikern singen, sondern nur mit der örtlichen Blaskapelle. Außerdem konnte sie bei den richtigen Stücken stimmlich durchaus brillieren.

„Gut, dann beginne ich mit dem *blauen Enzian*. Den kennt jeder und der macht richtig Stimmung. Außerdem ist da diese Passage drin, wo Heino in die Kopfstimme wechselt beziehungsweise oktaviert. Da kann ich die volle Bandbreite meiner Stimme ausspielen. Oh, ja, das wird super, ich freu mich schon mächtig drauf!"

Sie würde nicht nur sämtliche Leute von der Blaskapelle umhauen, sondern auch alle Fans, die das Video sahen. Aufgeregt sprang Kelly vom Sofa auf, gab den Kameraleuten Bescheid und rannte nach oben, um sich ein scharfes Kleid auszusuchen.

Zwanzig Minuten später marschierte sie neben Matthias auf das Gemeindehaus zu. Immer wieder musterte sie ihn von der Seite. Er trug eine weiche Lederhose, die unter dem Knie gebunden war, dazu Socken mit Zopfmuster. Außerdem ein weißes Hemd und eine dunkelrote Weste, die mit geprägten Metallknöpfen verschlossen war. Sah interessant aus. Und ziemlich knackig, insbesondere seine muskulösen Waden. Spannend war auch das eigenartig geformte Instrument, das er schleppte. Es steckte in einem bauchigen, schwarzen Kasten und sie hatte noch keine rechte Vorstellung, wie dieses Horn aussah oder klang. Aber das würde sie ja gleich hören.

„Hier sind wir." Er öffnete die Tür und ging mit ihr hinein. Seltsame Töne kamen von weiter drinnen. Kelly gab den Kameraleuten ein Zeichen, dass es bald losging und sie auch die Begrüßung filmen sollten.

Dann betraten sie den Probenraum. Rund zwanzig Leute, hauptsächlich Männer, saßen mit ihren Blechblasinstrumenten im Raum und schauten sie neugierig an. Ein sehr wichtig dreinschauender Mann mit eckiger Brille kam sofort auf sie zu.

„Ah, Frau Kelly, unser Gast für den heutigen Abend! Herzlich willkommen bei der Blaskapelle Oberapfelbach."

„Moment mal, das ist mein Part!", rief ein anderer, dessen rote Weste über seinem gewaltigen Bauch gefährlich spannte. Er legte seine Trompete weg, sprang auf und kam auf sie zu, wobei er die

Spitzen seines nach oben gezwirbelten grauen Schnurrbarts mit den Fingern noch schnell in Form brachte.

Matthias stöhnte leise. „Das ist unser Bürgermeister, der Hader Schorsch", flüsterte er ihr zu.

Der Mann schüttelte ihr noch nicht die Hand, sondern wandte sich erst den Kameraleuten zu. „Sie filmen das dann alles, gell? Wenn ich unseren Ehrengast begrüße. Wir packen das dann auf die Homepage der Gemeinde. Und es kommt doch auf Facebook groß raus?"

„Ja, wir gehen in einer Minute live", bestätigte Jens.

Kelly kannte Typen wie diesen Bürgermeister. Sie hatte mit einem Mal gar keine Lust mehr, den Hader Schorsch freundlich zu begrüßen. Bestimmt würde er gleich behaupten, dass er ein echtes Interesse an ihr und ihrer Musik hätte, dabei ging es ihm doch nur darum, sich durch sie einen Vorteil zu verschaffen.

„Ich bin Georg Hader, der Bürgermeister unseres schönen Ortes, und ein großer Fan!", sagte er auch schon und schüttelte eifrig ihre Hand, wobei er immer wieder einen Seitenblick in Richtung Kamera warf.

„Wirklich?", fragte Kelly spitz. „Was sind denn Ihre drei Lieblingsnummern von mir?"

„Äh, ja, also, eigentlich alle! Die sind alle spitze!", redete er sich raus. Typisch Politiker halt.

Bevor er weiterplaudern konnte, drängte ihn der Dirigent zur Seite. „Frau Kay ist hier wegen der Musik!", betonte er und stellte sich ihr als Ernst Mooshammer vor. „Sie will sich von unserer Kunst überzeugen."

Jens gab ihr mittels Handzeichen zu verstehen, dass sie jetzt live waren – auf Facebook, Instagram, ihrer Homepage und anderen Kanälen konnten die Fans ab sofort zuschauen.

„Nun", sagte Kelly, „eigentlich dachte ich, wir können auch

was miteinander spielen?"

„Selbstverständlich. Kennen Sie denn einige Stücke aus unserem Repertoire?", fragte der Dirigent.

Kelly nickte eilig und sprach extra laut, damit die Mikros alles gut aufzeichneten. „Na klar! Ich bin total vielseitig und interessiere mich für alle Arten von Musik. Natürlich kenne ich einige tolle Volksmusik-Nummern! Wo soll ich mich hinstellen?"

Anstatt ihr zu antworten, starrte er sie nur an. „Volksmusik?", wiederholte er angewidert. „Wir spielen hier traditionelle und moderne Blasmusik, gern auch symphonisch. Aber doch keine Volksmusik!"

Du liebe Zeit, gab es da denn einen Unterschied? Hilfesuchend schaute sie Matthias an. Der hatte gerade an seinen Platz gehen wollen, kam aber jetzt zurück. „Hast du denn bestimmte Stücke geplant?", fragte er.

„Ich dachte an ein paar richtige Gassenhauer, um meinen Fans so einzuheizen, dass sie auch zu Fans der Oberapfelbacher Blasmusik werden!", verkündete sie in Richtung der Kameras. „Wir können doch gleich mal richtig durchstarten mit *Ja, ja, so blau, blau, blau blüht der Enzian*."

Alle Musiker starrten sie an.

Und der Dirigent sagte mit eisiger Stimme: „So etwas spielen wir nicht!"

„Aber wir haben doch genug, was jeder kennt!", rief ein Posaunist aus der zweiten Reihe nach vorne.

„Genau, nehmen wir doch die Vogelwiese, da ging beim letzten Dorffest das Zelt total brutal ab!", stimmte ein Trompeter zu. Der Dirigent machte ein Gesicht, als hätte er in eine Zitrone gebissen, wandte sich aber schließlich ihr zu. „Also gut, der Wunsch eines Gastes ist uns Befehl. Dann eben einen Gassenhauer. Alle auf ihre Plätze, wir machen die Vogelwiese. Kelly, Sie können sich dort neben das Pult stellen, da ist gute Akustik. Wir wechseln ins *piano*, wenn der Gesangseinsatz dran ist."

Ohne auf eine Antwort zu warten, ging er zu einem Tisch, nahm ein Notenblatt heraus und legte es auf dem Ständer zurecht, sogar einen Taktstock hatte er in der Hand.

Entsetzt musste Kelly mitansehen, wie Matthias zufrieden nickte, sein seltsam gewundenes Instrument auspackte und sich auf seinem Platz niederließ, der Bürgermeister ebenso. Alle richteten sich Noten zurecht.

„Aber ich kenn das überhaupt nicht!", rief sie endlich, der Satz ging allerdings unter, da die Bläser jetzt taten, was der Name vermuten ließ, und wie die Wilden in ihre Instrumente pusteten, sodass man sein eigenes Wort nicht mehr verstehen konnte. Anschließend stimmten die einzelnen Register, was auch gehörigen Lärm machte.

„Zum Einspielen eine B-Dur-Tonleiter!", rief der Dirigent, gab ein Zeichen und Kelly wurde fast umgeblasen von der Wucht der Töne, die da auf sie zufegte.

„Nein!" Sie wedelte mit den Armen. „Wir müssen einen anderen Titel aussuchen!"

Keiner schien ihren Einwand zu hören oder überhaupt Notiz von ihr zu nehmen, alle bliesen wie verrückt, hatten die Augen nur beim Dirigenten.

Die Tonleiter wurde drei Mal rauf- und runtergespielt. Dann endlich holten die Musiker Luft. Kelly nutzte die Pause, um auf Ernst Mooshammer zuzugehen, doch der hob schon seinen Taktstab.

„Zwo, drei, vier", zählte er vor.

Im gleichen Moment, als sie ihm erneut zu verstehen gab, dass sie zwar die Arie des Papagenos beherrschte, Prince's *When doves cry* singen konnte, aber noch nie im Leben etwas von der Vogelwiese gehört hatte, setzte die Kapelle bereits ein.

Und zwar mit voller Wucht. Dreimal der gleiche Ton aus allen Rohren, dann begann ein mitreißender Vier-Vierteltakt. Kelly hatte den Eindruck, die Töne wollten sie umblasen, so direkt und klar jagten sie auf sie zu. Wäre das hier ein Zeichentrickfilm, würden kleine Achtel- und Viertelnoten wie Pfeile auf sie zufliegen und sie nach hinten umwehen. Nur war das leider kein Film, sondern die Realität, und zwar eine mit einem kurzen Tuba-Lauf und grellen Trompeten-Signalen. Klang ein bisschen, als würden die Fanfaren zum Angriff rufen.

Himmelherrgott, die Kameraleute hielten voll auf sie drauf! Die roten Lämpchen zeigten ihr, dass das hier gerade auf alle möglichen Handys und Laptops übertragen wurde. Und sie hatte nicht die geringste Ahnung, was sie da jetzt singen sollte, weil sie nicht mal wusste, welcher der verschiedenen Teile des Liedes die Melodie für den Gesangsteil vorgab.

Der Dirigent nickte ihr zu, bald kam ihr Einsatz.

Fuck!

Aber hey, sie war Profi. Und sie hatte schon ganz andere schwierige Situationen mit Bravour gemeistert. Nochmal durchatmen und hinhören. Okay, die ersten Takte des Stückes, die jetzt wiederholt wurden, hatten einen ganz eingängigen Melodiebogen, den hatte sie im Ohr. Ja, das bekam sie hin, sie brauchte jetzt nur noch den Text. Der stand sicher auf den Noten, die vor dem Dirigenten lagen.

Sie machte zwei Schritte auf Ernst zu, schaute auf seine Partitur – und erschrak. Die bestand nur aus Notenzeilen!

Ein Paukenschlag. Ein paar Übergangsnoten. Dann wurde die Kapelle leiser und alle starrten sie an.

Ihr Mund war staubtrocken. Die winzigen, roten Lämpchen der beiden Kameras schienen sie auszulachen.

Der Dirigent machte eine kreisende Armbewegung, die Musiker wiederholten die letzten vier Takte.

Erneut der Einsatz.

Erneut hatte sie keinen Schimmer, was sie singen sollte. Der Dirigent übernahm und sang selbst los, der Tubist und noch einige Musiker, die gerade Pause hatten, stiegen mit ein: „*Auf die Vooogelwiese ging der Franz, weil er gern einen hebt, und bei Blasmusik und Tanz, hat er so viel erlebt. Das Bier im Zelt war gut und herrlich kühl, darum traaank der Franz viel zu viel. Früh am Taaag war er so frisch, doch abends laaag er unterm Tisch.*"

Ernsthaft?

Das war der Text?

Kelly versuchte ein entschuldigendes Lächeln, applaudierte dem Ernst zu und schunkelte ein bisschen mit, um zu zeigen, wie toll sie das hier fand.

Aber sie wäre am allerliebsten im Erdboden verschwunden. Ein Loch, bitte, es musste sich schnell irgendwo ein Loch auftun! Sie wollte gar nicht an die herablassenden Kommentare denken, die dieses Live-Video ernten würde!

Ihr Blick fiel auf Matthias. Er blies kräftig in sein Tenorhorn, aber seine Augen verrieten Mitgefühl. Irgendwie half das ein klein wenig. Zumindest er lachte sie nicht aus.

Nach einer gefühlten Ewigkeit war das Stück endlich aus. „Bravo!", rief Kelly und klatschte. Dann zuckte sie mit den Schultern. „Tut mir echt leid, aber ich kannte das Lied nicht."

„Echt jetzt?", wunderte sich eine junge Klarinettistin. „Aber das kennt doch jeder!"

„Tja, das dachte ich auch." Das war der Dirigent, der sie vorwurfsvoll ansah.

Die Kameras liefen immer noch mit, wie die roten Lämpchen verrieten. Shit.

„Habt ihr denn keinen Popsong auf Lager? Irgendwas Modernes?"

„Logo!", krähte ein Saxophonist. „Wir haben doch die zwei Nummern von *La BrassBanda*!"

Nur sagten die Kelly ebenfalls nichts. „Ach, ich hör einfach zu. Wisst ihr, vielleicht inspiriert mich das für neue Songs? Macht mit eurer Probe weiter und beachtet mich nicht. Viele Grüße an all meine Fans zu Hause!"

Sie gab Jens ein Zeichen, dass er die Kamera abschalten sollte, und setzte sich auf einen Stuhl in der Ecke. Oh Gott, was für ein Reinfall! Francesco tobte garantiert! Sie durfte nicht daran denken!

Um sich abzulenken, beobachtete sie die Musiker, die jetzt hochkonzentriert ein neues Stück begannen. Und das knallte richtig rein! Die Posaunen und Trompeten standen für ein paar Takte auf, um ihre Vorherrschaft in diesem Stück noch zu betonen. Hemdsärmelige Männlichkeit schoss ihr entgegen. Die Tuba gab ebenfalls ihr Bestes. Danach kam eine ruhigere Passage, in der die Querflöten und Es-Klarinetten zum Einsatz kamen. Es klang ungewohnt, aber gar nicht so schlecht.

„Jetzt unsere Schnulze", kündigte Ernst an. „Ihr wisst ja, ich will das richtig weich und getragen, vor allem bei den beiden Solo-Parts."

Kelly zog ihr Handy aus der Tasche, das natürlich stumm geschaltet war. Sie wollte gerade checken, wie schlimm die vernichtenden Kommentare zu ihrer Liveschaltung waren, da setzte ein Instrument ein, das sie noch nie gehört hatte. Der warme, sehnsuchtsvolle Ton ging ihr durch und durch.

Sie sah auf. Sah, dass Matthias aufgestanden war, um das Tenorhorn-Solo zu spielen. Und konnte die Augen nicht von ihm nehmen, die Ohren sowieso nicht. Wie wunderbar er diese

Melodie interpretierte! Sie hatte nicht geahnt, dass ein Blechblas-instrument so tief unter die Haut gehen konnte. Er hauchte die Tonfolge so lyrisch, als wäre sein Tenorhorn das Saxophon von Stan Getz. Er ließ den Ton in der Höhe sachte vibrieren, tippelte federleicht den Dreiklang nach unten, legte sich bei der folgenden ganzen Note wiegend in eine Hängematte. Was für ein wunderbar bescheidener Klang das war! Dunkel und sanftmütig, zärtlich wie der leichte Abendwind im Hochsommer – und trotzdem ungemein sexy. Wenn die Trompeten vorher ein heißer, rauer Quickie waren, dann war Matthias' Tenorhorn ein sinnlicher Kuss, ein langsames Vorspiel, ein anschwellendes Begehren.

Sie beobachtete das elegante Spiel seiner Hände. Große, raue Zupack-Hände waren das und doch konnten sie so wundervoll lyrische Musik hervorbringen. Kelly hatte mit einem Mal Lust, ebenfalls seine Hände zu spüren. Auf ihrer Haut, in ihren Haaren, auf ihrem Mund. Ein Mann, der so spielen konnte, musste doch ein begnadeter Küsser sein!

Das Solo war vorbei, er setzte sich wieder hin, spielte wieder im breiten Klangteppich mit. Ihr Blick blieb bei ihm. So zu spielen war nichts, das man hier in der Kapelle lernen konnte. Das hatte man im Blut. Das konnte nur ein Mann, dem Gefühl, Leidenschaft und Schmerz nicht fremd waren.

Und sie wollte am liebsten wissen, was er alles schon erlebt hatte! Ja, sie wollte herausfinden, welche Narben und Kanten und Wunden er hatte. Wer ihn glücklich gemacht und wer ihn verletzt hatte.

Oder für wen er so eine Melodie spielen würde. Gab es da vielleicht doch eine Frau?

Für sie hatte nie jemand so etwas gespielt. Dabei hatte sie schon ein paar Beziehungen mit Musikern gehabt, bereits ihr allererster Freund war einer gewesen, der auch an der Musikschule Klavierunterricht erhielt. Aber der hatte nur seine üblichen Stücke geklimpert und sie anschließend bewunderungsheischend angesehen. Sie hoffte die ganze restliche Probe darauf, dass Matthias erneut ein Solo hatte, aber es gab nur noch Polkas und Märsche und ein *Rehragout* und danach passenderweise ein Stück namens *Kannst du Knödel kochen?*.

Das Kamerateam war längst abgezogen, als die Musiker ihre Instrumente durchpusteten, putzten und einpackten.

Matthias kam auf sie zu. Sie musste schlucken. Was würde er jetzt von ihr denken? Dass sie eine totale Angeberin war, eine aufgeblasene Tussi, die nichts auf dem Kasten hatte. Momentan kam es ihr sogar vor, als entspräche das der Wahrheit.

„Tut mir total leid, dass ich dich so blamiert habe", sagte sie und senkte den Blick.

„Unsinn! Ist doch nichts passiert. Kann doch mal passieren, dass man ein Lied nicht kennt. Die Jungs hier haben sich trotzdem gefreut, dass du gekommen bist." Er lächelte sie an mit diesem Landburschen-Hornzauber-Lächeln, das sie ganz horny machte. Sein Solo hatte irgendwie ihre Hormone wachgeblasen, zumindest pochte ihr Herz wie verrückt, wenn er ihr so wie jetzt in die Augen sah. Sie musste unbedingt herausfinden, wieso er so gefühlvoll spielen konnte! Und überhaupt wollte sie ganz viel über ihn wissen.

„Dein Solo war absolut umwerfend", sagte sie. „Ich hatte ja keine Ahnung, dass ein Tenorhorn so ..."

Weiter kam sie nicht, denn der Bürgermeister drängte sich einfach zwischen sie beide und begann sofort zu reden.

„Sehr schön, dass Sie hier sind, Frau Kelly. Ich darf doch so sagen? Welch eine Ehre! Gäste wie Sie lade ich natürlich zum Essen ein, ich habe bereits etwas reservieren lassen."

„Äh, das ist ja nett, aber ich habe ..." Wieder konnte sie den Satz nicht beenden.

„Wissen Sie, Kelly, ich denke da an eine Zusammenarbeit. Sie und unser schöner Ort Oberapfelbach – also, da können wir doch gemeinsam was auf die Beine stellen! Ist ja eine Win-Win-Lösung, jede Seite hat großartige Vorteile!"

Seine Schnurrbartspitzen zitterten aufgeregt, während er mit ihr sprach.

Oh shit, sie hatte keine Lust, mit diesem Möchtegern-Politiker einen Abend zu verbringen! Aber dem traute sie glatt zu, in der Öffentlichkeit gegen sie zu hetzen, wenn sie nicht nach seiner Pfeife tanzte.

„Tut mir leid, Schorsch", kam Matthias ihr zu Hilfe. „Wir sind heute Abend schon verplant. Kellys Manager hat was angeleiert, das ist aber noch ein geheimes Projekt. Die Kameraleute warten schon, es ist ein Special Event für ihre VIP-Fans. Da kann sie leider nicht schwänzen. Aber bestimmt hat sie morgen mal eine halbe Stunde Zeit."

Er tippte auf seine Armbanduhr, ließ den verdutzten Bürgermeister stehen und wandte sich ihr zu. „Komm, wir müssen los. Sind eh schon spät dran!"

Matthias nahm sie am Ellbogen und schob sie einfach aus dem Gemeinderaum. Auf der anderen Seite trug er seinen schwarzen Tenorhornkasten. Kelly wusste nicht, was er jetzt mit ihr vorhatte. Aber sie wusste sicher, dass er mit dem messingfarbenen Instrument momentan dreimal zarter umging als mit ihr.

14. Knoblauchduft

Matthias

Das hätte ja gerade noch gefehlt, dass der Hader Schorsch die arme Kelly bis spät in die Nacht mit seinen Bauchpinseleien quälte! Außerdem sagte man ihm nach, dass er nach vier Hellen seine Hände nicht mehr bei sich behalten konnte. Nein, das musste er Kelly auf jeden Fall ersparen.

Matthias hatte ein wenig Angst, dass der Bürgermeister ihnen nachgehetzt kam, deshalb marschierte er im Eilschritt die Straße entlang.

„Was genau haben wir denn jetzt vor?", fragte Kelly und klang ein bisschen unsicher. „Hat Francesco bei dir angerufen?"

Er lachte. „Einen gemütlichen Abend haben wir vor! Ich hab mir das doch nur ausgedacht, damit ich dich von ihm loseisen kann. Mal im Ernst – was sollen das für geniale Vorteile sein, die eine Zusammenarbeit mit unserem Kaff dir bringen? Der hat sie doch nicht mehr alle!"

Ruckartig blieb sie stehen. „Du hast das gesagt, um mich zu retten?", fragte sie und sah ihn an, als hätte er sie soeben aus einem brennenden Hochhaus getragen.

„Logisch. Den Mann kann man dir nicht zumuten!" Wieso war das so erstaunlich für sie?

„Ja, schon. Aber ich hab dich blamiert, du hast mich doch zur Blaskapelle mitgebracht! Ich helf dir kein bisschen auf dem Hof, ich mach dir nur Ärger und ich ess dir dein Vierkornkrustenbrot weg. Außerdem hab ich total vergessen, dir das Shortbread zu geben, das Maggie mir für dich eingepackt hat. Es wäre total verständlich, wenn du mich augenblicklich zum Mond schießt."

So tickten die Menschen in ihrer Welt? Matthias schüttelte ungläubig den Kopf. „Na, du hast ja Vorstellungen! Das macht mir doch alles nichts aus."

Kelly sah ihn an. Ganz seltsam sogar.

So lang und mit so einem intensiven Blick, dass es in seinem Nacken kitzelte, als wäre er mitten beim Getreidedreschen. Aber da waren keine Ährenteilchen, die ihn kitzelten, sondern nur ihre Augen. Schöne Augen, wie ihm auffiel. Mit einer Tiefe, in die man versinken konnte, wenn man nicht aufpasste. Was er natürlich tat, er war ja nicht leichtsinnig.

„Du bist ein ziemlich netter Mensch", sagte sie schließlich.

Matthias wusste nicht recht, was er davon halten sollte. Er hatte mal gelesen, dass das Wort „nett" so viel bedeutete wie langweilig, spießig, farblos. Und selbst wenn es was Positives bedeuten sollte, hatte sie es mit dem Wörtchen „ziemlich" ja ziemlich relativiert. Dummerweise klang der Satz aber, als hätte sie ihm ein ziemlich großartiges Kompliment gemacht.

„Bin ich das?", fragte er vorsichtig nach.

Sie nickte bedächtig. „Und total musikalisch dazu. Dein Solo war der Wahnsinn, du hast so einen warmen, dunklen, schokoladenmousse-weichen Ton!"

Schon wieder musste er schmunzeln. Kelly war wirklich erstaunlich. Einerseits ein Profi durch und durch, andererseits manchmal so offen wie ein kleines Kind. Er mochte das. Wenn jemand einfach aussprach, was ihm durch den Kopf ging.

„Für den Ton kann ich nichts", wiegelte er ab, weil es ihm peinlich war, gelobt zu werden. „Das ist halt der Sound eines Tenorhorns." Inzwischen gingen sie wieder weiter die schmale Straße entlang.

„Quatsch. So ein Instrument spielt sich nicht von allein so gefühlvoll. Ich hab doch deine Kameraden gehört. Manche von denen blasen halt einfach rein."

„Und ich?"

„Du schmeichelst, du flüsterst, du singst, du berührst. Du nimmst den Zuhörer mit auf eine emotionale Reise." Plötzlich senkte sie den Blick. „Was man von meiner Musik wohl nicht unbedingt sagen kann", ergänzte sie leise.

Matthias hätte gern etwas Aufmunterndes gesagt, aber ihm fiel beim besten Willen nichts ein. Was sie bei der Blaskapelle beobachtet hatte, stimmte. Für manche war das ein lustiger Zeitvertreib, der praktischerweise in der Wirtschaft ausklang. Für ihn jedoch war es viel mehr. Er liebte die Musik, sie gab ihm Halt. Und ja, sie war auch eine Art Ventil. Er war nicht gut darin, seine Gefühle in Worten auszudrücken. Das war keiner der Männer in seiner Familie je gewesen, weder sein strenger Opa, noch sein Vater. Man hatte eher gelacht über irgendwelche „Softies" im Fernsehen, die in ihrer Männergruppe über ihre Befindlichkeiten diskutierten. Für sowas wäre kein Platz im Leben eines Landwirts, hatte es immer geheißen, und das stimmte ja auch. Aber er war anders, er hatte durchaus Emotionen, die ihn schon ein paar Mal im Leben ordentlich durchgeschüttelt hatten. Nur gab es niemanden, mit dem er darüber reden wollte. In die Musik jedoch, da konnte er sie hineinlegen. Da konnte er in Melancholie schwelgen und die Einsamkeit beschreiben und der Sehnsucht eine Melodie geben – ganz ohne dafür ausgelacht oder auch nur fragend angeschaut zu werden.

Und Kelly konnte das doch auch!

„Deine Fans würden dir doch bestimmt treu bleiben, wenn du was anderes machst", sagte er. „Also was, bei dem du dich wohler fühlst."

Sie sah ihn überrascht an. „So leicht ist das nicht! Ich bin ja nicht Tracy Chapman oder Katie Melua, sondern die Dancemusic-Kelly. Bei mir lauscht man nicht andächtig den Texten, sondern man macht Party, trinkt Wodka-Cola und tanzt richtig ab."

Sie waren am Haus angekommen. Vor der Tür saß der scheue, rote Kater und wartete offenbar auf Kelly.

„Das ist ja komisch", wunderte sich Matthias, als sie sich bückte und ihn streichelte. „Der ist sonst total schüchtern!"

„Darf ich ihm einen Namen geben?", fragte sie.

„Klar." Matthias schloss die Haustür auf und legte sein Instrument ab. „Wie soll er denn heißen?"

„Rossi. Ich habe als Kind gern diese Serie geschaut. Herr Rossi sucht das Glück. Und irgendwie wünsche ich mir, dass der Kater das findet."

Er lächelte. Auch wenn er den Film nicht kannte, freute er sich über ihren Gedankengang. Den Kater kannte er längst nicht so gut, wie sie es tat, aber er wünschte ihm ebenfalls nur das Beste.

„Das gefällt mir. Rossi. Ja, das passt. Du, ich schau mal kurz im Stall nach dem Rechten. Das Melken hat ja heute Burgi übernommen. Und stell dir vor, sie hatte unerwartet Hilfe von Quirin und Walter. Also sag nie wieder, dass du mir nicht hilfst! Ohne deine Anwesenheit hätten die das nie gemacht."

Er schlüpfte in seine Gummistiefel und kontrollierte, ob bei seinen Tieren alles okay war. Als er bei Gretl vorbeikam, runzelte er die Stirn. Ihr Euter war prall, die Bänder am Schwanz hatten sich gesenkt, sie war unruhig. Er tätschelte ihren Hals. „Schaut aus, als ging es bald los, mein Mädel. Ich schaue noch ein paar Mal nach dir, das kriegen wir schon hin." Es war nicht ihr erstes Kalb, aber beim letzten war die Geburt auch schon ziemlich schwierig gewesen. Gut, dass Tierarzt Sebastian nicht weit weg wohnte, den konnte er zu jeder Tages- und Nachtzeit anrufen, falls es notwendig war. Er kraulte sie ein wenig und ging dann zurück ins Haus.

Dort saß Kelly auf dem Sofa, hatte ihr Handy in der Hand und sah total blass aus.

„Was ist los?", fragte er besorgt. „Schlimme Nachrichten?"

Sie ließ die Schultern hängen. „Ich werde total verrissen in den sozialen Medien. Aber das war klar. Hier, schau mal." Sie hielt ihm das Handy entgegen.

Matthias hatte sich eigentlich was zu essen machen wollen, aber er setzte sich jetzt zu ihr und las.

„Man sollte den Mund halt nicht so voll nehmen, wenn man nix drauf hat", schrieb jemand. *„Von wegen: In allen Genres zu Hause – Kelly ist eine totale Null!"*, ein anderer. *„Dein Marketing-Gag ging ja voll nach hinten los"*, las Matthias. *„Von wegen Pop-Queen! Miss Ahnungslos passt besser. Da hilft auch das Minikleid nichts"*, hatte jemand gepostet und ein anderer kommentierte darunter: *„Das Geilste, was sie drauf hat, ist ihr Arsch. Vielleicht sollte sie lieber Gogo-Tänzerin werden oder sich für den Playboy ausziehen."* Darunter stand: *„Dafür ist sie viel zu alt. Gammelfleisch will doch keiner sehen."*

Entsetzt sah Matthias auf. „Die musst du verklagen! Das ist ja Beleidigung und alles."

Sie lächelte nur milde.

„Matthias, das ist das Internet. Und das ist der Preis, den man zahlt als öffentliche Person. Ich hab schon schlimmere Sachen über mich gelesen."

„Schlimmer als Gammelfleisch?" Das konnte echt nicht sein. „Dabei bist du super knackig!" Mist, das war ihm herausgerutscht. Aber es stimmte. Sie war top in Schuss.

Kelly legte ihre Hand auf seinen Arm, der immer noch das Handy hielt. „Lieb von dir. Aber weißt du, man gewöhnt sich an sowas. Sie jubeln und sie pöbeln, das geht jedem so. Viel mehr im Magen liegt mir etwas anderes."

Sie wischte nach unten. Die Anrufliste wurde angezeigt. Geschlagene elf Mal hatte Francesco versucht, sie zu erreichen.

„Oh Mann", rutschte es Matthias heraus. „Du solltest ihn vielleicht zurückrufen."

„Ich weiß." Ihr Seufzen war noch viel tiefer als vorhin, als sie die Hass-Kommentare gelesen hatte.

„Ich richte uns derweil ein Abendbrot her." Er stand auf. Wäre ihr doch sicher nicht recht, dass er mithörte, wenn sie mit ihrem Manager und Lover redete.

Während er ein paar Scheiben Brot abschnitt, dachte er darüber nach, was das wohl für eine Beziehung war. Wollte er mit jemandem zusammensein, dessen Anrufe man nicht gern entgegennahm? Sicher nicht. Jetzt, wo er Kelly ein klein wenig kannte, erschien es ihm immer seltsamer, dass sie mit diesem geschniegelten Haargel-Typen liiert war. Aber irgendwelche Qualitäten würde der schon haben.

Autsch! Er hatte sich die Finger in der Küchenschublade eingeklemmt. Matthias schüttelte den Kopf über sich selbst. Er sollte sich wirklich nicht so viele Gedanken um Kelly machen. Sie verschwendete sicher keinen einzigen an ihn. Obwohl er es nicht wollte, horchte er, was sie gerade am Telefon sagte. Viel konnte er nicht verstehen, aber sie klang nicht begeistert. Nicht so, als würde sie mit einem Menschen sprechen, den sie innig liebte.

Seltsamerweise gab ihm das eine gewisse Genugtuung. Mehr sogar, es ließ irgendwas in ihm flattern.

„Bestimmt nur der Magen", murmelte er vor sich selbst hin. Erstens, um sich zu beweisen, dass dieses Flügelschlagsgefühl in seiner Magengegend nur vom Hunger kam. Und zweitens, weil er, wenn er mit sich selbst redete, nicht mehr so gut hören konnte, was sie sagte.

Funktionierte nur leider nicht, nichts davon. Denn Kellys Stimme drang jetzt laut durchs ganze Haus.

„Meine Güte, jetzt komm mal runter!", rief sie. „Du hörst dich ja an, als sei das hier ein Nippelgate! Ich hatte aber weder einen Busenblitzer wie damals Janet Jackson, noch war ich stockbesoffen, mit Drogen vollgedröhnt oder hab mal schnell in Vegas für einen Tag geheiratet wie Britney. Die Leute vergessen sowas!"

Was musste das für ein Arsch sein! Matthias knallte die Teller auf den Tisch. Sie so runterzumachen wegen eines kleinen Patzers! Hoffentlich ließ sich dieser Francesco nie wieder hier auf dem Hof blicken, sonst würde er ihm mal zeigen, wo der Bartel den Most holte!

„Nein, verdammt, ich bleibe hier!", stellte sie jetzt klar, was ihn erneut aufhorchen ließ.

Der Manager wollte also, dass sie abreiste? Sie aber nicht. Matthias konnte trotz größter Anstrengung nicht verhindern, dass sich ein Lächeln auf seinem Gesicht ausbreitete.

„Ach fick dich doch!", fluchte sie schließlich und kam einen Moment später mit lauten Schritten in die Küche gestapft. Vor Wut schnaubend natürlich.

„Manchmal könnte ich ihm den Hals umdrehen! Er meint echt, ich sei ein Roboter und würde immer perfekt funktionieren. Nach seinem Bauplan natürlich, was sonst."

Sie ließ sich auf einen Stuhl fallen, während Matthias die restlichen Utensilien fürs Abendessen auf den Tisch stellte und sich schließlich zu ihr setzte. Leider sah sie zum Anbeißen aus, wenn sie sich so aufregte. Ihre Augen blitzten, ihre Wangen waren gerötet und sie gestikulierte mit großen Bewegungen. Selbst ihre

Stimme machte mit und sprang munter wie ein Bergbach rauf und runter. Er hätte sie auffressen können, so wundervoll war sie.

„Er nennt es ein Fiasko", erklärte sie. „Und sagt, ich müsse jetzt Schadensbegrenzung betreiben, indem ich in ein paar Talkshows gehe oder was weiß ich. Mach ich aber alles nicht."

Trotzig zog sie die Butterdose zu sich heran, legte eine Brotscheibe zurecht und bestrich diese dick mit Butter.

Amüsiert beobachtete er sie dabei. Wahrscheinlich würde auch das diesem Francesco missfallen und genau deshalb tat sie es. Diese kleine Rebellin! Er konnte den Blick nicht von ihr nehmen und hatte mit einem Mal auch gar keinen Hunger mehr. Sie anzusehen war besser als das krosseste Krustenbrot.

„Hast recht", stimmte er zu. „Du hast nichts falsch gemacht. Und die Fans werden den winzigen Ausrutscher vergessen. Ich muss ehrlich sagen: Ich bewundere dich. Also, wie du mit all diesem Zeug umgehst. Mir war überhaupt nicht klar, was am Star-Dasein alles dranhängt. Da hatte ich echt ein falsches Bild."

Kelly legte das Messer ab und sah ihn an. Lange. „Manchmal regt es mich auch tierisch auf. Aber es ist nun mal mein Beruf. Weißt du, ich bin echt gut darin. Auch wenn es heute nicht so klang bei diesem Franz auf der Vogelwiese, der unterm Tisch liegt." Sie lächelte warm.

„Oh, das ist mir klar. Ich habe dich ja in den Videos gesehen. Und du wärst nicht so berühmt, wenn du das nicht alles super beherrschen würdest. Das Singen und Tanzen und all diese Marketingsachen."

Sie nickte. „Ich hab's schon echt drauf. Und es ist doch in jedem Beruf so, dass es einen manchmal total nervt, oder nicht?" Fragend schaute sie ihn an.

„Klar, frag mich mal!" Er legte sich eine Scheibe Emmentaler aufs Brot. „Vor ein paar Jahren ist mir die Hälfte vom Mais auf dem Feld vertrocknet, weil es so heiß war und kein Regen kam. Im anderen Jahr hat mir der Sturm dann reihenweise den Weizen umgelegt. Dazu der Borkenkäfer im Wald. Oder ein Platzregen, nachdem ich das Gras gemäht, zweimal gekreiselt und geschwadet hatte, sodass die ganze Arbeit für die Katz war. Da will ich schon auch manchmal alles hinschmeißen. Ist ganz normal."

Kelly biss vom Brot ab. „Schmeckt mega gut!", sagte sie und trank einen Schluck. „Eben. Irgendwas Doofes hat jeder mal, das sag ich mir dann auch immer. Sogar meine Freundin Kalinda erzählt mir von ganz furchtbaren Paaren, die – ach, da fällt mir ein, du kennst sie ja!"

„Kalinda?" Er legte sein Brot ab. „Du redest doch wohl nicht von der Hochzeitsplanerin? Die hat einen alten Kumpel von mir im Mai verheiratet."

Kelly grinste plötzlich extrem breit. „Ja genau, Thore und Jasmin. Und dreimal darfst du raten, wer der Showact auf eben-dieser Hochzeit war."

Ungläubig starrte er sie an. „Du? Das gibt's ja nicht! Wir beide waren auf der gleichen Hochzeit?"

Sie lachte, hell wie die Kirchenglocken zur Maiandacht. „Ja, aber wir haben uns verpasst. Witzig, dass wir beide dort waren, gell?"

„Oh Gott, das darf Burgi niemals hören", fiel ihm ein. „Die predigt sonst gleich was von einem göttlichen Zeichen oder was weiß ich."

„Hat Jasmin auch gemacht", erwiderte sie trocken. „Da sind sie sich wohl einig."

Natürlich glaubte er kein bisschen an sowas. An Bestimmung oder Vorsehung oder daran, dass es gar keine Zufälle gab. Aber seltsam war es ja schon, dass sie sich damals fast über den Weg gelaufen waren und Kelly jetzt auf diesem Radio-Umweg bei ihm gelandet war.

„Du wirst also nicht auf deiner Facebook-Seite posten, dass das Schicksal uns auf verirrten Wegen zusammengeführt hat?", neckte er sie.

Sie legte den Kopf schräg. „Ich denke darüber nach. Vielleicht wäre das eine Song-Idee?"

Kelly holte kurz Luft. „*Destiny, oh destiny, what crazy Things you do to meee*", sang sie mit einer gar nicht so üblen Melodie vor sich hin. Dann lachte sie ihr Perlenlachen, vernebelte ihm den Kopf mit diesem Lachen und ihrer Stimme und ihren glänzenden Kastanienaugen. So sehr sogar, dass er übermütig eine eigene Strophe dichtete.

„*Destiny, oh destiny, something's wrong with your power, because you sent me to this ugly old Bauer*", sang er, indem er ihre Melodie übernahm.

Kelly erstarrte.

Fuck, was war nur in ihn gefahren? Wahrscheinlich dachte sie jetzt, er würde sich über sie und ihren Job lustig machen, weil er einfach ihre Songidee veräppelt hatte. Oder er hatte so schrecklich gesungen, dass ihr schlagartig schlecht geworden war.

„Wow, du hast ja eine tolle Stimme!", sagte sie jedoch.

„Ach Quatsch." Das war ihm jetzt peinlich. Freilich, er hatte früher oft in der Kirche gesungen. Oder daheim mit seiner Mutter. Aber etwas so Tolles war da bestimmt nicht dran.

„Doch, einen super Bariton. Und genau eine Oktave unter mir. Komm, lass uns was gemeinsam singen. Die Vogelwiese hab ich inzwischen drauf, glaub ich."

Abwehrend hob er die Hände. „Um Gottes willen, nein! Da wird ja die Milch in den Kühen sauer."

„Ganz sicher nicht, ich hab doch ein Ohr für so etwas. Für

Musikalität. Und die hast du im Übermaß, beim Singen und beim Spielen. Glaub mir, ich bin da Expertin."

Wieder dieser Blick. Als wäre er etwas Besonderes. Erinnerungen zogen auf. Erinnerungen an eine Frau, die ihn auch so angesehen hatte. Das war nur eine kurzfristige Geschmacksverirrung bei den Damen, das wusste er inzwischen. Ein Anflug von Schwärmerei fürs Landleben, ein Ausflug ins Bodenständige inklusive echtem Kerl. Nur dauerten solche Ausflüge eben nicht länger als ein Kurztrip nach New York.

„Singt dein Francesco auch Duette mit dir?", fragte er deshalb. Ein Teil von ihm hoffte, dass sie das bejahte, und zwar mit leuchtenden Augen. Aber ein anderer Teil hoffte dämlicherweise, dass dieser Lackaffe die Stimme einer Sumpfkröte besaß.

Kellys Lächeln fiel in sich zusammen. „Nein", erwiderte sie tonlos. „Er hat mit Musik nicht so viel am Hut."

Matthias lachte bitter. „Aber er ist doch Manager einer Sängerin!"

„Er mag, was ich mache", sagte sie und es klang, als würde sie von einem x-beliebigen Nachbarn reden, nicht von ihrem Freund, Verlobten, Seelenpartner oder was immer Francesco für sie war. „Ohne ihn wäre ich nicht da, wo ich bin. Er treibt mich an, er trifft die richtigen Entscheidungen, er weiß, was für mich gut ist. Ja, schon klar, das ist oft ätzend, so wie heute. Aber er sorgt für mich." Sie zuckte mit den Schultern, als müsste sie sich dafür entschuldigen, dass sie ihn so verteidigte.

„Und das reicht dir?", musste er nachhaken. „Dass jemand für dich sorgt? Ist das alles, was du von einer Beziehung erwartest?"

Statt einer Antwort sah sie ihm tief in die Augen. „Keine Ahnung, erklär's mir doch du. Was ist dir wichtig, wenn du mit einer Frau zusammen bist?"

Scheiße. Jetzt hatte sie ihn kalt erwischt. Und ihr Blick hielt ihn fest wie ein Schraubstock.

„Was mir wichtig ist? Zum Beispiel, dass ich mich freue, wenn meine Freundin anruft, und ich sie nicht erst nach elf Versuchen widerwillig zurückrufe", erwiderte er. Doch er sah ihrer Miene an, dass sie ihn nicht so billig wegkommen ließ.

„Weiter!", forderte sie. „Alle in deiner Umgebung sagen, dass du ein so feiner Kerl bist und dir doch bitte eine Frau suchen sollst. Warum tust du es nicht?"

„Bin nicht geeignet für sowas", grummelte er.

„Unsinn. Du bist aufmerksam, ein guter Zuhörer und wie man hört, kannst du sogar kochen. Außerdem bist du alles andere als ein *old ugly Bauer.*"

Plötzlich war es ihm unangenehm, dass sie ihm Komplimente machte. Sie spielte doch sowieso nur mit ihm. Schließlich hatte sie ihre Karriere, ihre Villa in Berlin und ihren Glanzhemd-Träger.

„Ist einfach nicht mein Ding. Beziehung. Und als Landwirt hat man sowieso keine Zeit. Muss eh nochmal in den Stall und nach der Gretl schauen." Er biss noch einmal vom Brot ab, legte den Rest auf den Teller und verließ die Küche.

Draußen atmete er erst mal tief durch. Herrgott nochmal, seit wann war er denn einer, der die Flucht ergriff? Das war doch gar nicht seine Art. Und überhaupt war Kelly gar nicht sein Typ. Bunte Haare, schrille Musik, kurze Röcke. Nein, so etwas gefiel ihm doch überhaupt nicht!

Er verstand beim besten Willen nicht, wieso sie ihn so durcheinanderbrachte. Gut, dass er Freundinnen hatte, mit denen er über so etwas reden konnte. Sehr viele sogar. Er ging zu Gretl, stellte sich neben sie und streichelte sie am Hals. Sie zeigte noch keine Anzeichen von Wehen, wirkte aber immer noch unruhig. Als er sich an sie lehnte, beruhigte sie sich ein wenig.

„Ist bestimmt nur, weil ich schon so lange allein lebe", sagte er zu ihr. „Dann ist es halt schön, wenn mal jemand in meinem Alter da ist. Und vielleicht bin ich halt einfach neugierig, weil sie ja in so einer fremden Welt lebt."

Gretl drehte ihm den Kopf zu und sah ihn mit ihren großen, sanften Augen fragend an.

Er rieb mit der Hand über ihre Schulter. „Ja, hast schon recht, es klingt nach Ausrede. Irgendwas ist da wohl wirklich zwischen ihr und mir, aber ich kann nicht mal sagen, was genau. Ich mag es, wenn sie im Haus ist. Und das, was sie mit der Gitarre gesungen hat, war total schön. Weißt du, Gretl, irgendwie hab ich das Gefühl, dass das, was sie macht, gar nicht das Richtige ist. Dass sie gar nicht reinpasst in diese Show-Welt und die sexy Kostüme und die Preisverleihungen mit Champagner. Aber da ist wahrscheinlich nur der Wunsch Vater des Gedankens."

Gretl blies ihren Atem über seine Wange, als würde sie jedes Wort verstehen. Er tätschelte ihren Hals. „Altes Mädel, dein Bauer hat echt komisches Zeug im Kopf." Er lachte leise. „Oder total den Verstand verloren. Denn selbst wenn sie mich auch irgendwie interessant finden würde – unsere Welten sind noch viel getrennter als die von den Schwalben überm Stall und der Wühlmaus Willma."

Im Pfarrkindergarten war da neulich eine Lesung gewesen, eigentlich nur für Kinder, aber Burgi und ihre Bande hatten natürlich vorbeischauen müssen. Das neu im Verlag veröffentlichte Kinderbuch rund um ein Wühlmauskind, das seinen Traummäuserich sucht, hatte seine Tante so schwer beeindruckt, dass sie ihm die Story haarklein erzählt hatte.

Gretl stupste ihn sachte an. Er lachte leise. „Schon klar, was du mir sagen willst. Dass ich die Chance ergreifen soll, falls sie sich ergibt. Aber unsere Welten sind nicht vereinbar, Gretl. Da müsste schon ein Wunder geschehen, wenn das was werden sollte mit uns beiden. Nein, nein, bei sowas kommt nur Leid raus, das brauche ich nicht noch einmal."

Ein seltsamer Geruch zog in seine Nase. Matthias schnupperte erneut. Zwischen Kuhmist, Silofutter und Heu war noch etwas anderes, nämlich ein Hauch von Knoblauch. Zefix nochmal, das konnte nur eines bedeuten!

„Burgi?", rief er quer in den Stall hinein. „Bist du hier irgendwo?"

Keine Antwort. Matthias seufzte. Seine alte Tante hatte die praktische Angewohnheit, von jetzt auf gleich verschwinden zu können. Er hatte trotz aller Anstrengung noch nicht herausgefunden, ob sie einfach gut war im Verstecken, kätzchenleise davonschleichen konnte oder irgendein Kraut entdeckt hatte, mit dem man sich zwanzig Meter nach rechts zaubern konnte.

In jedem Fall verhieß es nichts Gutes, dass sie ihn belauscht hatte. „Sakradi, nicht mal im Stall hat man seine Ruhe", fluchte er und kontrollierte den Kraftfutterautomaten. Vielleicht tauschte er auch noch gleich eine Dichtung an der Melkmaschine aus, dann musste er nicht sofort zurück ins Haus. Denn wenn Kelly da immer noch herumsaß, ihn aus ihren tiefgründigen Augen ansah und ihn anflehte, mit ihr zu singen, kam am Ende noch etwas heraus, was er überhaupt nicht wollte.

Am anderen Ende des Stalles sah er einen bunten Rockschoß um die Ecke flitzen. Der Knoblauchgeruch verflog allmählich.

Wenn doch alle seine Probleme so leicht hinweg wehen würden wie der Duft der fünf Knollen, die Burgi jeden Abend zerkaute, weil sie gut waren gegen böse Träume, Hühneraugen und – wie sie gern betonte – aufdringliche Nachbarn, die in ihrer Kammer fensterln wollten.

Zumindest gegen Letztere wirkte das Zeug absolut verlässlich.

15. Nächtlicher Einsatz

Kelly

Da es nicht aussah, als würde Matthias bald ins Haus zurückkommen, hatte Kelly die Küche aufgeräumt und war nach oben in ihr Zimmer gegangen. Dort saß sie nun auf dem schmalen Bett und schaute aus dem Fenster. Die Sonne war vorhin in einem absolut spektakulären Abendrot untergegangen, jetzt legte sich die Dunkelheit über Oberapfelbach. Es war eine andere Art von Dunkelheit als die in Berlin. Dort war die Nacht nie ruhig, selbst nicht rund um ihre Villa am Wannsee. Irgendjemand feierte im Sommer immer eine laute Party, es rauschten Autos vorbei, es röhrten Flugzeuge über den Himmel und stockfinster war es sowieso niemals.

Hier schon. Hier gab es keine Straßenlaternen und keine großkotzig beleuchteten Häuserfronten oder japanische Ziergärten, die jeder sehen sollte. Nicht mal ein Barbecue, bei dem ein extra angeheuerter Grillmeister Steaks vom Wagyu-Rind auftischte, natürlich mit abgestimmter Lightshow, während ein Jazz-Trio das Ganze musikalisch untermalte.

Sie stand auf und ging zum Fenster. Ein mächtiger Baum streckte seine Arme in den Nachthimmel. Sie wusste nicht mal, ob das eine Eiche, Buche oder ein alter Birnbaum war.

Unten lief etwas. Der dicke Kater vielleicht? Sie lächelte. Der fing wohl ein paar Glühwürmchen, falls die überhaupt existierten.

Wenn sie ehrlich war, wusste sie nicht einmal das.

„Ist halt nicht mein Metier", murmelte sie vor sich hin. Schließlich konnte man nicht in allen Dingen bewandert sein und es gab ja genug Themen, in denen sie eine Expertin war. Nur fiel ihr gerade keines davon ein. Zum Kuckuck! Sie war nur verwirrt durch die Landluft. Wahrscheinlich lag das an dem vielen Unkrautvernichter, den die Bauern ja bekannterweise überall versprühten, das las man doch ständig. Ja, bestimmt war das ganze Haus mit diesem giftigen Glyphosatzeug verseucht und deshalb konnte sie keinen klaren Gedanken fassen. Aber sie war Kelly Kay und die ließ sich nicht so leicht unterkriegen!

Also strengte sie sich erneut an und suchte nach Bereichen, in denen sie ein absoluter Profi war. „Songwriting natürlich!", zählte sie für sich selbst auf. Allerdings war ihr seit Monaten keine vernünftige Nummer mehr eingefallen.

„Musik, Gesang, die Bühne ist mein Element!", startete sie einen Versuch der Selbstaufmunterung. Gelang allerdings nicht wirklich, weil ihr immer wieder der heutige Auftritt in den Kopf schoss, die fragenden Gesichter der Blasmusiker, als sie beim Einsatz stumm geblieben war, ihr eigenes künstliches Lachen, das das Fiasko überspielen sollte.

„Mein Aussehen und meine Ausstrahlung." Das war nur noch leise aus ihrem Mund gekommen. Sie ging rüber ins Bad, starrte sich im schlecht beleuchteten Spiegel an. Fand nichts, was in irgendeiner Weise bemerkenswert wäre.

„Choreografien nachtanzen", fiel ihr noch ein. Und da fand sich keine Einschränkung, darin war sie richtig gut.

Super.

Wenn es also mal irgendwann hart auf hart kommen würde, konnte sie weder eine Jacke nähen noch eine Kuh melken. Sie konnte kein Fahrzeug mit Gangschaltung fahren, kein vernünftiges Essen kochen und keinen normalen Job annehmen, weil sie keinen Schimmer von Buchhaltung, Zehn-Finger-Schreiben, medizinischen Dingen oder dem streifenfreien Putzen eines Linoleumfußbodens hatte.

Aber im Nachtanzen von Choreos war sie gut, das würde ihr bestimmt weiterhelfen im Leben.

Kelly seufzte lang und tief.

Matthias hingegen – der kam immer überall zurecht, egal, was passierte in der Welt. Der konnte mit Sicherheit Brot backen und einen Stuhl schreinern, der verstand es, Bilanzen zu lesen und im Wald ungiftige Pilze zu sammeln. Außerdem war sie überzeugt davon, dass er ein Feuer machen konnte. Männer wie er wussten solche Dinge.

Himmel, warum fielen ihr lauter so unzusammenhängende Sachen ein?

Es drohte ja kein Weltuntergang, nein, im Gegenteil, sie war auf der Überholspur, auf dem Weg zur Weltkarriere! Und wenn sie erst in den Staaten die Billboardcharts anführte und riesige Hallen füllte, würde doch kein einziger Fan fragen, ob sie auch wirklich in der Lage wäre, eine Küchenzwiebel auszugraben!

Sie stützte sich auf dem Waschbecken ab und sah sich selbst tief in die Augen und trichterte sich mit lauter Stimme ein: „Ich bin keine Versagerin, sondern verdammt begabt, unendlich musikalisch und überirdisch schön!"

Ein Geräusch ließ sie herumfahren.

Matthias stand in der Badezimmertür. Er grinste breit.

„Tschuldigung", brummte er. „Es war nicht abgesperrt und ich wollte mir die Zähne putzen. Hab nicht gewusst, dass du hier mit deiner abendlichen Motivationsansprache beschäftigt bist."

Sie hätte ihn erwürgen können. Auf der Stelle!

Klar, es war sein Haus, aber man schlich trotzdem nicht herum und belauschte anderer Leute Selbstgespräche! Noch dazu, wenn man wieder mal auf ein Shirt verzichtet hatte, denn Matthias stand mit blankem Oberkörper vor ihr.

„Kann halt nicht jeder so über den Dingen stehen wie du", zischte sie, weil es ihr megapeinlich war, dass er das gehört hatte. Oh Mann, er glaubte jetzt wahrscheinlich, dass sie sich diesen Satz ständig vorsagte!

Er machte einen Schritt auf sie zu. Aus seinem neckischen Grinsen war ein warmes Lächeln geworden.

„Du bist keine Versagerin", sagte er mit dieser dunklen Stimme, die ihr hier im Bad besonders tief unter die Haut kroch.

„Sondern?", fragte sie, weil sie sich nämlich sehr wohl als eine solche vorkam.

Er zuckte mit den Schultern. „Du bist irgendwie auf der Suche. Ich weiß nicht recht, wieso und wonach genau. Aber so kommt es mir vor. Ich glaub dir nämlich nicht, was du im Radio-Interview gesagt hast."

Jetzt war sie endgültig verwirrt. „Ich dachte, du hast das nicht gehört? Du hast doch gesagt, dass du nur angerufen hast, weil Quirin dir die Nummer diktiert hat!"

„Stimmt. Aber es gibt einen Podcast, den hab ich mir vorhin angehört, als ich ein paar Gummis im Melkzeug ausgetauscht hab. Da redest du davon, dass der Sinn des Lebens sei, Party zu machen. Aber, na ja, du kommst mir gar nicht vor wie eine oberflächliche Tussi, die nur von einer Prosecco-Bar zur nächsten flattert und abtanzt."

„Bin ich auch nicht", erwiderte sie. z

Und erst, als sie es ausgesprochen hatte, fiel ihr auf, wie recht er hatte. „Vielleicht hätten wir einen anderen Albumtitel wählen sollen", sinnierte sie halblaut. „*My meaning of life* ist echt komisch, das stimmt."

Nur – ihr Name stand nun mal für Partykracher und Gute-

Laune-Mucke. Da war es doch nur logisch, dass man das Feiern und die gute Stimmung zum Lebenszweck erklärte.

Matthias sagte nichts, sondern lehnte nur lässig an der Wand und sah sie an, als würde er ihr alle Zeit der Welt lassen, um nachzudenken.

Wie anders er doch war als Francesco! Ihr fiel der Morgen des Radiogewinnspiels ein, als er im Türrahmen des Schlafzimmers gestanden hatte. Sie sah ihn förmlich vor sich, sein Blick in den Spiegel, um sich zu bewundern, hörte seinen Kasernenhofton, spürte die kritische Musterung ihres Körpers.

Matthias würde nie im Traum daran denken, sich selbst in der Pose, die er gerade einnahm, im Spiegel zu betrachten. Da war sie sich sicher. Er wusste bestimmt nicht mal, wie sexy er gerade aussah. Und wenn er sie ansah, hatte sie auch nie das Gefühl, dass er sie nach Fehlern absuchte, als wäre sie eine neue Milchkuh, die er beim Viehhändler kaufen wollte. Doch was genau sah er in ihr? Wieso hatte er diesen Glanz in seinen Augen?

Es war plötzlich seltsam, mit ihm hier im Bad zu stehen. Irgendwie kam es ihr vor wie eine intime Situation. Dabei war sie selbst vollständig bekleidet und er, nun ja, er lief ja nicht total nackt herum.

Schade eigentlich. Wie er wohl ohne die Jeans aussah? Herrjeh, was passierte nur gerade in ihrem Kopf? Sie konnte nicht aufhören, seinen Oberkörper anzustarren, der so herrlich unperfekt war. Da war nichts rasiert, gleichmäßig gebräunt oder ganz klar definiert, sondern alles natürlich und ganz echt. Dummerweise fand sie in diesem Augenblick absolut umwerfend, dass er sexy Brusthaare hatte, die nach unten hin in einem schmalen, dunklen Pfad verliefen. Dass man an seinen sonnengebräunten Armen sah, wo die T-Shirt-Ärmel begannen. Dass eine Narbe über seine Schulter lief und dass man einen Sixpack nur erahnen konnte. Dazu seine großen, kräftigen Männerhände, die garantiert bei allem wussten, was zu tun war. Sogar beim Berühren einer Frau.

Nur dachte dieser Naturbursche natürlich nicht daran, sie zu berühren. Wieso auch. Sie war ja nur eine Irre, die er erwischt hatte, wie sie sich selbst Komplimente machte.

Kelly seufzte. „Du könntest zumindest bestätigen, dass ich überirdisch schön bin", sagte sie und lachte. „In meinem Alter sagt das nämlich niemand mehr. Du hast ja gelesen, was die Leute da draußen denken. Stichwort Gammelfleisch."

Er ging auf den Witz nicht ein. Zumindest lachte er nicht. Und das verwirrte sie erst recht. Fand er sie nun hässlich oder unwitzig? Sie konnte ihn überhaupt nicht einschätzen und das gab ihr ein ganz hohles Gefühl im Bauch.

„Ich finde Frauen grundsätzlich am schönsten in Natura", sagte er schließlich in erstem Ton. „Ohne bunte Haare, ohne all das Make-Up und so. Du hast das alles doch gar nicht nötig."

Er hatte leider keine Ahnung vom Showgeschäft. „Schön wär's! Aber in meinem Business ist die Aufmachung ganz wichtig."

„Also für mich wär das nichts." Er rieb sich über sein Stoppelkinn. „Ich bin sehr froh, dass ich rumrennen kann, wie es mir gerade passt. Meinen Kühen ist das egal. Wundere dich übrigens nicht, falls es heute im Stall lauter wird – ich denke, die Gretl wird heute noch kalben."

„Echt?" Das war ja aufregend! „Darf ich dabei sein? Keine Angst, nur ich allein, ohne Kameras und Facebook-Story."

„Von mir aus gern. Ich hämmere dann einfach gegen deine Tür und hole dich aus deinem Schönheitsschlaf, Dornröschen." Er zwinkerte ihr zu.

Kelly musste schmunzeln. Sie konnte gar nicht sagen, wieso,

aber sie mochte die Art, wie er sie anzwinkerte. Und wie er sie neckte. Überhaupt seinen Humor. Und sein kantiges, raues Jeverpils-Model-Gesicht ebenfalls.

„Abgemacht, Prinz Eisenherz", gab sie zurück und freute sich, dass seine Augen frech blitzten.

Sie verließ das Bad, wobei sie seinen aufregend männlichen Duft einatmete, und ging zurück in ihr Zimmer. Ihr Handy, das auf dem Bett lag, blinkte. Eine Nachricht von Francesco. Er wollte sie überreden, endlich „diesen Misthaufen-Blödsinn" aufzugeben und nach Berlin zurückzukommen, um sich um ihre Karriere zu kümmern.

„Nichts da", murmelte sie entschlossen. „Hier ist es spannender als in Berlin! Denn ich lerne heute Nacht ein zuckersüßes, flauschiges Kälbchen kennen, das mich aus seinen großen Augen anschauen wird."

Sie legte sich aufs Bett und lächelte. Ach, das würde traumhaft werden. Es gab doch nichts Niedlicheres als ein frisch geschlüpftes Tierbaby!

Doch als sie um drei Uhr nachts hinter Matthias in den Stall eilte, nachdem er sie vor zehn Minuten tatsächlich mit einem lauten Türhämmern geweckt hatte, fand sie die ganze Situation gar nicht mehr so traumhaft. Sie gähnte und fühlte sich wie gerädert, während er im flotten Schritt vor ihr herlief. Er knipste das Licht im Stall an und ging zielstrebig in den hinteren Teil. Von dort war ein lautes Muhen zu hören – allerdings nicht von einer einzigen Kuh, sondern von mehreren.

„Die sind alle aufgeregt, wenn ein Kalb geboren wird", erklärte er, schnappte sich unterwegs einen Eimer mit Wasser und ein paar Utensilien, die er offenbar schon bereitgestellt hatte, und ging dann auf eine fast ganz schwarze Kuh zu, die in einer abgetrennten Box am Boden lag.

„Alles gut, mein Mädel", sagte er mit ruhiger Stimme und tätschelte ihren Hals. „Du hast das doch schon mal erlebt, wird sicher alles gut gehen."

Erstaunt sah Kelly ihn an. „Kann es denn auch Probleme geben?" Sie hatte sich darüber noch nie Gedanken gemacht. Bei Hunden oder Katzen passierten Geburten ja oft ohne menschliche Hilfe, wie sie wusste. War das bei Rindern nicht so?

„Es kann alles Mögliche schiefgehen", erklärte er. „Ich will das jetzt gar nicht aufzählen. Lass mich mal schauen, wie weit die Gretl schon ist."

Er ging um die Kuh herum. Kelly folgte ihm natürlich. Sie war noch nie bei einer Geburt dabei gewesen, weder bei einer Freundin, noch bei einem Haustier. Als sie die Kuh schwer atmend auf dem Stallboden liegen sah, wurde ihr klar, dass das alles hier vielleicht doch nicht nur niedlich und flauschig sein würde.

„Schau, man sieht schon die Spitze der Klaue!" Matthias deutete auf eine Stelle unter dem Schwanz der Kuh. Tatsächlich, da schaute etwas Kleines, Braunes heraus.

„Aber das ist doch ein Huf", sagte Kelly.

Er lachte. „Bei Rindern heißt das Klaue. Oh, gut, die nächste Wehe kommt."

Die Kuh atmete heftig, sie zuckte und bewegte sich unruhig. Gott, die Arme! Kelly strich ihr übers Fell. Es war klar zu sehen, dass sie Schmerzen hatte.

Mit der Wehe kam ein weiteres Stück vom Huf – äh – von der Klaue heraus. Lief ja alles super! Kelly freute sich und wandte sich Matthias zu, doch in dessen Gesicht stand plötzlich Besorgnis.

„Es ist nur ein Bein, nicht beide", sagte er.

„Ist das ein Problem?" Plötzlich wurde Kellys Brustkorb eng. Stimmte mit dem Kalb irgendwas nicht?

Er sagte nichts, sondern zog vorsichtig an der kleinen Kalbfessel, die herausschaute.

„Verflucht. Das ist gar kein Vorderbein!" Er wirkte so angespannt, dass Kelly kaum wagte, zu atmen.

„Heißt das, es liegt falsch herum?", fragte sie. „Was müssen wir denn jetzt ...“

Weiter kam sie nicht, da die Kuh laut muhte und sich im Liegen bewegte, weil sie offenbar von einer heftigen Wehe überrollt wurde.

„Ich muss schauen, was los ist", beschloss er, drückte ihr sein Handy in die Hand und zog sich einen langen, dünnen Latexhandschuh über, den er mit einer Art Gleitmittel bestrich.

Er wollte doch wohl nicht ...? Kelly starrte ihn an.

Doch Matthias ging erst mal nach vorne zum Kopf der Kuh und versuchte, sie zum Aufstehen zu bewegen. „Komm hoch, Gretl, los. Sonst kann ich nicht nachsehen, was mit deinem Kalb ist.“

Die Kuh wehrte sich, aber er schaffte es irgendwie, sie zum Aufstehen zu bringen. Kellys Mund war trocken. Das riesige Tier stand nun zitternd vor ihr und sie wusste nicht, was sie machen sollte.

„Beruhig sie ein bisschen", rief Matthias von hinten.

„Wie macht man das?" Ihre Stimme klang heiser.

Doch er war so konzentriert, dass sie keine Antwort bekam. Die Kuh muhte erneut, als Matthias seine Hand in sie hineinschob. Verdammt, was machte er eigentlich?

Nach langen zwei Minuten sah er auf, eine tiefe Stirnfalte im Gesicht. „Ruf den Tierarzt an", sagte er knapp. „Ist im Handy als Sebastian eingespeichert.“

Schnell suchte sie die Kontaktliste. „Und was sag ich ihm? Oder soll ich ihn dir ans Ohr halten?"

Die Kuh trat unruhig von einem Bein aufs andere und warf ihren Kopf hin und her, ihre Augen flackerten. Kellys Puls raste.

Das war was Ernstes, sie spürte es deutlich!

„Sag ihm, wir haben eine Steißgeburt. Großes Kalb. Ein Bein abgeknickt im Inneren."

Ihr brach der Schweiß aus. „Okay." Sie wählte, horchte auf das kalte Tuten, wartete. Verflucht, warum hob der Arzt denn nicht ab? Da, endlich eine Stimme. Allerdings nur vom Band. „Ich kann Ihren Anruf leider nicht entgegennehmen, bitte sprechen Sie ..."

Oh nein!

„Hier ist Kelly, ich ruf vom Hof von Matthias an. Wir haben eine Steißgeburt. Bitte kommen Sie schnell vorbei!", sprach sie auf die Mobilbox.

„Er geht nicht ran!", erklärte sie Matthias überflüssigerweise. „Was machen wir denn jetzt? Gibt es noch einen anderen Tierarzt in der Nähe?"

„Das dauert viel zu lang. Wenn der Sebastian nicht da ist, müssen wir das selbst schaffen. Halt du die Kuh am Kopf fest, ich schiebe das Kalb zurück und versuche, das zweite Bein zu erwischen. Sonst hat es keine Chance."

Oh Gott.

Kelly konnte nur noch nicken. Die Sorge um Kalb und Kuh war Matthias ins Gesicht geschrieben.

Jetzt ging es los. Er schob seinen Arm noch weiter hinein, die Kuh schlug mit dem Kopf und verpasste Kelly einen schmerzhaften Schlag gegen das Kinn, aber das war egal. Eine neue Wehe schüttelte sie durch und brachte Matthias zum Stöhnen, denn er hatte ja einen Arm in der Kuh stecken.

„Verdammt, sie presst viel zu stark." Auf seiner Stirn grub sich die Sorgenfalte immer tiefer ein. „Sie schnürt mir fast den Arm ab, ich muss – ah, da ist das Bein!"

Kelly hatte alle Hände voll zu tun, die Kuh irgendwie zu beruhigen, aber trotzdem schaute sie voller Anspannung nach hinten zu Matthias. Auch er atmete schwer.

„Geschafft. Ich hab beide Hinterbeine. Jetzt wird's kritisch. Pass auf, sie legt sich gleich hin!"

Tatsächlich. Mit einem lauten Blöken knickte Gretl die Beine ein und lag jetzt wieder auf dem Boden. Kelly trat neben Matthias und schaute ihn an. Er sah noch ernster drein als vorher.

„Ich dachte, du hast es hingekriegt?", fragte sie.

Er sah sie nicht an, sondern holte einen dicken Sisalstrick. „Das Kalb liegt ja immer noch verkehrt herum. Und die Gretl schiebt wie verrückt. Nur geht es so herum nicht so leicht. Wenn das Kalb aber mit dem Hintern rauskommt, reißt die Nabelschnur. Kriegen wir es dann nicht ganz schnell aus ihr raus, erstickt es jämmerlich."

Um Gottes willen!

Kelly lief eine Gänsehaut über den Rücken und sie zitterte. Sie mussten das Kalb retten!

„Was kann ich tun?", fragte sie atemlos.

Er schlang die Stricke um die Knöchel des Kalbes, die nun ungefähr zwanzig Zentimeter herausragten, und gab ihr die Enden in die Hand.

„Du ziehst, so fest du kannst, wenn ich es dir sage! Ich dehne die Kuh und leite das Kalb, sonst schaffen wir das niemals." Er fasste erneut mit seinem Handschuh hinein.

Fuck. Wenn sie jetzt etwas falsch machte, dann …

„Zieh!", rief er.

Und sie tat es. Die groben Stricke schnitten ihr in die Haut, sie trat in einen Kuhfladen und eine kleine Spinne krabbelte an ihrem Arm hoch, aber das war alles egal. Sie zog und zog, während die Kuh mit einer Wehe anschob.

„Verdammt nochmal", fluchte Matthias. Er kniete hinter der Kuh und tat alles, um dem Kalb den Weg nach draußen zu ermöglichen.

Dann – bei der nächsten Wehe – ging ein Ruck durch die Kuh und man sah tatsächlich ein kleines Schwänzchen herausragen. Kelly wollte sich freuen, doch Matthias' Stimme war voller Panik. „Los jetzt, wir müssen es rausholen, sonst ist es tot. Zieh, Kerstin!"

Sie biss die Zähne zusammen und zog und zog und zog. Das Hinterteil flutschte heraus.

Matthias sprang auf und stellte sich jetzt neben Kelly, nahm ihr eines der Seilenden aus der Hand und zog ebenfalls mit voller Kraft an.

Die Kuh ließ ein heiseres Muhen durch den ganzen Stall schallen. Dann gab das Seil nach, Kelly plumpste nach hinten und kam unsanft auf dem harten Boden zu sitzen. Es war da! Glitschig und nass und zur Hälfte in einer Art trüber Haut gehüllt lag das Kalb hinter der Mutter. Unfassbar! Matthias war schon bei ihm und zog die Haut von ihm herunter, während aus der Kuh eine ganze Menge Fruchtwasser lief.

„Lebt es?", fragte Kelly tonlos.

Als hätte es die Frage gehört, hob das Kalb den Kopf und sah sie an - aus den schönsten Augen, die sie jemals bei einem Tier gesehen hatte. Es war alles andere als flauschig, nicht mal besonders niedlich war es, wenn es so nass und zusammengefaltet dalag – und doch kamen Kelly bei seinem Anblick die Tränen. Was für ein Start ins Leben für diesen kleinen Kämpfer! Fast hätte er es nicht geschafft, undenkbar!

Und wie toll seine Mutter, die Gretl, das alles gemacht hatte! Kelly hatte noch nie so etwas Bewegendes gesehen.

„Es ist ein Kuhkalb", sagte Matthias. Sein Lächeln war zurückgekehrt. „Du darfst dir gern einen Namen aussuchen."

Er zog sich den langen Latexhandschuh vom Arm und streckte Kelly die Hand hin, um ihr vom Boden hochzuhelfen.

„Ich ... äh ...", stammelte sie. „Mir fällt gerade kein Name ein, aber das wird schon noch."

Sie war völlig hin und weg von dem Wunder, dem sie gerade beigewohnt hatte.

Das Wunder des Lebens!

Und eine Rettung noch dazu. Vorsichtig ging sie auf das Kalb zu, streckte die Hand aus, hielt dann aber inne.

„Darf ich es anfassen, oder nimmt es dann die Mutter nicht mehr an?"

Matthias' Blick war warm. „Das stört sie nicht. Schau, hier ist ein altes Handtuch, da kannst du das kleine Mädchen trockenreiben. Aber vielleicht will ja die Mutter erst?"

Er bückte sich, nahm das Kalb einfach in seinen Armen hoch und trug es nach vorne zum Kopf der Mutter.

Kelly sah ihm hinterher. Er war dreckig, unrasiert, ungekämmt und hatte ein glitschiges Etwas im Arm, dessen lange Beine herunterhingen. Aber sie hatte nie im Leben etwas Schöneres gesehen als die beiden.

Kellys Brust wurde eng und weit zugleich, sie wusste nicht, ob sie das Kalb oder Matthias anschauen sollte. Wie wunderbar die beiden doch waren!

Er legte das Kälbchen behutsam vor die Mutter. Bestimmt durfte das Kleine jetzt bei ihr bleiben, am prallen Euter trinken und sich wohlfühlen.

Doch die Gretl beugte sich nur kurz hinunter, beschnupperte

das Kalb, leckte einmal mit der Zunge über die Stirn und wandte sich dann ab.

„Oje", sagte Matthias. „Das dachte ich mir schon, war beim letzten genauso. Die Kühe fühlen sich oft gar nicht zuständig für das Kalb. Aber es kommt zur Amme, da ist ein Platz frei."

Erneut nahm er das Kalb hoch, redete liebevoll mit ihm und trug es auf die andere Seite des Stalles, wo sich die kleine Gruppenhaltung befand. Dort legte er es sanft auf den Boden. Die größeren Kälber lagen dösend im Stroh, aber eine gefleckte Kuh kam heran und sah sich den Neuzugang neugierig an. Kelly ging in die Hocke, nahm das löchrige, alte Handtuch und rieb das Kälbchen trocken. Das Fell war komplett nass und teilweise glitschig, aber das machte ihr nichts aus. Denn die kleine Kuh war einfach irrsinnig schön mit ihrem schwarzen Fell, den weißen Strümpfen und dem kleinen, weißen Herzchen auf der Stirn. Wie konnte seine Mutter dieses zauberhafte Wesen nur ablehnen? Kelly strich ihr über das Mäulchen, das samtweich war.

„Du bist wirklich ein kleines Wunder", sagte sie leise. „Deshalb sollst du Mira heißen für Miracle. Gefällt dir der Name, du süße Mira?"

Das Kalb erwischte Kellys Zeigefinger und begann sofort, gierig daran zu saugen. Lächelnd schüttelte Kelly den Kopf. Die Kleine hatte Hunger! Erst ein paar Minuten auf dieser Welt, aber schon so fleißig am Saugen, es war unglaublich.

Als sie aufsah, stand Matthias am Rand der Box und sah sie mit einem seltsamen Blick an. Sehr lange sah er sie an. Und sie sah zurück, war gefangen in seinen Augen, wie hypnotisiert.

„Ihr seid beide überirdisch schön"; sagte er in ruhigem Tonfall. So, als würde er es ernst meinen. Trotzdem hatte sich ein winziges Lächeln in seine dunkle Stimme geschummelt, so kam es Kelly zumindest vor. Aber sein intensiver Blick, dieser Blick, der alles zu durchdringen schien, der lag immer noch auf ihr.

Es war völlig verrückt. Sie saß hier im verdreckten Stroh, mitten in der Nacht in einem Kuhstall, in einer völlig fremden Welt. Und doch berührte sie all das hier mehr als die tollste Preisverleihung und besten Kritiken der letzten Jahre. Dazu Matthias, der diese bodenständige Männlichkeit hatte, diese hemdsärmelige Erotik, diese unverstellte Herzlichkeit, die sie schlichtweg umhaute. Und jetzt noch das Kälbchen, so hilflos und unschuldig, das sie aus seinen schönen Augen ansah, als wäre sie die wichtigste Person in seinem jungen Leben. Und das immer noch hungrig an ihrem Finger saugte.

In Kellys Brust schmolz irgendein Eisklotz, von dem sie gar nicht gewusst hatte, dass er da war. Er schmolz und schmolz und wollte gar nicht mehr aufhören damit, sodass sie ihre Hände auf den Rücken des vor ihr liegenden Kalbs legte, um nicht ganz weggespült zu werden. Es war, als hätte jemand sie aus einem Traum aufgeweckt oder aus einem Film ins wahre Leben hineingestoßen. In eine Welt ganz ohne Glitzer und Applaus. Wo es eine Menge Arbeit gab und viel Dreck und wo eine Geburt auch mal schlecht ausgehen konnte. Wo aber auch neues Leben entstand und Menschen sich halfen und Männer offenbar einer Frau minutenlang in die Augen schauen konnten.

Ihr Hals wurde eng, irgendwas drängte nach außen. Kelly atmete stoßweise. Matthias' Worte, dass sie schön sei, sein Lächeln, das weiche Maul von Mira, diese ganze, verrückte Nacht – sie merkte auf einmal, dass ihre Wangen nass waren. Schnell wischte sie sie mit dem Unterarm trocken, aber es half nicht viel, weil sie nämlich aus irgendeinem dummen Grund plötzlich haltlos weinen musste.

Und dann war er mit einem Mal hier in der Box. Stand neben ihr, zog sie hoch – und direkt an seine Brust.

„Es ist überwältigend, ich weiß", sagte er in ihre Haare hinein. Seine Hände waren überall auf ihr, streichelten sie, beruhigten sie, gaben ihr den Halt, den sie plötzlich so dringend benötigte.

„Du hast sie gerettet", schluchzte sie. „Ohne dich wäre die kleine Mira gestorben!"

„So was gehört zu meinem Job", erwiderte er sanft. „Außerdem war ich das ja nicht alleine. Du hast hervorragende Arbeit geleistet, Magd Kerstin."

Sie spürte sein Lächeln. Spürte, wie es ihr immer wärmer ums Herz wurde. Und wie schön es war, sich einfach nur an ihn zu lehnen und von ihm halten zu lassen. Oh Gott, sie wollte nie wieder von ihm weg. Sie wollte sich einfach für die nächsten Stunden, Tage, Jahre in seiner Umarmung auflösen, so wunderbar war es hier an seiner Brust.

Viel zu wunderbar.

Langsam löste sie sich von ihm. Sah die Wärme in seinen Augen und sah auch, dass er ihren Gefühlsausbruch überhaupt nicht dämlich fand. Sondern verstand.

Kellys Atem war völlig aus dem Takt, ihr Herzschlag sowieso.

Verflixt nochmal, sie konnte doch nicht allen Ernstes einen Milchbauern aus dem südlichen Bayern so anziehend finden, dass ihr glatt die Knie weich wurden!

16. Verhext

Matthias

Es war nicht gelogen, als er gesagt hatte, dass sie in diesem Moment überirdisch schön war. Na gut, vielleicht nicht wirklich überirdisch, aber auf jeden Fall zehn Mal schöner als in ihren Hochglanzvideos.

Ihre Haare klebten an der Stirn, quer über der Wange hatte sie eine Spur aus Dreck, ihr Shirt war fleckig. Außerdem war sie natürlich zu dieser Uhrzeit völlig ungeschminkt, hatte sich die Haare nur zu einem unordentlichen Pferdeschwanz gebunden und trug ausnahmsweise nichts, was ihren knackigen Körper betonte. Und gerade deshalb fand er sie, wie sie so neben dem frisch geborenen Kalb kniete und es streichelte, unsagbar anziehend.

Dann sah er ihre Tränen und musste leise lächeln. Wie gut erinnerte er sich an die erste Geburt, die er als Kind miterlebt hatte! Der Vater hatte ihn ein wenig geschimpft. „Du flennst ja wie ein Mädchen", hatte er gesagt, aber die Mutter hatte ihn einfach in den Arm genommen und ihm erklärt, dass solche Wunder die Menschen eben tief berührten.

Ohne nachzudenken, ging er auf Kelly zu, zog sie hoch und nahm sie in den Arm. Wieso auch nicht. War doch gar nichts dabei.

Außer halt, dass sie so gut roch. Am liebsten hätte er seine Nase ganz tief in ihre Haare gesteckt, um den Duft einzusaugen. Und, dass es sich verdammt gut anfühlte, wenn sich ihr Körper gegen seinen lehnte. Ihren Atem zu spüren, trug auch nicht gerade dazu bei, dass sein eigener ruhiger wurde.

Oh Mann, wenn sie sich noch länger so an ihn drückte, konnte er für gar nichts mehr garantieren!

Doch sie löste sich. Sah ihn innig an mit diesen Kastanienaugen, die sogar hier in der dunkelsten Ecke des Stalls funkelten.

Augen, die immer ein wenig Traurigkeit innehatten, das war ihm schon gestern aufgefallen. Und in diesem Moment hätte er sonst was dafür gegeben, wenn er diese Traurigkeit verschwinden lassen könnte. Wenn er es schaffen würde, dass da nur noch Lachen und Singen und Fröhlichkeit wären.

„Danke", sagte sie und ihre sonst so melodische Stimme klang belegt.

„Wofür?", fragte er überrascht.

„Dafür, dass du mich nicht auslachst. Und dass du mir nicht das Gefühl gibst, eine totale Null zu sein."

„Das bist du doch auch gar nicht! Ganz im Gegenteil, ich bewundere dich sehr, wie du all diese ..."

„Wusste ich's doch!", dröhnte Burgis Stimme schrill durch den Stall.

Kelly machte instinktiv einen Schritt von ihm weg. Und auch er drehte sich zur Seite.

Aber das half natürlich nichts, Burgi hatte längst gesehen, dass sie sich im Arm gehalten hatten. Sie walzte auch schon heran, die Haare wirr vom Kopf abstehend und gewandet in etwas, das aussah wie ein Trainingsanzug aus dem Harem, denn die lila Pumphose hatte drei Streifen an der Seite. Wirkte ein wenig deplatziert zu den dunkelgrünen Gummistiefeln.

„Was wusstest du denn?", versuchte Matthias, ihr den Wind aus den Segeln zu nehmen. „Dass die Gretl ein Kuhkalb bekommen hat?"

218

„Ja, ja, das auch", sie machte eine wegwischende Handbewegung. „Ich hab ihr ja extra eine Nase voll Kinderkrautextrakt gegönnt, den ich über meine neue Bong angezündet habe. Sie hat das brav inhaliert, also war mir klar, dass sie heute kalbt. Und auch, dass sie dazu natürlich zwei Helfer braucht." Sie kicherte.

Matthias rollte mit den Augen und sah, dass Kelly grinsen musste.

„Kelly hat mir sehr geholfen", stellte er klar. „Sie ist die geborene Kuh-Hebamme. Kaum zu glauben, dass sie das zum allerersten Mal gemacht hat. Und das Kalb denkt jetzt offenbar, sie ist die Mutter. Das ist schon echt bewegend." Vielleicht konnten sie Burgi auf diese Weise davon überzeugen, dass die Umarmung nichts zu bedeuten hatte?

„Ja wirklich", ging Kelly sofort darauf ein. „Ich war total geflashed. Musste sogar weinen, weil die kleine Mira bei der Geburt fast gestorben wäre!" Sie wischte sich theatralisch eine nicht mehr vorhandene Träne von der Wange.

Doch natürlich fiel Burgi nicht darauf herein. Sie hatte nicht nur Adleraugen, sondern wahrscheinlich hier irgendwo eine Kamera installiert. Anders konnte sich Matthias nicht erklären, wieso sie gerade jetzt auftauchte. Normalerweise hörte sie sofort, wenn bei den Kühen irgendein Remmidemmi war, und kam dann umgehend in den Stall gewetzt. Heute aber war sie genau passend zur Umarmung erschienen. Er musste dringend mal oben im Heustock kontrollieren, ob da eine Überwachungsanlage eingebaut worden war.

Er wandte sich an Kelly. „Magst du Mira füttern? Ich hab was abgemolken und hier eingefüllt. Nicht wundern, dass die Milch so gelb ist, das ist normal. Da ist alles drin, was die Kleine jetzt braucht, um gesund zu bleiben."

„Na klar!" Sie strahlte übers ganze Gesicht, als er ihr den

Zapfenkübel gab und ihr zeigte, wie sie es machen musste.

„Komm, Tantchen, wir räumen den Rest weg." Er ging voraus, um den Geburtsplatz zu säubern.

Burgi wich nicht von seiner Seite und plapperte aufgeregt los. „Freut mich, dass du endlich zur Vernunft gekommen bist, Bub! Ich sag doch schon die ganze Zeit, dass du endlich dein Leben genießen sollst. Oder zumindest die zwei Tage, bis sie wieder weg ist. Es sind ja sogar noch eineinhalb Nächte, die du nutzen kannst." Sie kicherte schon wieder. „Leg dich ins Zeug heute Nacht. Du darfst auch ausschlafen, ich übernehm in der Früh das Melken. Kann ja sein, dass die Kelly dich ganz schön rannimmt, und du bist das ja überhaupt nicht mehr gewohnt." Jetzt zwinkerte sie ihm vielsagend zu.

Matthias verdrehte die Augen. „Du hast eine viel zu blühende Phantasie."

„Iwo, es sind Tatsachen, dass ihr total scharf aufeinander seid. Hast du ihr eigentlich den *Andachtsjodler* gespielt?"

Zu seinem Entsetzten legte sie die Hand auf ihre üppige Brust und begann, den Jodler anzustimmen: „*Djooo, djo-iii-riiii*", krächzte sie los.

„Burgi, es reicht!" Er war laut geworden.

So gern er seine Tante mochte und so sehr er schätzte, dass sie immer für ihn da war – sie konnte eine schreckliche Nervensäge sein. Und ihre Stimme taugte allenfalls dazu, ein verirrtes Wildschwein aus einem Maisfeld zu vertreiben, aber selbst da würde wohl der Tierschutzbund eingreifen.

Kellys Stimme hingegen – nein, er durfte sich nicht zu solchen Gedanken hinreißen lassen!

„Mit wem ich mich auf der Matratze wälze, geht nur mich was an", stellte er klar. „Und auf wen ich scharf bin, ebenfalls."

„Äh, sorry, die Milch ist alle." Er fuhr herum, als er Kellys

Stimme hinter sich hörte. Entschuldigend hob sie den Zapfen-kübel in die Höhe. „Mira hat wohl viel Hunger."

Mist! Seit wann stand sie schon hier? Er musterte sie, suchte in ihrem Gesicht nach Anzeichen, ob sie etwas gehört hatte.

Offenbar nicht. Puh, Glück gehabt.

Doch sie wandte sich Burgi zu. „Was ist das für eine Melodie? Hat sich interessant angehört, so lyrisch."

Bitte nicht! Matthias hielt die Luft an. Doch Burgi jetzt aufzu-halten, war ungefähr so aussichtsreich, als wenn eine Stallfliege gegen einen Orkan anflog.

Seine Tante stellte sich breitbeinig hin, stemmte die Hände in die Hüften und hob das Kinn. Offenbar fühlte sie sich wie eine Anna Netrebko, nur halt in dreckigen Gummistiefeln und beglei-tet von Milchkühen statt von den Philharmonikern.

„Der Matthias hat mir verraten, dass er so liebend gern den *Andachtsjodler* spielen würde. Nur für dich! Weil man den ja nur für einen ganz besonderen Menschen anstimmt. Aber bis der sein Horn auspackt und dir zeigt, wie das mit dem Blasen geht, mach ich es dir halt. *Djoooo djo-iiii-riiiii* ..."

Die Kühe schlugen unruhig mit den Köpfen, Kelly starrte Burgi an, als überlegte sie krampfhaft, wo ihre Ohropax-Schach-tel war, und die kleine Mira ließ ein fragendes Muhen erklingen.

Oh verflucht, er hatte es doch gewusst. Frauen brachten immer nur Unglück, egal, wie alt sie waren, ob sie dreifarbige Haare hatten oder eine lila Pumphose trugen.

17. Das Eichhörnchen

Kelly

Schafe zählen? Sollte das wirklich helfen, wenn man nicht schlafen konnte? Kelly lag im Bett und starrte an die Zimmerdecke. Sie wusste aber gar nichts über Schafe und kannte keine, die sie zählen konnte. Vielleicht sollte sie es mit Kühen versuchen. Da gab es diese ganz schwarze Kuh und die mit den gelockten Stirnhaaren und die weiße mit den Punkten, die ein bisschen aussah wie der *kleine Onkel* von Pippi Langstrumpf. Und eine, die vorne ganz weiß und hinten ganz schwarz war. Außerdem gab es noch die Gretl und es gab Matthias' Hände, die sanft über Gretls Fell gestrichen hatten. Oh verdammt.

Sie drehte sich zur Seite. An schlafen war nicht zu denken. Immer wieder sah sie sein konzentriertes Gesicht vor sich, als er um Miras Leben gekämpft hatte. Hörte seine knappen Kommandos. Roch seinen unverfälschten Duft, als er sie im Arm gehalten hatte.

Wie wunderbar sich das angefühlt hatte! Ganz anders als bei Francesco. Klar, sie hatte ihren Manager anfangs heiß gefunden. Vielleicht hauptsächlich deshalb, weil er sie angebetet hatte. An sie geglaubt hatte im Gegensatz zu ihren Eltern. Ja, er hatte ihr versprochen, sie zum Star zu machen und sein Wort gehalten, er war für sie da gewesen, er hatte sich um sie gekümmert. Nur – irgendwie beschränkte sich seine Fürsorge auf den Teil von ihr, der erfolgreich auf der Bühne stand.

Sah er überhaupt den Menschen in ihr?

Hätte er sie – wie Matthias – auch einfach an sich gezogen, wenn ihr wegen irgendetwas die Tränen über die Wange gelaufen wären?

Ganz sicher wäre ihm eine Kuh egal gewesen. Ein Kalb auch. Er hätte womöglich gewitzelt, dass er Kälber sehr mochte, insbesondere als Piccata Milanese mit Parmesankruste.

Sie warf sich auf die andere Seite. Konnte sie ihn eigentlich leiden? Oder er sie?

Fuck, sie musste sich ablenken. Solche Gedanken führten nun mal nirgendwo hin. Denn sie konnte Francesco nicht rauswerfen, das war klar. Schon mehrmals hatte er das klargestellt. Einmal hatte sie nach einer anstrengenden Sporteinheit lachend gesagt: „Hey, wenn du mich weiter so quälst, suche ich mir einen neuen Manager!" Seine Antwort darauf war trotz seines Grinsens alles andere als ein Witz gewesen. „Kannst du schon versuchen, aber meine Kontakte sind so gut, dass ich dir das Leben als Star zur Hölle mache", hatte er nämlich gesagt.

Erst später war ihr klar geworden, dass das stimmte. Er kannte die wichtigsten Journalisten, Veranstalter, Produzenten.

„Und ich bin nicht mehr als sein Produkt", murmelte sie leise vor sich hin. Ein goldener Vogel, der in der Käfigfalle saß.

Ihr Blick fiel auf die Handyanzeige. Vier Uhr dreißig.

Sie setzte sich im Bett auf. Es hatte keinen Sinn, sich weiter zu quälen, sie musste ihre Gedanken auf etwas anderes konzentrieren. Die neigten nämlich dazu, immer wieder zu Matthias zu wandern, ihn mit Francesco zu vergleichen und festzustellen, dass dieser sehr schlecht abschnitt.

Doch Matthias wollte sie höchstens als One-Night-Stand im Bett. Oder nicht mal das, denn er hatte nach der Rückkehr ins Haus keinerlei Anstalten gemacht, ihr irgendwie näher zu kommen. Ganz im Gegenteil, er hatte etwas gefaselt, dass er das neue Kalb noch melden müsse, und war schleunigst im Büro verschwunden.

An Burgi könnte sie denken. Ja, das war gut! Das würde ihren Kopf vielleicht etwas beruhigen.

Kelly musste unwillkürlich grinsen. Wie inbrünstig die alte Tante diesen Jodler gesungen hatte! Wobei es ja überhaupt nichts Gejodeltes war, ganz im Gegenteil. Es war ein extrem langsames, sehr eingängiges Lied. So vermutete sie zumindest, denn Burgis Stimme war – nun ja – nicht gerade ein Ohrenschmeichler.

Aber vielleicht war das Stück bekannt? Sie nahm ihr Handy, steckte sich Stöpsel ins Ohr und suchte bei YouTube. Tatsächlich, es gab eine Menge Einträge für den Andachtsjodler. Offenbar wurde der gern an Weihnachten gesungen.

Sie klickte eines der Videos an, da stand etwas vom Salzburger Berg-Advent. Nein, das war bestimmt keine gute Aufnahme, das war offensichtlich ein Laienchor und die waren in irgendeiner barocken Kirche.

Kelly wollte ein anderes suchen, doch das Video lief los und sie hörte den sanften Klang einer Harfe. Irgendetwas faszinierte sie daran und sie sah genauer hin. Was lag denn da auf dem Tisch? War das eine Zither oder dieses andere komische Ding, wie hieß das nur gleich? Ein Hackbrett oder so?

Sie hatte sich eigentlich für eine gebildete Profimusikerin gehalten, aber hier traf sie auf Instrumente, denen sie vorher noch nie begegnet war.

Die Chorstimmen setzten ein. Unverbrauchte, reine, eher durchschnittliche Stimmen waren es, aber die ehrfurchtsvolle Art, wie sie das Stück sangen, ließ bei Kelly eine Gänsehaut entstehen. Eine ganz einfache Tonfolge war es, nur drei verschiedene Töne, dann um eine ganze Note nach oben versetzt das Gleiche. Anschließend wanderte die Melodie nach oben, erstrahlte in einer lang angehaltenen Note, wanderte langsam wieder nach unten.

Der Dirigent forderte die Zuhörer auf, aufzustehen. Alle Kirchenbesucher kamen der Aufforderung nach und sangen mit. Kellys Gänsehaut hörte gar nicht mehr auf. Dabei war das nur ein ganz einfacher Chor mit einem ganz einfachen Lied in einer schrecklich kitschigen Kirche zur Adventszeit! Sie selbst verband mit Weihnachten eigentlich nur Stress, denn es war eine super Verkaufszeit. Deshalb musste man versuchen, ein Weihnachtsalbum zu produzieren oder zumindest das normale nochmal massiv zu promoten, damit es auf vielen Gabentischen lag.

Aber diese Menschen hier schienen tatsächlich andächtig zu sein, so wie der Name des Stückes sagte. Ihr kam es vor wie eine fremde Welt. In Berlin scherte sich kaum jemand um so etwas. Sie erinnerte sich an einen Kurzbesuch von Kalinda in der Vorweihnachtszeit. Sie waren gemeinsam durch die Stadt geschlendert und Kalinda hatte sich gewundert, dass es keine „Christkindl-Märkte" gab, sondern nur Adventsmärkte. „Und da kann man ja weder Krippenfiguren noch Christbaumschmuck kaufen, nur Würste und Tofuburger!", hatte Kalinda gesagt.

Burgi besaß ganz bestimmt eine Krippe. Komischerweise wusste Kelly auf einmal nicht mehr, ob sie das albern finden sollte oder beneidenswert. Sie legte das Handy zur Seite, denn das Stück war zu Ende. Die Melodie schlenderte aber weiterhin durch ihren Kopf, vergnügte sich in Variationen, verband sich mit ein paar Wortfetzen, wuchs und blühte und streckte ihre Triebe in verschiedene Richtungen.

„Ich muss das aufschreiben", beschloss Kelly, holte sich Stift und Block und kritzelte eine Notenzeile darauf, um sich ihre Einfälle zu notieren. Kaum hatte sie die Rohfassung einer Ballade aufgeschrieben, fiel ihr etwas Neues ein. Ein Song über eine alte

Frau, die einsam war, aber das nie zugeben würde und allen etwas vorspielte. „*You tell everyone your life is full, you`ve got your dog and your garden and all your friendly ladies. But I know that you're only playing cool ...*", sang sie leise vor sich hin.

Du liebe Zeit, Francesco durfte das niemals hören! Lieder über alte Frauen mit einem Hund, das war nichts, was man in den Clubs spielte. Aber egal, sie wollte diese Songs aufschreiben. Nur für sich. Auch wenn niemand sie jemals auf einem Album kaufen können würde.

Nachdem sie noch eine halbe Stunde lang herumprobiert und den Text verbessert hatte, kam eine bleierne Müdigkeit über sie und sie legte sich wieder ins Bett. Nur ein wenig schlummern, ganz kurz. Denn bald klingelte ja schon der Wecker, denn sie wollte auf jeden Fall frühmorgens beim Melken dabei sein, um Mira nochmal füttern zu können und zu schauen, wie es der Gretl nach dieser anstrengenden Geburt ging. Matthias sollte schließlich merken, dass sie eine Kämpferin war, dass sie auch mit wenig Schlaf zurechtkam und ihren Einsatz als seine Helferin ernst nahm! Deshalb würde sie frisch und munter zur Stallzeit auf der Matte stehen. Nein, mehr sogar, sie würde ihm vorher eine Tasse Kaffee mahlen. Oh ja, das würde ihn garantiert schwer beeindrucken!

Klappte nur leider nicht.

Dummerweise schlief sie so tief, dass sie entweder den Wecker überhört oder ihn im Halbschlaf ausgestellt hatte. Denn als sie die Augen aufschlug, schien die Sonne schon munter durchs Fenster herein.

„Oh, Shit!", fluchte Kelly, fuhr hoch und sah auf die Uhr. Halb neun. Na super.

Sie flitzte ins Bad, machte sich schnell fertig und rannte nach unten. Das Haus war natürlich leer, die Küche roch nur noch leicht nach Kaffee. Also eilte sie rüber in den Stall und gleich nach hinten zur Gruppenhaltung. Doch die Box war leer. Um Gottes willen, Mira war doch wohl nicht ...? Da fiel ihr Blick auf die hintere Wand des Abteils, die geöffnet war. Kelly flitzte um den Stall herum zum Auslauf und traute ihren Augen nicht. Mira stand auf allen Vieren, sah Kelly herankommen, und machte sofort staksige Schritte auf sie zu.

„Guten Morgen, kleine Kämpferin", sagte Kelly, fasste durch die Stäbe und streichelte Mira am Hals. Wahnsinn, wie niedlich das Kälbchen war! Das Fell war jetzt flauschig weich, der Kopf ganz samtig und die Augen immer noch riesig und irrsinnig schön. Aber die Stimme hatte an Volumen zugenommen, Mira konnte nämlich schon ein kräftiges „Muh!" äußern.

„Auch schon ausgeschlafen?", hörte sie von hinten Matthias' Stimme. Sie drehte sich schnell um und sah ihn grinsen.

„Oh je, ich hab total verpennt", gab sie zerknirscht zu. „Dabei wollte ich dir sogar einen Kaffee machen am Morgen."

„Macht nix, ich bin heute auch schwer aus den Federn gekommen. Aber sag mal – kann es sein, dass du nachts noch Lieder geschrieben hast oder so?"

Auch das noch. Hatte er sie gehört? „Eigentlich war ich ganz leise", wunderte sie sich.

„Ich habe gute Ohren. Außerdem hab ich heute Nacht irgendwie unruhig geschlafen." Er senkte den Blick und war mit einem Mal eifrig damit beschäftigt, eine Eimeraufhängung geradezubiegen.

So? Er hatte doch wohl nicht an sie gedacht? Oder vielleicht doch?

Kelly wollte gerade fragen, was ihm denn so Wichtiges durch den Kopf gegangen war und den Schlaf geraubt hatte, da kam ihr Kamerateam angelaufen.

„Kelly, wo steckst du denn nur immer!", rief Jens. „Francesco macht uns schon die Hölle heiß, weil keine neuen Videos und Fotos da sind."

„Lass uns was mit diesem winzigen Kalb da machen, das kommt gut rüber in den sozialen Medien. Tiere bringen immer hohe Klickraten", rief sein Kollege.

„Ich weiß nicht recht", begann Kelly, denn es fühlte sich nicht richtig an, Mira für diese Zwecke zu benutzen.

Ihr Blick fiel auf Matthias. Er nickte ihr zu. „Mach ruhig, das Kalb stört es nicht, dass es zum Facebook-Star wird. Und erzähl ruhig, dass du heute Nacht mitgeholfen hast. Das hier gehört doch schließlich zu deinem Job."

Sein Lächeln war freundlich, aber irgendetwas gab ihr einen Stich in die Brust. Ja, er hatte recht, das Marketing war Teil ihres Berufs. Trotzdem erschien ihr das alles mit einem Mal so schrecklich künstlich. Er hingegen hatte einen echten Beruf, einen sinnvollen und bodenständigen.

Mechanisch spulte sie irgendwelche Sätze ab, ließ sich mit dem Kalb ablichten, erzählte von der aufregenden Geburt. Immer wieder sah sie sich jedoch nach Matthias um, der hatte etwas gemurmelt von Arbeit und war verschwunden, als die Kameras lossurrten.

„Wer weiß, vielleicht schreibe ich mal eine Nummer über meine neue Freundin", sagt Kelly schließlich ins Mikrofon und streichelte Mira. „Wie würde euch das gefallen? *Big eyes can't lie*, das klingt doch gut, was denkt ihr, liebe Fans? Hinterlasst mir einen Kommentar, ihr wisst ja, wie wichtig mir eure Meinung ist!" Wie immer lachte sie und strahlte und schäkerte mit der Kamera. Doch dieses Mal fühlte es sich nicht so gut an wie sonst. „Jungs, das war's erst mal", beschloss sie. „Wir machen später weiter."

„Aber Francesco sagt, wir sollen dich auf Schritt und Tritt begleiten!", protestierte Jens.

„Mag sein. Aber ich sage, ihr lasst mich jetzt in Ruhe!", stellte sie klar. Ihr Ton war viel zu scharf, die Jungs konnten schließlich nichts dafür. Aber sie wollte sie heute nicht in ihrer Nähe haben. Und die Videos von Mira sollten doch erst mal reichen für die Fans.

Kelly ging zurück in den Stall und lief dort Burgi in die Arme, die eine Plastikwanne voller Stroh herumtrug. „Magst du mit mir frühstücken?", fragte sie Kelly.

Und dabei ausgehorcht werden? Du liebe Zeit, nein!

„Ich hab schon was gegessen", log sie. „Wo ist denn Matthias hin?"

Burgi grinste. „Vermisst ihn wohl, gell? Ich vermute, der wollte ein bisserl Ruhe haben."

„Also ist er ins Haus gegangen?"

„Nein, auf den Friedhof. Da redet keiner mit ihm, sagt er immer. Manchmal ist er echt ein komischer Kauz." Burgi schüttelte leicht den Kopf.

„Und wo ist der Friedhof?", fragte Kelly.

Burgi sah sie an, als wäre das eine saudumme Frage. „Na, hinter der Kirche, wo denn sonst!"

Klar. Das hätte sie sich denken können. Kelly ging in die Küche, wo sie ein Glas Wasser trank, und dann die Dorfstraße entlang bis zur Kirche. Ein schmiedeeisernes Tor unterbrach die Steinmauer und Kelly drückte vorsichtig den Griff hinunter. Es ließ sich leicht öffnen. Sie ging um das Kirchengebäude herum und hielt erstaunt inne. Hinter der Kirche befand sich ein großes Areal mit Grabsteinen, das an der hinteren Seite in ein kleines Wäldchen überging. Zwischen den Gräbern, die fast alle schön bepflanzt und gut gepflegt waren, gab es viel Platz und jede

Menge Bäume, sodass Vögel ihre munteren Lieder sangen und sogar eine Hummel Kellys Weg kreuzte.

Es war wirklich ruhig hier.

Nicht nur, weil kein Straßenlärm zu hören war. Nein, es war eine andere Art der Ruhe, die sich hier über alles senkte. Eine, die trotz des Ortes hell und freundlich war und ihr das Gefühl gab, nach langer Zeit wieder mal richtig durchatmen zu können. Deshalb stellte sie bei ihrem Handy jetzt sogar die Vibration aus. Ein Blick hatte ihr nämlich verraten, dass einige Nachrichten eingegangen waren – und zwar nicht unbedingt von jemandem, mit dem sie jetzt reden wollte.

Sie sah Matthias am hinteren Ende vor einem einfachen Grabstein stehen und ging auf ihn zu. Er sah sie erst, als sie schon fast bei ihm angekommen war. Kelly merkte jetzt, dass es ihm vielleicht gar nicht recht war, sie zu sehen, deshalb sagte sie: „Burgi hat mir gesagt, dass du hier bist. Aber du willst sicher allein sein, ich gehe lieber wieder."

„Unsinn, bleib ruhig da", sagte er. „Ich komme oft hierher und rede mit meinen Verwandten. Naja, nicht laut. Zumindest meistens nicht. Und manchmal habe ich sogar Gesellschaft."

Er deutete auf den Baum neben sich. Verdutzt folgte Kellys Blick seiner Handbewegung.

„Ein Eichhörnchen!", sagte sie leise, weil sie das rotbraune Tier nicht erschrecken wollte.

„Manchmal sind es sogar zwei", erklärte er. „Ich bring ihnen gern ein paar Haselnüsse vom Strauch hinterm Haus mit. Die hab ich immer in der Hosentasche. Was nicht schlau ist, ich musste neulich die Waschmaschine reparieren deswegen. Hatte sie in der Arbeitshose vergessen."

Sein kleines Lächeln war so wundervoll, dass es Kelly hier unter den schattigen Bäumen so warm wurde, als stände sie in der prallen Sonne. Er versorgte das Eichhörnchen mit Haselnüssen, wie sollte man so einem Mann widerstehen können? Kelly wusste nicht, warum sie sich so zu ihm hingezogen fühlte und das war ja auch egal. Sie wollte einfach nur hier sein, mit ihm reden, ihn anschauen, sich von ihm etwas über seine Eltern erzählen lassen.

Auch wenn es schwerfiel, den Blick von ihm zu lösen, betrachtete sie den schlichten Grabstein. Mehrere Namen waren eingemeißelt, die neusten beiden lauteten Ludwig und Lukrezia.

„Sie haben oft darüber gelacht", erklärte er mit leiser Stimme. „Dass sie so ähnliche Namen haben. Überhaupt wurde viel gelacht bei uns daheim, besonders bei meiner Mutter."

Sein Blick war voller Liebe, als er zum Stein sah. Eine Schale mit ein paar kräftig orangefarbenen Tagetes und sehr vielen lilafarbenen Petunien stand darauf. „Lila war die Lieblingsfarbe meiner Mutter", erklärte er. „Deshalb pflanz ich die immer. Naja, oder Burgi, die kennt sich besser mit Blumen aus."

„Sie ist erst vor drei Jahren gestorben", stellte Kelly beim Blick auf den Stein fest. „Habt ihr gemeinsam in dem Haus gewohnt?"

Er nickte. „Ja, haben wir. Sie hat einen Teil von ihrer Fröhlichkeit verloren, als mein Vater gestorben ist. Er hat ihr Lachen irgendwie mit ins Grab genommen. Ich schätze, sie haben sich wirklich geliebt. Und das, obwohl sie so unterschiedlich waren."

„Magst du mir von ihr erzählen?", fragte sie vorsichtig.

Er schien zu überlegen. „Da gibt es gar nicht viel zu sagen. Sie war lustig, freundlich zu allen Leuten und schrecklich neugierig. Das hatte sie mit ihrer Schwester, also der Burgi, gemeinsam. Sie hat den besten Nusszopf der Welt gebacken und die schönsten Schlaflieder gesungen. Mein Vater mochte am meisten an ihr, dass sie so fleißig war, glaub ich, und auch ihren Humor. Er war selbst eher der ernste Typ. Weißt du, sie hat immer gearbeitet. Sie ist gern selbst Traktor gefahren, hat bei den Reparaturarbeiten mitgeholfen, natürlich gemolken und alles andere auch. Sogar als sie schon krank war, war sie noch ständig auf dem Hof unterwegs. Es ging dann sehr schnell. Bauchspeicheldrüsenkrebs."

Kelly sah, wie er schlucken musste, und hätte ihn am liebsten in den Arm genommen. Aber das wäre viel zu aufdringlich.

Er sprach nach ein paar Sekunden weiter. „Ich weiß noch genau, wie schlimm es für sie war, als sie ein selbstgebackenes Brot nicht mehr aus dem Ofen heben konnte, weil sie so schwach war. Dabei hat es mir doch gar nichts ausgemacht, ihr zu helfen! Aber sie war stolz, sie wollte das nicht."

„Tut mir sehr leid für euch alle, sie war noch so jung."

Er nickte. Das Keckern des Eichhörnchens ließ ihn zur Seite schauen und holte ein winziges Lächeln auf sein Gesicht zurück.

„Na klar, mein kleiner Freund", sagte er weich. „Ich hab dir was mitgebracht. Wie immer." Er fasste in seine Hosentasche und holte eine Haselnuss heraus. Die streckte er dem Eichhörnchen auf der ausgestreckten Hand entgegen. Es kam zum Ast gekrabbelt, der fast bis zur Hand reichte. Von dort machte es sich lang, bekam die Nuss mit den Pfoten zu fassen und bedankte sich mit einem leisen „*Wuck-wuck*".

Sie hätte ihm stundenlang dabei zuschauen können. Wie sanft seine Züge waren, wenn er sich mit dem Tierchen beschäftigte! In ihr wuchs der Wunsch, jedes Detail über ihn zu erfahren.

„Hast du Geschwister?", wollte sie wissen.

Matthias schüttelte den Kopf. „Sie konnte nach mir keine Kinder mehr bekommen, dabei hätte sie so gern eine große Familie gehabt. Aber so ist das nun mal im Leben. Nicht jeder Wunsch geht in Erfüllung."

„Und du?", fragte Kelly mit sanfter Stimme. „Hast du früher

den Traum gehabt, mal selbst eine große Familie zu haben? Oder – wie soll ich sagen – vielleicht hast du ihn noch immer? Jemand muss den Hof doch mal weiterführen, oder nicht?"

Seine Miene verschloss sich. „Fang du nicht auch noch an! Damit liegt mir Burgi seit Jahren in den Ohren. Dabei bin ich doch erst zweiunddreißig, hab also noch Zeit, mir irgendwann eine Bäuerin zu suchen. Erst mal kümmere ich mich allein um den Hof, das habe ich meiner Mutter und vorher meinem Vater auf dem Sterbebett versprochen. Und - na ja – deshalb komme ich oft hierher und erzähle ihnen, wie die Ernte in diesem Jahr ausfällt oder wie viele neue Kälber wir haben. Irgendwie gehören sie ja immer noch mit dazu. Es ist schließlich nicht mein Hof, sondern ihrer. Oder zumindest unserer."

Kelly antwortete nichts, sondern ließ ihren Blick über all die Gräber schweifen. Überall standen mehrere Namen auf den Steinen, manchmal sogar sechs oder sieben.

„Bei euch gibt es noch richtigen Familienzusammenhalt", sagte sie halblaut.

Matthias drehte sich zu ihr und sah sie an. „Bei dir nicht?"

Sie lachte bitter. „Ich sag's mal so: Falls ich das Zeitliche segne, bin ich nicht besonders scharf darauf, in unserer protzigen Familiengruft beerdigt zu werden. Und meiner Familie ist es bestimmt auch lieber, ich lasse meine Asche irgendwo im Wannsee verstreuen. Es gibt ja auch diese Friedwälder, kennst du die? Du suchst dir einen Baum aus, die Urne wird darunter vergraben und in irgendeinem Register steht die Nummer des Baums, that's it. Klingt passend für mich."

Auch wenn sie sich betont zynisch gab - es versetzte ihr einen schmerzhaften Stich ins Herz, über ihre Familie zu reden. Über ihre Beerdigung hatte sie sich noch nie Gedanken gemacht. Aber die Bitterkeit war ein Teil von ihr geworden. Vielleicht sollte sie auch darüber mal einen Song schreiben, der ging sicher leicht von der Hand. Wurde dann halt eher eine sperrige Nummer mit disharmonischen Akkorden, mit bis zum Anschlag verzerrten Gitarren und einer schneidenden Miles Davis-Trompete.

„Hör auf, das ist ja schrecklich!" Matthias hatte die Brauen zusammengezogen und schien sogar das Eichhörnchen zu überhören, das sich erneut keckernd bemerkbar machte. „Ich kann mir nicht vorstellen, dass deine Familie dich nicht mag! Du bist talentiert, supererfolgreich, herzlich und einfach ein toller Mensch. Von deiner überirdischen Schönheit ganz zu schweigen." Jetzt schmunzelte er.

Es tat Kelly gut, ihn lächeln zu sehen und sich necken zu lassen. Trotzdem hatte er leider unrecht.

„Pass auf, ich zeig's dir", sagte sie und holte ihr Handy hervor. „Mein Vater hat mir eine Nachricht aufgesprochen, aber ich hab sie noch nicht abgehört. Kann mir schon vorstellen, was er sagt. Horchen wir mal gemeinsam rein."

Sie drückte auf die Starttaste und beobachtete Matthias, während ihr Vater sprach.

War äußerst lustig anzusehen, wie er immer ungläubiger dreinschaute. Tja. Nun lernte also auch er heute etwas Neues. Nämlich, wie so trautes Familienleben bei anderen Leuten aussah!

18. Die Resi

Matthias

Hatte der einen totalen Knall? Matthias konnte nicht glauben, was Kellys Vater ihr auf die Mobilbox gesprochen hatte. Meinte der das wirklich ernst?

„... bei einer Geburt mitgeholfen? Bist du von Sinnen? Reicht es denn nicht, dass du uns mit deiner unsäglichen Musik und den schrecklichen Videos zum Gespött der Leute machst? Musst du jetzt auch noch im Kuhmist herumstehen und dich mit Stallarbeit brüsten? Wenn du nicht endlich zur Vernunft kommst, werde ich noch heute zum Notar gehen und dich komplett aus dem Testament streichen lassen. Du bist eine Schande für alle von Kronenbergs. Melde dich gefälligst bei mir!"

„Er folgt mir offenbar auf Instagram", sagte Kelly nur und zuckte mit den Schultern.

Fassungslos starrte Matthias sie an. „Das ist ein Witz, oder? Irgendein Running Gag in deiner Familie."

Sie lachte bitter. „Glaub mir, Humor gehört nicht zu den Stärken der von Kronenbergs. Unser Name steht eher für Kunstverstand, Seriosität, elegante Empfänge."

„Und es ist unter der Würde einer Kerstin von Kronenberg, einen Stall zu betreten?", fragte er.

„Gut erkannt. Es ist auch unter ihrer Würde, dämliche Popmusik zu singen oder einen Glitzerfummel zu tragen. Wenn ich wenigstens eine berühmte Opernsängerin geworden wäre! Dann hätte man zu mir nach Bayreuth fahren können, dort natürlich die allerneuesten Kleider zur Schau tragen und beim Champagner den anderen Großkotzigen stolz verkünden können, dass es die eigene Tochter sei, die dort auf der Bühne brilliert."

„Du als Brünihilde oder Siegeslinde oder wie die alle heißen? Da müsstest du aber noch ordentlich Nusszopf verdrücken." Er grinste, um sie ein wenig aufzuheitern. „Nein, im Ernst – dein Vater ist ein Idiot. Wenn er nicht erkennt, wie hart du arbeitest, wie gut du bist und wie viele Menschen du mit deiner Musik glücklich machst, dann kann er sich seine ganze Bildung doch in den Arsch schieben!"

Ihre Augen blitzten im Sonnenlicht, das durch die Baumkrone fiel. Und sie lächelte ein klein wenig.

„Danke, das ist echt nett von dir, wenn du dich über ihn aufregst! Doch Tatsache ist nun mal, dass das alles für ihn nichts zählt. Er ist schließlich ein angesehener Geschäftsmann. Aber weißt du, was? Obwohl er so stolz ist auf sein Studium, hat er noch nicht kapiert, dass ich auf sein Geld überhaupt nicht angewiesen bin. Ich verdiene nämlich zur Zeit genug, dass ich in meiner Villa in Champagner baden kann. Coole Sache, oder?"

„Sehr coole Sache!"

Ihre Villa. Wie hatte er das nur vergessen können. Mit ihr zu reden, ihre Sorgen zu hören – das war, als gäbe es nichts Trennendes zwischen ihnen. Aber das war natürlich ein Trugschluss.

„Nur weiß ich halt nicht, wie lange das noch so anhält", fuhr sie fort und ließ die Schultern hängen. „Das Musikgeschäft ist so wahnsinnig schnelllebig geworden. Eine falsche Entscheidung und zack – bist du weg vom Fenster. Ich wette, die fünf Nachrichten von Francesco sollen mir das vor Augen führen. Er fragt jeden Tag drei Mal, wann endlich die Songs fürs neue Album fertig sind."

„Du hast doch letzte Nacht dran gearbeitet, oder?"

„Songs hab ich geschrieben, ja. Aber die sind nichts fürs Album. Viel zu melancholisch."

Hm. Das verstand er nicht. „Es ist doch dein Album und deine Entscheidung. Wenn du lieber Balladen singst, dann tu das. Ich kann mir nicht vorstellen, dass deine Fans alle abspringen."

„Oh doch, es sind andere Leute, die sowas hören wollen."

„Na und? Dann baust du dir eine neue Fanbase auf." War das wirklich so schwer?

„Das haben sich schon manche gesagt und sind daran gescheitert." Sie zählte ihm einige Namen von Künstlern auf, erklärte ihm, dass Francesco da niemals mitmachen würde und er sie in der Hand hatte.

Dieser geleckte Lackaffe! Dem sollte man mal ordentlich eine verpassen! „Aber wäre es denn so schlimm, wenn du nur noch in kleinen Hallen oder Musikkneipen spielst? Du hast doch schon viel verdient und bestimmt einiges auf der hohen Kante."

„Das schon, aber mein Haus kostet eine Menge Geld. Der Gärtner, das Boot, der Sportclub, die Leute, die mein Marketing machen. Das verschlingt alles Unsummen."

Er setzte zu einer Bemerkung an, dass sie ja in eine weniger feudale Behausung ziehen könnte, schluckte diese aber wieder hinunter. Ein Star wie sie, aus gutem Hause, mit klassischer Bildung und einem *von* im Nachnamen, wohnte natürlich nicht in einer Zweizimmerwohnung. Klar.

„Kein leichter Job, den du dir da ausgesucht hast", sagte er einlenkend. „Man stellt sich das so glamourös vor, aber es ist knallharte Arbeit."

„Ach, Quatsch." Sie hob den Kopf, um ihm in die Augen zu schauen. „*Deiner* ist ein Knochenjob! Du schuftest Tag und Nacht, hast nie Wochenende oder Urlaub und dann reden Leute wie ich noch dumm daher über die Bauern."

Sie schenkte ihm ein entschuldigendes Lächeln.

„Mag schon sein, aber ich liebe meine Arbeit. Weißt du, es sind ja meine Felder, mein Land. Ich plane und pflüge und säe und kümmere mich darum. Dann kommt irgendwann die Ernte. Wenn ich auch oft mal fluche und noch öfter schwitze – es ist *meine* Ernte, die ich einfahre. Mein Gras, das ich siliere, mein Mais, den ich häcksle und am Ende an die Kühe verfüttere. Ich mag das. Ich schau beim Arbeiten in die Berge, ich sehe Rehe oder mal einen Hasen, ich bin im Einklang mit der Natur. Auch wenn mir das Wetter oft genug einen Strich durch die Rechnung macht. Aber – wie soll ich sagen – irgendwie gibt mir das alles eine tiefe Befriedigung."

„Weil es sinnvoll ist", sagte sie leise. So, als würde sie mehr zu sich selbst sprechen als zu ihm. „Weil dir deine Tiere wichtig sind und du dich um sie kümmerst. Und bei deinem Land ist es das Gleiche."

„Klar. Ich will ja, dass es lang erhalten bleibt, deshalb beute ich es nicht aus. Übrigens gefährde ich auch keine Bienen oder Rehkitze, wie man ja so oft hört. Ich bringe kein bienenschädliches Gift auf meinen Felder aus, ich dünge zum Teil mit eingepflügter Winterbegrünung und bevor ich mähe, sag ich dem Jäger Bescheid, der vertreibt die Rehkitze mit einem akustischen Signalgerät. Das machen wir alle hier so. Mein Strom kommt vom Dach, die Geranien gießt Burgi mit Regenwasser und ich heize mit dem kaputten Holz aus meinem Wald. Ja, ich bin echt gut, findest du nicht?"

Er lachte, doch Kelly blieb ernst. Oh je, er hatte es wohl übertrieben mit seiner Selbstbeweihräucherung. Jetzt hielt sie ihn garantiert für einen totalen Angeber.

Sie sah ihn einfach nur an. Sehr lange. Dann strich sie sich mit einer fahrigen Bewegung eine Haarsträhne aus der Stirn.

„Du hast das so lustig dahergesagt, aber es stimmt", antwortete sie irgendwann. „Alles, was du machst, ist richtig. Du bestellst dein Land, du versorgst deine Tiere, du produzierst Lebensmittel. Das ist so viel mehr wert als der ganze Scheiß, den ich mache! Und dann bist du auch noch jemand, der gut zuhören kann, der sich in andere Menschen reinversetzt, der immer ein Lächeln übrig hat, einen tollen Humor und supermusikalisch ist. Ja, es stimmt, du bist echt gut!"

Sie fuhr sich übers Gesicht. „Sorry. Ist mir so rausgerutscht. Ich bin momentan irgendwie durcheinander."

Matthias wusste nicht, was er sagen sollte. Sie sah so schrecklich hilflos aus in diesem Moment. Er machte einen Schritt auf sie zu, wollte sie an sich ziehen. Ihr sagen, dass doch auch ihr Beruf einen Sinn hatte, dass sie sich nichts aus dem Geschwätz ihres Vaters machen sollte, dass sie ganz wunderbar war. Aber irgendetwas hielt ihn zurück. Sie war eh schon so verwirrt, eine innige Umarmung würde sie wahrscheinlich in die Flucht treiben. „Ich kenne einen Ort, der dich wieder ganz klar macht. Komm. Wir gehen zurück zum Hof. Und dann spielst du meine Resi, wie in dem Lied, ich hol dich nämlich mit dem Traktor ab."

Er hob die Hand, strich ihr diese widerspenstige Strähne aus der Stirn, die immer wieder hineinfiel. Kelly schloss für einen winzigen Moment die Augen, als er das tat. So, als wünschte sie sich mehr. Mehr Berührungen von ihm, mehr Nähe, mehr Liebe. Oh verdammt, er musste echt aufpassen.

Sein dämliches Herz hämmerte wie verrückt und sein Atem kam so stotternd daher wie der Motor des uralten Eicher-Traktors, der noch bei Quirin herumstand.

„Schon echt irre, Matthias", sagte sie und klang ebenfalls ein bisschen atemlos. „Ich glaub fast, ich mag dich."

19. Käferholz

Kelly

Oh, fuck. Sie hatte das nicht sagen wollen. Obwohl es ja stimmte. Aber es war ganz bestimmt nicht schlau, ausgerechnet Matthias an den Kopf zu werfen, dass man ihn gern hatte. Immerhin wollte er ja keine Frau und da war doch auch diese Sache mit Vivienne und seinem gebrochenen Herzen und überhaupt.

Trotzdem funkelten seine Augen wie pures Himmelsblau, als er sie jetzt ansah. Und irgendwie kam es ihr vor, als würde er nicht mehr ganz so regelmäßig atmen wie sonst.

„Äh, ja, also, ich find dich auch – ich meine – ich mag dich auch", stammelte er. „Für eine Großstadtfrau bist du ganz erträglich." Er schickte sein klangvolles Lachen hinterher.

Aber ihr Gehör war geschult, sie erkannte, dass sie ihn verunsichert hatte. Verflixt, was war nur los? Warum hatte sie sich überhaupt nicht im Griff?

„Solange *du* fährst und nicht ich den Traktor lenken muss, komm ich gern mit in den Wald", versuchte sie die Situation zu entschärfen.

„Ist auch besser, denn im Gegensatz zu dir kenn ich den Weg", stieg er darauf ein.

Sie gingen gemeinsam zurück ins Haus und aßen ein paar belegte Brote zu Mittag. Redeten belangloses Zeug. Über den roten Kater Rossi, über Burgis berühmtes Anti-Wechseljahre-Ritual und darüber, dass inzwischen eine Unwetterwarnung fürs Wochenende ausgesprochen worden war.

Kelly ließ sich von den Kameraleuten beim Abspülen ablichten und auf Vorschlag von Matthias auch noch mit einer Heugabel in der Hand und ein wenig Stroh in den Haaren. Das würde die Fans und damit auch Francesco sicher besänftigen. Beim Ausflug in den Wald wollte sie ihre Leute nicht dabei haben und gab ihnen frei.

Matthias holte sich aus der Tenne eine gefährlich wirkende Motorsäge, einen Helm und noch ein paar Utensilien, die er in die hochgeklappte Frontschaufel des Traktors warf. Sogar eine andere Arbeitshose hatte er angezogen, eine dunkelgrüne. Kelly musste grinsen. Dass sie sich während eines Gigs für die Songs in unterschiedliche Fummel warf, war ja klar. Aber dass ein Bauer auch einen Dresscode hatte, wenn er in den Wald fuhr, belustigte sie. Ob er zum Pflügen und Säen auch jeweils passende Kleidungsstücke hatte? Matthias stieg hoch ins Führerhaus und winkte ihr zu, damit sie ebenfalls einstieg.

Sie nahm auf dem Notsitz Platz. Dann tuckerten sie gemeinsam ein paar Feldwege entlang, bis sie in einem lichten Waldstück landeten.

„Das ist meiner", sagte er und stieg ab. „Also der Wald. Der hat mich schon viele Nerven gekostet."

Kelly kletterte ebenfalls vom Traktor und atmete tief durch. Wie das duftete! Sie drehte sich einmal um sich selbst, weil sie das dunkle Grün, das Vogelgezwitscher und den Geruch des Waldes so genoss.

„Wieso denn, es ist doch herrlich hier! So kühl, selbst heute an diesem heißen Tag."

Er lächelte.

„Ich zeig's dir", sagte er und ging voraus. Zielstrebig schritt er auf eine Fichte zu, die im dichter bewachsenen Teil des Waldes stand. Dort deutete er nach oben. „Siehst du das? Die Kronen sind licht. Bei dem Baum hier und noch bei einigen anderen. Die hat der Borkenkäfer erwischt und die werden absterben. Bevor die Scheißkäfer auf andere Bäume übergehen, fälle ich die jetzt. Ist eine Heidenarbeit, hat mich im letzten Jahr schon einige Tage gekostet."

Sie folgte ihm zu mehreren Bäumen, die er mit einem Farbspray markierte. Dann kehrten sie zurück zum Traktor. Matthias schlüpfte in eine Jacke, zog Handschuhe an und setzte den Helm auf, dann nahm er die Motorsäge in die Hand.

Er ging zum Baum, riss an einer Schnur und schon lärmte die schwere Säge los. Kelly starrte das Arbeitsgerät respektvoll an. Nicht nur, dass es einen Höllenradau veranstaltete, es sah auch äußerst gefährlich aus.

„Wenn man zwischen diese Zähne gerät ..., oh je!", rief sie.

Matthias grinste. „Mit einem stumpfen Ding kann man halt keinen Baum fällen."

Gekonnt setzte er die Motorsäge an den Stamm und trieb das Blatt ein Stück ins Holz. Nach diesem waagrechten Schnitt setzte er einen weiter oben an, der schräg nach unten führte, sodass eine Kerbe herausgesägt wurde.

„Geh du zum Traktor", rief er ihr durch den Lärm zu. „Da ist es sicherer."

Sicherer? Um Himmels willen, was konnte da denn passieren? Dass ihnen der Baum auf den Kopf fiel?

Kelly wollte nicht weg. Sie wollte neben Matthias stehen bleiben, ihn aus der Nähe bei seiner Arbeit beobachten, doch er gab ihr mit einer Kopfbewegung erneut zu verstehen, dass sie zu dem entfernt stehenden Fendt gehen sollte. Widerwillig tat sie es.

Sie ertappte sich dabei, ihm fasziniert zuzusehen. Ja, es war ein Augenschmaus, ihn bei dieser archaischen Arbeit zu beobachten. Diese kräftigen Bewegungen, der geübte Griff, mit dem er die schwere Säge anpackte – das verschaffte ihr ein heftiges Prickeln! Wie er so vor dem Baum stand – breitbeinig, in seinen groben Arbeitsschuhen, der dunkelgrünen Hose, mit dem Helm auf dem Kopf und der Säge in der Hand, die einen Höllenlärm veranstaltete – da konnte sie ihre Augen nicht von ihm nehmen. Kellys Herz schlug schneller. Nie hatte sie einen Mann gesehen, der mehr Sexappeal ausstrahlte! All die halbnackten Tänzer, die bei den Shows auf der Bühne herumliefen, mit ihren perfekten Körpern und eleganten Moves - die hatten keine Chance gegen ihn. Auch Francesco, der so viel auf seinen definierten, gepflegten, parfümierten und enthaarten Body hielt – er verblasste total gegen Matthias.

Weil der echt wahr. Natürlich und bodenständig und aufrichtig. Alles an ihm. Seine blonden Strubbelhaare, sein Lächeln, seine Augen, die Art, wie er mit Menschen umging. Da war nichts Verstelltes oder Künstliches.

Und das faszinierte sie so sehr, dass sich ihr Blick an ihm festsaugte, jedes Detail wahrnahm. Wie es wohl wäre, ihn anzufassen? Seine Muskeln unter ihren Händen zu spüren, seinen Atem zu fühlen, seine Lippen zu küssen? Ihr wurde warm bei diesem Gedanken. Sehr warm.

Er war ihr ans Herz gewachsen.

Diese Erkenntnis traf sie wie ein Blitz. Ja, es stimmte, sie mochte ihn sehr! Sie fühlte sich in seiner Gegenwart anders. Mehr sie selbst. Sie fühlte sich angenommen und seltsam geborgen. Fast schon – so dumm das klang – am richtigen Platz angekommen.

Es war so einfach, mit ihm zu reden. Sie musste sich keine schlauen Antworten ausdenken, sie musste sich nicht superprofessionell und ehrgeizig erweisen, sie konnte einfach so sein, wie sie nun mal war.

Und er gab ihr das Gefühl, dass sie sich schon ewig kannten.

Kelly lehnte sich an den Traktor. Das kühle Metall in ihrem Rücken tat ihr gut. Nie im Leben hätte sie gedacht, dass sie ausgerechnet hier, in einem urbayrischen Dorf, jemanden finden würde, bei dem sie so durchatmen konnte. Und der gleichzeitig so sehr ihre Gedanken in Beschlag nahm, denn sie wollte sich mit nichts anderem mehr beschäftigen als nur mit ihm. Ihre Karriere, das Album, Francesco – das war ihr alles egal geworden. Selbst an die Musik dachte sie kaum noch, dabei war die sonst immer in ihrem Kopf. Nein, sie lauschte lieber dem Vogelzwitschern, dem Summen einer Mücke, einem entfernt rufenden Kuckuck, als die Säge mal kurz schwieg.

Ob sie mal wieder nach Oberapfelbach zurückkommen durfte? Sich für ein paar Tage im Wirtshaus zur Linde einquartieren? Oder für ein paar Wochen in Matthias' Stube?

Sie musste ihn das fragen. Musste wissen, ob er sie überhaupt wiedersehen wollte. Wahrscheinlich nur als Bekannte, als Feriengast. Aber egal, sie brauchte eine Antwort.

Kelly stieß sich vom Traktor ab, aber Matthias war noch mit der Fichte beschäftigt. Ein wenig musste sie noch warten, dann stellte er diese kreischende Säge bestimmt aus.

Von ihrem sicheren Standpunkt aus sah sie, wie er auf die andere Seite des Baums ging und auch dort in den Stamm hineinsägte. Dann begann die Fichte plötzlich zu schwanken, neigte sich in die Richtung der ersten Kerbe und fiel mit einem gewaltigen Krachen um.

Wow! Kelly lief es eiskalt über den Rücken hinunter. Wenn da jemand darunter gestanden hätte – nicht auszudenken!

Matthias ließ die Säge weiterlaufen, um den gewaltigen Stamm, der jetzt am Boden lag, zu entasten.

Da es ja jetzt nicht mehr gefährlich war, machte sie ein paar

Schritte in seine Richtung. Wie schön sich der weiche Waldboden unter ihren Füßen anfühlte!

Inzwischen marschierte Matthias mit der Motorsäge in der Hand am Stamm entlang und schnitt alle Äste ab, dabei hatte er ein ganz ordentliches Tempo drauf. Kelly genoss es, ihm auch bei dieser routinierten Arbeit zuzuschauen. Wie geschickt er das machte! Ein Ast um den anderen fiel vom Stamm ab, während die Motorsäge laut röhrte. Er hob sie hoch, um einem dicken Seitenast den Garaus zu machen, nahm einen weiten Schritt nach vorn – und stolperte über eine Wurzel im Boden.

Die schwere Säge, mit der er bereits Schwung geholt hatte, traf nicht den Ast. Durch sein Stolpern rutschte sie daneben vorbei.

Und - immer noch im vollen Betrieb – mitten in seinen Oberschenkel hinein.

„Matthias!", kreischte Kelly und erstarrte vor Schreck. Nein! Bitte nicht! Oh Gott, er würde garantiert verbluten. Diese Säge hatte mühelos einen riesigen Baumstamm zersägt, die würde bei ihm – Hilfe!

Sie rannte auf die gefällte Fichte zu.

Er lag am Boden, das sah sie, obwohl sie noch auf die andere Seite des Baumes laufen musste. Die Säge stotterte nur noch, dann schwieg sie. Und dieses Schweigen war viel schlimmer als der Höllenlärm vorher. Matthias hatte sie in beiden Händen und versuchte offenbar verzweifelt, sie aus seinem Bein zu ziehen, in das sie sich tief gegraben hatte.

Kelly bekam fast keine Luft mehr.

Ein Krankenwagen! Ein Hubschrauber! Sie musste sofort Hilfe holen.

Sein Bein – Gott im Himmel, hoffentlich war es noch zu retten! Hoffentlich würde er nicht …

Endlich war sie bei ihm, stürmte zu ihm hin, sah ihn immer noch mit der mörderischen Säge kämpfen – und zwar sehr heftig. Die Schmerzen mussten höllisch sein, sie machten ihn sicher völlig verrückt!

„Ich ruf sofort den Notarzt!", keuchte sie und zog ihr Handy heraus. „Und wir müssen dein Bein abbinden." Dabei hatte sie keine Ahnung mehr, wie das genau ging! Ihr Puls raste, ihr Atem kam total abgehackt, ihr war eiskalt vor Panik. Er durfte nicht hier auf dem Waldboden verbluten, er durfte nicht sterben. Sie brauchte ihn doch! Sie wollte mit ihm zusammensein, ihn in ihrem Leben haben, sie liebte ihn! Ja, verdammt, sie durfte ihn nicht verlieren!

„Notarzt?" Seine Stimme klang ruhig. Viel zu ruhig. Das war sicher der Schock. Oder der Blutverlust. Seine Hose war garantiert schon rot gefärbt, oh Gott, hoffentlich kam der Arzt schnell und würde ...

„Ja klar!" Ihre Stimme war brüchig. „Die Motorsäge ist dir mitten ins ...." Bitte, bitte, es musste ein Wunder geschehen!

Endlich hatte er die Säge aus seinem Oberschenkel befreit. Kelly wagte es kaum, hinzusehen, die Wunde musste schrecklich aussehen. Es war klar, dass der Schock ihm so zusetzte. Wenn jetzt sein Kreislauf zusammenbrach und er .... Noch bevor ein Notarzt hier in den abgelegenen Wald ...

Er durfte nicht sterben! Nein, er musste bei ihr bleiben. Mit ihr singen, für sie sein komisches Horn spielen, sie in den Arm nehmen.

„Matthias!", schluchzte sie. „Halt durch! Wir müssen irgendwie ..."

Wieder unterbrach er sie. „Alles in Ordnung, Kerstin. Schau doch endlich mal her. Es ist nur die Hose!"

Er redete Unsinn.

Sein Gehirn war nicht mehr gut versorgt, schrecklich! Eine Hose konnte niemals die Wucht des Aufpralls einer Motorsäge abmildern, von der laufenden Kette mit ihren mörderischen Zähnen ganz zu schweigen!

Trotzdem sah sie nach unten.

Und erstarrte.

Der Hosenstoff war natürlich zerfetzt, aber nicht blutgetränkt. Vielmehr hatte sich ein Wulst aus weißen Textilfasern gebildet, in die sich die Kette gefressen hatte.

„Was zum Teufel ...?", stammelte sie.

„Ich hab natürlich eine Schnittschutzhose angezogen", erklärte er und zerrte an den weißen Fäden. „Die hat mehrere Lagen von diesen Kunststofffasern. Und die verhindern, dass man sich verletzt."

„Das glaub ich nicht", keuchte Kelly. Sie bekam kaum noch Luft. „Dir muss doch was passiert sein."

Es hatte so furchtbar ausgesehen! Und sie hatte gedacht, er würde das nicht überleben!

Matthias stand auf, wischte sich die Fichtennadeln von den Knien und zog die Arbeitshandschuhe aus. „Es geht mir gut, schau doch."

Zitternd stand Kelly vor ihm. „Wirklich?"

Sie konnte nicht anders, sie musste sich davon überzeugen. Ihre Hände glitten über seinen Oberkörper, tasteten alles ab, seine Arme, seine Brust, seinen Bauch, weiter, weiter, sie konnte es nicht glauben. „Ich muss ... ich muss es sehen!", stammelte sie, öffnete den Reißverschluss seiner Hose und schob sie nach unten bis zu den Knien. Nicht auszudenken, wenn nur der Schock und das Adrenalin dazu geführt hatten, dass er vom Boden aufstehen konnte, er aber in Wirklichkeit durch die Wunde Unmengen an Blut verloren hatte!

Doch sein muskulöser Oberschenkel war unversehrt.

Kelly zitterte am ganzen Körper.

„Es ist dir nichts geschehen?", keuchte sie. „Wirklich? Ich dachte, du wärst schwer verletzt oder sogar ..." Sie konnte es nicht aussprechen, ein Schluchzen schüttelte sie.

„Komm her", raunte er ihr zu.

Und dann war sie wieder an dem Ort, der so unfassbar sicher war. Wo es keine gefährlichen Sägen gab und keinen Ärger und keinen Hass und keinen Shitstorm wegen eines verpatzten Songs. An seiner Brust. In seinen Armen.

Sie schloss die Augen und ließ sich einfach fallen. Mitten hinein in diese Umarmung, in seinen herben Duft, in die Geborgenheit, in die Sicherheit, von ihm festgehalten zu werden. So fest, als könnte kein Baum dieser Welt, keine dröhnende Motorsäge und auch sonst nichts ihr auch nur das geringste Haar krümmen.

Noch niemals hatte sie sich so gefühlt.

Noch nie das Gefühl gehabt, dass die Welt für ein paar Sekunden einfach stehen blieb. Es war, als wäre sie in ein wärmendes Nest gekrochen, in eine magische Kuschelhöhle mitten im Wald. Wo sie nur die Augen zu schließen brauchte, und plötzlich gab es nur noch Lächeln und Glück und Bananensplit mit Schokosoße.

Lange stand sie so da. An ihn geschmiegt, seine Wärme aufsaugend, in die innige Berührung versunken. Erst nach und nach wurde ihr bewusst, dass Matthias sie sanft streichelte, durch ihr Haar fuhr, ihren Rücken liebkoste.

„Alles ist gut, Kerstin", flüsterte er. „Es ist noch alles an mir dran."

Sie löste sich ein winziges Stückchen. Nur so viel, dass sie sein Gesicht sehen konnte. Seinen Mund, dessen Lächeln den letzten Rest dieser Eisscholle in ihrer Brust schmelzen ließ.

Und genau diesen Mund küsste sie. Presste einfach ihre Lippen darauf, weil sie es nicht mehr aushielt. Weil sie Matthias so nah wie nur irgend möglich sein wollte. Und weil er schließlich die allerschönsten Lippen von ganz Oberapfelbach oder des Voralpenlands oder der ganzen Welt hatte.

Er küsste zurück. Und wie! Voller Leidenschaft und doch Zartheit, voller Verlangen und Ungeduld. Seine Hände krochen unter ihr Shirt, ihre Finger fuhren durch sein Haar, hielten sich an seinem Nacken fest, oh, verflixt, er konnte echt gut küssen!

Außerdem stellte sie gerade fest, dass er sie nicht angelogen hatte. Es war tatsächlich noch alles an ihm dran. Insbesondere in der Gegend um ihre Hüfte, da spürte sie nämlich etwas, das mit der Fichte nebenan etwas gemeinsam hatte – mit der stehenden, nicht mit der liegenden!

„Du machst mich völlig verrückt", keuchte er. „Alles an dir. Deine Augen, deine Stimme, jede verdammte Bewegung. Und dein Mund – der ganz besonders."

Um das zu beweisen, verschloss er ihn mit einem erneuten stürmischen Kuss, der sie schwindlig machte. Die alten Bäume schienen sich zu drehen, der Boden unter ihren Füßen gab nach, sie schwebte irgendwo, wo nur noch Matthias' Lippen und Zunge und Atem existierten.

Gott, sie wollte ihn. So sehr!

Wollte mit ihm verschmelzen, seine verschwitzte Haut küssen, am besten überall. Ja, überall!

Ihre Hände fanden das Shirt, glitten darunter. Matthias stöhnte leise auf, als Kelly seine Brust berührte. Es fühlte sich herrlich an, seine Härchen zu ertasten, seine Brustmuskeln, seine Schultern, seinen Bauch.

Und auch seine Hände gingen auf Erkundungsreise, machten sie fast wahnsinnig, weil sie so federleicht und doch wunderbar rau über ihren Rücken wanderten, sich auf ihren Po legten, sie ganz fest an seinen Körper pressten.

Alles in ihr pochte und kribbelte und pulsierte, sie wollte ihn auf der Stelle ver-...

Wieso zog er seine Hände zurück?

Völlig perplex sah sie ihn an. Er würde doch wohl nicht plötzlich Zweifel bekommen? Oh, bitte nicht, sie waren zwei erwachsene Menschen, sie nahm die Pille, der Waldboden war weich und überhaupt! Kelly stöhnte.

„Du kannst doch nicht mitten im ...“, begann sie, doch er wandte den Kopf nach hinten, in Richtung Traktor.

„Ich glaub es nicht!“, sagte er und hörte sich gleichzeitig atemlos und schlimm verärgert an. „Der hat doch einen totalen Knall!“

Endlich verstand Kelly, was los war.

Ein Auto kam herangefahren und hielt neben dem Traktor an. Sie kannte den Mann, der ausstieg.

Zum Kuckuck, musste ausgerechnet dieser aufgeblasene Zwirbelschnurrbartträger für so einen fiesen Coitus Fichtus Interruptus sorgen?

Matthias zog schnell die Hose hoch. „So ein mordsdrum Depp“, fluchte er. „Was will der schon wieder von mir?“

„Vielleicht will er ja was von *mir*?“ Kelly lachte. Nicht wegen des aufdringlichen Bürgermeisters, sondern weil Matthias sich offensichtlich sehr über die Unterbrechung ärgerte. Das hieß ja, dass er gerne weitergemacht hätte. Und das wiederum ließ ihren Schoß verheißungsvoll pulsieren.

Aber erst mal stiefelte der Bürgermeister auf sie zu.

„Ah, da seid ihr ja. Ich hab schon ein paar Mal auf deinem Handy angerufen, Matthias, du bist aber nicht rangegangen.“

„Beim Baumfällen telefoniere ich eher selten“, gab er zurück.

Kelly mochte seinen trockenen Humor. Seine Küsse noch lieber. Heimlich fuhr sie sich mit dem Finger über die Lippen, schmeckte noch immer seinen Mund. Dieser Hader sollte endlich verschwinden, damit sie dort weitermachen konnten, wo sie aufgehört hatten!

„Es geht um heute Abend, ihr wisst doch Bescheid? Und über morgen auch?"

Kelly schaute Matthias fragend an, doch der zuckte nur mit den Schultern. „Was meinst du, Schorsch?"

„Die Andacht. Der Pfarrer legt eine Sonderschicht ein. Nur wegen Kelly. Sie will doch bestimmt mal unsere schöne Barockkirche bewundern und die Messe mitgestalten, das ist doch ..."

„Nein, das will sie nicht", erwiderte Matthias, der offenbar ihren entsetzten Ausdruck bemerkt hatte.

Die buschigen Augenbrauen des Bürgermeisters zogen sich zusammen. „Woher weißt du das? Lass doch Kelly entscheiden."

„Er hat aber recht", stellte sie eilig klar. „Ich habe abends ein Skype-Meeting mit meinem Choreografen, dann eine Zoom-Konferenz mit den wichtigsten Veranstaltern meiner neuen Tour. Und der Chef meines Musiklabels wartet auf meinen Rückruf, ich schaff das beim besten Willen nicht." Das war natürlich nur alles eilig ausgedacht, aber es verfehlte seine Wirkung nicht, wie Haders Gesichtsausdruck verriet. Der gute Bürgermeister wirkte ziemlich verwirrt.

„Außerdem kannst du sowas nicht einfach über Kellys Kopf hinweg entscheiden", setzte Matthias nach. „Du musst das vorher abstimmen."

„Von dir lass ich mir nicht erklären, wie ich mein Amt auszuüben habe", schoss Hader zurück. „Ich bin für unser Dorf verantwortlich und tue alles, um es bei unserem Gast im rechten Licht erscheinen zu lassen. Deshalb haben wir auch das Dorffest vorverlegt. Auf morgen Nachmittag. Natürlich in der Hoffnung, dass Kelly uns mit einem Auftritt beehrt."

„Da ist sie doch schon wieder in Berlin", sagte Matthias.

In Kellys Nacken kribbelte es. Moment mal – das war eine gute Gelegenheit, ihren Aufenthalt zu verlängern!

„Sie könnte doch ein wenig länger bleiben." Der Bürgermeister packte sein bestes Lächeln aus und präsentierte es Kelly auf einem Silbertablett. Quasi mit Avocado-Lachs-Schnittchen, Sekt und einschmeichelnder Stimme. „Ein Fest nur zu Ihren Ehren, liebste Kelly! Und selbstverständlich können Sie alle Fans einladen, die sich in unserer Region befinden. Die kriegen sogar Freibier! Verbreiten Sie das gerne gleich heute über all Ihre Medien-Kanäle. Es wird eine riesige Feier mit allen Drum und Dran!"

Matthias machte einen Schritt auf den Dorfchef zu. „Du hast ja wohl den Arsch offen!", rief er. „Kelly ist doch nicht eines von deinen Werbemitteln! Kein Pappaufsteller, den du herumschieben und ausnutzen kannst, wie es dir gerade einfällt! Was denkst du dir eigentlich?"

Er verteidigte sie! Kelly war richtig gerührt, dass er so für sie eintrat. Und natürlich hatte er recht, der Bürgermeister wollte nur seinen Vorteil aus ihrer Anwesenheit im Dorf ziehen. Aber sie konnte ihm das nicht übelnehmen.

Sie fasste ihren edlen Ritter am Arm an.

„Ist schon okay, Matthias. Die Leute hier im Dorf waren alle total freundlich zu mir. Die haben mich beim Traktorfahren vertreten, weil ich zu dämlich war. Burgi hat mich rumgeführt, Maggie hat mir Kuchen spendiert und sogar die Musiker haben mich ertragen, obwohl ich mich blamiert habe. Ich würde echt gern was zurückgeben. Auf dem Dorffest ein bisschen für Stimmung zu sorgen, ist da das Mindeste."

„Wunderbar!" Hader zwirbelte vor lauter Freude seinen affigen Schnauzbart.

Doch Kelly hatte noch ein paar Einschränkungen. „Wir können auch ein paar Fotos machen und in den Medien verteilen, aber Fans lade ich nicht ein. Es soll ein Fest nur für die Menschen aus Oberapfelbach sein."

„Und für ein paar Niederbirnthaler, die bestimmt die Neugier hertreibt", setzte der Bürgermeister ungerührt nach.

Matthias verdrehte die Augen. Kelly musste schmunzeln. Der Hader Schorsch war wirklich unverbesserlich!

„Also gut", sagte er. „Dann haben wir das ja geklärt. Nur dem Pfarrer muss ich jetzt halt absagen wegen heute Abend, oder?" Er sah sie bettelnd an.

„Oh ja", versicherte Kelly. „Das müssen Sie."

„Nun gut, nun gut. Ich mach mich dann mal auf den Weg. Gibt ja einiges zu organisieren für so ein Fest. Sie bekommen eine Bühne, wir richten den großen Stadel her. Sogar eine Lautsprecheranlage haben wir!"

Ob die auf dem allerneusten Stand war? Kelly hatte da so ihre Zweifel.

„Ich kann sicher in München noch ein wenig Equipment organisieren. Schließlich sollen die Leute hier ja eine richtig tolle Show geboten bekommen!"

„Phantastisch!" Er strahlte wie ein Kind vorm Christbaum. Anschließend schüttelte er ihr überschwänglich die Hand, nickte Matthias freundlich zu und ging endlich zu seinem Mercedes zurück.

Als er ihn anließ, wendete und auf den Feldweg fuhr, atmete Matthias erleichtert aus.

„Der Schorsch ist völlig skrupellos", sagte er. „Der schlägt aus allem was heraus. Und nimmt sich selbst so wichtig, als wäre er der OB von München, dabei ist er doch nur der Chef eines kleinen Dorfes."

Kelly musste lachen. „Tja, vielleicht ist er so ehrgeizig, um seine privaten Probleme zu kompensieren? Ich hab nämlich ein Gerücht gehört, dass es um seinen Prachtspier nicht so gut bestellt sein soll."

„Sein was?" Matthias riss die Augen auf. „Ist das nicht so eine Gartenblume für den Schatten?"

„Keine Ahnung, aber Burgi hat seiner Ehefrau einen Spezialtee daraus gebraut. Gegen ein Männerleiden. Das hab ich gehört, als wir in Maggies Teestube waren."

„Das erklärt einiges. Allerdings hält sich mein Mitleid in Grenzen." Er neigte den Kopf ein wenig und sah sie an, ein neckisches Lächeln im Gesicht. „Überlegst du in diesem Moment, wie es mit meinem Prachtspier wohl ausschaut?"

Sie musste lachen. „Ich bin da zuversichtlich", sagte sie und verlieh ihrer Stimme ein sinnliches Schnurren. „Wenn ich mich nicht sehr täusche, ist der kräftig und steht voll im Saft, genau wie dein Weizen gestern."

Matthias' Lächeln wurde breiter. „Gut beobachtet. Du hast das Zeug zur Landwirtin. Zumindest kannst du schon sehr gut erkennen, wann eine Ähre erntereif ist."

20. Ähren-Sache

Matthias

Hier im Wald war es schattig und kühl, trotzdem schwitzte er. Und das kam nicht vom Hantieren mit der schweren Motorsäge. Sondern von dem, was Kelly mit ihm tat. Was sie sagte, wie sie ihn ansah, und von ihren verdammt heißen Küssen.

Von denen er gerne noch mehr wollte. Auch wenn das völlig unvernünftig war. Aber man konnte im Leben schließlich nicht immer rational handeln. Insbesondere dann nicht, wenn sich das Gespräch um einen Prachtspier drehte.

Sie stand immer noch neben ihm. Nur eine Handbreit entfernt. Und doch war es anders, jetzt nach dem Gespräch mit dem Schorsch. Die Hitze des Augenblicks war abgekühlt, die Umarmung aufgelöst. Seine Hose wieder nach oben gezogen.

Trotzdem lag die Verheißung immer noch in der Luft. Nur war es völlig undenkbar, Kelly jetzt einfach niederzuknutschen und auf den Waldboden zu drücken.

„Ich glaube, die anderen Bäume fälle ich nächste Woche", kündigte er an und blickte zu seinem Hosenbein hinunter. „Nicht dass die Säge nochmal abrutscht und doch noch den Stoff durchdringt."

„Dann fahren wir zurück?", fragte sie und hatte so ein ganz besonderes Flackern in den Augen. Ob sie sich ausmalte, dass er sie mit in sein Schlafzimmer nahm?

Irgendwie war das aber viel zu direkt. Vorhin, nach dem Quasi-Sägenmassaker, da war Kelly aufgewühlt gewesen, da war alles denkbar. Jetzt aber – nein, er wollte sie nicht einfach flachlegen. Er wollte sie besser kennenlernen. Auch wenn es natürlich keine Zukunft für sie beide gab.

Er wollte, dass sie verstand, warum er seine Heimat so sehr liebte.

„Komm mit, ich zeig dir was. Einen meiner Lieblingsplätze. Wir ziehen nur vorher noch den Stamm an den Waldrand."

„Da bin ich sehr gespannt", erwiderte sie.

Er mochte ihre Stimme. Die war melodisch und doch ein klein wenig rau. Und sie schenkte ihm immer wieder dieses feine Prickeln auf der Haut.

Matthias musste schlucken. War echt besser, er kümmerte sich jetzt um die Fichte. Er holte die schwere Kette, befestigte den Stamm und zog ihn mit dem Traktor aus dem Wald heraus, wo er ihn neben dem Weg ablegte. Dann sprang er wieder in die Fahrerkabine und ließ Kelly aufsteigen.

Sie tuckerten los.

„Wo fahren wir hin?", fragte sie.

„Lass dich überraschen."

Er bog rechts ab, überquerte nach ein paar Minuten die Bundesstraße und lenkte den Fendt schließlich in einen Weg, der an einem Getreidefeld entlangführte.

Hier stand der Roggen in voller Pracht, ließ seine goldenen Ähren von der Sonne verwöhnen und vom sanften Wind schaukeln. Am Rand sorgten tiefrote Mohnblumen für wunderbare Farbkleckse, eine Ackerwinde schmückte sich mit zarten, weißen Blüten und das Zinnkraut steuerte sein filigranes Hellgrün bei.

Matthias fuhr bis zum Ende des Feldes und stellte den Motor ab. Er stieg aus dem Fahrerhaus und reichte Kelly die Hand, um ihr herunterzuhelfen.

Sie machte sofort ein paar Schritte auf das Feld zu.

„Das ist wunderschön mit den vielen Blumen. Ist das eine Kornblume dort drüben?" Sie deutete auf eine kräftigblaue Blüte.

„Stimmt. Hier blüht alles Mögliche. Und ich zeig dir auch warum." Er ging vor ihr her und bog in einen Trampelpfad am seitlichen Rand des Feldes, der von Büschen bewachsen war. Nur noch ein paar Meter, dann kam die Stelle, die er so liebte. Da war nämlich ein Loch zwischen den Büschen und man konnte sehen, was sich dahinter befand.

„Schau", sagte er einfach und drehte sich nach links.

Kelly kam neben ihn und sog hörbar die Luft ein. „Wahnsinn!", sagte sie. „Was für ein Blick! Ist das hier der Apfelbach?"

Matthias nickte.

Es sah hier wirklich aus wie auf einem kitschigen Landschaftsgemälde. Der Bach floss munter dahin, sprang über ein paar Steine und bewässerte das dicht bewachsene Ufer. Im Hintergrund präsentierten die bayrischen Alpen ihre schönsten Berge. Bei klarem Wetter wie heute waren die Gipfel so gut zu erkennen, dass man den Eindruck hatte, man konnte von hier aus einen gemütlichen Spaziergang zur Bergstation eines Sessellifts machen.

„Sind sie nicht majestätisch?", sagte er halblaut. „So schlicht und doch so erhaben. Seit Jahrtausenden stehen sie schon hier, überstrahlen aber immer noch alles. Ich könnte mir überhaupt nicht vorstellen, auf dem total flachen Land zu leben, wo nichts den Horizont begrenzt. Ich glaub, da würde ich mich verloren fühlen."

Kelly sah ihn an. So, als würde sie ihn zum ersten Mal sehen. „Du bist mit deinem Land richtig verbunden. Mit deinem eigenen und mit dem hier." Sie machte eine Armbewegung, die alles einschloss. „Das ist alles ein Stück von dir, oder?"

Wieso klang sie so überrascht?

„Ist das nicht normal?", fragte er.

Doch sie schüttelte den Kopf. „Ich bin mit gar nichts verbunden. Nicht mal mit dem Haus meiner Eltern. Mit keiner Landschaft, mit keiner Region."

„Ist nicht gut, wenn man keine Wurzeln hat."

„Ja", sagte sie. „Ein schlauer Mensch hat mal gesagt, dass man Wurzeln braucht, damit einem richtige Flügel wachsen. Vielleicht flattere ich deshalb nur so ungelenk durchs Leben." Sie ließ ihren Blick über die Berge schweifen. „Sie sind wirklich wunderschön. Deine ganze Heimat ist wunderschön."

Matthias konnte sich das kaum vorstellen. Wie musste es sein, keine Heimat zu haben? Keine Landschaft, die man liebte, keine Orte, an denen man aufatmete.

„Vielleicht ist das nur bei uns Landwirten so ausgeprägt." Er wollte nicht, dass sie sich schlecht fühlte. Dass sie etwas vermisste, was er hatte, aber sie nicht. „Weißt du, meine Felder – die wurden ja schon seit vielen Generationen von meiner Familie bewirtschaftet. Mein Vater hat geschuftet, mein Großvater und auch seine Vorfahren. Wir alle stecken da unglaublich viel Kraft und Energie rein, manchmal umsonst, manchmal für eine gute Ernte. Wir verzichten auf Wochenende, auf Urlaub und auf das große Geld. Wir nehmen sogar in Kauf, die Buhmänner der Nation zu sein, mit immer neuen Einschränkungen und Regeln kämpfen zu müssen und als Schimpfwort herzuhalten. Das alles kann man nur, wenn man eine große Liebe zu all dem hier hat. Die trägt das alles. Die Liebe zum Beruf, zum eigenen Boden, zur Natur." Er drehte sich um und ließ seinen Blick über das Roggenfeld schweifen.

Kelly machte ein paar Schritte auf das Feld zu. Sie streckte die Hand aus und fuhr über die Ähren. „Muss schön sein, wenn einem etwas gehört. Also etwas, das man selbst geschaffen hat."

„Hast du doch auch." Er kam neben sie. Legte seine Hand sanft auf ihre Schulter. „Die Villa kannst du dir nur leisten, weil du Songs schreibst und tolle Shows machst."

„Die Villa hab ich fertig gekauft, das ist etwas anderes. Und die Songs ..." Sie seufzte. „Keine Ahnung, ich frage mich, seit ich hier bin, immer mehr, ob das eigentlich ich bin."

Ein Schmetterlingspärchen kam herangeflogen. Sie tanzten in der Sonne umeinander, flatterten voller Lebensfreude über die Ähren, ließen sich schließlich auf einer Mohnblüte nieder.

„Zwei Schillerfalter, schau nur, wie ihre Flügel funkeln!", rief Matthias, weil er diese Schmetterlinge schon lange nicht mehr gesehen hatte.

„Aber nur bei einem", stellte Kelly fest und sah die Tiere fasziniert an. „Da, guck mal! Er streckt sie in der Sonne aus. Der andere krabbelt auf der Blüte nach unten."

Matthias lachte leise. „Wie bei uns beiden. Du glitzerst und funkelst, während ich in der Erde rumgrabe."

Sie wandte sich von den Schmetterlingen ab und ihm zu. Sah ihm direkt in die Augen. „Ich mag das Bodenständige an dir. Sehr sogar."

Immer noch war ihr Blick bei ihm, wollte ihn durchdringen, sich in ihn einbrennen.

Aber reichte es, einfach ein bodenständiger Landwirt zu sein? Er schluckte trocken. Kelly wartete darauf, dass er sie erneut küsste. Aber wohin würde das führen?

Sicher, da war eine immense Anziehung zwischen ihnen, das war nicht zu verleugnen. Doch das würde vergehen. Sie war nur fasziniert von ihm, weil er für sie ein Exot war. Weil er anders war als die Jungs, mit denen sie sonst ...

Weiter kam er mit seinen Überlegungen nicht, denn sie küsste ihn einfach. Stellte sich auf die Zehenspitzen, zog ihn zu sich herunter und presste ihm ihre wunderbaren Lippen auf seine. Damit hatte sein Denken ein jähes Ende gefunden, denn dafür war kein Platz mehr in seinem Kopf. Da war nur noch Kelly, ihr Mund, ihre Haut, ihre Nähe.

Matthias schloss die Augen und ließ sich einfach fallen. Es ging nicht anders. Seine Vernunft hatte sich komplett verabschiedet, sie flatterte wahrscheinlich mit den Schmetterlingen fröhlich über den Roggen. Die schlechten Erinnerungen wurden vom Apfelbach fortgespült und die Selbstzweifel versteckten sich irgendwo unter einer Mohnblüte. Das war die einzige Erklärung. Aber wie sollte ein Mann auch einer Frau widerstehen, die so phantastisch küssen konnte? Mitten im Kornfeld noch dazu. Nein, Kornfeldküssen zu widerstehen war schier unmöglich!

Trotzdem.

Als Kelly sich irgendwann von ihm löste, kehrte sein Verstand wieder in seinen Kopf zurück. Es dauerte ein wenig, bis die Vernunft all die Hormone und Kussreste beiseitegeschoben hatte, aber sie setzte sich schließlich durch.

„Was hat das jetzt zu bedeuten?", fragte Matthias weich. Ihre Augen schimmerten schöner als die Schmetterlinge, die immer noch am Feldrand tanzten.

„Muss alles eine Bedeutung haben? Können wir nicht einfach den Moment genießen? Ganz ohne Nachdenken? Und ohne uns den Kopf über die Zukunft zu zerbrechen?", fragte sie.

Er lächelte. „Du hast recht, das können wir." Um es zu bekräftigen, küsste er sie gleich noch einmal.

Die Skepsis ließ sich aber nicht so ganz wegküssen. Es klang verlockend, sich einfach nur dem Augenblick hinzugeben. Doch er war keine zwanzig mehr. Er wusste, dass es so leicht nicht war. Denn ein Herz ließ sich nicht nach Lust und Laune wieder ausknipsen. Das hatte er leidvoll erfahren müssen.

Er nahm ihre Hand. Führte sie zu einem Grenzstein und setzte sich mit ihr darauf. „Schau, ein Turmfalke!", erklärte er, als ein Vogel über die Böschung segelte. „Und da hinten, auf dem Hügel, da gibt es eine kleine Kapelle. Einmal im Jahr gibt es da eine Fußwallfahrt. Naja, allzu weit ist es ja nicht. Am Wochenende darauf steigt dafür immer das große Fest der Landjugend, die nehmen zum Glück ihre Zelte mit und pennen nach dem Lagerfeuerbesäufnis gleich dort."

„Sowas Ähnliches kenne ich", sagte Kelly. „Ich war früher, bevor meine Eltern umgezogen sind, mal im Leichtathletikverein. Daher kenne ich auch Kalinda. Na, jedenfalls haben wir da jedes Jahr ein Trainingslager gemacht und in Zelten übernachtet. Das war ein echtes Highlight! Stell dir vor, was mal passiert ist, als ein Gewitter kam ..."

Sie erzählte in ihrer lebhaften Art, die ihm so gut gefiel, einige Anekdoten aus ihrer Jugendzeit. Natürlich hatte er ebenfalls ein paar Geschichten auf Lager. Von gestohlenen Maibäumen inklusive gestohlenem Feuerwehrauto, was eine große Schande für die Niederbirnthaler gewesen war. Von einer betrunkenen Nacht auf einem Jäger-Hochstand und von einem explodierten Briefkasten, in den er mit Quirin und Lenz Feuerwerkskörper gesteckt hatte, um den fiesen Schulbusfahrer zu erschrecken.

„Hat ein paar Ohrfeigen von der Oma gegeben", ergänzte er grinsend.

Es war schön, mit ihr hier zu sitzen und sich einfach über alte Zeiten zu unterhalten. Sich besser kennenzulernen. Viel zu schön!

„Zurecht!" Kelly lachte. „Bei meiner vorletzten Tour ist auch was Lustiges passiert: Wir waren in Paris, Riesenauftritt, aber der Koffer mit meinen Kostümen wurde geklaut. Direkt aus der Konzerthalle, also aus dem Backstagebereich! Mein Choreograf ist völlig ausgeflippt, der Bühnentechniker dazu, denn ich hatte ja teilweise Haken in den Kostümen, damit sie mich hochziehen können und ich bei *Break out and freak out* übers Drumset fliege. Alle Rowdies wurden verdonnert, meine schnell zusammengeschusterten Kostüme mit Nieten, Ösen und Haken zu versehen. Und kurz vor der Show tauchte dann der Koffer auf. Jemand vom Licht hatte ihn mit einem Scheinwerferkoffer verwechselt! Oh Mann, den hat Francesco vielleicht zur Minna gemacht."

Matthias lachte. Aber er musste aufpassen, dass ihm das nicht im Hals stecken blieb. Da war sie wieder, die Kelly Kay-Realität. Das war ihr Alltag und diese Leute waren ihre Familie. Es war ihr Beruf, ihre Bestimmung und sie würde dorthin zurückgehen.

Wieso auch nicht.

Er war nur eine kleine Episode. Mehr konnte sie doch mit ihm nicht anfangen.

„Du hast ganz schön was erlebt." Er schaute auf seine Armbanduhr. „Langsam sollten wir uns auf den Rückweg machen, sonst gibt Burgi noch eine Vermisstenanzeige auf."

„Du liebe Güte, es ist ja schon Zeit zum Melken!", stellte Kelly fest und stand auf. „Ich will doch sehen, ob Mira immer noch so gut trinkt."

Ja, die süße Mira. Nur bestand die Herde nicht nur aus süßen Kälbern, sondern auch aus achtzig Milchkühen, die jeden Tag gemolken werden mussten und aus Jungvieh, das versorgt werden wollte. Das war dann sicher nicht mehr so niedlich.

Matthias ging auf den Traktor zu. Er war ungerecht, das merkte er sehr wohl. Er versuchte, sich Kelly schlecht zu reden. Damit es nicht so wehtat, wenn sie wieder abreiste. Und in ihr altes Leben zurückging. Denn dass sie das tun würde, stand völlig außer Frage.

Und das war auch richtig so.

Für ihn, weil er einer Frau wie ihr niemals genügen konnte. Weil er nicht gemacht war für Beziehungen. Weil Frauen tolle Typen wollten, die mit ihnen in schicke Hotels fuhren und die glänzende Hemden trugen, aber keinen nach Kuhstall stinkenden Bauern.

Und für sie war es ebenfalls richtig, denn er konnte ihr nichts bieten. Da draußen war sie ein Star, wurde bejubelt, räumte Preise ab, wurde auf Händen getragen.

Niemals würde so jemand das alles aufgeben, um mit einem einfachen Landwirt auf einem Dorf zu leben und sich von dessen irrer Tante aus der Hand lesen zu lassen, dass es Zeit war, die Zehennägel zu schneiden.

Kaum fuhren sie in den Hof hinein und stiegen vom Traktor, kam Burgi daher. Sie trug ihr fleckiges Stallgewand und sah recht aufgebracht aus.

„Diese depperte Rosi hat es schon wieder gemacht!", rief sie. „Wie kann man nur so neugierig sein! Und ich hab jetzt die Arbeit da."

„Ist das eine Nachbarin?", erkundigte sich Kelly. „Was hat die denn getan?"

„Das ist eine Kuh", erklärte Matthias schmunzelnd. „Und die hat als Hobby, immer wieder die Tränke kaputt zu machen, weil sie da hochsteigt, damit sie besser ums Eck schauen kann. Ich werf mich gleich mal in meine Gummistiefel und schau nach dem Rechten."

„Gut." Der innige Blick von Kelly war nur kurz, denn Burgi sollte natürlich nichts merken. Zum Kribbeln reichte er aber allemal. „Ich knöpf mir nochmal die Gitarre vor. Vielleicht kommen ein paar Songs raus."

„Die will ich dann später hören."

Kelly wollte ins Haus gehen und er in den Stall, aber sie hatten ihre Rechnung ohne seine Tante gemacht.

„Halt!", rief die im besten Unteroffizier-Ton. „Ihr bleibt gefälligst stehen!"

„Burgi, ich muss nach der Tränke ...", begann Matthias, weil er schon so ein komisches Gefühl hatte. Aber gegen Drill Instructor Burgi hatte er keine Chance. Die schritt nämlich auf ihre beiden Rekruten zu und musterte jeden ganz genau.

„Wusst ich's doch!", verkündete sie schließlich und grinste bis zu den Ohren. Mindestens. „Endlich ist es passiert! Hat eh lang genug gedauert."

„Was denn?", fragte Kelly, die offenbar noch keine Ahnung davon hatte, wie gut Burgis Riecher in diesen Dingen war.

„Na, dass ihr zwei endlich geschnackselt habt! Alle Achtung, Kelly, du hast meinen Auftrag ja richtig gut ausgeführt." Sie zwinkerte ihr vielsagend zu.

Kelly hingegen schnappte nach Luft. „*Geschnackselt?* Heißt das das, was ich denke, dass es heißt?", rief sie.

Matthias griff ein. Er sah seine Tante ernst an. „Es ist überhaupt nichts passiert, Burgi! Hör auf, dich in alles einzumischen. Du weißt, dass ich das hasse."

„Hat doch nix mit einmischen zu tun. Ich spüre solche Dinge halt! Dafür kann ich überhaupt nichts." Selbstbewusst verschränkte sie die Arme vor der üppigen Brust und setzte ihren unfehlbaren Schamaninnenblick auf.

„Dann stimmt was mit deinem Gefühl nicht", schoss Matthias zurück. „Oder du hast zu lange an einer deiner Kräuterzigarren gezogen und bist total vernebelt."

Das verunsicherte sie. Offenbar lag er richtig mit der bewusstseinserweiternden Kräuterzigarre, denn ihr siegessicherer Blick verschwand mit einem Mal.

„Aber eure Auren sind anders. Das sehe ich. Die Aura-Farbe hat gewechselt." Sie sah von einem zum anderen. Zog die Stirn in Falten und beharrte: „Ja, kein Zweifel. Es ist was passiert. Eine so geübte Schamanin wie ich sieht das doch. Ihr habt geknutscht, der rosa-türkise Schein trügt nie! Und wenn man küsst, dann folgt doch danach eine wilde Schnackse- ..."

„Passiert ist einiges, nämlich mit der Motorsäge." Er zeigte auf sein zerrissenes Hosenbein. „Aber ich schwöre dir, wir haben absolut nicht geschnackselt, gepudert, genagelt oder wie immer du es nennen willst. So wahr die Gretl meine Lieblingskuh ist."

„Seltsam. Sehr seltsam", murmelte Burgi vor sich hin. „Ich werde heute Nacht die Geister befragen, da bekomme ich auf jeden Fall zuverlässige Antworten."

„Vergiss die Geistinnen nicht", ergänzte Matthias. „Die sind besonders vertrauenswürdig bei sowas. Aber jetzt zieh ich mich um und schau mir die Tränke an. Kelly schreibt derweil einen neuen Superhit. Vielleicht hast du sie ja inspiriert. ,*Dance, dance, dance with me, till we schnacksel like crazyyy*' wäre der Text dazu."

„Du bist manchmal so ein Depp!", beschwerte sich Burgi und stapfte zurück zum Stall.

Kelly grinste breit. „Das wird ein Hit! Der wird die Charts stürmen", sagte sie. „Garantiert!"

„Dann nix wie ran an die Gitarre, Miss Kay!" Er zwinkerte ihr zu und folgte Burgi.

21. Das Duett

Kelly

Die Gitarre schmiegte sich einladend an ihren Schenkel, doch Kelly hatte die Hände regungslos auf dem kühlen Holzkorpus liegen. Ihr gingen tausend Dinge durch den Kopf. Vielleicht eigneten sich einige sogar für einen Song, aber wie sollte sie das unterscheiden, wenn alles durcheinanderwirbelte wie das Korn im Mähdrescher?

Sie schloss die Augen. In der Hoffnung, sich dann auf die Musik konzentrieren zu können. Doch es tauchten nur Bilder vom Nachmittag auf. Sie sah das Meer aus goldgelben Ähren, sah die Schmetterlinge fröhlich herumflattern, sah das kolossale Bergpanorama vor sich. Fast schon unwirklich war das alles gewesen, wie einem Werbeprospekt entsprungen.

Und doch war es real. Genauso real wie Matthias.

Sie riss die Augen auf, weil sie plötzlich überall seine Hände spürte, seinen Atem auf ihrer Haut fühlte, seine Küsse schmeckte. Die Eindrücke ließen sich nicht verjagen. Da konnte sie noch so konzentriert die Einrichtung des Wohnzimmers mustern oder auf ihr Handy starren. Sie gingen nicht weg.

Vielleicht deshalb nicht, weil sie jede Sekunde davon irrsinnig genossen hatte. Und mehr davon wollte.

„*I want more*", probierte sie und schlug ein paar sanfte Akkorde an. „*More of the sky in your eyes, more of the love in your smiles*"

Du liebe Zeit, was sang sie da? Liebe war ein viel zu großes Wort.

Und doch schlug ihr Herz wie verrückt, wenn sie nur an seine Augen und an sein Lächeln dachte. Wie witzig er Burgis Nachfragen abgewiesen hatte! Und wie offen er von seiner Liebe zu seinem Beruf erzählt hatte.

Francesco hatte so gut wie gar keinen Humor. Und seinen Beruf liebte er wohl hauptsächlich deshalb, weil er ihm viel Geld einbrachte und weil er ihm Macht verlieh. Denn über Leidenschaft für Musik verfügte er absolut nicht.

Passte Francesco überhaupt zu ihr?

Würde Matthias nicht viel besser ...

Kelly fuhr sich übers Gesicht. So leicht war das leider nicht. Sie konnte nicht einfach alles hinwerfen. Ihre Karriere war schließlich alles, was sie hatte! Dafür hatte sie ihr ganzes Leben lang geschuftet, dafür verzichtete sie auf echte Freunde, auf Urlaub, auf böse Kohlenhydrate. Außerdem konnte sie ja nichts anderes als singen!

Trotzdem war Matthias etwas ganz Besonderes.

„*You`re so special*", begann sie zaghaft. „*So soft and strong, so wonderful and wild ...*"

Schon wieder eine Ballade. Kelly kritzelte ein paar Wörter und Akkorde in ihr Notizbuch. Irgendwie kam sie so nicht weiter. Sie musste mit jemandem reden.

Also stellte sie die Gitarre weg, nahm ihr Handy und rief die einzige echte Freundin an, die sie hatte. Natürlich eine von früher, denn alle Menschen, die sie in den letzten Jahren kennengelernt hatte, waren im Showbiz tätig. Und da ging es mehr um fotogene, künstliche Bussis als ums gegenseitige Zuhören oder Mitfühlen.

„Hallo Kalinda, hier ist Kerstin. Hast du kurz Zeit?" Ihr fiel auf, dass Matthias sie oft mit ihrem echten Namen ansprach. Und wie sehr sie das mochte. Die Art wie er ihren Namen aus-

sprach, seine Stimme, die so dunkel und volltönend in sie hinein-
kroch ...

„Hast du so schlechten Empfang?", hörte sie Kalinda fragen.
„Oder bist du gar nicht mehr dran?"

Oh Mist, sie war so abgelenkt gewesen, dass sie der Freundin
gar nicht zugehört hatte. „Doch, doch. Ich war nur gerade in
Gedanken."

„Ah, Matthias!" Kalindas Stimme konnte man das Grinsen
deutlich anhören. „Hatte Jasmin also wieder mal recht."

„Könnte doch auch sein, dass ich gerade über eine neue Idee
für die Show nachgedacht habe! Oder über Francesco."

Kalinda lachte. „Ich kenn dich schon ein paar Jahre. Und
glaub mir, wenn du über deinen Manager redest, war da noch nie
so ein verträumtes Schweigen zu hören."

„*Verträumtes* Schweigen? Du liebe Zeit! Hast du neulich eine
schamanische Hochzeit organisiert und dich dort weitergebildet?
Hier gibt es nämlich eine Frau, die auch das Gras wachsen hört."
Sie erzählte ihrer Freundin von Burgi.

„Wie cool!", rief Kalinda. „Die sollten wir mit Jasmin
zusammenbringen, da käme was raus! Aber hör mal, deine Burgi
hat ja recht, oder? Du findest den knackigen Cowboy richtig
gut."

„Irgendwie schon", musste Kelly zugeben. „Aber es hat ja
keine Zukunft. Er will keine Beziehung. Selbst wenn er all seine
Vorsätze über den Haufen werfen würde – wie sollte das gehen?"

„Ist das nicht erst mal unwichtig? Ich meine, ihr kennt euch ja
erst seit drei Tagen, genießt doch die letzten paar Stunden. Und
dann kannst du ja entscheiden, ob du ihn wiedersehen willst.
Wovon ich ausgehe, er ist nämlich ein richtig toller Typ."

„Ich hab einen Tag verlängert", gab Kelly zu. „Morgen steigt
nämlich ein großes Stadelfest hier im Dorf. Der Bürgermeister

hat mich eingeladen und - na ja – ich werde auftreten."

„Du hast einen Gig in Oberapfelbach? Wie toll ist das denn! Wann steigt denn die Sause?"

„Keine Ahnung, ich schätze, am Nachmittag geht's los und ich sing dann am Abend. Muss noch ein paar Sachen besorgen, damit ich einen guten Sound habe. Francesco hat sicher Kontakte nach München, die sollten mir dann halt eine gute Sound- und Lichtanlage samt Techniker liefern."

Bei dem Gedanken, Francesco um Hilfe zu bitten, war ihr gar nicht wohl. Begeistert würde der sicher nicht sein. Aber vielleicht konnte sie es ihm als Marketing-Idee verkaufen?

„Du, Kelly, mir fällt was ein!", rief Kalinda begeistert. „Jasmin und ich wollten morgen sowieso einen Ausflug machen. Ich soll eine Hochzeit in den Bavaria Filmstudios organisieren, frag nicht, was das Brautpaar alles haben will! Die Trauung soll auf Fuchur, dem Drachen aus der *unendlichen Geschichte* stattfinden. Und wahrscheinlich wollen sie die Brautentführung dann mit dem U-Boot machen oder was weiß ich. Auf jeden Fall hab ich einen Termin vor Ort mit dem Manager, und Jasmin will mich begleiten, weil Thore und Magnus eine Motorradtour machen und nicht da sind."

„Hey, dann seid ihr ja gar nicht weit weg! Die Studios sind doch in München, oder?"

„Exakt. Und das bedeutet, wir können dich besuchen. Was hältst du davon?"

„Genial!" Kelly musste aufstehen und im Zimmer herumlaufen, weil sie sich so freute. Sie würde Kalinda alles hier zeigen können! Und es würden zwei bekannte Gesichter im Publikum sitzen, wenn sie auf der Bühne ihre heißesten Nummern zum Besten gab.

„Jasmin wird ausflippen, wenn sie das hört", sagte Kalinda.

„Du bist immer noch ihr großer Star. Und so ein Konzert im idyllischen Voralpenland, wo auch noch dein Landbursche dabei ist – das wird super!"

„Auf jeden Fall! Mit eurer Hilfe werde ich den ganzen Stadel rocken! Ach was, das ganze Dorf wird eine Kelly Kay-Fanzone werden." Sie lachte übermütig. Garantiert würde das Konzert ein Riesenerfolg werden. Und etwas Sympathischeres, als wenn ein Superstar bei einem Dorfkonzert auftrat, konnte es doch nie im Leben geben!

„Kalinda, ich geb dir später noch die Adresse und alles durch. Aber jetzt muss ich Francesco anrufen, damit er mir das Equipment besorgt. Mensch, ich freu mich so, dass ihr Mädels kommt."

„Wir sind deine Groupies, ist doch klar. Bis später dann! Und verausgabe dich heute Nacht nicht zu sehr, du musst morgen auf der Bühne noch stehen können." Kalinda lachte und legte auf.

Voller Tatendrang stellte Kelly eine Setlist zusammen. Nur ihre mitreißendsten Songs für die Oberapfelbacher. Es würde ein Gig der Superklasse werden, bei dem endlich sogar die gesamte Musikkapelle begeistert feststellen würde, was Kelly alles draufhatte.

Sie brannte richtig darauf, Francesco ihre Ideen zu erzählen. Deshalb wählte sie umgehend seine Nummer.

„Ich hab *die* Marketing-Idee", sprudelte sie los, kaum dass er sich gemeldet hatte. „Morgen gibt es hier im Dorf ein Fest und da werde ich einen megascharfen Überraschungsauftritt hinlegen. Mitten in einem Stadel, im Publikum lauter begeisterte Jungs in Lederhosen, die sonst lieber Blasmusik hören. Aber die werden abgehen wie ein Gartenschlauch und jubelnd auf den Bierbänken stehen. Mehr Volksnähe geht nun wirklich nicht. Jetzt sag, dass ich grandios bin!"

Schweigen in der Leitung. Kellys Zeh juckte urplötzlich. Also ging sie nicht davon aus, dass es sich um ein *verträumtes* Schweigen handelte. Vielleicht war es ein neidvolles? Weil nicht er diese geniale Idee gehabt hatte, sondern sie?

„Bist du jetzt völlig durchgeknallt?", hörte sie Francesco sagen.

Irgendwie war seine Stimme hart und kalt wie Stahl, fiel ihr auf. Kein Vergleich mit Matthias. Aber darüber machte sie sich jetzt keine Gedanken, sie redete sofort weiter.

„Wieso? Das wird super. Du müsstest mir nur noch ein paar Sachen besorgen. Bestimmt hast du Kontakte in München. Die sollen mir eine geile Soundanlage und jemanden fürs Licht schicken. Ach ja, und meine Kostüme bräuchte ich. Also einen Teil. Ich schick dir gleich die Setlist, dann siehst du ja, welche Songs ich performe. Die Playbacks kannst du dann gleich dem Tontechniker weiterleiten."

„Gar nichts werde ich weiterleiten!", bellte er ins Telefon. „Du bewegst deinen Arsch umgehend zum Flughafen und kommst wie vereinbart zurück. Sag mal, bist du denn noch zu retten? Wir haben Termine!"

Kelly spannte alle Muskeln an. Nein! Sie war kein Schulkind und kein Soldat, den man herumkommandieren konnte.

„Es sind *meine* Termine", fauchte sie zurück. „Und ich entscheide. Ich bleibe hier und trete auf dem Dorffest auf."

„Du bist morgen gebucht für *Talk mit Thorsten*! Schau in deinen Kalender, ich hab dir den Termin eingetragen. Ich muss dir wohl nicht erklären, dass die Show zur Primetime im Fernsehen läuft. Hättest du meine Nachrichten abgehört, wüsstest du, dass wir dort endlich einen Platz ergattert haben. Der Talk ist live. In Hamburg. Morgen um einundzwanzig Uhr. Hauptsendezeit. Spitzenquoten. Da gibt es nichts zu diskutieren."

Verdammte Scheiße.

Francesco versuchte tatsächlich schon seit zwei Jahren, sie endlich in dieser berühmten Talkshow unterzubringen. Bisher immer vergeblich.

„Ich muss dir wohl nicht erklären, dass das dein endgültiger Durchbruch ist", fuhr er in scharfem Ton fort. „Die berichten nämlich über diese Aktion. Thorstens persönlicher Assistent hat mich angerufen und mir gesagt, dass sie ein Special über Frauen in abstrusen Berufen machen. Da wollen sie dich, weil du ja jetzt drei Tage eine Bäuerin warst."

„Das ist doch kein abstruser Beruf!" Hatte der einen Vogel? „Sondern ein ganz normaler. Ohne Landwirte hätten wir nix zu essen."

Francesco lachte fies. „Na klaaar, ein ganz normaler Beruf", sagte er mit diesem sarkastischen Ton, den sie so hasste. „Wie viele kennst du denn? Die sind doch am Aussterben. Logisch, wer will denn so einen Scheiß schon machen. Stall ausmisten und alles kaputt düngen und überhaupt sind das doch alles Verbrecher. Streichen fette Subventionen ein, obwohl sie ihre Felder brach liegen lassen, und fahren stolz mit ihren sauteuren Treckern spazieren, die wir von unseren Steuergeldern bezahlt haben."

Ach.

Kellys Backenzähne mahlten. Was für idiotische Stammtischparolen er da von sich gab!

„Du laberst so einen Blödsinn!", sagte sie. „Für die Traktoren müssen die sich hoch verschulden und viele Maschinen haben sie gemeinsam mit anderen, weil sie …"

„Verschon mich mit dem Gesülze. Das kannst du dann morgen Abend den Zuschauern erzählen. Wird gut einschlagen, wenn du dich für die ach so armen Bauern einsetzt. Man wird dich zwar für naiv halten, aber es gibt auf jeden Fall Pluspunkte in Sachen Sympathie. Deine Verkaufszahlen werden nach oben schnellen und die Tour ruckzuck ausverkauft sein."

„Du musst das verschieben", beharrte sie.

Er holte hörbar Luft. „Hast du zu viel Gülle inhaliert? *Talk mit Thorsten* verschiebt man nicht! Das ist eine *one in a lifetime*-Chance, wenn man da eingeladen wird."

„Ist mir egal, ich habe dem Bürgermeister mein Wort gegeben. Ich trete morgen hier auf. Wenn dieser Thorsten mich will, soll er mich in einer der nächsten Shows unterbringen."

Ihr Nacken verspannte sich angesichts der Entscheidung, die sie da gerade traf. Aber es war die richtige. Sie wollte hier auftreten. Sie wollte Matthias zeigen, was in ihr steckte. Sie wollte dem Dorf eine tolle Show schenken, sie wollte Kalinda und Jasmin treffen, sie wollte, dass die Oberapfelbacher sie mochten. Keinesfalls hingegen wollte sie in einer Show herumhocken, die Bauern und Bäuerinnen als abstruse Berufe bezeichnete!

„Ich werde da garantiert nicht absagen", blaffte er sie an. „Du wirst gefälligst ..."

Weiter kam er nicht.

„Gar nichts werde ich. Denn *ich* bin der Star, nicht du. Ich bezahle dein Gehalt. Also treffe ich die Entscheidungen. Und die ist endgültig."

Ein paar Sekunden herrschte Schweigen.

Dann jedoch schlug er eine andere Tonart an. „Baby, was ist denn los mit dir?", säuselte er ungewohnt sanft. „Geht es dir nicht gut? Du wirst mir doch nicht in einen Burnout rutschen? Pass auf, ich komm zu dir. Ich bin sowieso gerade in Stuttgart, es geht um die Ausstattung deiner neuen Show. Da hab ich am Morgen einen Termin, danach fahre ich zu dir. Hab ja eine schnelle Kiste und dort unten im Süden gibt es ein paar Autobahnen ohne Tempolimit. Das einzig Gute an Bayern!"

Auch das noch. Kelly verdrehte die Augen. Aber gut, dann konnte er ihren Triumph mit eigenen Augen sehen und den Gig entsprechend in den Medien unterbringen.

„Gut. Dann kannst du gleich ein paar neue Kostüme mitbringen", erwiderte sie, denn die wurden in Stuttgart geschneidert.

„Wohl eher dich zur Vernunft bringen", murmelte er vor sich hin.

„Wirst schon sehen, es wird bei den Fans super ankommen." Sie hatte richtig Lust, mal wieder über die Bühne zu fegen! „Und einen Stapel neuer Songs hab ich auch geschrieben."

„Na immerhin." Erleichtert atmete er aus.

„Aber jetzt muss ich nach meinem Kalb schauen. Sie trinkt nämlich am besten, wenn *ich* sie füttere. Bis morgen dann, Francesco."

„See you, babe."

Kelly legte auf und bewegte sich im Salsa-Schritt durchs Nussbaum-Wohnzimmer. Alles würde gut werden!

Aber erst mal musste sie zu Mira. Und zu Matthias, denn sie hatte ihn schon mehr als zwei Stunden nicht mehr gesehen und vermisste ihn!

Das Arbeiten ging jetzt schon Hand in Hand. Sie wusste, wie man die Milch in die Eimer sprudeln ließ und dass man beim zweitjüngsten Kalb in Deckung gehen musste. Der kleine Stier nahm den Zapfen nämlich gern geknickt ins Maul, sodass die Milch in alle Richtungen spritze, bevor er seinen Kübel genüsslich leer saugte. Sie kannte mindestens zwanzig Kühe mit Namen und wagte sich sogar neben Matthias in den Stallbereich hinein. Dort kamen gleich drei ausgewachsene Kühe auf sie zu, was ihr ein bisschen Herzklopfen bescherte. Die Schwarzbunten waren nämlich verdammt groß, wenn man direkt vor ihnen stand.

Noch mehr Herzklopfen allerdings verursachte ihr deren Besitzer. Denn der ließ es sich nicht nehmen, ihr hin und wieder einen sehr innigen Blick zukommen zu lassen.

Nachdem sie im Stall fertig waren, gönnte sich Kelly eine Dusche, während Matthias noch zum Futtermischen fuhr. Aber irgendwann, als es schon fast dunkel wurde, kam er dann endlich zu ihr ins Wohnzimmer. Und setzte sich neben sie aufs Sofa.

Er wirkte ein wenig unsicher, fuhr sich durch die blonden Strubbelhaare und wusste offenbar nicht recht, was er sagen sollte.

„Ist komisch, nicht wahr?", half sie aus. „Das mit uns."

Er nickte. „Du fährst morgen wieder nach Berlin zurück."

„Naja, übermorgen. Ich will ja mit euch allen noch anstoßen. Falls du mich noch eine Nacht erträgst."

Wenn es nach ihr ginge, durfte die Nacht gerne eine gemeinsame sein. Aber Matthias sah ernst aus, also machte sie lieber keine zweideutigen Scherze.

„Ich mag es, dass du hier bist", sagte er weich. „Dabei weiß ich ja, dass du in einer ganz anderen Welt lebst. Und nur für eine kurze Auszeit bei mir bist."

War da Wehmut in seiner Stimme? Kellys Brustkorb wurde eng. Wie gerne hätte sie ihm gesagt, dass sie ihren Job einfach hinwerfen würde. Dass sie alles aufgab und es mit ihm versuchen wollte. Doch was würde sie hier tun?

Dass Liebe Wunder bewirken konnte, glaubte sie nicht, dafür war sie zu alt. War man verliebt, hatte man schnell mal das Gefühl, dass Liebe alles besiegen konnte. Aber die Realität sah anders aus. Sie brauchte die Bühne, den Erfolg, das jubelnde Publikum. Das war doch irgendwie alles, was sie hatte.

„Würdest du denn wollen, dass ich öfter hier bin?", fragte sie trotzdem.

Seine Lippen zuckten. „Du meinst, dass du alle heilige Zeit mal vorbeischaust, wenn du eine kleine Pause im Tournee-Plan hast? Ich weiß nicht recht. Das fühlt sich nicht richtig an. Außerdem bin ich sowieso nicht geschaffen für Beziehungen."

Die Ausrede schlechthin, klar.

„Und wenn wir einfach die gemeinsame Zeit genießen?", schlug sie schnell vor, weil sie nicht ertragen konnte, dass er so weit von ihr weg saß. Dass er sie nicht anfasste, sein unwiderstehliches Lächeln nicht auspackte. Und dass er so schrecklich ernst war.

„Ganz ohne Verantwortung und Zukunft und überhaupt?", fuhr sie fort. „Nur im Moment leben und ihn voll auskosten, das können wir doch probieren."

Da war es wieder, dieses Lächeln. Es blühte auf wie eine Duftrose, es brachte ein sonnenhelles Strahlen ins Zimmer, es ließ ihren Puls schneller werden.

„Hast du das in einem deiner Achtsamkeits-Yoga-Feng Shui-Seminaren gehört?", fragte er. „*Nutze den Tag, Carpe diem, quetsche jeden Augenblick aus wie eine Zitrone, denn dein Wandeln auf Erden kann schnell vorbei sein?*"

Wie so oft musste sie lachen.

„Schon möglich. Aber du klingst auch, als hättest du einige Weisheiten gehört, die ein alter Indianerhäuptling deiner Tante zugeflüstert hat."

„Als Geist natürlich", ergänzte er.

„Wie sonst."

Mit einem Mal war das Eis gebrochen. War seine Leichtigkeit zurück. Und sein Blick wieder bei ihr. Auf eine Weise, die sie ganz und gar nicht kalt ließ.

In Kellys Bauch kribbelte es, als hätte sie sämtliche Waldameisen verschluckt, die unter der gefällten Fichte ihr Nest hatten.

„Du hast recht", sagte er. „Warum sollten wir nicht einfach eine schöne Zeit miteinander verbringen? Quasi eine Auszeit zu zweit, die bald wieder rum ist und wir gehen unserem normalen Alltag nach."

„Eben." Sie nickte. Trotzdem saß da plötzlich so ein fieser Stachel irgendwo zwischen ihrem Herzen und der Milz, der ihr das Atmen schwermachte. Aber es stimmte, was er sagte. „Ich wurde doch bei diesem Interview, das du inzwischen gehört hast, nach dem Sinn des Lebens gefragt", sagte sie.

„Weil dein Album so heißt", erinnerte er sich. „*My meaning of life*. Und du hast geantwortet, dass man Party machen soll."

„Na ja, meine Fans wollen sowas hören. Ich stehe bei den Umfragen an erster Stelle, wenn es um Gute Laune Musik geht. Aber weißt du, wahrscheinlich ist der Sinn des Lebens tatsächlich, jeden Moment maximal auszuschöpfen. Also sind wir auf dem richtigen Weg."

Sie sagte das mit einer sehr überzeugten Stimme. Doch tief in ihr gab es Zweifel. Das klang so sehr nach Kalenderblattweisheit. Nach einem Spruch, der von irgendwelchen Wellness-Coaches propagiert wurde. Und auch wenn er sicher stimmte, fühlte er sich seltsam leer an.

Matthias runzelte die Stirn.

„Das ist bei mir anders. Ich denk über sowas gar nicht nach, denn für mich ist das irgendwie klar. Ich bin hier, weil ich das Erbe meiner Vorfahren weiterführe, weil ich für mein Land sorge und für meine Tiere da bin. So einfach ist das für mich. Wenn ich nach einem langen Tag auf dem Feld steinmüde ins Bett falle, bin ich glücklich, dass wir fünfzig Heuballen eingefahren haben und die Kühe gut versorgt sind. Das reicht mir eigentlich als Sinn des Lebens. Aber womöglich bin ich viel zu einfach gestrickt."

Nein, das war er gar nicht. Ganz im Gegenteil.

Kelly schüttelte den Kopf. „Von wegen! Du bist viel weiter als ich und all die seltsamen Gestalten aus dem Pop-Zirkus. Du hast deine Bestimmung gefunden. Während wir nur mit komischen Liedern übers Tanzen und geile Clubnächte herumalbern."

Und genau das faszinierte sie so an ihm. Dass das alles so selbstverständlich war für ihn. Sie beneidete ihn für diese Bodenständigkeit. Und kam sich mit all ihren modernen Yoga-Gurus, Lifestyle-Beratern und Motivations-Trainern total rückständig vor. Selbst den Power-Pakchoi-Ingwer-Smoothie, den ihr der Ernährungsberater als Wunderwaffe empfohlen hatte, fand sie plötzlich lächerlich. Matthias hatte neulich ein paar Karotten aus dem Gemüsegarten gezogen, bei einer nur kurz die Erde abgewischt und direkt hineingebissen. Irgendwie hatte sie plötzlich das Gefühl, dass das gesünder war. Und selbst der würzige Tilsiter vom Kaashof Niederbirnthal, den sie sich aufs nicht-kohlenhydratreduzierte Roggenbrot gelegt hatte, schmeckte viel besser als der vegane Käse aus Cashewnüssen und Kokosöl, den Francesco für sie im Internet bestellte.

Oh Mann. Sie konnte doch nicht plötzlich alles infrage stellen, woran sie die letzten Jahre geglaubt hatte?

„Du machst Menschen glücklich", sagte er mitten in ihre Gedanken hinein. „Und das ist wahnsinnig viel wert. Du schenkst ihnen Musik, bei der sie mal alles vergessen können. Ja, sie hat vielleicht nicht so viel Tiefgang wie ein Leonard Cohen-Song oder eine Bob Dylan-Nummer, aber die beiden kann man doch auch nicht ständig hören. Party und Feiern gehören zum Leben halt auch dazu. Und du beherrschst es super, den Leuten genau das zu geben. Ich finde, das ist richtig viel wert."

„Echt?" Überrascht schaute sie ihn an.

Er lachte. „Ja! Und jetzt lass mich endlich die Nummern hören, die du hier geschrieben hast."

Kelly wurde mit einem Mal leichter ums Herz. Vielleicht hatte er recht und sie war gar nicht so eine Versagerin? Und es stimmte ja, sie bekam eine Menge Fanpost, in der eine Jessie oder Kira oder Emily behauptete, dass Kelly Kay-Songs ihr durch schwierige Zeiten geholfen hatten, weil sie beim Laut-Aufdrehen und Mittanzen die schlechten Schulnoten und den untreuen Boyfriend total vergessen hätte.

„Okay", sagte sie also, stand auf und holte die Gitarre. „Mach dich bereit!"

Sie setzte sich neben ihn, schlug die ersten Akkorde an und begann mit dem Song über eine einsame, alte Frau, zu der Burgi sie inspiriert hatte. Obwohl die ja keinesfalls einsam war, hatte sie doch all ihre Göttinnen, Wassergeister und die Damen vom katholischen Frauenbund, für die sie schamanische Messen abhielt.

Matthias sah sie an. So, als gäbe es nichts Schöneres auf der Welt, als hier neben ihr auf dem alten Sofa zu sitzen und ihr beim Singen zuzuhören.

Das machte sie nervös. Diese neuen Nummern – die waren viel intimer als das, was sie sonst sang. Sie zeigten ihre Gedanken, Gefühle, ihr Inneres. Deshalb schloss sie die Augen, um sich vollends in den Song fallen zu lassen. Bei ein paar Textstellen musste sie improvisieren, die Bridge war noch nicht ausgereift und am Ende rutschte sie in eine absteigende Moll-Tonleiter. Oh je, Matthias würde sicher entsetzt sein über diese Schnulze! Vorsichtig öffnete sie die Augen, nachdem der letzte Ton verklungen war. Und versank sofort in seinem Blick.

„Kerstin, das ist wunderschön", sagte er leise. Wenn sie sich nicht täuschte, musste er sogar schlucken.

Hatte sie ihn etwa berührt mit dieser Ballade?

„Wirklich?"

Er nickte ganz langsam. „Das Lied geht mir total unter die Haut. Aber auch, wie du es singst. Selbst deine Stimme – die klingt ganz anders."

„Klar, ich hab sonst ein Mikro und Verstärker und ..."

„Das meine ich nicht", unterbrach er sie. „Das bist jetzt du, die da singt. Und das hört man in der Stimme. Sie ist weicher und auch rauer, sie ist viel voller und irgendwie – na ja – ich würde sie aus tausend anderen Stimmen sofort heraushören. Schon nach dem ersten Takt. Weil du darin steckst."

Kellys Hals wurde eng. Sie wusste nicht, was sie sagen sollte. Eigentlich ging es ja nur um ihre Stimme, aber trotzdem ...

„Das ist das schönste Kompliment, das ich jemals bekommen habe."

Sie wollte hier nicht wieder weg. Sie wollte für alle Ewigkeit hier auf dieser Couch sitzen und für ihn Lieder singen, eines nach dem anderen.

„Kann nicht sein, weil es nämlich einfach nur die Wahrheit ist." Seine Augen lächelten. Sein Finger strich zärtlich über ihre Wange. „Hast du noch eines für mich?"

Kelly konnte nur nicken. Sprechen war ziemlich schwierig, aber mit dem Singen könnte es klappen. Es gab da diese eine Nummer, in der sie von ihm schwärmte, die konnte sie keinesfalls jetzt spielen. Aber vielleicht den Song über das Wunder des Lebens? Er trug den Titel *Miracle* und Kelly hoffte, dass Matthias erkannte, von wem er handelte.

„*It was right in the middle of the night*", begann sie, „*when you decided to come into this world. Your life started like a fight, you were wet and tired and swirled.*"

Sein Lächeln verriet ihr, dass er wusste, worüber sie sang. Nämlich über die Nacht, in der er sie zum ersten Mal berührt hatte. Natürlich ging es in dem Song um das Kalb Mira, aber

Kelly verband damit das Gefühl, in Matthias' Armen zu liegen. Und irgendwie hatte sie das wohl im Refrain untergebracht.

„My little miiiracle – you teach me so much about life, my little miiracle – you show me what really counts, you make me cry and laugh at the very same time, you bring me kisses and hugs from a man so fine."

Okay, das war ein bisschen peinlich, aber hey! Sie war Künstlerin, sie war unter Zeitdruck und da schrieb man schon mal einen schnellen Text. Mit Hinweis auf einen Mann, den man toll fand. Drehten sich nicht alle berühmten Lieder um die Liebe?

Matthias schien das gar nicht peinlich zu finden, ganz im Gegenteil. Er wippte im Takt mit dem Fuß mit und schien gespannt auf die nächste Strophe zu warten.

Als Kelly die gesungen hatte und wieder den Refrain begann, stieg er einfach mit ein.

Sie bekam sofort eine Gänsehaut, als er mit ihr gemeinsam sang. Wie wunderbar die Tonlagen harmonierten! Seine volle Stimme lag genau eine Oktave unter ihrer und fügte sich deshalb mit ihrer zu einer perfekten Einheit zusammen. Er hatte die Melodie vom ersten Mal Hören genau behalten und traf jeden Ton. Vor allem aber ging seine kräftige und doch samtige Stimme ihr tief unter die Haut. Das Kribbeln wollte gar nicht mehr aufhören und sie hätte den Refrain am liebsten noch sieben Mal wiederholt, so herrlich war es, mit ihm zu musizieren.

„Ist das toll mit dir!", rutschte ihr heraus, als der Song zu Ende war, und erntete ein Lächeln.

„Mit dir aber auch", raunte er ihr zu, beugte sich zu ihr und kam mit seinem Gesicht ganz nah an sie heran. „Deine Songs sind der Hammer."

„Du magst sie?", raunte sie zurück.

„Oh ja. Und die Songwriterin noch mehr." Ihr Puls schoss in die Höhe, als sie das hörte.

Sie versanken in einen Kuss, über den man mindestens fünf Songs schreiben sollte, so heiß war der.

„Ich will noch mehr", verlangte Matthias.

Oh ja, sie auch! Am liebsten sofort. Sie wollte ihn ganz und gar, mit Haut und Haar, sofort und auf der Stelle! Also wanderte sie mit ihren Händen über seinen Körper, fand seine nackte Haut, zog ihn an sich.

„Ich hab von den Songs geredet", flüsterte er in ihr Ohr. „Das andere will ich zwar auch, aber erst möchte ich hören, was du sonst noch geschrieben hast."

„Na gut", willigte sie widerwillig ein, während er sich von ihr löste. Um hinter sie zu gleiten, als sie die Gitarre wieder in die Hand nahm. Und um nach der ersten Zeile des nächsten Songs ihren Nacken zu küssen.

„Sing wieder mit", bat sie beim kurzen Zwischenspiel. Und er tat es.

Seine Stimme so nah an ihrem Ohr brachte sie fast um den Verstand. Und die gefühlvolle Art, mit der er sang, ebenfalls.

Wenn zwei Stimmen so gut harmonierten – müssten dann nicht auch die Menschen hervorragend zusammenpassen? Jasmin würde das sicher unterschreiben. Burgi wahrscheinlich auch, insbesondere, wenn Häuptling Rotgelbe Krähenfeder der gleichen Ansicht war.

Es musste doch eine Lösung geben, wie sie ihre beiden Leben unter einen Hut bringen konnten! Schließlich konnten sie telefonieren und skypen. Oder sie würde ihn einfliegen lassen. Falls das neue Album weltweit so einschlug, wie Francesco prophezeite, würde sie so viel verdienen, dass ein Privatjet drin war. Und der Bürgermeister von Oberapfelbach hatte doch sicherlich nichts dagegen, dass hier ein Landeplatz gebaut wurde. Genug Fläche gab es ja.

„*My life was empty*", begann sie zaghaft ihr persönlichstes Lied. Nämlich das über ihn. „*there was glitter and shine but deep inside it was black as the night. I never saw this, I must have been blind. But then you came, right out of the blue, I didn't realise when I laid my eyes on you – that you are my soulmate, my sunlight, my knight.*"

Sie brach ab, mitten im Song.

„Und wenn wir es doch irgendwie hinkriegen?", fragte sie mit atemloser Stimme und drehte sich zu ihm um. „Ich will dich in meinem Leben haben! Wir könnten doch beide ein paar Kompromisse eingehen, dann kriegen wir das bestimmt hin."

„Und die wären?" Seine Miene verschloss sich.

„Na, ich könnte bei meiner Tour die Auftritte ein bisschen auseinanderziehen, sodass wir Zeit haben. Und hin und wieder einen kleinen Urlaub einplanen. Und du könntest dir einen Helfer besorgen für den Hof, dann kannst du leichter weg. Weißt du, mir wurde das beim Singen klar: Wir sind doch wirklich Seelenverwandte! Und wenn man das ist, muss man alles daran setzen, dass man zusammen sein kann."

Mit ungestüm hämmerndem Herzen sah sie ihn an. Wartete auf eine Antwort. Auf Begeisterungsstürme, auf eine leidenschaftliche Umarmung, gefolgt von hungrigen Küssen und einer wilden Nacht.

Doch er wand sich aus dem Platz hinter ihr heraus. Mehr noch, er stand sogar vom Sofa auf. Fuhr sich übers Gesicht.

„Genau diese Worte habe ich schon mal gehört", sagte er tonlos. „Von Vivienne. Dass wir doch Seelenpartner seien und dass man alles Mögliche in Bewegung setzen müsse, weil das so was Seltenes wäre."

Kelly erstarrte.

„Ich war so dumm, das zu glauben. Hab einiges am Hof geändert, mich mit meiner Mutter zerstritten, an eine Zukunft geglaubt. Aber nichts war gut genug. Ich war nicht gut genug. Am Ende war das Einzige, was sich dauerhaft in Bewegung gesetzt hat, Vivienne. Und zwar, indem sie von einem Moment auf den anderen von hier verschwunden ist."

„Matthias, ich bin aber nicht sie." Ihr Hals war eng, ihr Mund trocken, ihr Herz wund.

„Ich weiß." Er atmete schwer. „Ja, das ist mir klar. Aber als jetzt dieses Wort fiel ..." Er brach ab. Holte erneut tief Luft. Sah sie schließlich mit ernster Miene an. „Ist vielleicht besser, wir überstürzen nichts. Es ist schon spät, wir sollten schlafen gehen." Er hielt kurz inne. „Jeder in seinem Zimmer."

Sie musste schlucken. Da war dieser Kloß in ihrem Hals, der partout nicht hinunterrutschen wollte.

„In Ordnung", sagte sie schließlich. „Morgen ist ja auch noch ein Tag."

„Genau. Da rockst du dann mein Dorf." Er schenkte ihr ein Lächeln. Aber das Strahlen fehlte.

Kelly packte die Gitarre weg. Und mit dieser auch die Leichtigkeit, das Lachen, die Magie.

Morgen vielleicht. Morgen hatte sie noch eine Chance. Und die würde sie nutzen. Denn das würde der wichtigste Auftritt ihres Lebens sein.

22. Aufbau fürs Fest

Matthias

Gähnend quälte sich Matthias aus dem Bett. Er hatte verdammt wenig geschlafen. Blöderweise war ihm sein Bett nämlich mit einem Mal so leer vorgekommen. Dreimal war er aufgestanden, zur Tür geschlichen und kurz davor gewesen, einfach rüber zu gehen. Zu Kelly. Weil man zu zweit ja irgendwie weniger allein war. Und weil er den Gedanken nicht loswurde, wie es wohl wäre, ihren Körper zu spüren, ihre Haut überall zu küssen, ihr Stöhnen zu hören.

Verflucht nochmal!

Er tappte runter in die Küche, um sich einen Kaffee zu machen. Gut, dass er dem nächtlichen Verlangen nicht nachgegeben hatte. Schließlich wusste er doch, wohin sowas führte. Während er die Bohnen mahlte, versuchte er mit aller Macht, sich den Schmerz nach Viviennes Abreise in Erinnerung zu rufen. Das half ein bisschen. Aber halt nur ein bisschen, denn Kelly hatte recht: Sie war anders. Sie war offen und lustig und tiefsinnig und wahnsinnig talentiert. Überirdisch schön natürlich auch. Er musste schmunzeln, als er an die Szene vor dem Badspiegel zurückdachte.

Wie unsicher sie doch war!

Genau das gefiel ihm. Die Musikwelt lag ihr zu Füßen und doch war sie alles andere als arrogant. Ganz im Gegenteil, sie zweifelte an sich, sie hinterfragte ihre Musik, sie kämpfte an so vielen Fronten. Und er mochte Kämpferinnen.

Matthias brühte seinen Kaffee und trank die ersten Schlucke, doch er schmeckte ihm nicht so gut wie sonst. Kelly weckte er nicht auf, ihm gingen zu viele Sachen durch den Kopf und die wollte er erst ein wenig sortieren, bevor er ihr gegenüberstand. Er zog sich an und ging in den Stall zum Melken. Burgi sah ihm offenbar an, dass er nicht in Plauderlaune war und hielt sich zurück. Was sehr erstaunlich für sie war.

„Ist alles okay bei dir?", fragte er irgendwann, weil es ihm sehr verdächtig vorkam, dass sie keinen ihrer üblichen Sprüche, keine neugierige Frage oder indianische Weisheit raushaute.

„Ja freilich", sagte sie und stöpselte das Melkzeug an Finis Euter. „Aber du hast so ein Schwammerl-Gesicht."

„Ein was?" Er fuhr herum und sah sie verdattert an.

„Ein Pilz-Gesicht", übersetzte sie.

„Ich weiß, was Schwammerl heißt. Aber was bedeutet das?"

Burgi riss die Augen auf. „Hab ich dir das nie erklärt? Ich hab doch letztes Jahr dieses Amanita-Ritual gemacht. Das ist so ähnlich wie die schamanische Ayahuasca-Zeremonie, nur halt nicht mit Lianensaft, sondern mit Fliegenpilz."

Du liebe Zeit, ihre Kurse!

Er erinnerte sich, dass sie mit einem sehr seltsamen Strahlen im Gesicht von diesem Seminar zurückgekommen war. Hatte allerdings nur so lange angehalten, bis die Liesl ihr mit dem angekackten Schwanz ins Gesicht geschlagen hatte, da war Burgi nämlich schnell zu ihrem nicht-so-arg-erleuchteten Ich zurückgekehrt und hatte wild geflucht.

„Wo du Pilze gegessen hast und dann irgendwelche Halluzinationen über dich gekommen sind?", fragte er.

„Das nennt sich Bewusstseinserweiterung", klärte sie ihn mit ernster Miene auf. „Jedenfalls gibt es da den Moment, wo der Pilz noch nicht wirkt, aber halt total grässlich schmeckt. Also kurz bevor dann die erhellende Wirkung einsetzt und das Leben verändert wird. Die Leute machen in diesem Moment genau so ein Gesicht wie du."

Na toll.

„Nur dass bei mir keine Erleuchtung folgt", gab er zurück.

„Oh doch!" Sie riss die Arme nach oben, um ihre Aussage schamanisch-nachdrücklich zu unterstreichen. „Du bist ja gerade am Scheideweg. Kelly hat dir gezeigt, wie schön es sein kann, mit jemandem zusammen zu sein. Aber du traust dich nicht recht. Sie fährt ja eh wieder weg, also müsstest du dann mal in Gang kommen und dir eine passende Frau suchen. Somit hast du jetzt den bitteren Geschmack, aber noch nicht den Erfolg – also ein Schwammerl-Gesicht."

Matthias prustete los. Wahnsinn, was Burgi sich immer zusammenreimte!

„Das wird's wohl sein", antwortete er lachend. „Und wie nett von dir, dass du auf meinen schwierigen Zustand Rücksicht nimmst."

„Bin ja kein Unmensch", brummte sie und nahm sich das nächste Euter vor. „Außerdem weiß doch jeder, dass so ein Transformations-Prozess wichtig ist und man den nicht unterbrechen darf. Sonst kann das böse enden. Frag die Pfarrersköchin, die hat die Zeremonie mal bei mir gemacht, aber mitten im Ritual aus Versehen ein Ave Maria gebetet. Das hat sie dann so abgelenkt und vom angestrebten Pfad abgebracht, dass ihr umgehend zwei Hühneraugen gewachsen sind."

Matthias musste sich sehr zusammenreißen, um nicht loszuprusten. Aber seine Tante nahm das alles sehr ernst und konnte fuchsteufelswild werden, wenn man sich über ihre Heilerfähigkeiten lustig machte. Also tat er so, als müsste er dringend einen Zitzenbecher vom Melkzeug kontrollieren. Und hoffte inständig, dass er nicht für heimliches Grinsen mit einem Hühnerauge oder einer Dornwarze bestraft wurde.

Als sie fertig waren und er die Eimer für die Kälber herrichtete, hörte er ein Hämmern in der Nachbarschaft. Bauten die jetzt schon für das Fest auf? Also, das musste er sich nach dem Füttern anschauen. Der Stadel, in dem jedes Jahr das Dorffest stattfand, war nur ein paar Häuser weiter, also stapfte er dorthin, als er alle Kälber und das Jungvieh versorgt hatte. Er fand Schreiner Nick, der offenbar eine Verkaufsbude aufbaute.

„Servus Nick", begrüßte er ihn und musterte erstaunt die großräumige Bude. „Seit wann wird bei uns nicht einfach über einen Biertisch verkauft?"

Nick, ein rothaariger Kerl mit Sommersprossen und breitem Kreuz, lachte. „Seit der Herr Bürgermeister mir diesen Auftrag erteilt hat. Er will, dass es heuer ein ganz besonderes Fest wird. Wir sollen unser Bestes geben, hat er gesagt." Nick zuckte mit den Schultern. „Mir soll's recht sein, die Gemeindekasse bezahlt mich."

„Alles nur für unseren Star", seufzte Matthias.

„Die Bühne bauen wir jetzt auch noch auf", sagte Nick. „Da soll ja eine Mordsshow steigen. Ich bin gespannt. Aber ich hoffe, wir von der Blaskapelle dürfen trotzdem noch spielen? Sonst dreht uns der Ernstl ja durch."

Nick spielte seit vielen Jahren zweite Trompete und war überhaupt ein feiner Kerl. Matthias kannte ihn schon ewig und mochte den bodenständigen Schreiner, der immer einen Witz auf Lager hatte.

„Keine Ahnung, was der Herr Bürgermeister geplant hat. Aber du weißt doch, wie das bei den Festen hier läuft – auch wenn kein Auftritt der Kapelle geplant ist, holt irgendwer seine Posaune oder die Tuba und dann wird aufgespielt."

„Nach entsprechendem Biergenuss", ergänzte Nick und grinste. „Ich bin ja nicht so der Freund von Popmusik, muss ich zugeben. Aber vielleicht kann mich diese Kelly heute überzeugen."

„Sie hat echt was drauf. Mehr so Disco-Tanznummern halt, aber gute Stimmung macht sie bestimmt."

Ob sie auch ein paar der neueren Songs spielen würde? Die sie hier geschrieben hatte? Matthias stellte sich das kurz vor: Kelly auf der Bühne, nur mit der Gitarre in der Hand und auf einem Stuhl sitzend. Dazu eine berührende Ballade. Und davor Biertische mit Oberapfelbachern, die es gewohnt waren, dass beim Dorffest die Blasmusik lärmte, während sie sich über ihren Tellern mit Bratwürstl und über die Maßkrüge hinweg unterhalten konnten.

Nein, das würde nicht funktionieren. Echt schade. Ihre neuen Nummern waren nämlich wirklich hörenswert.

„Hey, Matthias!", riss Quirins Stimme ihn aus seinen Gedanken. „Kannst uns ruhig helfen!" Er und noch ein paar andere Männer schleppten die Bühnenbretter in den Stadel.

Da Matthias kurz Zeit hatte, ging er den Jungs zur Hand. Moment – es waren nicht nur Kerle. Unter die Männer hatte sich nämlich Issy gemischt, die Tochter von Tierarzt Sebastian. Wie immer in einer löchrigen Jeans, ein Basecap auf den kurzen Haaren und mit Arbeitshandschuhen an den Händen. Matthias musste immer grinsen, wenn er sie sah, denn sie kletterte lieber auf Bäume, als sich niedliche Zöpfchen zu flechten. Und frechen Streichen war sie auch nicht abgeneigt, was Sebastian oft genug zum Wahnsinn trieb, denn er erzog sie alleine.

Als sie ihn sah, kam sie angelaufen.

„Also, ich mag die Musik von deiner Kelly ja nicht sooo", erklärte sie. „Weil ich viel lieber die Bongo Bumblebee Boys höre, die sind endcool. Aber was sie für die Maggie getan hat, war voll nett."

Überrascht sah Matthias die Kleine an. Nicht nur, weil er keine Ahnung hatte, wer die Bongo Bubblegum Bande war oder so ähnlich. Und das auch gar nicht wissen wollte, denn er teilte nur selten den Musikgeschmack einer Fast-Teenagerin.

„Was hat Kelly denn gemacht?", fragte er gespannt.

„Mega Werbung für Maggies Tearoom! Sie hat Fotos von sich geknipst und in den höchsten Tönen von den Scones geschwärmt. Also, ich mag die ja nur, wenn sie ohne Rosinen sind. Weil Rosinen kann ich überhaupt nicht leiden. Du etwa?" Sie schaute ihn mit ihren riesigen blauen Augen an.

„Äh, ja, schon. Aber wo hat sie denn davon geschwärmt?"

Issy verdrehte die Augen angesichts seiner Begriffsstutzigkeit.

„Na, im Netz, wo sonst! Da sehen es jetzt ganz viele neue Kunden. Maggie hat mir erzählt, dass schon die ersten Leute angerufen haben, ob sie ihre Sachen auch verschickt. Sie freut sich irre!"

„Hat sie auch verdient", sagte Matthias und hob die Bretter wieder auf, die er kurz abgestellt hatte.

„Stimmt es, dass sie hierbleibt, die Kelly?", fragte Issy.

„Du liebe Zeit, nein! Wie kommst du denn darauf? Sie geht bald auf Tour und überhaupt. Wer erzählt denn sowas?"

„Die Caro", erwiderte sie und kratzte sich hinterm Ohr. „Die war nämlich mit dem Domino ausreiten und hat gesehen, wie ihr euch am Bach unten geküsst habt, gleich beim Roggenfeld."

Oh verdammt. „Ich ... äh ... also wir haben ...", stammelte Matthias und machte offenbar ein recht hilfloses Gesicht, denn Sebastian kam herangestapft.

„Isabella!", rief er. „Hältst du uns schon wieder vom Arbeiten ab? Ich hab dir doch gesagt, du darfst nur mitmachen, wenn du niemandem ein Ohr abkaust." Er zog seiner Tochter mit einem Grinsen die Basecap bis zur Nase und sah Matthias entschuldigend an.

„Hat sie dich um eine Investition für ihr neues Projekt gebeten? Sie will eine magnetische Kleingeld-aus-Bodengitter-hol-Maschine bauen, weil ihr neulich ein Fünfzig-Cent-Stück wo hineingerollt ist. Ich hätte ihr niemals zeigen dürfen, wie man einen Lötkolben bedient." Er lachte und Matthias konnte sehen, dass er trotz allem total stolz war auf seine Tochter.

Ganz anders als Kellys Vater. Der war so ein Idiot!

„Ich hab mich mit Matthias nur über heiße Kornfeldküsse unterhalten", sagte sie, hörte dann aber die Hammerschläge und hatte es eilig, wegzukommen. „Oh, die fangen an, ich muss dabei sein! Hab extra meinen eigenen Hammer mitgebracht."

Schwupps, war sie weg.

„Der Quirin wird seine Freude haben", sagte Sebastian. „Aber sag – was ist aus dem Steißlagen-Kalb geworden? Geht's ihm gut?"

Sie hatten am Morgen nach der Geburt kurz telefoniert. Sebastian war bei einem Notfall im Pferdestall gewesen, hatte sich aber am nächsten Tag erkundigt.

„Ja, es springt munter herum."

„Ich seh schon, du brauchst mich gar nicht mehr", neckte Sebastian ihn.

„Schön wär's!" Matthias lachte. Als er zum Stadel sah, fielen ihm die dunklen Wolken im Hintergrund auf und er wurde ernst. „Vielleicht brauch ich dich heute nicht mehr als Tierarzt, aber als Feuerwehrler könntest du noch was zu tun bekommen. Das schaut nach einem gewaltigen Gewitter aus."

Sebastian drehte sich um und nickte. „Gut möglich. Es gibt ja eine Unwetterwarnung für den Landkreis."

„Hoffentlich ohne Starkregen. Mein Hof liegt ja dummerweise in einer Senke." Vor ein paar Jahren war es mal ganz schön brenzlig geworden, als gewaltige Wassermassen vom Himmel gefallen waren.

„Mach dir keine Sorgen, unsere neue Pumpe läuft einwandfrei", sagte Sebastian, der stellvertretender Kommandant der Freiwilligen Feuerwehr Oberapfelbach war. Das beruhigte Matthias ein wenig.

Sebastian verabschiedete sich und ging zu den anderen. Matthias trug ebenfalls ein paar Bretter hin und her, scherzte mit Quirin herum und machte sich dann irgendwann auf den Rückweg.

Es war schon fast Mittag, als er zum Hof zurückkam. Und er wusste immer noch nicht, wie er Kelly gegenübertreten sollte. Deshalb wollte er erst einmal zu Mira, um zu schauen, ob sie wirklich so fit war, wie er dem Tierarzt gesagt hatte. Doch als er um den Stall herumging, um zum Auslauf zu gelangen, hielt er inne.

Kelly stand bei Mira, und zwar innen im Auslauf, mitten im Dreck. Ganz ohne Kamerateam, ohne Föhnwellen im Haar, sogar ohne aufreizende Kleidung, dafür in Gummistiefeln. Sie sah ihn nicht, weil sie mit dem Kälbchen beschäftigt war.

„Natürlich darfst du an meinem Finger saugen", sagte sie zu Mira mit einem Lächeln in der Stimme. „Danach üben wir aber, dass du mir folgst. Schon klar, du bist ein stolzes Rind und kein Hund, aber probieren können wir das doch."

Mira hob ihren Kopf und fixierte Kelly, als hätte sie jedes Wort verstanden. Als diese dann ein paar Schritte nach hinten machte, kam das Kalb ihr nach. Wie ein Schoßhund.

Matthias musste schmunzeln. Ohne Furcht trottete es Kelly hinterher und als es zu ihr aufgeschlossen hatte, streckte es ihr den Kopf entgegen, sodass Kelly es am Hals streicheln konnte. Ja, Mira ließ sogar ein wohliges „Muuuh" ertönen.

Kelly beugte sich zu ihr hinunter. „Du bist wirklich mein Wunder", hörte er sie sagen. „So neu auf der Welt und doch schon so stark. Weißt du, das kann ich von mir leider nicht immer sagen. Und so weiche Haare wie du hab ich auch nicht. Weil sie ständig gefärbt und gestylt werden." Sie strich Mira zärtlich übers Fell.

Das Kalb stand ganz still. So still, wie Kälber sonst eigentlich nie stehen. Es hatte offensichtlich wirklich einen Bezug zu Kelly.

Matthias wollte etwas sagen, sich irgendwie bemerkbar machen. Weil es ja komisch war, dass er so still dastand und Kelly beobachtete. Aber er brachte keinen Ton heraus. Denn es sah so passend aus. So, als gehörte Kelly hierher. Als wäre sie gar kein Fremdkörper, sondern ein Teil des Hofes. Und es war ein verdammt gutes Gefühl, das zu spüren.

Noch immer stand das Kälbchen ganz ruhig vor Kelly, ließ sich streicheln und kraulen, knabberte nur hin und wieder an ihrer Jeans. Wirklich erstaunlich. Jetzt lehnte es sogar seinen Kopf an Kelly, als suchte es den Körperkontakt!

Langsam ging Matthias näher heran.

„Ihr beiden seid ja ein Herz und eine Seele", sagte er sanft.

Beide sahen auf und lächelten ihn an. Also, eigentlich lächelte nur Kelly. Mira machte große Augen, aber immerhin sehr freundliche.

„Sie kommt immer angelaufen, wenn sie mich nur aus der Ferne sieht!", erzählte Kelly aufgeregt. Und kam auf ihn zu, sodass sie an der Innenseite des Gatters stand.

Matthias dachte nicht lange nach und beugte sich ihr entgegen, um sie mit einem Kuss zu begrüßen. Den sie innig erwiderte. Verflixt! Es fühlte sich so gut an, dass er sich richtig ärgerte. Und zwar über das Leben. Weil das immer so fürchterlich kompliziert sein musste.

„Hast du gut geschlafen, Dornröschen?", fragte er sie neckend.

Kelly nickte. „Na klar, ich hatte schließlich einen Prinzen zu Besuch."

„Äh, war der Quirin bei dir fensterln?"

Sie lachte ihr Perlenlachen. Ihre Augen blitzten, alles an ihr strahlte und er hätte sie am liebsten gepackt, über den Zaun gehoben und rüber ins Schlafzimmer getragen. Um dort etwas zu tun, bei dem es egal war, dass das Bett nicht Queensize hatte.

„Um Gottes willen, an sowas hab ich ja gar nicht gedacht! Aber es hat tatsächlich ein männliches Wesen um Einlass gebeten. Allerdings weiß ich nicht, ob die Burschen hier im Dorf dazu an der Tür scharren."

„Der Kater war im Haus?" Das überraschte Matthias sehr. Der war doch immer total scheu gewesen!

„Nicht nur das. Rossi wollte zu mir ins Zimmer und hat es sich dann mitten auf meinem Bett gemütlich gemacht. Zusammengerollt wie ein rundes Kissen hat er sich, schau mal." Sie holte ihr Handy heraus und zeigte ihm ein Foto eines rotweißen Fellbündels, das mitten auf der Matratze lag und schlief.

„Echt niedlich", sagte er. Merkte aber, wie ein Anflug von Eifersucht in ihm hochkroch. Meine Güte, was war er nur für ein Idiot! Erst schickte er Kelly allein in ihr Zimmer und dann beneidete er einen alten Kater, weil der in ihrem Bettchen lag. Burgi hatte recht damit, wenn sie immer mal betonte, dass er ein mordsdrum Depp sei.

„Hat er dann die Nacht bei dir verbracht?", erkundigte er sich.

„Oh ja, wir haben gemeinsam geschlafen. Er auf meinen Füßen."

Verflixt, er hatte Bilder im Kopf. Allerdings hatten die nicht unbedingt was mit einem Kater zu tun.

Gerade noch konnte er sich die Frage verkneifen, ob Kelly eigentlich ein Nachthemd trug. Oder nur einen Hauch von Parfum. Oh Mann, er musste sich am Riemen reißen!

„Drüben bauen sie schon die Bühne auf", sagte er und deutete nach hinten. „Und ich muss dir leider mitteilen, dass eine junge Dame im Publikum sein wird, die kein Fan ist von dir. Sie steht nämlich nur auf die Bunga Bunga Buffalo Boys oder so ähnlich."

Wieder lachte Kelly. Und wieder ging ihm das durch und durch. Und weckte den Wunsch, sie einfach nur festzuhalten. Sodass sie hierblieb. Für immer. Oh verflucht.

„Du meinst die Bongo Bumblebee Boys? Das sind drei vierzehnjährige Jungs aus Castrop-Rauxel, die sind sehr beliebt. Quasi die Nachfolger der Lochis."

„Der was?"

„Der Lochis. Zwillingsbrüder, die deutschen Pop und Hiphop für sehr junge Mädchen gemacht haben. Du hast musikalisch gewaltige Lücken." Sie grinste.

„Pah!", machte er. „Ob die Lochis oder diese Bison Boys wissen, was die Tenorhorn-Polka ist? Ich wette, die haben keine Ahnung."

Kelly sah ihm tief in die Augen.

So tief, dass er fast Angst hatte, darin zu versinken und nie mehr aufzutauchen.

„Ich mag das", sagte sie leise. „Deinen Humor. Mit dir herumzuscherzen. Ich hatte schon vergessen, wie schön das ist. Wie gut so eine Leichtigkeit tut."

Er musste schlucken. Wusste nicht, was er antworten sollte. Denn ihr zu sagen, dass sie doch einfach hierbleiben, ihre Karriere an den Nagel hängen und künftig mit ihm zusammen unter viel Lachen jeden Tag die Milchkübel schleppen sollte, wäre wohl nicht sehr zielführend.

„So ein Urlaub auf dem Bauernhof tut der Seele immer gut", rettete er sich. Fand sich aber doof. Warum fiel ihm nie was Vernünftiges ein, wenn es wichtig war?

Ihr Lächeln wurde schmaler. Sie hatte auf eine andere Antwort gehofft. Wenn er nur wüsste, wie er das formulieren sollte! Natürlich wollte er sie wiedersehen. Wollte sie in seinem Leben haben. Aber wie sagte man das, ohne als naiver Trottel dazustehen, der ihre Karriere nicht ernst nahm? Sie würde garantiert denken, dass er auch nicht besser wäre als ihr Vater und nichts von ihrem Job hielt. Was nicht stimmte. Mist, er hatte einen riesigen Knoten im Kopf und fand keine Lösung.

Das Knirschen des Kieses in der Hofeinfahrt ließ ihn herumfahren. Ein unbekannter Lieferwagen mit Münchner Nummer bog gerade ein.

„Ah, mein Equipment!", rief Kelly, schwang sich mit einem hinreißenden Sprung über das Gatter und eilte zum Wagen.

Klar. Ihr Auftritt.

Sie hatte jetzt sicher einiges zu tun. Und er ja eigentlich auch. Er streichelte kurz Mira, die aber schnell zurückwich, und ging in die Milchkammer, um den Milchtank zu schrubben. Am Futtermischwagen sollte er ein Blech schweißen und die Umsatzsteuer-Voranmeldung gehörte ebenfalls erledigt. Eigentlich hätte er auch wieder Gülle ausfahren sollen, aber da das große Fest stieg, unterließ er das lieber. Reichte ja schon, dass nebenan bei Quirin das Odelbecken seit zwei Tagen offenstand, weil er auf ein Ersatzteil für die Pumpe wartete. Wahrscheinlich hoffte er sogar, dass Matthias ihm beim Einbau half und dazu tief in die Gülle hinabstieg. Das Leben als Landwirt war irgendwie nicht so wirklich glamourös.

23. Der wichtigste Auftritt

Kelly

„Am Nachmittag um vier Uhr?", fragte Kelly und starrte den Bürgermeister entsetzt an. „Ich habe gedacht, ich trete am Abend auf! Gerade wird für mich eine Soundanlage und das Licht installiert."

Sie stand neben der frisch aufgebauten Bühne, während die Techniker emsig arbeiteten.

„Passt doch, hier im Stadel ist es eh nicht besonders hell", erwiderte er. „Außerdem ist der Ablauf so festgelegt. Es gibt ja noch andere Programmpunkte. Also draußen. Und überhaupt. Um vier Uhr ist die allerbeste Zeit, ganz sicher! Da ist nämlich noch niemand betrunken." Er grinste vielsagend und zwirbelte an seinem dämlichen Schnurrbart herum.

Sehr seltsam. Hatte er sie nicht als Top-Act eingeladen? Das ganze Fest sogar extra für sie um eine Woche oder so nach vorne verlegt? Und dann sollte sie zu einer Uhrzeit auftreten, wo die Leute noch gar nicht in Feierstimmung waren, wirklich komisch. Sie hatte schon bei einigen Festivals gespielt und das Line-up war immer klar gewesen – die besten Bands kamen erst dann, wenn es dunkel wurde. Aber gut, vielleicht war das hier in Bayern anders.

„Wir können da also gar nichts mehr verschieben?", hakte sie trotzdem nach. „Es ist schon nach zwei Uhr, dann müsste ich ja in knapp zwei Stunden auf der Bühne stehen. Dabei ist der Soundcheck noch gar nicht gemacht."

„Leider, leider geht da nichts mehr", beharrte der Bürgermeister und verabschiedete sich, weil er angeblich irgendwas erledigen musste.

Na toll. Kelly seufzte, sprang auf die Bühne und gab den Tontechnikern Anweisung, dass sie den Soundcheck vorziehen sollten. „Habt ihr die Playbacks eingespielt? Dann gehen wir das gleich mal durch. Sonst kommen ja schon die ersten Gäste, während wir noch das Feintuning machen."

Sie schnappte sich das Mikro, wartete auf den Einsatz, sang bei drei Songs die ersten Zeilen und gab noch ein paar Anweisungen. Okay, das würde funktionieren. Als sie die Spots noch richtig justieren ließ, glitt ihr Blick zum Eingang des Stadels und sie strahlte.

Wie toll, Kalinda und Jasmin waren da!

„Willkommen in Oberapfelbach! Ich bin gleich bei euch!", rief sie ins Mikro, sprang von der Bühne und stürmte auf die beiden zu, um sie in den Arm zu nehmen.

„Wow, richtig urig hier", stellte Kalinda fest. „Sieht fast aus wie bei der Hochzeit der beiden Innenarchitekten, die ich neulich organisiert habe. Die wollten unbedingt was ganz Reduziertes."

Kelly lachte. „Mensch, ich freu mich so, dass ihr da seid! Ich muss euch alles zeigen, kommt mit!"

Mit den beiden im Schlepptau ging sie rüber zu Matthias' Hof, während Kalinda von dem Treffen mit dem Filmstudioboss berichtete.

Natürlich führte sie die Freundinnen als Erstes zu Mira. Jasmin kriegte sich kaum mehr ein. „Diese Wimpern! Und wie seidig das Fell ist! Du musst uns alles erzählen über die dramatische Geburt. Kalinda hat mir gesagt, dass du dabei mitgeholfen hast?"

„Ich hab nicht viel gemacht. Aber Matthias – ohne ihn wäre

Mira gestorben. Er war richtig toll. Übrigens ist er auch ein fabelhafter Musiker, wir haben schon zusammen gesungen."

Kalinda erwiderte nichts, sondern schaute Jasmin vielsagend und mit einem äußerst belustigten Ausdruck an. „Siehst du es auch?", fragte sie.

„Oh ja!", rief Jasmin sofort. „Es ist mehr als deutlich."

Verdutzt sah Kelly von einer zur anderen. „Würdet ihr mich freundlicherweise einweihen, wovon ihr redet?"

„Von dem Strahlen"

„In deinem Gesicht."

„Wenn du seinen Namen sagst."

„Oder über ihn redest."

Sie grinsten beide überbreit.

Kelly musste lachen. „Leugnen ist wohl zwecklos bei euch. Ja, es stimmt, wir sind uns – na ja – ein bisschen nähergekommen."

„War klar", sagte Kalinda trocken. „Du hast nie ansatzweise so gestrahlt, wenn du von Francesco erzählt hast."

„Erinnere mich bloß nicht an ihn. Er kommt auch bald hierher." Sie wurde mit einem Schlag wieder ernst. „Wisst ihr, so wunderbar romantisch das alles klingt mit Matthias – aber es gibt keine Zukunft für uns. Er will keine Beziehung, das betont er immer wieder. Und erst recht keine, wo man sich nur alle heilige Zeit sieht, weil ich so im Einsatz bin. Aber ich kann doch auch nicht alles hinwerfen. Oder was denkt ihr? Jasmin, hättest du für Thore dein Café aufgegeben?"

„Niemals!" Sie schüttelte den Kopf, dass die Locken nur so flogen. „Und ein Mann, der mich wirklich liebt, würde das doch auch nicht von mir verlangen."

„Das ist ein so großer Teil von dir", meinte auch Kalinda. „Deine Musik – das bist du! Schon so lange ich dich kenne. Das kannst du natürlich nicht einfach so hinschmeißen. Und ich schätze, für ihn gilt das Gleiche. Er kann ja seinen Hof nicht im Stich lassen."

Kelly nickte. „Stimmt genau." Sie senkte den Kopf. „Aber mit Francesco will ich nicht mehr zusammensein. Nur ist das richtig schwierig. Für ihn ist meine Karriere sein Lebensinhalt. Und ich bin mir sicher, er denkt, er hat einen Anspruch darauf. Also auf mich."

„Kann er nicht weiter dein Manager sein, aber ihr geht privat getrennte Wege?", fragte Kalinda.

„Ja, daran hab ich auch gedacht. Das muss ich ihm irgendwie schonend beibringen. Als Manager ist er wirklich ein Ass. Ohne ihn wäre ich nie so weit gekommen. Und er würde mich fertigmachen, wenn ich ihn rauswerfe."

„Du hockst ja richtig in der Falle", stellte Jasmin fest. „Mir war das nie klar. Ich dachte immer, Stars haben ein tolles Leben und so. Aber das ist ein ganz starres Korsett, in das man dich geschnürt hat."

Sie schaute so mitfühlend drein, dass Kelly ihr die Hand auf den Arm legte. „Nein, da hab ich mich schon selbst reingeschnürt. Ich wollte das ja so. Den Erfolg, das Geld, den Ruhm. Nur – keine Ahnung – es macht längst nicht so glücklich, wie ich mir erträumt hatte. Nicht so wie hier. Wie Mira und Rossi und überhaupt."

„Rossi?"

„Den stell ich euch auch gleich vor."

Sie ging mit den beiden erst durch den Stall, um ihnen alles zu zeigen, dann aufs Haus zu. Und tatsächlich saß der rot-weiße Kater dort zwischen den Blumentöpfen. Als er sie sah, kam er angelaufen. Beäugte mit seinem gesunden Auge die beiden Neuankömmlinge, entschied sich dann todesmutig, trotzdem um Kellys Beine zu streichen.

Kelly beugte sich hinunter, streichelte ihn und nahm ihn schließlich hoch. „Das ist er. Ein bisher namenloser Hofkater, den ich Rossi getauft habe. Sag mal *miau* zu unserem Besuch."

Natürlich dachte er nicht daran, er war schließlich ein stolzer Kater. Lieber schmiegte er sich stumm in ihren Arm hinein.

„Dann passt er ja gut zu dir, der Herr Rossi", sagte Kalinda und streichelte ihn zärtlich. „Du bist schließlich auch auf der Suche nach dem Glück."

Überrascht sah Kelly vom Kater hoch. „Bin ich das?"

„Jetzt nicht mehr", meinte Jasmin trocken. „Du hast es doch hier gefunden. Weißt du, ich spüre deutlich, dass du hier richtig bist. Und wenn das so ist, wird sich alles andere von ganz alleine ergeben, das ist immer so. Das Schicksal richtet das schon. Deine Aura ist jetzt nämlich ganz anders."

Kelly musste schmunzeln. „Sie leuchtet in anderen Farben, nehme ich an? In rosa-türkis, oder?"

Jasmin riss die Augen auf. „Woher weißt du das? Das stimmt tatsächlich! Genau in dieser Farbe!"

„Hat mir Burgi gesagt, Matthias' Tante. Die läuft euch bestimmt auch noch über den Weg."

Und als hätte sie es gehört, kam Burgi daher. Sie trug einen Karton in der Hand und ging direkt auf Kelly zu.

„Den hat jemand für dich abgegeben", rief sie. „So ein Bote in blauer Uniform. *Freds Ex* stand auf dem Lieferwagen. Find ich ja seltsam, dass jemand auf sein Auto was von seinem Verflossenem schreibt. So schwul hat der Kerl eigentlich gar nicht ausgeschaut."

„Super, das sind meine Kostüme! Die hab ich per Expresslieferung schicken lassen. Von FedEx." Sie schmunzelte.

Da Rossi herumzappelte, gab sie ihn an Kalinda weiter, von der er sich anstandslos herumtragen ließ, der kleine Genießer.

„Ich muss mich allmählich für die Show fertigmachen, aber ihr müsst unbedingt noch in Maggies Tearoom gehen! Jasmin, das musst du dir anschauen. Sie hat übrigens phantastische Scones."

„Sicher nicht besser als meine, ich habe lang an dem Rezept gefeilt", sagte Jasmin.

„Teste einfach selbst." Kelly erklärte den beiden den Weg und freute sich darüber, dass Rossi bei ihnen so zutraulich war. Der Kater war ihr richtig ans Herz gewachsen.

Auch Burgi wunderte sich. „Der war immer so scheu. Hätte nicht gedacht, dass der sich mal so anfassen lässt", sagte sie. Dann ließ ein röhrendes Geräusch sie herumfahren.

„Sakradi, wer ist denn das?", kommentierte sie das auffällige Fahrzeug.

Kam sicher nicht jeden Tag vor, dass ein blutroter Lamborghini in den Hof hereinfuhr. Francesco parkte sein Schmuckstück, dem seine tiefe Liebe und sein Stolz galt, in sicherer Entfernung vom Misthaufen.

Er stieg aus und kam auf sie zu.

„Baby, lass dich anschauen!", rief er und musterte mit kritischem Blick ihr legeres Outfit. „Wird Zeit, dass du hier wegkommst und wieder zum Star wirst. Aber jetzt bin ja ich da, alles wird gut." Er küsste sie rechts und links auf die Wange, bevor sie etwas sagen konnte.

Zum Glück nur auf die Wange. Ihre Lippen wollte sie nie mehr mit seinen verbinden. Denn sie kannte inzwischen jemanden, der wirklich wusste, wie man eine Frau schwindlig küsste!

Rossi, den Jasmin inzwischen in den Armen hielt, legte die Ohren nach hinten und fauchte, dann sprang er von ihr herab und flitzte in den Gemüsegarten, als sei der Leibhaftige hinter ihm her.

„Sind halt sensible Wesen, die Katzen", kommentierte Burgi seine Reaktion auf Francesco. „Die spüren den Astralkörper und das innere *Ommm* eines Menschen."

„Ja, genau!", stimmte Jasmin zu. „Die fühlen sogar, ob das *Chi* richtig fließt."

„Ist mir scheißegal", brummte Francesco. „Ich habe eine Tierhaarallergie, die Viecher sollen mich in Ruhe lassen."

Kelly hatte gerade wenig Nerven für Om und Chi und Aurenfarben. Francesco war hier und mit ihm ihr Star-Dasein mit all seinen Verpflichtungen.

„Wir haben einiges zu besprechen", sagte er auch schon. „Ich hab dir ein neues Kostüm mitgebracht, das ist der Hammer. Ultrakurz natürlich, im todschicken Skull-Design, außerdem hat Jean-Thierry echte Halbedelsteine miteingearbeitet. Kostet ein Vermögen, aber auf der Bühne macht es sich grandios. Wir müssen genau überlegen, zu welchem Song du das bei der Tour anziehst."

„Okay, ich seh es mir an."

Kalinda und Jasmin verstanden offenbar, dass Kelly nun einiges zu regeln hatte, und zogen sich zurück. Sie baten Burgi, ihnen die Teestube zu zeigen, und machten sich gleich auf den Weg, während Burgi in Richtung Stall verschwand.

Quirin und zwei andere Männer standen um den knallroten Lamborghini herum und lobten das Design, wahrscheinlich liebäugelten sie mit einer Probefahrt. Aber Kelly hatte jetzt andere Sorgen.

Sie wandte sich Francesco zu. „Ich glaube, es lief sehr gut hier. Die Aktion schlug doch super ein, oder? Zumindest gab es viel Lob in den Kommentaren zu den Videos und Fotos."

„Das Fiasko bei dieser Blasmusikprobe nenne ich nicht unbedingt gut gelaufen."

Er strich sich eine Falte im Hemd glatt. Kelly beobachtete seine Bewegungen. Matthias würde nicht im Traum einfallen, sich mit seiner Garderobe zu beschäftigen. Und ein Hemd hatte er wahrscheinlich auch nicht, zumindest nicht in diesem dunklen Purpur wie Francesco.

„Ach komm schon", sagte sie. „Das gleiche ich doch heute wieder aus. Ein Auftritt im Stadel, sowas ist super sympathisch. Auf welchen Termin hast du eigentlich die Talkshow verschoben?"

Er ließ die Falte in Ruhe und sah auf. Mit sehr ernstem Blick. „Baby, so läuft das nicht. Wenn man bei *Talk mit Thorsten* eingeladen ist, sagt man nicht einfach ab. Aber okay, ich find's nicht schlecht, dass du hier auftreten willst. Wir schaffen beides. Ich hab mit dem Bürgermeister geklärt, dass du schon am Nachmittag singst, damit wir danach noch Zeit haben, zum Flughafen München zu düsen und nach Hamburg zu fliegen. Den Lambo lasse ich dann überführen, der kann ja nicht ...“

„Du hast mit dem Schorsch gesprochen?" Ihre Stimme war schrill. Wie kam er dazu! Dann steckte er also dahinter, dass sie zu so einer doofen Zeit auftreten sollte? Das war ja wirklich unglaublich!

„Nein." Er sah sie verwirrt an. „Nicht mit einem Schorsch, sondern natürlich gleich mit dem Bürgermeister. Der hieß Georg."

Sie verdrehte die Augen. Oh Mann.

Okay, jetzt galt es erst einmal, Ruhe zu bewahren. Wenn sie ausflippte, brachte das überhaupt nichts.

„Du kannst sowas nicht einfach machen, ohne mich zu fragen!", stellte sie klar.

Doch er blieb unbeeindruckt.

„Baby, ich hab Himmel und Hölle in Bewegung gesetzt, um

beides möglich zu machen, verstehst du? Du kannst ja hier singen! Das will ich dir natürlich nicht nehmen, wenn das so wichtig ist für dich. Und klar, die Leute werden total ausflippen, das gibt super Bilder und zeigt dich irrsinnig volksnah. Das hast du dir genial ausgedacht. Und danach düsen wir dann einfach schnell weiter zu Thorstens Talk. Apropos genial: Kann ich die neuen Songs hören?"

Auffordernd sah er sie an, doch Kelly senkte ihren Blick.

Sie wollte das nicht.

Sie wollte nicht nach dem Auftritt sofort zu seinem Angeberauto hetzen, ohne sich verabschieden zu können.

Sie wollte mit Kalinda und Jasmin zur Blasmusik schunkeln und das Lied von der Vogelwiese mitgrölen!

Außerdem spielte Matthias Tenorhorn. Das mussten sie hören!

Und sie wollte mit Matthias reden. Lange reden. Eine Lösung finden, wie sie irgendwie in Verbindung bleiben konnten. Ihn vielleicht davon überzeugen, dass es doch möglich sein konnte – das mit ihnen beiden. Irgendwie.

„Ich ...", begann sie, aber sie wusste nicht, wie sie ihm das beibringen konnte. Verdammt nochmal, warum hatte er den Auftritt bei dieser Talkshow nicht abgesagt wie vereinbart?

„Du hast doch eine Menge neuer Songs, oder?", fragte er erneut.

„Ja, ich hab fast zehn geschrieben", erwiderte sie, weil ihr nichts Besseres einfiel.

Vielleicht war es gut so. Wenn sie ihm jetzt die neuen Nummern vorspielte, war er sicherlich besänftigt. Er würde erkennen, wie wichtig ihr ihre Karriere war, er konnte sich danach sofort mit der Albumproduktion beschäftigen und sah wahrscheinlich schon eine USA-Tour vor sich. Dann würde er es bestimmt leichter aufnehmen, dass sie privat nicht mehr zusammen sein konnten.

„Komm, wir gehen rein ins Haus", entschied sie. „Ich hab im Wohnzimmer eine Gitarre."

„Gitarre?" Seine in Form gezupften Augenbrauen sprangen nach oben. „Du hast doch die App, mit der du die Drums und alles drunterlegen kannst."

„Schon klar. Aber mir war eben nach Gitarre. Hat einfach gepasst zu den Songs."

Francesco holte das silberne Kostüm aus dem Wagen, das sehr auffällig war. Man sah ihm den hohen Preis sofort an, denn die Steine funkelten selbst hier im trüben Flurlicht wie verrückt. Kelly war klar, dass sie es bei der Talkshow tragen sollte. Aber wäre es nicht auch was für den Auftritt heute Nachmittag?

Sie führte Francesco ins Wohnzimmer, das er natürlich kritisch musterte. Aber zum Glück verkniff er sich einen Kommentar dazu.

„Setz dich da auf den Sessel".

Er gehorchte. Kelly holte die Gitarre aus der Tasche heraus, stimmte sie nach und legte sie sich auf den Oberschenkel.

Was sollte sie als Erstes spielen? Am besten das fröhlichste Lied, das sie geschrieben hatte. Gut, sie waren alle etwas melancholisch, aber eines handelte vom Küssen. Mit dem begann sie.

„*Light as the wing of a butterfly* ...", sang sie und dachte dabei natürlich an die Küsse neben dem Roggenfeld, an die bunten Blumen, die herrliche Bergkulisse, an Matthias' Duft und das wunderbare Gefühl, in seinen Armen zu liegen.

Oh ja, sie sang die Nummer mit so viel Leidenschaft, dass Francesco eigentlich von selbst merken müsste, wie abgeschrieben er war. Und vor allem, dass es ein grandioser Song war, den sie geschrieben hatte.

Doch als sie den Schlussakkord anschlug, starrte er sie nur an.

Klar, er war überrascht. Der Text war zehnmal tiefsinniger und natürlich auch romantischer als all die bamm, bamm, bamm-Nummern, die sie sonst spielte.

Also gleich das Nächste. Sie spielte den Song über die einsame alte Frau. Sofort im Anschluss das Lied, zu dem die Melodie des Andachtsjodlers sie inspiriert hatte. Und schließlich die Nummer, in der es um sie selbst ging. Darüber, dass andere über sie entschieden und dass kaum jemand wirklich wissen wollte, wie es ihr ging. Außer Matthias.

Den Song über ihn ließ sie allerdings weg, den wollte sie nicht mit Francesco teilen. Als Letztes stimmte sie das Lied über den Kater Rossi an, das hatte sie heute Nacht geschrieben. Es war auf Deutsch und trug den Titel: *Auf der Suche nach dem Glück.* Nun ja, eigentlich handelte die Nummer nicht nur von Rossi. Sondern auch von ihr selbst. Und vor allem von Matthias. Aber das würde nur er selbst erkennen, Francesco konnte das ganz sicher nicht heraushören.

Nach dem letzten Ton hob Kelly den Kopf und sah Francesco an. Der hatte schweigend zugehört. Seine Miene war jetzt seltsam versteinert.

Ihr kleiner Zeh juckte schrecklich, während sie auf einen Kommentar von ihm wartete. Das war kein gutes Zeichen.

„Das ist nicht dein Ernst!", spuckte er endlich aus und seine Stimme klang total komisch, so roh und – nun ja – ein bisschen ungläubig.

„Sag mal, spinnst du jetzt völlig?", legte er nach, jetzt in gehöriger Lautstärke. „Mit diesen Nummern jagt uns jedes Musiklabel davon! Ich hab dir doch x-mal gesagt, was wir brauchen. Bamm, bamm, bamm, das haben wir mit dem Label schon so ausgehandelt!"

„Das schließt sich doch nicht aus. Wir können daraus Kracher machen. So wie *Stairway to heaven*, das fängt ja auch langsam an und wird dann richtig rockig. Oder *Bohemian Rhapsody*. Oder *Music* von John Miles. Es gibt eine ganze Menge melodischer Nummern, die ruhig beginnen und dann zum Knaller werden."

Er starrte sie an. „Kelly, bist du völlig irre? Kein Mensch tanzt in einem Club zu Led Zeppelin! Und niemand will Rock. Sag mal, was ist mit dir passiert? Du weißt, wie out akustische Gitarren sind. Fehlt nur noch, dass du auch noch die Stones aufzählst mit ihrem idiotischen Kinderchor am Anfang von *You can't always get what you want*. Als würde irgendwer sowas auf einer richtigen Party auflegen!"

Matthias schon. Sie hatte das *Let it bleed*-Album der Stones in seinem Regal gesehen. Aber das behielt sie natürlich für sich.

Francesco war noch nicht fertig. „Hast du was geraucht oder wieso bist du so verändert?" Er hob plötzlich die Hände und machte ein angewidertes Gesicht. „Oh bitte, das hat doch wohl nichts mit diesem Bauern zu tun?"

Er sprach es wie ein Schimpfwort aus.

Was für ein arrogantes Arschloch er doch war!

„Du verstehst überhaupt nichts", fuhr sie ihn an. „Gar nichts."

War jetzt der richtige Moment, ihn rauszuwerfen? Er war doch sowieso nie ein richtiger Partner für sie gewesen. Immer war es um sie als Star und ihn als Manager gegangen, aber nie um sie beide als Frau und Mann.

„Oh, ich verstehe sehr gut!", gab er lautstark zurück. „Ich verstehe, dass es hier um deine Zukunft geht. Und dein Auftrag war klar: Du solltest dem Bauern schöne Augen machen, damit wir super Fotos von dir als Retterin der Landwirtschaft kriegen und dein Image aufpoliert ist."

Kelly legte die Gitarre zur Seite. „Jetzt hör mir mal zu", begann sie entschlossen und kramte noch kurz nach den richtigen Worten.

Doch er unterbrach sie schon wieder. „Nein, du hörst mir zu, verdammt! Am zweiten Abend, an dem du hier warst, hast du mir zugesichert, dass alles nach Plan läuft! Dass du alles dafür tust, wirklich alles, damit diese Aktion hier ein Erfolg wird! Warte, ich hab den Text noch auf dem Handy. Hab ihn gelesen, als ich vorhin in diesem beschissenen Stau stand."

Er hielt ihr sein iPhone entgegen und deutete auf eine Nachricht. „Hier, du hast geschrieben: *Diesen Matthias um den Finger zu wickeln, ist eine meiner leichtesten Übungen. Den krieg ich ganz einfach auf meine Seite, mach dir da keine Sorgen. Für meine Karriere tu ich alles, das weißt du doch, Sweetheart.* Und mehr verlange ich doch auch gar nicht!"

Kellys Hals schnürte sich zusammen. Das hatte sie getippt? Aber das war doch ganz anders gemeint gewesen!

„Nein, das ist ein ..."

Ein Missverständnis, hatte sie sagen wollen. Doch sie wurde unterbrochen.

„Das ist ... sehr interessant", ließ eine Stimme sie herumfahren. In der Tür zum Wohnzimmer stand Matthias, neben ihm Burgi.

Und er sah sie an, als würde er – um Himmels willen, er glaubte das doch wohl nicht?

Seine Miene war undurchdringlich. Seine sonst so warmen Augen kalt wie Polareis. Und er hatte die Arme vor der Brust verschränkt.

Kelly erstarrte.

„Nein, so war das nicht gemeint!", erklärte sie schnell. „Francesco hatte mir geschrieben, dass ich ..."

„Mir ist schon klar, wie das gemeint war", unterbrach Matthias sie kühl. „Du hast ja von Anfang an keinen Hehl daraus gemacht. Das hier ist eine Marketingaktion, mehr nicht. Dein Manager und du, ihr habt euch das zurechtgelegt und es hat funktioniert. Ihr seid halt auch ein tolles Team, Respekt."

Völlig erstarrt sah Kelly ihn an.

Wie konnte er das nur glauben? Nach allem, was zwischen ihnen passiert war!

„Na, geh, Bub, reiß dich bissl zusammen", mischte Burgi sich plötzlich ein. „Die Kelly kann doch gar nichts dafür. Ich hab sie ja auch gebeten, dass sie sich an dich ranmacht. Damit du endlich wieder merkst, dass es eine feine Sache ist, mit einer Frau zusammen zu sein. Hat doch prima geklappt, gell?"

Matthias fuhr zu seiner Tante herum. „Ja, hat super geklappt", erwiderte er mit triefender Ironie. „Sie hat mir wirklich viel gezeigt. Nämlich, dass ich mir nie im Leben nochmal eine Frau ins Haus holen werde!"

Er schoss einen so verächtlichen Blick auf Kelly ab, dass ihr die Luft wegblieb. Dann stürmte er aus dem Haus.

Nein! Sie musste ihm hinterher! Musste das geraderücken, ihm erklären, dass das doch nur ein dummes Missverständnis war. Dass sie das nur geschrieben hatte, um Francesco nach dem Mund zu reden. Und dass das mit Burgis Auftrag doch völliger Blödsinn war.

Kelly warf die Notenblätter auf den Boden und sprang auf, um ihm nachzulaufen, doch Francesco hielt sie eisern am Ellbogen fest.

„Du bleibst jetzt hier!", bestimmte er. „Wir reden über die Songs und das Album."

„Lass den Matthias ein wenig Dampf ablassen", riet auch Burgi. „Der beruhigt sich dann schon wieder."

„Ich muss mit ihm reden!" Endlich hatte sich Kelly aus Francescos Griff befreit und wollte Matthias hinterherstürmen, da kam schon wieder jemand ins Wohnzimmer und verstellte ihr den Weg.

Der Bürgermeister.

Gefolgt von Jasmin und Kalinda.

Himmel nochmal, war das hier eine Bahnhofshalle?

„Es ist schon fast vier Uhr!", erklärte der Bürgermeister. „Die Zuschauer warten."

„Ja, alle sind total gespannt auf deinen Gig!", rief auch Kalinda. „Das ganze Dorf will dich sehen!"

„Nein, ich muss mit Matthias reden!" Ihr war scheißegal, ob das Dorf, eine volle Konzerthalle oder die ganze Welt auf sie warteten, sie musste ihn finden und ihm erklären, wie das alles gelaufen war.

Doch was sollte sie sagen? Es stimmte ja, dass sie ihren Aufenthalt hier anfangs als reine Marketingmaßnahme betrachtet hatte. Und ihn irgendwie auch. Aber das hatte sich natürlich geändert, vollkommen geändert!

Wie konnte sie ihm das nur erklären?

Würden Worte ausreichen? Würde er ihr überhaupt zuhören?

Oder vielleicht ...

Moment mal. Kelly hielt inne. Ja, genau! Sie konnte alles wieder zurechtrücken! Und zwar so, dass er zuhören *musste*!

„Bin sofort bereit!", rief sie und wandte sich Burgi zu.

„Kannst du dafür sorgen, dass er meinen Auftritt sieht? Ich habe eine Botschaft für ihn."

Eine, der er sich nicht entziehen konnte. Die er verstehen würde, weil er ja schließlich auch Musiker war.

Burgi nickte und versprach, ihn in den Stadel zu schleifen. Jasmin und Kalinda hatten offenbar auch verstanden, wie wichtig ihr das war, denn sie wirkten ernst.

Gut, dann konnte sie sich darauf verlassen, dass alles klappte! Sie lief nach oben, um schnell ihr Make-Up aufzufrischen und um sich in das neue Kostüm zu werfen. Ganz schön knapp war das. Aber wieso auch nicht, er durfte ihre Vorzüge ruhig sehen.

Endlich wusste sie genau, was zu tun war! Und das war ein gutes Gefühl. Ja, sie würde Matthias zwingen, zu hören, was sie ihm zu sagen hatte! Sie würde erst ein phantastisches Konzert spielen, das alle hier umhaute. Und vor der Zugabe würde sie für alle hörbar ins Mikrofon sagen, wie es wirklich gewesen war. Nämlich, dass sie hierher gekommen war für ein Marketing-Event, sich aber inzwischen geändert hatte. Und dass sie beide ganz, ganz sicher eine Lösung finden würden, wie sie sich trotz Tour und Albumproduktion und Proben regelmäßig sehen konnten! Anschließend würde sie dann den Song über das Glück spielen.

Sicher würde er dann verstehen, dass dieser Satz, den Francesco vorgelesen hatte, nichts bedeutete.

Kelly zog ihren Lippenstift nach, puderte sich eilig das Gesicht, zupfte ihr megaheißes Outfit zurecht und zwängte sich in glänzende Lack-Stilettos.

Nichts wie rauf auf die Bühne!

Sie war sowas von bereit, die Halle zu rocken!

Wenn Francesco sah, zu welchen Begeisterungsstürmen sie das Dorf-Publikum hinreißen konnte und wie klasse das sich vermarkten ließ, würde er nicht traurig sein über ihr privates Aus. Für ihn war doch sowieso nur seine Anstellung als Manager wichtig.

Alles würde gut werden nach diesem Auftritt!

Kelly eilte zum Stadel, so schnell es diese mörderischen High Heels nur zuließen, und gab dem Tontechniker ein Zeichen, den ersten Song anzuspielen. Außerdem schickte sie jemanden, um ihr die Gitarre zu holen.

Dann ging sie auf die Bühne und trat ans Mikro. Schwülheiß war es hier im Stadel, außerdem ziemlich laut, denn die Zuschauer unterhielten sich eifrig. Sie saßen an Biertischen, hatten Maßkrüge vor sich stehen und aßen Würstel. Okay, das würde nicht so leicht werden wie in der Münchner Olympiahalle, aber schließlich hatte sie dort die Menge total umgehauen. Also los!

Kelly sang die ersten Takte der schnellen Dancefloor-Nummer ins Mikro und tanzte dazu über die Bühne. Der Rhythmus hämmerte, ihre Stimme klang super und sie wusste, wie perfekt ihre Bewegungen saßen, auch wenn ihr juckender kleiner Zeh sie irritierte. Aber irgendwie passierte wenig. Etwas irritiert schaute sie ins Publikum. Normalerweise brandete an dieser Stelle tosender Applaus auf, begeisterte Pfiffe gellten durch die Halle, Fans kreischten ihren Namen.

Doch hier im Stadel schrie nur ein kleines Grüppchen Fans, das hauptsächlich aus Jasmin, Kalinda und Maggie bestand. Die anderen blieben an ihren Tischen sitzen, sahen zwar zu ihr hoch, aber wirkten recht unbeeindruckt.

Verflixt. Sie musste sich mehr Mühe geben.

Also sauste sie mit schnelleren Tanzschritten über die Bühne, klatschte beim Refrain in die Hände, damit Stimmung in die Bude kam, animierte das Publikum zum Aufstehen.

Aber nur ein paar wenige machten mit. Die meisten sahen sie an, als wäre es etwas ganz Fremdes, das sie ihnen gerade vorsetzte.

Okay, manchmal dauerte es zwei oder drei Nummern, bis die Zuschauer auftauten. Sie gab ihr Bestes. Schraubte ihre Stimme in schwindelerregende Höhen, tanzte lasziv, wand sich um den

Mikrofonständer, als wäre er eine Poledance-Stange. Verdammt nochmal, sie wusste aus unzähligen Videos, wie sexy sie dabei aussah!

Gut, die Aufmerksamkeit der Männer hatte sie jetzt. Die starrten zu ihr auf die Bühne, manche nickten, die Hälfte des Publikums war inzwischen aufgestanden, einige davon wippten sogar im Takt mit.

Immer wieder glitt ihr Blick suchend über die Menge, aber sie konnte wegen der grellen Scheinwerfer nur die vordere Hälfte des Stadels sehen. Wo war Burgi? Stand die dort hinten an der Holzwand? Und war das Matthias neben ihr?

Kelly wusste es nicht. Sie sah nur die winzigen, roten Lichter der beiden Kameras leuchten, die auf sie gerichtet waren.

Die ersten Takte der nächsten Nummer erklangen, sie riss das Mikro vom Ständer und sang los, während sie über die Bühne stolzierte, natürlich mit aufreizendem Hüftschwung.

Doch irgendwie ...

... fühlte es sich anders an als sonst. Völlig anders.

Kelly schaute ins Publikum, sah Quirin, der begeistert klatschte. Sah aber auch die beiden anderen Landwirte, die beim Silieren geholfen hatten. Die saßen recht unbeeindruckt auf der Bierbank und tranken hin und wieder aus ihren Krügen.

Was die wohl von ihr dachten?

Plötzlich sah Kelly sich mit fremden Augen. Sah eine erwachsene Frau, die mit einem dämlichen Glitzerkleid und peinlichen Schuhen auf einer Bühne herumhopste. Hörte, wie furchtbar leer all diese Lieder übers Feiern und Tanzen eigentlich klangen. Und wie furchtbar austauschbar das alles war.

Was zum Teufel tat sie hier eigentlich?

Was war aus ihr geworden?

Ihre Kehle war trocken, ihre Schritte wurden unsicher.

Natürlich war sie Profi genug, dass die Töne trotzdem noch saßen. Aber eine erschreckend große Frage tauchte plötzlich in ihr auf. Eine Frage, die über all dem Geld, der Villa, den Charterfolgen und den Chia-Physalis-Gojibeeren-Smoothies stand.

Wollte sie das hier überhaupt?

Ihre Stimme setzte für die Dauer von drei Achtelnoten aus. Dann fing sie sich wieder, aber die Frage war immer noch da.

War das hier wirklich, wovon sie geträumt hatte?

Und waren diese Dancefloor-Nummern, dieses Outfit, diese lasziven Bewegungen das, wofür sie stehen wollte?

Mitten im Refrain von *The only thing that makes me happy is party all the time!* drängte sich ihr die Antwort auf.

Nein, verdammt, das wollte sie nicht. Das war nämlich nicht *sie*. Oder nicht mehr. Oder noch nie gewesen.

Irgendwie war sie in diese Schiene hineingerutscht. Hatte Erfolg gehabt, die Menschen begeistert. Also war sie diesem Stil treu geblieben. Schließlich hatte Francesco ihr immer wieder vorgebetet, dass ihre Fans genau diese Art von Musik hören wollten. Doch was war mit ihr selbst?

Matthias' Tenorhorn-Solo fiel ihr ein. Wie sehr hatte sie das berührt! Diese weichen Töne, die Seele, die dahintersteckte – anders als bei ihren Songs.

Mechanisch spulte sie die nächste Nummer ab. Winkte in die Menge, die nun doch noch halbwegs gut mitging. Lächelte, tanzte, heizte dem Publikum ein.

Und sehnte sich dabei nach dem Ende der Show. Zum allerersten Mal im Leben. Schon beim vorletzten Song sah sie, dass ein Teil der Zuschauer den Stadel verließ. Wo gingen die hin?

In der kleinen Pause zwischen den Nummern, als sie den letzten Ton in die Länge zog, hörte sie es. Draußen spielte eine Trompete. Hatte die Blaskapelle bereits begonnen? Verdammt!

Sie brauchte doch das gesamte Publikum, vor allem Matthias, für ihre kleine Rede!

Aber es war nur ein einzelnes Instrument, das man von draußen hörte, seltsam.

Endlich war der letzte Song zu Ende. Applaus brandete auf, allerdings längst nicht so frenetisch, wie sie erwartet hatte. Immerhin Kalinda und Jasmin, Maggie, Quirin und noch ein paar andere jubelten lautstark, viele klatschten immerhin freundlich. Und andere tranken lieber ihre zweite Maß Bier aus.

„Ich muss euch noch was ganz Wichtiges sagen", sprach sie ins Mikrofon. „Hört mir bitte genau zu, ich muss euch nämlich was gestehen."

Erneut suchten ihre Augen Matthias, fanden ihn nicht. Verflixt, er musste doch da sein! Sie hatte schließlich Burgi zu ihm geschickt!

„Wisst ihr, als ich hierher kam, war das Ganze nur eine Marketingaktion für mich. Drei Tage ein bisschen Bäuerin spielen, alles filmen lassen und fertig. Das habe ich gedacht. Doch dann hat sich alles geändert."

Kalinda und Jasmin hörten ihr mit großen Augen zu, während sie von Miras Geburt und von vielen Gesprächen erzählte, die ihr die Augen geöffnet hatten.

Doch die einzige Person, die ihr etwas bedeutete, war nirgends zu sehen!

„... und deshalb habe ich anfangs Dinge gesagt, die dumm waren. Weil ich noch nicht wusste, was ich hier für Wunder erleben würde. Und welchen wunderbaren Menschen ich hier treffen würde. Einen, den ich auch weiter in meinem Leben haben will."

Dafür würde sie alles in Bewegung setzen.

Sollte ihre Karriere doch den Bach runter gehen, sollte Francesco ihr die halben Alpen in den Weg werfen, sollte ihr Vater sie endgültig enterben. Sie wollte mit Matthias zusammen sein. Unbedingt!

Und dass das nicht nur leere Worte waren, würde sie ihm jetzt beweisen.

Kelly gab einem der Techniker das Zeichen, ihr die Gitarre zu geben. Er brachte noch einen Stuhl mit, also setzte sie sich mitten auf die Bühne und schlug die ersten Akkorde an.

„Das ist etwas ganz Neues", sagte sie ins Mikro. „Ich habe es hier geschrieben. Für jemand ganz Besonderen. Der Song heißt: Die Suche nach dem Glück."

Vorsichtig sang sie die ersten Töne. Es war anders. Ganz anders. Es gab keine Band, hinter der sie sich verstecken konnte. Kein Playback, keinen treibenden Beat, kein aufpeitschendes Drumset, keine Show.

Da war nur sie. Ganz allein.

Und sie musste sich zeigen.

„Immer dann, wenn ich den Mut verlor, wenn die Welt mir vorkam wie ein Mantel aus Blei,

dann kamst du auf leisen Tatzen hervor, unter Nelken, Lavendel und roter Akelei.

Ein Schatten oft nur und doch so vertraut, hast du mir ganz nebenbei mein Herz geraubt."

Ein klein wenig zitterte ihre Stimme, als sie die erste Strophe weitersang und den Refrain begann. Und noch mehr, als sie die zweite Strophe sang, denn die handelte nicht vom Kater Rossi, sondern von dessen Herrchen.

Der wahrscheinlich gar nicht zuhörte.

Aber egal. Sie hatte den Song begonnen und sie würde ihn zu Ende bringen, auch wenn es sich anfühlte, als würde sie auf dem Eis erste vorsichtige Schritte auf Schlittschuhen machen.

„Die Suche nach dem Glück ist steinig und hart, das haben mir alle
Leute gesagt.
Ich soll am Boden suchen, um ein Körnchen zu ergattern.
Doch für die Suche nach dem Glück war ich mutig und stark,
hab nach oben geschaut, wo die Schmetterlinge flattern."

Ein vorsichtiger Blick ins Publikum ließ sie weiter im Unge-
wissen. Begeisterungsstürme brachen nicht gerade aus. Die Leute
sahen drein, als wüssten sie überhaupt nicht, was sie mit so einer
Musik anfangen sollten.

„Hey, tanz wieder für uns!", rief ein Mann lautstark.

„Nein, zieh dich aus!", grölte ein anderer, der bereits ein
wenig lallte. Einige lachten.

Na toll. Kelly ballte innerlich die Fäuste, sang aber tapfer
weiter. Sie kannte das aus ihren Anfangszeiten. Da hatte sie auch
nicht jedes Publikum begeistern können und war manches Mal
ausgebuht worden. Aber sie hatte sich durchgebissen und das
würde sie auch jetzt wieder tun.

Mit einem weichen Moll-Akkord ging der Song zu Ende.
„Danke, dass ich hier sein durfte", sagte Kelly zum Abschied ins
Mikro.

Der Applaus fiel recht dürftig aus. Das lag daran, dass diejeni-
gen, die vorher mitgewippt hatten, nun mit der Ballade überfor-
dert waren. Und auch daran, dass ein großer Teil der Zuschauer
inzwischen nach draußen gewandert war.

Was für ein Reinfall.

Kelly fuhr sich übers Gesicht. Ihre Dancefloor-Kracher fand
sie doof, der neue Musikstil kam bei den Leuten nicht an und ...
verdammt! Matthias hatte sicher kein Wort von dem gehört, was
sie gesagt oder gesungen hatte.

Mit hängenden Schultern ging sie von der Bühne. Sie sah
Kalinda und Jasmin herankommen, wollte aber nicht mit ihnen

reden. Deshalb übergab sie ihnen die Gitarre und bat sie, diese zurückzubringen. Sie selbst schlich an der Rückseite aus dem Stadel und umrundete ihn, um zu sehen, was an der Vorderseite, wo die Bude und weitere Biertischgarnituren standen, eigentlich los wäre.

Sie hörte es bereits. Und sah es, als sie um die Ecke spähte. Die Kapelle war noch nicht versammelt, aber einige der Musiker hatten schon ihre Instrumente ausgepackt. Und sie spielten so frische, knackige Musik, dass die Reaktion der Oberapfelbacher kein Wunder war. Die wippten und schunkelten mit, nickten ihre Zustimmung zum nächsten Lied, beklatschten ein kleines Solo. Es waren nur zwei Posaunen, eine Trompete, eine Klarinette und die Tuba, aber sie groovten richtig los. Was sie spielten – ganz ohne Noten und mit viel Improvisation – war so mitreißend, dass die begeisterte Reaktion der Zuschauer kein Wunder war.

Weil es nämlich echte Musik war. Direkt aus dem Herzen. Bodenständig und ehrlich, genau wie die Menschen hier. Die spürten nämlich genau, dass darin nichts Künstliches war.

Und das war es nun mal, worum es in der Musik ging. Nein, worum es auch im Leben ging! Das zu tun, was einem das Herz sagte. Und nicht das, was ein ehrgeiziger Manager befahl.

Genau das taten die Musiker hier, sie spielten direkt aus ihrem Herzen. Und genau das würde sie künftig ebenfalls tun. Egal, wie hart das sein würde und wie viele Widerstände auf sie warteten.

Der Erste davon kam gerade auf sie zugelaufen. Francesco. Sein Kopf war knallrot, die Augen zu Schlitzen verengt. Allerdings kam er nicht so schnell durch die Biertische, denn da standen jetzt Leute auf und klatschten zu der schnellen Polka mit, die das Quintett gerade fröhlich anstimmte.

Ein gewaltiger Donnerschlag übertönte die Musik. Kelly zuckte zusammen und sah nach oben. Das sah gefährlich aus!

Der Himmel war schon vorher bewölkt gewesen, doch nun war er dunkelgrau und bedrohlich wirkende Wolken bauten sich zu einem mächtigen Gebilde auf. Zwei Blitze zuckten kurz nacheinander über den Himmel.

Genau in diesem Moment sah Kelly Matthias. Er stand auf der anderen Seite, am Eingang zum Stadel. Atemlos machte sie ein paar Schritte in seine Richtung.

War er vorhin schon da gewesen? Hatte er bei ihrem Auftritt zugehört? Bis zum Ende?

Sie musste ihn das fragen! Also kämpfte sie sich weiter durch die Menge, doch ein erneuter Blitz zerriss krachend den düsteren Wolkenberg. Ein ohrenbetäubender Donnerschlag folgte und dann –

– dann ging plötzlich die Welt unter.

24. Die Welt geht unter

Matthias

Immer wieder sah er die Szene auf dem Sofa vor sich.

„Nein, so war das nicht gemeint!", hatte Kelly gesagt, nachdem ihr aufgetakelter Manager diese Handynachricht vorgelesen hatte.

Doch Matthias glaubte ihr nicht. Das war also alles ein abgekartetes Spiel. Er hätte es sich denken können.

Matthias' Backenzähne hatten aufeinandergebissen, als er das Wohnzimmer verlassen hatte. Er sollte diesem schmierigen Manager dankbar sein, dass jetzt endlich alles klargestellt war.

Nun wusste er wenigstens Bescheid. Natürlich war er für Kelly nur ein dummer Bauer, den man leicht um den Finger wickeln konnte. Zu Marketingzwecken.

Mit großen Schritten war er aus dem Haus gestürmt. War quer über den Hof gelaufen, hatte den Stall durchquert und stapfte jetzt hinten den Feldweg entlang. Er brauchte Abstand. Viel Abstand.

Von ihr und diesem Manager-Ekelpaket mit dem Angeber-Lamborghini. So eine Angeberkarre verriet doch schon alles über einen Menschen!

Aber das war nun mal Kellys Welt. Schicke Autos, schicke Typen, Champagner, Kaviar, ein Kleid mit Glitzersteinen. Er hatte es neben ihr auf dem Sofa liegen sehen, noch zur Hälfte in einem schrill-türkisfarbenen Karton eines wahrscheinlich noch schrilleren Designers steckend. Offenbar hatte Francesco diesen

Fummel angeschleppt, sicher war es eine Spezialanfertigung. Mit echten Edelsteinen und Silber und Gold. Wahrscheinlich war das Kleid mehr wert als seine gesamte Maisernte der letzten fünf Jahre.

Und irgendwie war das auch bezeichnend. Für den Unterschied zwischen Kelly und ihm. Sie trug Edelmetall. Er hatte Stalldreck an der Kleidung.

Matthias blieb an der Wegkreuzung stehen. Unter der uralten Eiche stand eine Bank und dahinter, direkt am Baumstamm, hatte jemand vor vielen, vielen Jahren eine Marienfigur in ein gemauertes Häuschen mit einem Kreuz darauf gestellt. *Marterl*, nannte man hier solche Bildstöcke, die oft an Kreuzungen standen. Wahrscheinlich sollte man an diesen Orten innehalten und beten, was Matthias aber nie tat. Weil er keine Zeit hatte und weil das eher was für alte Frauen war, fand er.

Heute jedoch sah er die Statue an. Maria trug einen blauen Mantel und lächelte milde, wie so oft.

„Tut mir leid, aber an Wunder glaub ich nicht", sagte er entschuldigend. „Burgis Freundinnen vom katholischen Frauenbund würden dich jetzt darum bitten, aber ich nicht. Das wäre vermessen. Ich wüsste auch gar nicht, was für ein Wunder geschehen sollte."

Schließlich war er selbst schuld. Er hatte die Realität ausgeblendet, sich saudumme Hoffnungen gemacht. Dabei war es doch von Anfang an klar gewesen: Er war allenfalls ein kurzes Intermezzo, Kelly würde zurückgehen in ihre Welt und überhaupt war er nicht gut genug für sie. Was sollte sie mit einem wie ihm? Er konnte ihr nichts bieten.

Dabei hatte er das in den letzten zwei Tagen anders empfunden. Die Umarmung im Wald, die Küsse beim Roggenfeld, die Art, wie sie ihn ansah – das hatte sich angefühlt, als wäre er gut genug! Als könnte er ihr etwas geben, als würde sie bei ihm Ruhe finden und Vertrauen und Lachen und – nun ja – ein Stück Geborgenheit.

„Ich war echt ein Idiot", schalt er sich selbst.

Ein blechernes Scheppern ließ ihn herumfahren. Burgi kam mit ihrem klapprigen Fahrrad angeradelt und klingelte schon aus der Ferne.

„Was hängst du denn hier heraußen rum?", fragte sie, als sie ihn erreicht hatte.

„Ich wollte allein sein."

„Ach, du darfst das alles nicht so ernst nehmen, Bub. Hast du immer noch nicht gelernt, auf dein Herz zu hören? Ich weiß schon, Kelly hat dich anfangs als was anderes gesehen, aber vielleicht hat sie sich verändert? Ist doch völlig egal, was sie diesem dämlichen Francesco aufs Handy geschrieben hat."

Überrascht sah er sie an. Seit wann setzte sich Burgi denn so für eine Großstädterin ein? An Vivienne hatte sie von Anfang an kein gutes Haar gelassen.

„Aber du hast doch auch was mit ihr vereinbart!", erinnerte er sie. „Dass sie mich nur anfixen soll. Offenbar hatte sie ja jede Menge Aufträge zu erledigen."

Burgi nickte. „Stimmt. Ich hab die Idee gehabt, dass sie dich wieder auf den Geschmack bringt, damit du dir eine Frau suchst. Aber weißt du, wie du vorhin rausgestürmt bist – da hättest du sie sehen sollen! Sie war käseweiß im Gesicht. Und hat überhaupt ausgeschaut, als wär sie so richtig schwer verliebt in dich. Ja, ihr liegt wirklich was an dir, Bub. Ist doch völlig egal, was dieser schmierige Typ da vorgelesen hat. Es zählt doch nur, was wirklich zwischen euch ist!"

Als wenn das so einfach wäre!

Er seufzte tief und lang. „Egal was zwischen uns war – was

sollte sie denn mit einem wie mir anfangen, Tantchen?"

Burgi zog die Augenbrauen zusammen. „Mein Gott, das musst doch du selbst wissen! Das kann dir nur dein eigenes Herz beantworten, nicht ich und auch nicht die heilige Maria!"

„Ist mir schon klar", gab er verärgert zurück und warf der Jungfrau Maria einen kleinen, vorwurfsvollen Blick zu. Okay, ein Wunder war zu viel verlangt, aber könnte sie sich nicht wenigstens ein klein wenig anstrengen, dass diese Sache mit Kelly irgendwie einfacher wurde?

Jetzt musterte ihn Burgi auch noch mit ihrem durchdringenden Schamaninnen-Blick.

„Was genau fühlst du denn für Kelly?", fragte sie.

Also, das ging sie nun wirklich nichts an! Gefühle waren etwas ganz Persönliches, die band man doch nicht jedem auf die Nase. Insbesondere nicht einer Ratschkatl wie der Burgi. Außerdem glich sein Kopf sowieso dem Inneren eines Mähdreschers, so sehr wirbelte alles umher, deshalb hätte er ihr gar keine Antwort geben können, selbst wenn er gewollte hätte. Was er aber nicht tat.

Dummerweise begann sein Mund von ganz alleine zu sprechen. „Ich – ich will sie gern in meinem Leben haben", sagte Matthias, wunderte sich über sich selbst – und merkte mit einem Mal, dass das die Wahrheit war. Dass es tatsächlich sein sehnlichster Wunsch war, mit Kelly zusammen zu sein. Es zumindest zu versuchen. Egal, ob es klappte oder nicht.

Verflucht, er war doch sonst kein Angsthase!

Er scheute kein Risiko, er ging keiner Gefahr aus dem Weg. Und manchmal musste man eben etwas riskieren – zum Beispiel sein Herz – wenn man das große Glück gewinnen wollte. Kelly war es wert. Sie war selbst den Schmerz und die Narben und die Enttäuschung wert, wenn es nicht klappen sollte.

Ja, er wollte sie! Und das musste er ihr jetzt dringend sagen.

Matthias holte tief Luft und atmete ein paar Mal durch. Er sollte jetzt wirklich in die Gänge kommen!

Das fand Burgi offenbar auch, denn sie funkelte ihn an.

„Ja, warum stehst du dann so deppert hier beim Marterl herum und bist nicht drüben im Stadel, wo sie gerade spielt?"

„Du hast vollkommen recht!", rief er und endlich kam Leben in ihn.

Sofort marschierte er los, ging mit so eiligen Schritten zurück zum Hof, dass Burgi kaum nachkam mit ihrem alten Damenfahrrad.

Von nebenan hörte er laute Popmusik, deshalb ging er gleich rüber zum Stadel. Direkt am Eingang blieb er stehen und mischte sich unter die Zuschauer, die dort abwartend herumstanden.

Kelly war bereits voll in Aktion. Sie wirbelte zu einem hämmernden Beat über die Bühne, gab auch mit ihrer Stimme richtig Gas, bewegte sich mit so schnellen Tanzschritten, dass ihm ganz schwindlig wurde.

Außerdem sah sie natürlich scharf aus in diesem teuren Glitzerkleid und den Stilettos. Allerdings gefiel sie ihm in fleckigen Jeans und ohne Make-Up deutlich besser.

Sie war Profi durch und durch, das war klar zu erkennen. Doch genau wie bei dem Video, das er gesehen hatte, fehlte ihm etwas. Etwas von ihr selbst.

Dann passierte etwas Seltsames. Ihr Gesichtsausdruck veränderte sich. Nur ein klein wenig und außer ihm bemerkte das sicher keiner im Stadel. Aber er kannte sie inzwischen. Und er sah, wie sie einen Moment innehielt. Wie sie offenbar nachdachte.

Über das Publikum, das viel zu wenig mitging? Über die nächste Textzeile?

Nein, es war etwas anderes, etwas Tiefergehendes.

Da war so ein Zögern, ein Hinterfragen, eine Ernsthaftigkeit, die gar nicht zu den fröhlichen Partykrachern passte. Zu der Kerstin, die er kannte, passte das allerdings sehr gut. Nur – was bedeutete es?

Die Zuschauer klatschten nur halbherzig, was ihn ärgerte. Jahrelang schimpften alle nur, dass hier im Dorf so wenig los war, doch jetzt, wo endlich ein waschechter Star da war, konnten viele mit ihrer Musik nichts anfangen. Bei der nächsten Nummer waren es immerhin einige, die aufstanden und mittanzten. Was auch daran lag, dass sie sich erneut gekonnt um den Mikrofonständer wand. Matthias beobachtete, wie ein paar der Männer sich an ihren Bierkrügen festhalten mussten. Quirin bekam den Mund fast nicht mehr zu.

Doch der nachdenkliche Ausdruck in Kellys Gesicht war immer noch da. Und wenn ihn seine Ohren nicht täuschten, hatte ihre Stimme sogar mal kurz ausgesetzt.

Geräusche, die von draußen kamen, ließen ihn sich umschauen. Lenz hatte seine Posaune ausgepackt und spielte die ersten Töne. Es war schon Tradition, dass Musiker der Blaskapelle auch abseits des eigentlichen Auftritts für Stimmung sorgten beim Dorffest. Aber doch nicht, während Kelly noch spielte!

Entsetzt stellte er fest, dass eine ganze Reihe der Zuschauer den Stadel verließen und lieber zu den Tischen im Freien gingen. Dabei war das Wetter alles andere als einladend, es würde bestimmt in der nächsten Stunde richtig krachen.

„Hey, Matthias, hol dein Horn!", rief Nick ihm zu. „Wir spielen hier ein bissl auf! *Pfeffer und Salz* schlägt bestimmt voll ein."

Doch seine Aufmerksamkeit galt natürlich Kelly.

„Das könnt ihr euch schenken, schau nach oben! Da kommt jeden Augenblick ein Riesenregenguss runter", gab er zurück.

Nick erwiderte etwas, doch Matthias hörte nicht mehr zu. Denn Kelly war ans Mikrofon getreten und kündigte an, dass sie etwas Wichtiges zu sagen hatte.

„Wisst ihr, als ich hierher kam, war das Ganze nur eine Marketingaktion für mich", begann sie. Und erzählte dann, was sie hier alles erlebt und gelernt hatte. Und dass sich für sie alles geändert hatte.

„... und deshalb habe ich anfangs Dinge gesagt, die dumm waren. Weil ich noch nicht wusste, was ich hier für Wunder erleben würde. Und welchen wunderbaren Menschen ich hier treffen würde. Einen, den ich auch weiter in meinem Leben haben will."

Ihm wurde heiß und kalt zugleich. Er hörte keine Blasmusik mehr und keine Bierzeltgespräche, keine scheppernden Krüge und keinen heranrollenden Donner. Da war nur noch ihre Stimme. Die über ihn redete. Und darüber, dass er ihr wichtig war.

Konnte das wahr sein?

Aber wie sollte das funktionieren, sie war doch ein Star, der die meiste Zeit des Jahres um die Welt jettete!

Wie hypnotisiert sah er nach vorne. Sah, wie Kelly sich einen Stuhl geben ließ und sich mit der Gitarre in der Hand darauf setzte.

„Das ist etwas ganz Neues", hörte er sie sagen und ihre Stimme war ganz weich. So weich wie das Fell des alten Katers, der bei ihr gar nicht mehr scheu war. „Ich habe es hier geschrieben. Für jemanden ganz Besonderen. Der Song heißt: Die Suche nach dem Glück."

„Das gibt's ja nicht", entfuhr es ihm.

Hatte sie seine Gedanken gelesen? Sie hatte den Kater doch Rossi getauft wegen dieser Sendung mit dem Glück!

Ihre ersten Töne erklangen. Matthias bekam eine Gänsehaut. Sie waren zart und vorsichtig, ja, geradezu zerbrechlich. Da war nur sie und die Gitarre, keine lärmende Band, kein treibender Rhythmus, keine ausgefeilten Tanzschritte. Selbst das Edelsteinkleid funkelte weniger, als sie nun ruhig dasaß und tatsächlich über den Kater sang.

Matthias musste schlucken. Wie sie ihn beschrieb – die erste Annäherung, die erste Berührung, die Nacht, die Rossi bei ihr verbracht hatte, als es ihr nicht gut ging – das ließ irgendetwas in ihm ganz weich werden. So weich wie ihre Stimme, die im Refrain über die Suche nach dem Glück sang.

Doch dann kam die zweite Strophe. Und er hatte mit einem Mal einen sperrigen Kloß im Hals. Denn sie sang nicht mehr über den Kater. Sondern über jemand anderen, der ihr ans Herz gewachsen war.

Sie sang über den Geruch des Waldes und über ein neugeborenes Wunder, sie sang über das wiegende Korn und das Geräusch eines Baches. Und sie sang über eine Umarmung, die ihr gezeigt hatte, was wirklich zählte im Leben. Und die alles, alles, alles verändert hatte.

„Die Suche nach dem Glück ist, als ob man am Ufer steht. Und man lernt: Kopfüber ins Wasser ist der einzige Weg."

Wahnsinn.

Matthias' ganzer Körper prickelte und sein Herz hämmerte wie verrückt.

Dann stimmte es also? Kelly wollte wirklich ihn? Ihn, den einfachen Bauern, der doch mit so einer Frau gar nicht ...

„Sie hat echt den Arsch offen!", riss ihn eine raue Stimme aus den Gedanken.

Er fuhr herum, sah diesen ekelhaften Francesco neben sich stehen. Der nahm ihn gar nicht wahr, so sehr regte er sich auf.

„Was sollen denn diese Schnulzen, die will doch kein Mensch hören!", schnaubte er. „Ich hol sie jetzt von der Bühne!"

Francesco wollte nach vorne stürmen, doch Matthias hielt ihn an der Schulter fest.

„Oh nein, Freundchen, das tust du ganz bestimmt nicht", zischte er. „Kelly singt das Lied jetzt fertig. Und zwar ohne, dass du dazwischen gehst. Die neuen Songs sind nämlich großartig."

„Was verstehst du denn schon vom Musik-Business!", spie Francesco ihm entgegen. „Du bist nur ein dummer Bauer. Und jetzt lass mich endlich los!"

Matthias dachte gar nicht daran! Ganz im Gegenteil, er packte ihn und hielt ihn so fest, dass er sich nicht befreien konnte, obwohl er heftig kämpfte. Seine im Fitnessstudio aufgepumpten Muskeln halfen ihm offenbar nicht viel! Das entlockte Matthias trotz aller Wut auf den Kerl ein kleines Grinsen.

„Du bleibst hier stehen, bis sie von der Bühne geht, sonst werf ich dich kopfüber in die Odelgrube. Die steht eh gerade offen, passt also super."

Francesco erstarrte. Vielleicht weil er das Wort Odelgrube nicht kannte. Vielleicht weil noch nie jemand so mit ihm gesprochen hatte. Es war egal. Wichtig war nur, dass Kelly den wunderschönen Song zu Ende singen und sich in Ruhe vom Publikum verabschieden konnte.

Als das Lied mit einem Moll-Akkord ausklang, bedankte sie sich, dass sie hier sein durfte. Ob das auf den Auftritt bezogen war oder generell auf ihre Zeit in Oberapfelbach?

Schließlich ging sie von der Bühne, also ließ er Francesco los.

„Ich zeig dich an!", krächzte der. „Wegen tätlichen Angriffs. Und Freiheitsberaubung."

Matthias zuckte nur mit den Schultern. „Wenn du Zeugen findest, kannst du das gern machen."

Wie auf Kommando tauchte Burgi auf, die ein paar Meter weiter gestanden hatte. „Also ich hab gesehen, dass der Herr Francesco dich angegriffen hat", sagte sie. „Das kann ich gern vor Gericht so aussagen. Du hast dich nur verteidigt."

„Richtig. Und da kann es auch mal zu einem blauen Auge kommen. Aus rein defensiven Gründen." Drohend hob er den Arm.

„Ihr seid ja alle verrückt hier", schimpfte Francesco und trollte sich. „Dummes Bauernpack!"

Sicher würde der jetzt versuchen, Kelly abzufangen. Das musste Matthias verhindern! Doch wo war sie? Er schaute nach drinnen, sah sich suchend im Stadel um, aber keine Spur von ihr. War sie vielleicht zum Haus zurückgegangen? Oder hatte sie sich hier unter die Leute gemischt? Er musste sie finden, mit ihr reden.

Also ging er wieder nach draußen, wo es jetzt richtig finster wurde. Matthias schaute nach oben. Mist aber auch! Die Wolken verhießen nichts Gutes.

Plötzlich donnerte es ohrenbetäubend los. Blitze jagten über den Himmel, es krachte – und dann passierte das, was er bereits befürchtet hatte: Der Regen prasselte wolkenbruchartig herab. Es waren keine einzelnen Tropfen, sondern es schüttete aus Eimern. Und so schwarz, wie der Himmel war, war das kein kurzer Schauer, sondern würde noch lange so weitergehen.

„Verflucht nochmal!", rief er und lief rüber zu seinem Hof. Dass er bereits nach den ersten Schritten klatschnass war, interessierte ihn nicht. Er hatte ganz andere Sorgen.

Sein Hof lag in dieser verdammten Senke. Bei normalem Regen machte das nichts, aber ging so ein Wolkenbruch nieder, konnte alles volllaufen. Es hatte seit drei Wochen nicht einen Tropfen geregnet, der Boden war vor Trockenheit steinhart, der konnte nichts aufnehmen.

Die anderen Leute aus dem Dorf sprangen natürlich auf und brachten sich in Sicherheit, wie er bei einem kurzen Blick über die Schulter sah. Aber er musste dafür sorgen, dass seinen Tieren nichts passierte!

Das Wasser prasselte herunter, man hörte nichts anderes mehr, nur noch das Klatschen des gewaltigen Regengusses. Matthias war erst zwanzig Meter gelaufen und schon stand das Wasser in der Wiese mehrere Zentimeter hoch. Fuck, das sah gar nicht gut aus.

Wie erwartet flossen schon die ersten Rinnsale bergab. Direkt auf seinen Hof zu. Von allen Seiten. Und aus den Rinnsalen würden kleine Bäche werden, wenn es so kam wie damals, als der Starkregen ihm schon einmal den ganzen Stall unterspült hatte und der Keller des Hauses vollgelaufen war.

Er wischte sich mit dem tropfnassen Ärmel über die Stirn, weil die Wassermassen ihm die Sicht nahmen. Das half natürlich nichts. Gar nichts half etwas, gegen solche Naturgewalten war man machtlos.

Endlich kam er auf seinem Grundstück an. Die Straße, die ein wenig abschüssig hinunterführte, war ein einziger Wasserlauf. Mitten im Weg parkte der idiotische Lamborghini. Wenn der weggespült würde, hätte der Regen wenigstens etwas Gutes bewirkt. Aber das Mistding war natürlich viel zu schwer dazu.

Vorm Stall sammelte sich das Wasser zu einem See. Einem See, der blitzschnell anschwoll.

Er musste handeln. Sofort.

Matthias lief zur Tenne, wo der kleine Hoftraktor parkte. Dummerweise hatte der vorne noch die Gabel dran. Er brauchte aber etwas anderes! Also startete Matthias den Motor, senkte die Gabel ab, manövrierte den Traktor durch die vollgestopfte

Tenne zur Schaufel, die vor einer Wand stand. Die montierte er an die vordere Aufhängung, dann konnte er endlich loslegen.

Das Unwetter von damals hatte ihn nämlich gelehrt, was zu tun war: Er musste Abflussgräben anlegen, und zwar rings um den Stall, damit da nichts hineinlief.

Die Kühe muhten aufgeregt, das hörte er sogar durch den Regen. Das Prasseln auf dem Stalldach machte ihnen Angst, klar. Und wenn erst das Wasser hineinlief, würden sie möglicherweise sogar Panik bekommen.

Also los!

Er fuhr nach draußen, begann im Kiesbett vor der Stalltür. Verdammt, das funktionierte viel langsamer, als er gehofft hatte! Stück für Stück grub sich die Schaufel in den Boden. Matthias hob sie an, kippte das Gut neben das Loch, damit eine Art Damm entstand. Weiter, weiter!

Als er die ersten zwei Meter geschafft hatte, kam Burgi angelaufen, ebenfalls triefend nass. Sie rief ihm irgendwas zu, das er nicht verstand.

„Was?", schrie er zurück.

Da deutete sie aufgeregt auf die andere Stallseite.

„... Auslauf unterspült ... Kälber ... einfangen ...", hörte er irgendwelche Bruchstücke.

Auch das noch! Das Gatter hatte im unteren Bereich einen großen Abstand, aber durch das eingestreute Stroh und den Mist war das okay. Wenn das aber herausgespült wurde – verdammt, dann schlüpften die Jüngsten da untendurch!

Er lenkte den Hoftraktor über die Kiesfläche und auf die andere Seite des Stalles. Da sah er auch schon das Unglück. Das Gatter hatte tatsächlich eine so große Lücke, dass ein Kalb herausschlüpfen konnte! Gut, dass er auf dem Hoftraktor saß. Sofort begann er, einen Wall um den Auslauf zu errichten, damit kein Kalb ausbüchsen konnte.

Als sein Blick durch den prasselnden Regen nach hinten fiel, meinte er etwas blitzen zu sehen. Für einen kurzen Moment meinte er, dass das Kellys Kleid sein könnte. Aber das war natürlich Unsinn, wieso sollte sie im strömenden Regen hier auf seinem Hof herumlaufen?

Die Wassermassen hörten einfach nicht auf. Immer noch donnerte es, der Himmel war nachtschwarz und schüttete so viel Nass herunter, dass Matthias angst und bange wurde.

Würde er seinen Hof überhaupt schützen können? Er gab Gas, grub und schüttete aus und fuhr ein Stück weiter – doch es reichte nicht. Die paar kleinen Gräben, die er um den Stall zog, konnten niemals vermeiden, dass sein Haus unterspült wurde, dass die Kühe im Wasser standen, dass jede Menge Maschinen Schaden nahmen und er wahrscheinlich auch große Teile der gelagerten Ballen wegwerfen konnte.

Verdammt!

Völlig verzweifelt senkte Matthias erneut die Schaufel ab – da sah er etwas. Walter kam herangefahren, und zwar mit dem Kleinsten seiner Traktoren. Noch nie hatte Matthias sich so gefreut, die gelben Felgen einer John Deere-Zugmaschine zu sehen! Meist neckte er als Fendt-Fan Walter und erzählte Witze über die Johnnys. Aber jetzt gab es keinen schöneren Anblick!

Neben Walter saß Lenz in der Fahrerkabine, der sprang sofort raus, als der Traktor stehenblieb, und nahm eine mitgebrachte Schaufel zur Hand.

„Wir helfen dir!", rief er durch den Prasselregen. „Der Quirin kommt auch gleich, der Nick ebenfalls. Und der Sebastian holt das Feuerwehrauto, dann pumpen wir alles weg!"

Matthias hielt nicht besonders viel von der neumodischen Sitte, dass auch Männer sich umarmten. Aber in diesem Moment wäre er Lenz am liebsten um den Hals gefallen.

Die Männer machten sich sofort ans Werk. Wie versprochen, kam nach ein paar Minuten auch Quirin dazu. Der fing aber nicht mit dem Graben an, sondern lief zu ihm.

„Habt ihr es einfangen können?", fragte er.

Verdutzt schaute Matthias ihn an. „Was denn?"

„Na, dein Kalb! So ein Schwarzes mit weißem Fleck auf der Stirn, erst ein paar Tage alt. Das ist wohl irgendwie ausgebüchst und zu mir rüber gelaufen. Kelly war hinter ihm her, aber ich hab die beiden dann nicht mehr gesehen."

Mira!

Du liebe Zeit, dann hatte er also doch richtig gesehen, dass Kelly hier irgendwo unterwegs war! Er ließ den Hoftraktor an Ort und Stelle stehen und rannte so schnell rüber zu Quirins Hof, dass er im Matsch fast ausgerutscht wäre. Im letzten Moment konnte er sich noch abfangen. Wo zum Teufel war Kelly?

Es regnete immer noch so stark, dass er kaum was sah. Doch! Dort hinten, da bewegte sich etwas. Um Himmels willen, da war doch das offen stehende Güllebecken! Und genau dort lief tatsächlich ein schwarzes Kalb umher, wenn er es richtig sah. Dummerweise stand ein Traktor mit angehängtem Kreisler mitten im Weg und daneben auch noch ein Futtermischwagen.

Matthias spurtete los, er rannte um die riesigen Maschinen herum und hatte erst wieder einen guten Blick, als er am Mischwagen vorbei war. Doch was er dann sah, ließ ihm das Blut in den Adern gefrieren. Mira war offenbar völlig verstört, sie rannte planlos herum, geriet an den überfluteten Rand der offenstehenden Güllegrube – und stürzte hinein.

Oh Gott! Das arme Tier kam da nie wieder heraus, der Inhalt des Betonbeckens war dickflüssig wie Moor!

Je mehr das Kalb strampelte, umso schneller würde es komplett untergehen.

Er musste an diesem verdammten Traktor vorbei und dann irgendwas suchen, womit er Mira Halt geben konnte. Panisch schaute Matthias sich um, suchte nach einer Stange oder Ähnlichem. Fand endlich vor der Stallwand ein langes, breites Brett. Damit eilte er zur Güllegrube – und sah Kelly. Mitten im strömenden Regen rannte sie auf das Bassin zu, in das das Kalb gefallen war.

„Mira!", kreischte sie.

Und dann tat sie etwas, was er im ersten Moment kaum glauben konnte. Ja, er hoffte inständig, er würde halluzinieren! Oder dass der Regen seine Sicht total vernebelte. Denn es sah aus, als würde Kelly einfach hineinspringen. Mitsamt ihrem teuren Designerkleid, den Edelsteinen, den glänzenden Schuhen.

Er keuchte. Verdammt, das war eine lebensgefährliche Grube und kein Pool! Wenn sie zu viel der Gase einatmete, würde sie ohnmächtig werden! Außerdem kam man aus dem Morast nicht ohne Hilfe wieder heraus.

Matthias rannte auf sie zu, schrie ihren Namen, sah, wie sie mit dem zappelnden Kalb kämpfte. Einen Moment lang war er versucht, selbst hineinzuspringen, aber das würde nicht viel helfen.

„Kelly, hier, komm an den Rand! Halt dich fest!", schrie er. „Lass nicht los!

Panik stand in ihren Augen. Sie merkte jetzt, in welch gefährliche Situation sie sich gebracht hatte. Aber er war bei ihr. Er würde sie retten, egal, was er dafür anstellen musste!

Sie schaffte es, sich mit einer Hand an der gemauerten Umrandung festzuhalten. Schnappte nach Luft. Versuchte mit dem freien Arm aber, Mira zu erreichen.

Das Becken war nicht groß, aber trotzdem irrsinnig gefährlich, wenn man hineinfiel, weil man darin nicht schwimmen konnte und wegen der Gase.

„Wir müssen sie retten!", rief sie und erwischte Mira irgendwie am Kopf, sodass sie das Kalb ein Stück heranziehen konnte.

„Das Kalb muss irgendwie aufs Brett hinauf!", schrie er durch den Regen hindurch.

Verflucht, wie sollte er die beiden herausbringen? Er schaute sich um, sah ein dickes Kabel neben der kaputten Güllepumpe liegen. Das sollte funktionieren! Er drehte daraus eine Schlinge, warf sie Kelly zu, die schob sie dem panisch um sich tretenden Kalb um den Hals.

„Wir schaffen das!", rief er und zog und zog – bis Mira tatsächlich zur Hälfte auf das Brett rutschte. Kelly schob, so gut sie konnte, er zog mit aller Kraft am Kabel und gab dem Brett immer wieder einen Stoß. Irgendwie schafften sie es mit vereinten Kräften, die strampelnde Mira aus der Grube zu ziehen. Kaum war das Kalb an Land, machte es zitternd ein paar Schritte auf den Stall zu.

Matthias streckte seinen Arm Kelly entgegen. Sie fasste seine Hand, hatte aber keine Kraft mehr, sich daran herauszuziehen. Also kniete Matthias sich an den Rand des Beckens, fasste bis zu den Ellbogen in die Gülle hinein und hob die völlig erschöpfte Kelly heraus. Sie zitterte am ganzen Leib. Ihm war egal, dass sie über und über voller Gülle war und dass sie stank – er zog sie an sich und hielt sie ganz, ganz fest.

„Alles ist gut", sagte er. „Mira ist nichts passiert, Kälber sind zäh. Aber um dich hab ich richtig Angst gehabt!"

Sie löste sich ein wenig, um ihn anzusehen. „Ich konnte doch nicht zusehen, wie Mira untergeht!", sagte sie, als wäre das das Selbstverständlichste auf der Welt.

Matthias fuhr ihr über die tropfnassen Haare. Und dann beugte er sich zu ihr hinunter und küsste sie.

Küsste sie, weil sie sich kopfüber in stinkende Kuhkacke stürzte, nur um ein Kalb zu retten.

Küsste sie, weil sie so unfassbar schöne Songs schrieb und so mutig war, in einem Stadel voller biertrinkender Dörfler eine poetische Ballade zu singen.

Küsste sie, weil sie Maggie geholfen, Burgi bezaubert und ihn selbst im Wald fast neben der gefällten Fichte flach gelegt hatte.

Sie war einfach ein wunderbarer Mensch und er musste sie auch weiterhin in seinem Leben haben!

„Kerstin", sagte er sanft, „ich will dich nicht verlieren. Irgendwie müssen wir das hinkriegen. Dann reise ich eben mal an, wenn du irgendwo auf Tour bist. Oder ich warte, bis du Zeit hast für einen Besuch. Aber – wie soll ich sagen – ich kann nicht mehr ohne dich sein. Ich will dich in meinem Leben." Er hielt inne, musste schlucken. „Weil du nämlich recht hast mit der Suche nach dem großen Glück. Man muss nur auf die Schmetterlinge schauen."

Sie sah ihn an. Ganz lange. So lange, dass der Regen weniger wurde und hinter ihnen Stimmen zu hören waren und Mira fordernd muhte. Aber das war ihm alles egal. Es zählte nur die Frau im güllebesudelten Glitzerkleid in seinen Armen.

„Meinst du die Schmetterlinge im Roggenfeld?", fragte sie mit einem Lächeln, das sogar mitten im größten Unwetter die Sonne aufgehen ließ.

„Nein, die in meinem Bauch." Er musste ebenfalls lächeln. Der Keller seines Wohnhauses war garantiert mit Wasser vollgelaufen, im Stall war eine Menge Schaden entstanden, er hatte Arbeit für die nächsten Wochen – und doch war er glücklich wie nie zuvor im Leben.

„Die flattern nämlich wie verrückt, wenn ich nur an dich denke", ergänzte er. „Ich wusste gar nicht, dass es sich wirklich so anfühlt!"

„Was denn?" Ihre Augen blitzten schelmisch.

„Zu lieben", antwortete er.

Auch wenn es seltsam war, dieses Wort auszusprechen: Es war richtig, ihr das zu sagen. Sich selbst einzugestehen, dass es wirklich so war. Wenn Kelly vor dem ganzen Dorf einen Lovesong über ihn singen konnte, durfte er wohl wagen, ihr dieses kleine Wörtchen zu sagen!

Kelly sah ihn nur an aus diesen Schimmeraugen, in denen er versank. Sie sagte nichts, aber küsste ihn schwindlig. Was ja sowieso besser war, als viele Worte zu machen.

„Saxndi, du hast aber ganz schön Mut!", dröhnte Quirins unverkennbare Stimme zu ihnen herüber.

Matthias sah über seine Schulter. Neben Quirin, der gerade auf sie beide zustiefelte, gingen auch noch Walter und Lenz. Erst jetzt fiel Matthias so richtig auf, dass der Wolkenbruch in normalen Landregen übergegangen war.

Im ersten Augenblick glaubte Matthias, dass sich das mit dem *Mut* auf das bezog, was er Kelly gestanden hatte. Aber dann bemerkte er, wie Quirin ihr voller Respekt zunickte.

„Echt wahr", stimmte Walter zu. „Bist du einfach dem Kalb nachgesprungen?"

Zu allem Überfluss kam auch noch Burgi angerannt, die für solche Aktionen sowieso einen siebten Sinn hatte. Sie ließ sich von Quirin erzählen, was passiert war.

„Was ist mit meinem Hof?", ging Matthias dazwischen, hatte seinen Arm aber immer noch um Kellys Schultern liegen.

„Der Stall ist in Sicherheit, wir haben dir einen Burggraben gebaut", sagte Walter. „Aber für den Keller brauchst du die

Feuerwehr. Die weiß schon Bescheid. Sollte jeden Moment da sein."

Burgi baute sich vor ihm auf. „Aber vorher müsst ihr euch um diesen dämlichen Möchtegern-Macho kümmern! Der rennt drüben aufm Hof herum und sucht Kelly. Und er hat einen Regenschirm!"

Fuck. Matthias zuckte innerlich zusammen. Den hatte er ja ganz vergessen. Doch Kelly nickte eifrig.

„Sehr gut! Mit dem habe ich ein paar Wörtchen zu reden. Komm, Matthias!" Mit entschlossenen Schritten ging sie voraus.

„Warte! Du musst dich umziehen, dir muss doch eiskalt sein in dem nassen Kleid."

„Ganz im Gegenteil, ich bin heiß drauf, jetzt einiges klarzustellen!", erwiderte sie entschlossen.

Also gut. Matthias bat Quirin, sich um Mira zu kümmern, und folgte ihr.

Tatsächlich. Als sie drüben auf der Kiesfläche ankamen, lief Francesco vorm Haus auf und ab und rief Kellys Namen, zwischendurch stapfte er zur Haustür und hämmerte wild herum. Und er hatte wirklich einen Regenschirm in der Hand, sogar einen mit goldenen Lettern und irgendeinem Designernamen.

„Suchst du mich?", rief Kelly.

Francesco fuhr herum. Musterte sie. Und wurde angesichts der stinkenden, schwarzen Brühe, die überall an ihr klebte, leichenblass.

„Was hast du denn angestellt, verflucht? Ist dir klar, dass das Kleid eine Spezialanfertigung ist?", keuchte er. „Allein die Steine kosten über dreitausend Euro. Und überhaupt – was war das für ein Scheißauftritt? Diese Schnulzennummer lasse ich sofort aus dem Video schneiden!"

Dieser Bastard!

Matthias musste sich sehr zusammenreißen, um nicht auf ihn loszugehen. Der machte sich keine Sekunde Gedanken darüber, ob Kelly in Gefahr gewesen war, sondern nur über dieses idiotische Kleid!

„Du wirst überhaupt nichts rausschneiden und auch sonst nichts mehr unternehmen!" Sie machte einen Schritt auf ihn zu und funkelte ihn an. „Ich hab's nämlich satt, mich von dir herumkommandieren zu lassen. Und diese öden Disco-Nummern hängen mir auch zum Hals raus. Ab sofort wird sich alles ändern."

„Und du wirst Schnulzenkönigin, oder was?" Er spie das Wort voller Verachtung aus.

„Ich werde umsteigen auf Songwriter-Nummern, da hast du völlig recht. Keine großen Hallen mehr, nur noch kleinere Clubs. Keine Minikleider, keine Totenkopf-Designs, keine bunten Haare und keine Scheiß-Stilettos mehr. Ich kann das alles nicht mehr sehen."

Matthias schnappte nach Luft. Das wollte sie tun? Ihre glänzende Karriere aufgeben und umsatteln auf einen ganz anderen Musikstil?

Matthias konnte kaum glauben, was er da hörte. Dann würde sie gar nicht mehr auf Welttournee gehen oder ständig durch die Gegend jetten? Unfassbar! Das hieß ja dann, dass sie beide tatsächlich eine Chance hatten!

Francesco wirkte plötzlich wie versteinert. Er starrte Kelly nur ungläubig an. Dann verengte er die Augen und zischte: „Nur über meine Leiche!"

„Ach ja", sagte Kelly ungerührt. „Das gehört natürlich auch zu meiner Veränderung: Du bist gekündigt. Du bekommst die vertraglich geregelte Abfindung und das war's mit uns."

Ihre Kaltschnäuzigkeit gefiel Matthias sehr. Francesco war

davon weniger begeistert, seinem Gesichtsausdruck nach zu schließen.

„Das kannst du nicht machen!", fauchte er. „Du bist mein Produkt! Du bist nur, was ich aus dir geschaffen habe! Ohne mich wärst du ein Nichts, ein Niemand, eine Null! Kein Mensch würde einen Cent für deine Alben oder Tickets bezahlen. Wenn du das tust, dann mach ich dich fertig, das versprech ich dir!"

„Gar nichts machst du!" Matthias baute sich vor ihm auf. „Du lässt Kelly in Ruhe, sonst kriegst du es mit mir zu tun!" Dieser Arsch würde ihr nicht das Leben schwer machen!

„Oh, dein tapferer Stinkebauer verteidigt dich", sagte Francesco im zynischen Tonfall zu Kelly. „Jetzt hab ich aber mächtig Angst."

Die sollte er wirklich haben!

Matthias musste sich sehr zusammenreißen, um diesem unerträglichen Typen nicht an Ort und Stelle so eine reinzuhauen, dass sein dämlicher Regenschirm quer über den Hof fliegen und seine Nase die nächsten Tage kein Problem mehr mit Güllegerüchen haben würde. Dabei neigte er sonst nicht zur Gewalt. Aber dieser Mistkerl machte ihn wahnsinnig!

Der Klang einer Sirene ließ ihn herumfahren. Endlich!

Das Feuerwehrauto kam angefahren. Jetzt wurde sein Keller leer gepumpt, Gott sei Dank!

Doch an der Zufahrt zu seinem Hof musste der Wagen stehenbleiben, denn Francescos Angeberschlitten stand mitten im Weg.

„Fahr deine Karre da weg", befahl Matthias ihm scharf.

Doch Francesco verschränkte nur seine aufgepumpten Arme vor der Brust und sah ihn herausfordernd an. „Sonst was?"

„Francesco!", rief Kelly. „Es geht um seinen Hof! Die Feuerwehr muss da helfen!"

„Weißt du was? Das ist mir scheißegal. Dann siehst du gleich mal, wie es ist, wenn man sich mit mir anlegt. Der erste Stein in deinem Weg ist mein Lamborghini. Und es werden viele folgen."

Jetzt reichte es Matthias endgültig! Er stellte sich unmittelbar vor ihn, sodass sie sich direkt in die Augen sehen konnten.

„Ich sag's dir jetzt zum letzten Mal", zischte er. „Fahr das Auto da weg! Das ist ein Feuerwehreinsatz!"

Francesco lachte schrill.

„Du glaubst doch wohl nicht, dass ich mir von einem dummen Bauern irgendwelche Befehle geben lasse? Mein rotes Baby bleibt genau da stehen, wo ich es geparkt habe!"

Das Feuerwehrauto hupte ungeduldig.

Also gut! Matthias schnaubte. Offenbar verstand dieser Bastard es sonst nicht. Dann würde er ihm halt zeigen, wie dumme Bauern mit solchen Situationen umgingen.

„Komm", sagte er zu Kelly, nahm sie an der Hand und zog sie von ihm weg. „Geh zu Burgi rüber, sie kommt gerade angelaufen. Ich regle das hier."

Er schaute sich kurz um. Walters Traktor stand nur ein paar Meter hinter ihm. Matthias lief hin, kletterte ins Fahrerhaus. Wie immer steckte der Schlüssel. Er ließ den John Deere an, wendete ihn und fuhr schnurstracks auf den Lamborghini zu.

Tja, irgendwie wurde Francesco plötzlich ziemlich blass unter seinem Regenschirm.

Und diese Blässe nahm sogar noch zu, als Matthias keine Anstalten machte, anzuhalten. Man könnte fast sagen, er wurde „kaasweiß" im Gesicht, denn er verstand jetzt offensichtlich, was Matthias vorhatte.

Machte richtig Spaß!

Matthias betätigte einen Hebel, sodass sich die Schaufel des Frontladers in der richtigen Höhe befand.

„Nein!", hörte er Francesco kreischen. „Das kannst du doch nicht machen, du verfluchter Hurensohn!"

Er rannte auf seinen Wagen zu, doch Matthias war bereits voll im Einsatz. Wieso auch nicht? Erstens wehrte er sich doch nur gegen Drohungen und Beschimpfungen. Zweitens war er natürlich Mitglied der Freiwilligen Feuerwehr Oberapfelbach und als solches hatte er sich darum zu kümmern, dass die Anfahrtswege für das Einsatzfahrzeug frei waren.

Noch nie zuvor hatte es ihm so viel Freude bereitet, Gas zu geben und mit dem Traktor ein paar Meter nach vorne zu fahren. Und das, obwohl es gar kein Fendt war! Aber der Johnny tat brav seine Pflicht, legte die Schaufel an die Seite des knallroten Lamborghinis – und schob den Angeberschlitten dann mühelos in den überfluteten Straßengraben.

Anschließend fuhr Matthias zurück, parkte den Traktor neben der alten Eiche und gab den Feuerwehrleuten mittels Lichthupe zu verstehen, dass der Weg jetzt frei war.

Als der Einsatzwagen die Stelle passiert hatte, sah Matthias, wie Francesco völlig entsetzt sein verbeultes „Baby" anstarrte. Sogar den Regenschirm hatte er gesenkt, sodass sein gegeltes Haar vom Regen einen zusätzlichen Pomadenlook erhielt.

„Ja, Freundchen", sagte Matthias zu sich selbst, als er vom Fahrerhaus sprang, „so geht es einem halt, wenn man sich mit einem dummen Bauern anlegt!"

25. Kammer-Flimmern

Kelly

Er machte es wirklich!

Kelly stieß einen kleinen Schrei aus, so überrascht war sie. Bis zuletzt hatte sie geglaubt, dass Matthias nur so tat, als würde er den Lamborghini zur Seite schieben. Aber er war niemand, der Dinge nur andeutete. Sie lächelte. Er bremste keine Sekunde ab, sondern zog es eiskalt durch. Wahnsinn! Francescos Gesicht war unbezahlbar. Es geschah ihm sowas von recht, dass sein „Baby" demoliert wurde!

Natürlich kam er wutschäumend angeschnauft, sobald er sich etwas von dem Schock erholt hatte, blieb aber in sicherem Abstand zu Matthias stehen, der gerade aus dem Traktor stieg.

„Das wird Konsequenzen haben!", schrie er. „Du wirst mir den Schaden bezahlen, Cent für Cent! Und wenn du dafür deinen ganzen Hof verkaufen musst, ist mir das auch egal!"

„Moment mal!" Kelly stellte sich neben Matthias und sah Francesco an, wobei sie das Grinsen kaum verbergen konnte. „Du vergisst da nur eine Kleinigkeit. Du durftest das Auto zwar immer fahren, aber der Besitzer bin ich!"

„Das ... das ... äh ... verdammt!", krächzte er. Offenbar war ihm dieses kleine Detail entfallen.

„Und jetzt runter von meinem Hof. Sofort!", befahl Matthias. Sein Tonfall ließ keinen Zweifel darüber aufkommen, wie ernst er es meinte.

Francesco machte zwei Schritte rückwärts. Anscheinend hatte

er jetzt doch ein wenig Angst, dass Matthias erneut in den Traktor stieg und dann *ihn* vom Hof schob. So abwegig war das bestimmt nicht.

„Drüben beim Wirt gibt es ein Telefon, da kannst du dir ein Taxi rufen", fügte Matthias an. „Oder nimm den Bus, der fährt in einer Stunde. Aber wenn du mein Grundstück noch ein einziges Mal betrittst, geht es dir ähnlich wie deiner Angeberkarre."

„Verdammtes Bauernpack", rief Francesco, trat aber tatsächlich den Rückzug an. „Und du wirst dich noch wundern, Kelly, ich nehm mir einen Anwalt. Man kündigt keinen Francesco Festina!" Nach diesen drohenden Worten marschierte er endgültig vom Hof.

Gott sei Dank. Sie war ihn los! Kelly atmete erleichtert durch. Was keine gute Idee war, denn beim Tiefdurchatmen stieg ihr natürlich voll der Güllegeruch in die Nase.

„Kann er dir Probleme machen?", fragte Matthias.

Sie schüttelte den Kopf. „Den Vertrag hat mein Anwalt aufgesetzt und der hat damals darauf bestanden, eine Kündigung jederzeit möglich zu machen. Natürlich kassiert er eine Abfindung, aber das ist mir egal."

„Und das Auto?" Matthias deutete mit einer Kopfbewegung nach hinten. „Es tut mir echt leid, ich wollte ja nicht, dass du dadurch einen Schaden hast."

Sie lachte. „Das war das Beste überhaupt! Sein Gesicht werde ich niemals vergessen. Für seinen Lambo hatte er sowieso mehr Gefühle als für mich. Das war eine klasse Aktion von dir!"

Er zuckte mit den Schultern. „Manchmal gehen mir halt die Gäule durch."

Und das war gut so. Kelly sah sich um. Die Feuerwehr hatte vor dem Haus geparkt, Burgi gab den Männern Anweisungen. „Musst du nicht mithelfen?", wollte Kelly von Matthias wissen.

„Die kennen sich aus. Und ehrlich gesagt, ist mir der Keller gerade total egal. Meinst du das ernst, dass du nicht mehr deine übliche Musik machen willst?" Gespannt sah er sie an.

Kelly hob die Hand, weil sie sie an seine Wange legen wollte. Aber dann sah sie, wie schmutzig die war. Also ließ sie sie wieder sinken, schenkte ihm aber ein glückliches Lächeln.

„Ja. Das ist mir klargeworden, als ich auf der Bühne war. Obwohl – so ganz stimmt das nicht, eigentlich habe ich es schon länger gemerkt. Dass das alles so leer ist."

„Ich hab's gesehen", unterbrach er sie. „In deinem Gesicht. Nach den ersten Songs warst du irgendwie verändert."

„Genau. Ich hab mich gefragt, was ich hier eigentlich tue. In dem dämlichen Glitzerkleid, mit den High Heels und vor allem mit dieser seelenlosen Musik. Ich glaube, ich bin da jetzt einfach rausgewachsen."

„Ein Neuanfang?", fragte er vorsichtig.

Kelly nickte. „Und zwar einer mit dir. Wenn du mich willst."

Seine Augen zauberten den blauen Himmel herbei. Sein Lächeln die Sonnenstrahlen. Und das, obwohl immer noch alles wolkenverhangen war und es durchgehend regnete.

Und dann nahm er sie trotz des dreckigen Kleides, ihrer klatschnassen Haare und ihres schrecklichen Gülleduftes in den Arm.

Und küsste sie.

So, wie man eine Frau küsst, mit der man ab sofort zusammen sein will.

Kelly schloss die Augen. Alles fiel von ihr ab. Das Hamsterrad verschwand, der Erfolgsdruck flog davon, alle Termine wurden vom Regen weggespült. Selbst wenn sie nie mehr auf einer Bühne stehen würde, war ihr das egal. Sie hatte jetzt einen Platz, an den sie gehörte. Einen Menschen, zu dem sie gehörte.

Und ihr eigenes kleines Stück vom Himmel. Hier, an seiner Brust. Irgendwie mischten sich ein paar Tränen in den Regen. Aber das machte nichts, denn Matthias küsste diese einfach weg.

„Ich hätte es nicht ertragen, wenn du nicht mehr in meinem Leben wärst", flüsterte er in ihr nasses Haar hinein.

„Geht mir genauso", erwiderte sie leise.

Weil da plötzlich so viel Leichtigkeit in ihr war und weil trotz des Regens so viele unsichtbare Schmetterlinge um sie herumflatterten, löste sie sich ein wenig von ihm, sah ihn schmunzelnd an und sagte: „Nur wegen Mira natürlich. Auf dich kann ich ja gut verzichten, aber das Kalb ist mir echt ans Herz gewachsen."

Er lachte. Lachte sein wunderbar raues und doch so melodisches Landburschenlächeln, das viel schöner war als der beste Song, den sie jemals würde schreiben können.

„Freches Luder!", neckte er sie.

„Genau das gefällt dir doch", hielt sie dagegen.

„Da könntest du recht haben."

Sie hielten sich immer noch im Arm, als Burgis Stimme sie zusammenzucken ließ. „Ihr seids zwei Deppen!", rief sie.

Kelly drehte sich zu ihr. „Wieso?"

„Na, da habt ihr vier Tage lang Zeit gehabt, um herumzuknutschen oder endlich zu kapieren, dass das doch was wird mit euch. Und jetzt, wo ihr mitten im Regen steht und total nach Odel stinkt, jetzt macht ihr das?" Sie schüttelte verständnislos den Kopf. „Dabei hab ich's doch schon lang gesagt, dass eure Auren passen. Wenn mich die Kelly am ersten Tag aus der Hand hätt lesen lassen, hätt ich ihr gleich verraten können, dass sie hier ihren Traummann findet."

„Hätt ich aber nicht geglaubt", gab Kelly zurück und lachte.

Einer der Feuerwehrleute kam dazu. „Läuft alles nach Plan, Matthias. Es ist gar nicht so viel Wasser im Keller, wie wir befürchtet haben. Wir pumpen das aus deinem Vorratskeller raus, der Rest ist eh trocken."

„Danke, Sebastian, ihr seid super!"

Das war der Tierarzt? Kelly musterte ihn. Alle Achtung, hier in Oberapfelbach liefen offenbar eine Menge attraktiver Männer herum. Musste an der guten Landluft liegen.

Quirin, Walter und Lenz fanden anscheinend auch, dass das Gröbste erledigt war, und gesellten sich zu ihr und Matthias.

„Das mit dem Kalb war echt mutig von dir, Kelly." Lenz nickte ihr zu. „Der Quirin hat mir erzählt, dass du das gerettet hast."

„Ja, kopfüber hat sie sich in die Grube gestürzt", bestätigte der. „Hut ab, das hätte ich dir gar nicht zugetraut."

„Na, ihr seid gut!", sagte Kelly. „Ich konnte es doch nicht ertrinken lassen."

„Trotzdem!", beharrte Lenz. „Das hätten nicht viele Leute gemacht."

„Erst recht nicht in so einem Kleid!", sagte Burgi und schaute bedauernd auf die wenigen Steine, die unter dem Dreck hervorblitzten. „Wirklich schade drum."

Das fand Kelly überhaupt nicht. Aber sie freute sich sehr, dass die Männer sie jetzt voller Respekt ansahen.

„Ich find's super, dass ihr alle so eifrig Matthias geholfen habt", sagte sie.

„Ist doch selbstverständlich", erwiderte Walter. „Wir packen immer alle zusammen an, wenn jemandem das Wasser bis zum Hals steht."

Sebastian grinste. „Nicht nur bei Überschwemmungen."

Sah echt so aus. Kelly konnte sich beim besten Willen nicht vorstellen, dass ihre neureichen Nachbarn in Berlin sich für sie die Hände schmutzig gemacht hätten. Aber sie selbst wahrscheinlich auch nicht, wenn bei denen irgendein Problem aufgetreten wäre, so ehrlich musste sie sein. Hier aber kannten sich die Menschen. Und wussten, wenn es ernst würde, konnten sie sich auf die Nachbarn verlassen.

„Ihr seid irgendwie wie eine große Familie", sprach sie laut aus, was sie dachte.

Burgi nickte. „Da hast du schon recht. Und weißt du was, Kelly? Du wirst gern als neues Familienmitglied bei uns aufgenommen."

„Ja, freilich!", stimmten die Männer eifrig zu.

Wahnsinn. Kelly musste aufpassen, dass sie nicht schon wieder losheulte. Sie sah in die Gesichter, in eins nach dem anderen, und erkannte, dass die Zustimmung echt war. Dass man sie hier wirklich haben wollte.

„Das ist wirklich lieb von euch", sagte sie mit belegter Stimme. „Aber darf ich mir was wünschen? Dass ihr künftig Kerstin zu mir sagt. So heiße ich nämlich eigentlich. All das hier – die Glitzersachen und hohen Schuhe – das gibt es künftig nicht mehr." Sie deutete an sich hinunter.

Quirin riss die Augen auf. „Du wirst aber doch nicht all die Minikleider wegwerfen, oder? Wär ja echt schade."

Sie musste lachen, schon wieder. Es kam ihr vor, als hätte sie in den letzten vier Jahren nicht so viel gelacht wie in den vier Tagen hier. „Das ein oder andere werde ich schon behalten, keine Angst. Und jetzt hätte ich eigentlich gern eine Dusche. Also eine richtige!" Sie schaute nach oben. Die Wolken zogen allmählich weiter und auch der Regen schien nachzulassen.

„Ich schau noch im Keller und im Stall nach dem Rechten", sagte Matthias und lächelte ihr zu. „Dann komme ich sofort nach."

„Hey, Kelly, äh, Kerstin", rief Quirin und sah dabei ziemlich frech drein. „Du kannst aber mit den Gülleklamotten nicht durchs Haus rennen. Zieh sie am besten gleich unten an der Haustür aus. Uns stört das nicht." Er zwinkerte ihr zu.

Kelly grinste. „Gute Idee! Aber nur, wenn du vorher zurück zu deinem Hof gehst. Nicht, dass du blind wirst bei diesem herrlichen Anblick und nie mehr auf deinen Feldern rumfahren kannst. Wär doch schade."

„Hehe", machte Walter und knuffte Quirin in die Seite. „Unsere Kerstin ist echt nicht auf den Mund gefallen!"

Das klang wie ein Kompliment und sie nahm es gerne an.

Die Männer gingen mit Matthias zu den Gräben, die sie gezogen hatten, um zu kontrollieren, ob jetzt alles in Ordnung war. Die Feuerwehrleute räumten ihre Sachen zusammen. Und Burgi bot Kelly an, ihr ein großes Handtuch zu holen.

„Der Quirin hat recht", sagte sie. „Ist echt besser, du läufst nicht mit den Sachen durchs Haus. Komm, wir gehen zur Hintertür, da ziehst du dein Kleid aus und wickelst dich ins Badetuch ein. Soll ich das Kleid in die Waschmaschine stecken?"

Kelly schüttelte den Kopf. „Ich glaub nicht, dass man das waschen kann. Solche Designerfummel sind dafür nicht geschaffen. Das muss ich bestimmt wegwerfen. Aber was soll's, es macht mir nichts aus."

„Hm", machte Burgi und fummelte an einem der Steinchen herum, die aus dem allmählich trocknenden Schlamm herausblitzten. „Wirklich, wirklich schade. So ein feiner Stoff!"

„Du kannst es gern behalten, wenn du willst", schlug Kelly vor. „Ich brauche es nicht mehr."

Burgis Miene hellte sich auf. „Echt? Das ist sehr nett von dir. Ich steck es erst mal in einen Zuber mit Wasser. Zum Einweichen. Und dann schau ich weiter. Weil, weißt du, irgendwie hat es sowas Magisches an sich. Das spüre ich!" Ihr Blick schweifte theatralisch in die Ferne. „Ist ja auch viel passiert, seit du es angezogen hast, nicht wahr?"

Da hatte Burgi natürlich recht. Kelly schmunzelte, als sie sich zehn Minuten später aus dem Kleid schälte und sich in das angebotene Handtuch wickelte. Jetzt war ihr wirklich kalt, also schnell nach oben unter die Dusche!

Es wurde die längste Dusche ihres Lebens, weil der Güllegeruch so hartnäckig war. Kelly seifte sich viermal hintereinander mit Matthias' Duschgel ein, denn dessen Duft war intensiver als ihres. Trotzdem war sie sich nicht sicher, ob sie wirklich annehmbar duftete, als sie aus der Dusche stieg.

Sie tappte aus dem Badezimmer und wollte sich gerade frische Klamotten holen, da kam Matthias die Treppe herauf. Ohne Hose und Shirt, denn das hatte Kelly bei der Umarmung ordentlich mit Gülle besudelt und er hatte es offensichtlich auch unten ausgezogen.

„Schade, ich war zu langsam", sagte er. „Hatte ein wenig gehofft, ich treffe dich noch unter der Dusche."

„Tja, leider verloren", gab sie zurück. „Nach mehreren Waschgängen rieche ich jetzt hoffentlich wieder wie ein Mensch. Das hoffe ich zumindest. Du kannst es ja überprüfen."

Sie ging auf ihn zu, schob ihr Handtuch ein wenig nach unten, sodass ihr Dekolleté frei war. Allein ihn zu sehen, seine Strahleaugen, seine Strubbelhaare, seinen Körper – das löste bei ihr gleich wieder dieses verräterische Prickeln aus. Und dass er jetzt mit der Nase über ihr Schlüsselbein glitt, machte es nicht besser.

„Also wirklich", sagte er und sie hörte seiner Stimme an, dass er lächelte. „Man riecht es noch total deutlich. Du hast dich wohl nicht richtig eingeseift?"

Kelly zuckte mit den Schultern und ging liebend gerne auf das Spiel ein. „An ganz viele Stellen kommt man ja selbst nicht hin.

Und ich hatte leider keine Hilfe. Weil ich ja jetzt mein Superstar-Image ablege und kein Personal mehr für sowas habe."

„Tja, dann hilft es nichts. Dann muss ich wohl selbst einspringen und dir mal ordentlich den Rücken einseifen."

Er lachte, zog ihr das Handtuch vom Körper und schob sie zurück ins Bad. Dort ließ er seine Shorts zu Boden gleiten und drehte den Wasserhahn der Dusche auf.

Über Kellys Rücken lief eine Gänsehaut. Vor Vorfreude. Und auch, weil das, was jetzt unter seinen Shorts zum Vorschein kam, sehr einladend aussah.

Einen Moment später stand Matthias auch schon unter dem Wasserstrahl und seifte sich großzügig ein. Und zwar ohne sich in irgendeine Pose zu werfen, auf seine Reflexion im Spiegel zu linsen oder seine eigenen Bizepse zu bewundern. Nein, er stand einfach nur da und rieb sich mit Duschgel ein, hatte aber die unwiderstehliche Ausstrahlung eines Mannes, der sich in seinem Körper wohlfühlt. Der ganz natürlich *Mann* ist. Ohne Schnickschnack, ohne Gym, ohne Allüren.

Kelly betrat die Dusche. Konnte es kaum mehr abwarten, ihn endlich anzufassen. Der warme Wasserstrahl prasselte auf sie beide herab, die Glasscheiben liefen an, der Geruch nach herbem Duschgel stieg ihr in die Nase.

Und dann waren seine Hände auf ihr und ihre auf ihm. Da war seine Haut, glitschig und glatt und voller Schaum, und ganz wunderbar. Kelly presste sich an ihn, wollte so viel Haut wie nur möglich spüren, ihn überall berühren, jeden Zentimeter kennenlernen.

Er küsste ihre Stirn, ihre Wange, ihre Schultern. Sein Mund wanderte weiter hinunter, fand ihre Brüste, widmete sich ihnen so lustvoll, dass Kelly stöhnen musste. Sie glitt mit ihren Händen an seinem Rücken entlang, spürte deutlich die Muskelstränge, zog seine Hüfte an sich heran, so gut man einen glitschigen Körper eben ziehen konnte.

Matthias drehte sie herum, presste jetzt seinen Oberkörper an ihren Rücken, massierte ihre Brüste und glitt danach mit seinen Händen über ihren Nabel hinab. Und tiefer. Viel tiefer. Kelly seufzte wohlig. Er sollte niemals damit aufhören!

Sie legte den Kopf zurück, lehnte sich an ihn, ließ das warme Wasser auf ihr Gesicht prasseln. Himmel, war das gut, wenn Matthias ein gewisses Körperteil an ihr rieb! Dass er ein echt harter Kerl war, hatte sie auch schon vor der Dusche gewusst, aber es nun so richtig zu spüren, ließ ihre Knie zittern.

„Ich will dich so sehr", raunte sie ihm zu. Was echt nicht leicht war, denn so ein verheißungsvolles Raunen verlor schnell den erotischen Faktor, wenn man sich dabei am Duschwasser verschluckte. Aber sie kriegte es fehlerfrei hin.

„Ich dich viel mehr", keuchte er zurück, ebenfalls durch das Prasseln des Wasserstrahls hindurch.

Irgendwie reichte ihr das hier nicht. So erregend sein glitschiger, warmer, nasser Körper war – sie wollte mehr! Viel mehr! Sie wollte Reibung und Eindringen und sein Stöhnen direkt an ihrem Ohr, ganz ohne Wassergeprassel.

„Komm", sagte sie nur heiser, stellte den Wasserhahn ab, trocknete sich nur ganz eilig ab und wollte mit ihm in ihr Zimmer gehen.

Doch so weit kam sie nicht. Kaum hatte sie einen Schritt auf den Flur gemacht, packte Matthias sie, schob sie in seine Kammer und warf sie aufs Bett.

Endlich! Ihr Herz hämmerte, ihr Atem kam völlig abgehackt und vor ihren Augen flimmerte alles.

Endlich würde sie erfahren, über welch zahlreiche Talente so ein Landbursche wirklich verfügte!

26. Die neue Kelly

Matthias

Erschöpft ließ er sich neben Kelly ins Kissen fallen, zog sie an sich, sodass ihr Kopf auf seiner Brust lag, und küsste in ihre zerzausten Haare hinein.

„Du machst einen alten Mann ganz schön fertig", keuchte er.

Sie lächelte, das konnte er fühlen.

„Wenn ich mich recht erinnere, bist du sogar ein Jahr jünger als ich", sagte sie und legte ihre Hand auf seinen Bauch.

Sie klang ziemlich atemlos und das gefiel ihm. Allerdings gab es sehr viel, was ihm an ihr gefiel. Zum Beispiel ihre wilde Leidenschaft, ihr wohliges Stöhnen, ihre lasziven Beckenbewegungen und ihr hungriger Kuss, als sie kurz vor dem Höhepunkt gewesen war.

Am meisten jedoch hatte ihm gefallen, dass sie im gleichen Moment seinen Blick gesucht und ihn mit den Augen festgehalten hatte. So, als wollte sie den intimsten aller Augenblicke mit ihm zusammen erleben. Als sollten nicht nur ihre Körper, sondern auch ihre Seelen miteinander verbunden sein.

Verflixt, er liebte sie so sehr!

Alles an ihr. Ihr Lachen, ihre Stimme, ihren Einsatz für junge Kälber und alte Kater.

Und ihren Mut.

Zärtlich streichelte er ihre Wange.

„Ich weiß immer noch nicht, ob das hier ein Traum ist oder die Realität", sagte er leise.

„Soll ich dich in die Brustwarze beißen, um dich davon zu überzeugen, wie echt ich bin?", fragte sie schmunzelnd.

Er lachte. Knuffte sie in die Seite, so dass sie quiekend hochfuhr. Zog sie auf sich und küsste sie direkt auf den Mund.

Oh Mann, auch wenn er noch völlig erledigt war, würde er am liebsten gleich wieder mit ihr schlafen. Einfach nur, um ihr so nahe zu sein, wie es nur möglich war.

„Okay, du bist also real", sagte er. „Aber alles andere auch? Ich krieg gerade gar nichts mehr sortiert. Liegt bestimmt daran, dass kein Blut mehr in meinem Kopf ist, sondern sich in tieferen Regionen gesammelt hat."

Kelly schob sich in die Höhe, um ihn besser anschauen zu können.

„Was genau bringst du denn durcheinander?", fragte sie.

„Das, was du zu Francesco gesagt hast. Du hast ihn rausgeworfen, das ist mir klar. Aber deine Karriere – wie geht es jetzt mit der weiter?"

„Gute Frage."

Kelly wand sich von ihm herunter und setzte sich im Bett auf. Sie strich sich die Haare aus dem Gesicht und sah auch im Sitzen sehr verlockend aus. Aber bevor er über eine zweite Runde nachdachte, wollte er erst mal wissen, wie es mit ihrer Musik weiterging. Also setzte auch er sich auf, lehnte sich gegen das Kopfende des Bettes und sah sie gespannt an.

„Ich habe ja jetzt schon einige Nummern geschrieben", erklärte sie. „Die sind natürlich nicht wirklich professionell. An der Musik muss ich noch gehörig feilen, aber auch die Texte sind noch arg holprig. Zum Glück hab ich aber gute Kontakte. Es gibt da eine Produzentin, mit der ich mal zu tun hatte, die macht viel mit Songwritern. Die hat bestimmt noch ein paar Tipps für mich auf Lager."

„Und die würde dann auch ein Album mit deinen neuen Songs produzieren?"

Kelly zuckte mit den Schultern. „Keine Ahnung. Aber sie kennt wieder ein paar andere und irgendjemand hat vielleicht Lust, sich auf dieses Risiko einzulassen."

Matthias nickte. Ganz schön bitter, dass es so schwierig war, seinen Stil zu verändern. Darüber hatte er sich noch nie Gedanken gemacht. Alle Rockbands, die er hörte, machten auch nach Jahren noch im Großen und Ganzen die gleiche Musik. Andererseits – in der Blasmusik hatte sich in den letzten zehn Jahren immens viel getan, da gab es eine Menge sehr erfolgreicher junger Combos, die sich vom Traditionellen gelöst hatten und richtig moderne Kracher raushauten. Und vom Publikum irrsinnig gefeiert wurden. Auch wenn es schon mal Proteste vom Veranstalter gegeben hatte, weil die Jungs barfuß auf der Bühne gestanden hatten und das ein Tabubruch gewesen war.

„Denkst du denn nicht, dass deine Fans mitgehen bei deinen neuen Songs?", fragte er.

Sie schüttelte leicht den Kopf. „Ein paar schon. Aber die Mehrheit verbindet mit mir einfach Party, Feiern, Tanzen. Wenn ich da mit einem Lied über die Schönheit des Fichtenwaldes daherkomme, sind die total entsetzt."

„Dann solltest du mal *Viera Blech* fragen. Oder *Mrozil Brass*." Er lächelte. „Die spielen bestimmt auch über den dunklen Wald und das sogar sehr funky. Oh, da fällt mir noch eine Band ein: Die *Old Dirty Brasstards*. Toller Name, gell?"

„Allerdings! Die Jungs haben offenbar eine Menge Humor."

Er wurde wieder ernst. „Aber mal Spaß beiseite. Du musst dir also eine komplett neue Fanbase aufbauen?"

„Wahrscheinlich schon, ja. Natürlich hilft es mir, dass mein Name bekannt ist. Zumindest bei der ersten Single werden die

Radiostationen neugierig sein, was Kelly Kay denn jetzt für seltsame Sachen macht, und das Ding spielen. Ein paar Veranstalter kann ich bestimmt auch davon überzeugen, dass ich zumindest eine kleinere Halle füllen kann. Aber erst mal brauch ich natürlich eine neue Plattenfirma. Bei meinem alten Label sitzt ein guter Kumpel von Francesco, die nehmen mich bestimmt nicht."

„Dieser Hurensohn! Ich hätte nicht den dämlichen Lamborghini in den Graben schieben sollen, sondern die Traktorschaufel ganz zufällig auf Francescos Kopf fallen lassen sollen. Solche unglücklichen Unfälle kommen ja immer mal wieder vor bei uns in der Landwirtschaft." Er schnaubte.

Kelly lachte und streichelte seinen Arm. „Ich habe dich aber schon lieber hier, als dass ich dich zweimal im Monat im Knast besuche."

„Auch wieder wahr. Aber er kann dir tatsächlich eine Menge Steine in den Weg legen, oder?"

Matthias hoffte inständig, dass das eine leere Drohung von Francesco gewesen war. Aber wissen konnte man es natürlich nicht.

Und ihr Nicken bestätigte seine Vermutung. „Klar. Das wird er auch tun. Aber weißt du – es gibt auch einige Leute, die ihn nicht leiden können. Denen er schon dumm gekommen ist oder die er unter Druck gesetzt hat. Und ich habe ja schließlich auch so meine Verbündeten. Irgendwie wird's weitergehen. Auch ohne Weltruhm, Europatournee und große Stadien. Eigentlich freue ich mich sogar darauf, mal wieder auf kleineren Bühnen zu spielen. Und darauf, nicht mehr so viel unterwegs zu sein. Ich werde mich viel mehr aufs Songwriting konzentrieren. Vielleicht auch für andere Künstler, wer weiß."

Dann stimmte es also!

Matthias wurde richtig warm in der Brust.

In der hintersten Ecke seines Kopfes waren Zweifel gewesen, ob sie das alles wirklich ernst gemeint hatte. Aber es war wahr. Sie wollte einen ganz neuen Weg einschlagen. Einen, der ihr tatsächlich ermöglichte, viel Zeit hier auf dem Hof zu verbringen.

„Du wirst also wirklich hier bei mir sein?", fragte er vorsichtshalber dann doch nach.

„Wenn du mich erträgst, sehr gerne!" Sie strahlte ihn an.

Er konnte es immer noch nicht ganz glauben. Irgendwie wartete er ein wenig und rechnete damit, dass nun eine ganze Liste von Dingen kam, die er bei sich ändern sollte. Damit er mehr Zeit für sie hätte und damit sie gemeinsam irgendwas erleben konnten und damit das Haus viel frauenfreundlicher wurde.

Aber es kam nichts.

„Du verlangst nicht von mir, dass ich mich auch ändere?", fragte er ungläubig. „Dass ich mein Leben umstelle, damit es besser passt für uns beide?"

Erstaunt sah sie ihn an.

„Wieso sollte ich das machen? Ich liebe dich doch genau so, wie du bist! Und wenn ich mal Lust habe auf Großstadt, lade ich Kalinda ein und wir düsen mal nach München, ist doch nicht weit."

„Oh, Burgi würde auch jederzeit mit dir zum Shoppen gehen." Er grinste.

„Quirin ebenfalls, nehme ich an", erwiderte Kelly. „Insbesondere als mein Einkaufsberater für Dessous."

„Das kann dir mit mir nicht passieren", gab er trocken zurück. „Ich finde nämlich, Dessous werden überschätzt. Für meinen Geschmack total unnütz. Ich würde sie dir doch eh sofort vom Leib reißen, weil ich dich lieber pur spüren will. Einfach deine Haut, ganz ohne lästige Spitze oder Seide. So mag ich das am liebsten."

Und weil er fand, dass sie eh schon viel zu viel darüber rede-ten, statt sich anzufassen, krabbelte er hinter sie, schlang die Arme um sie und presste sich an sie.

Kelly stöhnte leise.

„Ihr Bauern seid ja wirklich unersättlich", stellte sie fest.

„Nur, weil ihr Songwriterinnen uns mit euren romantischen Liedern so in Stimmung bringt", gab er zurück.

„Pah!", sagte sie grinsend und fuhr mit den Händen an seinen Oberschenkeln entlang, sodass ein Schauer nach dem anderen seine Wirbelsäule hinablief. „Das, was wir gerade getan haben, hatte absolut gar nichts mit einer ruhigen Songwriter-Nummer zu tun. Das war eher ein wilder Discobeat!"

„Tja, dann müssen wir es eben nochmal versuchen, dieses Mal im Sonnenuntergangs-Modus", schlug er vor.

„Sehe ich ganz genauso." Kelly drehte sich um, legte ihre Hände an seine Brust und drückte ihn auf die Matratze.

„Weißt du, du bist ja ein Gewinner in vielerlei Hinsicht", sagte sie und hatte dieses schelmische Glitzern in den Augen, das er so mochte. „Du hast mit mir natürlich den absoluten, persönlichen Hauptgewinn gezogen, das ist klar. Aber eigentlich hast du ja auch bei der Radioverlosung gewonnen. Deshalb werde ich dir jetzt zeigen, was die wahre Bedeutung dieser Promo-Aktion war. Du legst dich jetzt hin, lässt mich dich so lange anheizen, bis du völlig enthemmt meinen Namen stöhnst, und wenn ich irgend-wann mit dir fertig bin, bist du absolut tiefenentspannt. Dann hast du endlich verstanden, was wirklich gemeint ist mit *Call Kelly and relax*!"

Oh ja! Gegen diesen Vorschlag hatte Matthias nichts einzu-wenden. Natürlich würde er danach auch sie rundum verwöhnen. Er streckte sich genüsslich auf der Matratze aus und wartete, was jetzt passierte.

Allmählich kam er zu der Erkenntnis, dass es vielleicht doch keine so schlechte Idee gewesen war, bei diesem komischen Radiosender anzurufen und bei einem Gewinnspiel teilzunehmen. Und er bedauerte auch kein bisschen mehr, dass eine Popdiva angestöckelt gekommen war. Das war ihm doch bedeutend lieber, als wenn jetzt neben ihm im Bett ein bärtiges Mitglied der Kelly-Family sitzen würde.

27. Afternoon Tea

Kelly

2 Monate später

„Yes!", Kelly stieß einen gellenden Freudenschrei aus, als sie die Mail las. Es hatte geklappt!

Sie rannte rüber zu Matthias, der wieder mal mitten in der kleinen Baustelle zugange war. Heute kam schon der Innenputz an die Mauern des Anbaus, den er mit Hilfe von seinem neuen Kumpel Erwin hochgezogen hatte. Wenn noch das Dach drauf war, würde innen alles schalldicht ausgekleidet werden, denn darin entstand Kellys neues Studio. Sie konnte es immer noch nicht glauben und staunte auch heute wieder, als sie die Baustelle betrat. Es war so klasse, dass Matthias auf die Idee gekommen war, neben dem Hühnerstall einfach noch eine Erweiterung des Hauses anzufügen. Dank Kellys guter Beziehung zum Hader Schorsch, den sie inzwischen duzte, hatte es auch sofort mit der Genehmigung geklappt.

Matthias drehte sich zu ihr um und begrüßte sie mit einem Kuss. „Du strahlt ja so, was ist denn los?", fragte er.

Kelly sah sich kurz um. Sie hatte zwar keine Ahnung vom Innenausbau, aber sie vermutete, dass Matthias seine Arbeit kurz unterbrechen konnte. Also wandte sie sich dem gutmütigen Erwin zu, der neben Matthias den Putz an die Wände warf.

„Kann ich ihn für eine Stunde entführen?", fragte sie. „Bis zur Stallzeit ist er wieder da."

„Na freilich, nimm ihn ruhig mit. Dann steht er mir wenigstens nicht im Weg herum." Erwin grinste, kratzte sich am Bauch und machte dann weiter.

„Ist was passiert?", fragte Matthias.

Doch Kelly wollte es spannend machen. „Ich lad dich ein. Auf einen Royal Five o`Clock-Tea. So heißt der, wenn man zum Tee auch noch ein Glas Sekt trinkt."

Matthias zog die Augenbrauen hoch. „Es ist aber noch nicht mal vier Uhr. Und was haben wir denn zu feiern?"

„Sag ich dir, wenn wir dort sind!"

Sie hatte ihm nicht verraten, womit sie in den letzten Wochen beschäftigt gewesen war. Weil sie erst mal selbst sehen wollte, was sie hinbekam und was nicht. Natürlich hatte sie ihm ausführlich von dem verlängerten Wochenende bei Shanice Schindlbeck in Hamburg erzählt, dort hatte sie enorm viel übers Songwriting gelernt. Aber von den zwei Tagen in einem Studio in München, wo sie das Demoband aufgenommen hatte, wusste er nichts. Da hatte sie einen Termin mit ihrem Anwalt und ein Treffen mit alten Freundinnen vorgeschoben. War nicht gelogen, beim Anwalt war sie wirklich gewesen. Aber die alte Freundin war Toningenieurin Daniela, die wieder mal tolle Arbeit abgeliefert hatte.

„Also gut", sagte er. „Lass mich nur schnell was Frisches anziehen."

„Beeil dich!"

Eine Viertelstunde später saßen sie in Maggies Tearoom und Kelly bestellte „Afternoon Tea for Two", weil es so auf der Speisekarte stand.

„Ui", machte Maggie und strahlte. „Es kommt echt selten vor, dass jemand hier im Dorf das bestellt. Ich mache mich gleich ans Werk!"

„Warte!", rief Kelly sie zurück. „Hast du auch Sekt? Oder sonst irgendwas Besonderes?"

„Trockenen Sherry könnte ich euch anbieten, sogar den original Harveys Bristol Cream."

Sie sprach den Namen etwas unorthodox aus, aber das war egal.

„Perfekt!", freute sich Kelly. „Davon nehmen wir zwei Gläschen."

Matthias schaute sie immer noch fragend an. Aber sie ließ ihn noch ein wenig zappeln.

„Erst wenn der Tee und die Etagere da ist", sagte sie. „Erzähl mir inzwischen, wie es mit Erwin läuft. Bist zu zufrieden mit ihm?"

Er nickte. „Manchmal hat er eine etwas umständliche Art zu arbeiten, aber er ist echt ein Segen."

Kelly hätte nie damit gerechnet, dass Matthias etwas in der Art unternehmen würde, aber er war vor fünf Wochen mit der Idee angekommen, einen Betriebshelfer einzustellen. „Also einen echten!", hatte er grinsend gesagt. „Nicht so einen Möchtegernhelfer, den man im Radio gewinnen kann." Sie musste jetzt noch schmunzeln, wenn sie daran dachte. Zum Glück hatte es gar nicht lange gedauert, bis Erwin sich gemeldet hatte. Er war Frührentner, wollte sich aber etwas dazuverdienen und kannte sich mit der Arbeit in der Landwirtschaft aus, da er auf einem Hof aufgewachsen war. Seit Erwin da war, hatte Matthias mehr Schlaf, mehr Freizeit und mehr Ärger mit Burgi, denn Erwin war absolut resistent gegen alle Geister, Wunder und sogar gegen die allerintensivsten schamanischen Blicke, die seine Tante draufhatte.

„Ich bin gespannt, was Burgi noch alles anstellt, damit sie ihm endlich mal aus der Hand lesen kann", sagte Kelly und bewunderte nebenbei das neue gerahmte Foto an der Wand des Tea-rooms. Es zeigte Prince Charles und Camilla, beide hoch zu Ross und in Regenjacken. In dem Bild daneben sah man die Queen mit Kopftuch auf Schloss Balmoral. Fehlte nur noch ein Schotte mit Dudelsack.

„Sie kam neulich angeflitzt", erzählte Matthias, „als er sich einen Schiefing in den Finger gerammt hatte."

„Einen was?"

„Einen Holzsplitter", übersetzte Matthias schmunzelnd. „Frag mich nicht, wie sie das mitbekommen hat. Hat ihr wahrscheinlich ihr Krafttier zugeflüstert oder so. Jedenfalls war sie plötzlich da, zog eine Pinzette aus einer ihrer hundert Rocktaschen und ging auf ihn zu, weil sie ihm den Splitter rausziehen wolle."

„Und er?", fragte Kelly gespannt.

„Er hat ihr die Pinzette so schnell abgenommen, dass sie nicht zum Protestieren kam und sich in Windeseile den Span selbst rausgezogen."

Kelly lachte. „Warum ist sie denn eigentlich so wild darauf, seine Handlinien zu lesen?"

Erstaunt sah er sie an. „Weißt du das gar nicht? Sie hatte einen Traum, dass sie einen Mann findet und endlich heiratet. Und nun denkt sie, das könnte vielleicht der arme Erwin sein. Also will sie unbedingt in seiner Hand nachschauen, ob da irgendwas dazu drinsteht."

Du liebe Zeit! Fehlte nur noch, dass sie ihn mit einem Liebes-zauber verhexte!

Sie unterhielten sich noch ein wenig über Erwin und Burgi, dann brachte Maggie auch schon die Teekanne, die Tassen und als Nächstes die appetitlich bestückte Etagere.

„Auf der unteren Platte sind die Sandwiches mit Lachs, Kräu-terfrischkäse und natürlich mit Gurken", erklärte Maggie stolz.

„Darüber dann die Scones, jeweils zwei normale und zwei mit Rosinen. Na ja, mit dem Bestreichen kennt ihr euch ja aus als Stammkunden. Heute gibt es selbstgemachtes Johannisbeergelee mit Amaretto und Orangen-Himbeer-Marmelade. Welche tollen Törtchen ganz oben drauf sind, seht ihr ja selbst. Ich habe euch mein *Best of* zusammengestellt. Lasst es euch schmecken!"

„Wahnsinn, Maggie, das hast du so schön hergerichtet. Und wie die Törtchen riechen!", lobte Kelly.

Maggie wurde ein klein wenig rot und winkte ab. „Ach, das mach ich doch gern. Wenn schon mal jemand meine Spezialitäten probieren will, freu ich mich."

„Komm, setz dich kurz zu uns", lud Kelly sie ein. „Ich habe zwar nicht mehr ganz so viele Follower auf Instagram und Co wie noch vor Wochen, aber es sind schon noch genug da. Und wenn sie sehen, was du für tolle Afternoon Tea-Kreationen machst, kommen vielleicht ein paar hier vorbei."

Sie schoss mehrere Fotos, die sie später hochladen würde. Seit niemand mehr diese Dinge für sie übernahm, postete sie nur noch selten was in den sozialen Medien und glatt ging ihre Reichweite zurück. Aber das störte sie nicht besonders.

„Oh, den Sherry hab ich vergessen", fiel Maggie da ein. „Den hol ich euch sofort. Aber vorher – ach komm, ich muss dich mal drücken, Kerstin!" Sie zuckte entschuldigend mit den Schultern und dann nahm sie Kelly einfach in den Arm. „Du bist immer so nett zu mir und hilfst mir! Das find ich ganz zauberhaft von dir. Sogar Bestellungen aus München, Köln und Bautzen trudeln jetzt immer ein! Ich bin wirklich froh, dass du nach Oberapfelbach gekommen bist."

„Ich auch", fügte Matthias trocken an und biss in ein Gurkensandwich.

Kelly fühlte schon wieder dieses warmschmelzende Gefühl in

ihrer Brust. Dabei waren alle Eisklötze, Bleispitzen oder übriggebliebene Wachsnarben schon längst weggeschmolzen. Doch die Wärme blieb. Und das Gefühl, hier willkommen zu sein.

Als Maggie die kleinen Gläser mit einem eingravierten Big Ben gebracht hatte, hielt Kelly ihres in die Luft.

„Auf mich! Die zukünftige Königin des Songwritings!" Sie musste lachen bei dieser Übertreibung.

„Ich stoße jederzeit gerne mit dir an", sagte Matthias. „Noch lieber in dich hinein, wenn ich ehrlich sein soll. Aber würdest du mir jetzt endlich verraten, worauf genau wir uns heute zuprosten?"

„Auf meinen neuen Plattenvertrag", verkündete sie stolz. „Ich hab heute den Vertrag bekommen. Ein ganz nettes Sümmchen springt dabei für mich raus."

Verdutzt sah er sie an. „Du hast ein neues Label?"

„Richtig."

„Aber was hast du denen denn geschickt?"

Sie grinste.

„Die Songs, die ich eingespielt habe, als ich neulich in München war. Ich wollte nichts verraten, bevor nicht alles in trockenen Tüchern ist. Sonst hättest du nur mitgefiebert und wir wären beide enttäuscht gewesen, wenn sie mich ablehnen. Womit ich eigentlich gerechnet habe. Aber sie wollen mich!"

„Oh, wow, das hast du echt verdient! Ich will alles ganz genau wissen, wie geht es jetzt weiter?"

Kelly nahm sich eines der winzigen Schokotörtchen, steckte sich die Kirsche, die darauf lag, in den Mund und begann schließlich zu erzählen.

Doch sie kam nicht weit, denn mitten in ihrer Freude darüber, dass das Album in München produziert wurde und auch nur eine kleine Süddeutschland-Tour geplant war, platzte Issy.

Kelly war so in ihren begeisterten Bericht vertieft, dass sie gar nicht mitbekam, wer den Laden betrat. Isabella hingegen hatte sehr wohl mitbekommen, vor welchen Köstlichkeiten sie da gerade saßen, sie stand nämlich jetzt mit großen Augen neben dem Tisch und starrte auf die Etagere.

„Was ist denn das für ein komisches Gestell?", fragte das Mädchen und betrachtete die drei runden Platten kritisch.

„Das ist ein Tragegestell für verschiedene Leckereien", erklärte Matthias ruhig. „Willst du ein Sandwich probieren? Wir haben welche mit Lachs, Gurke und ...“

„Gurke?", wiederholte sie. „Sehr komisch. Wer stopft denn eine Gurke zwischen zwei lapprige Toastbrotscheiben?"

„Die Engländer", erklärte Kelly. „Die lieben Gurken. Die tun sie sogar in Cocktails rein."

„Igitt". Issy schüttelte sich. „Ich nehm dann lieber dieses Schokodings mit der Kirsche." Sie streckte die Hand in Richtung des zweiten Törtchens aus, aber ihr Vater ging dazwischen.

„Isabella!", rief er streng. „Hör sofort auf, Kerstin und Matthias die Sachen wegzufuttern! Ich kauf dir eh eine Quarktasche, deswegen sind wir doch überhaupt hier reingekommen."

„Sie kann sie ruhig haben", sagte Matthias und nickte Issy zu. „Wir haben hier genug zu essen."

„Hey, voll cool von dir, danke!" Sie schob sich das Minitörtchen in den Mund, kaute und schloss genießerisch die Augen. „Echt super! Aber wieso kannst du unterm Tag hier rumhocken, Matthias? Der Papa sagt immer, dass Landwirte die ganze Zeit arbeiten. Sogar noch mehr als er. Und er ist richtig viel unterwegs!"

Kelly lachte. Die Kleine gefiel ihr gut, die hatte ordentlich Power.

„Das frage ich mich allerdings auch", sagte Sebastian lächelnd.

„Lässt du deinen Betriebshelfer den Hof jetzt ganz allein machen?"

„Na klar." Matthias grinste zurück. „Solltest du dir auch überlegen. Lass Issy doch mal die Tierarztpraxis für ein paar Stunden übernehmen und mach dir einen schönen Tag."

„Au ja!", rief die sofort.

„Um Gottes willen, da käm was raus! Komm, Issy, wir müssen weiter. Ich muss nach einem hinkenden Hannoveraner schauen."

„Ich helf dir, mach dir keine Sorgen, Paps", kündigte Issy großherzig an, winkte Kelly und Matthias zu und hopste nach draußen.

Kelly schüttelte lachend den Kopf, als die beiden den Laden verlassen hatten. „Mit der wird Sebastian noch seine Freude haben, wenn sie in die Pubertät kommt!"

„Ach", sagte Matthias. „Der schafft das. Er ist ein toller Papa."

„Wärst du bestimmt auch." Ups, das war ihr rausgerutscht. Aber es stimmte. Sie konnte ihn sich wunderbar mit einem Sohn oder einer kleinen Tochter vorstellen.

„Und du?", fragte er sie ernst. „Darüber haben wir noch gar nicht geredet. Willst du mal Kinder?"

Kelly gab erst mal einen Schuss Milch in ihren Earl Grey. Und rührte sehr, sehr gründlich um.

„Keine Ahnung", sagte sie schließlich. „Bisher war das nie ein Thema."

„Wegen deiner Karriere", sagte er.

Doch sie schüttelte den Kopf.

„Nein, eher deshalb, weil ich so eine komische Kindheit hatte. Kann man eine gute Mutter sein, wenn man keine guten Vorbilder bei den eigenen Eltern hatte? Nein, warte, das hab ich natürlich falsch gesagt. Ich hab ja keine Eltern mehr." Sie senkte den Blick.

Matthias legte seine Hand auf ihre. „Bereust du es?"

Sie sah auf. „Das Telefonat mit ihnen? Keine Spur!"

Als klar gewesen war, dass sie ganz neue Wege einschlug, hatte sie ihren Eltern von ihrem neuen Wohnort erzählt. Und da waren sie dann total ausgeflippt. „Bei einem Bauern? Bist du jetzt völlig durchgedreht?", hatte ihr Vater sie angeschrien und ihre Mutter hatte ihr klargemacht, dass es für eine von Kronenberg *ab-so-lut* inakzeptabel war, Gummistiefel zu tragen und Milcheimer zu schleppen. „Und was willst du überhaupt mit so einem Bauern? Der ist dir doch intellektuell überhaupt nicht gewachsen. Ich wette, der hat nicht mal Abitur! Du wirst völlig verblöden an seiner Seite." Das hatte gereicht. Kelly hatte ihren Eltern mitgeteilt, dass sie sich ihren Titel, ihr Geld und ihr Erbe gefälligst in den arroganten Arsch schieben sollten. Und dass sie sich nie wieder bei ihr zu melden brauchten. Ihr Vater hatte gebrüllt, dass er ab sofort keine Tochter mehr hatte, ihre Mutter geweint, und Kelly den Hörer aufgelegt.

„Es war das einzig Richtige, was ich getan habe", sagte sie entschlossen. Dann sah sie ihn an. „Aber weißt du, wenn ich ihretwegen Angst habe, Mutter zu sein, haben sie ja gewonnen. Also, wer weiß? Du hast ja Erfahrung, wie es ist, eine glückliche Kindheit zu haben. Vielleicht reicht die für uns zwei? Wir müssen ja nichts überstürzen."

Matthias streichelte ihren Handrücken. „Eben. Wir haben alle Zeit der Welt. Aber wir haben nur noch zwei Scones, also halt dich ran, wenn du noch eins haben willst!"

Das tat sie. Und sie fand, niemals hatte ein Scone besser geschmeckt als in seiner Gegenwart. Die Sonne schien auch viel heller, seit sie ihn kannte. Und das Blau des Himmels war viel intensiver, seit sie in seine Augen geschaut hatte. Ja, selbst der Kaffee schmeckte zehnmal besser, seit er ihr gezeigt hatte, wie man die Bohnen mahlte.

Vielleicht sollte sie darüber einen Song schreiben? Darüber, dass es wie in der Kaffeemühle auch im Leben manchmal hakte und rau zuging, dass man zerquetscht und zerbrochen wurde, aber dass am Ende etwas ganz Wunderbares rauskam – wenn man sich die Zeit nahm, abzuwarten und hinzusehen und ganz tief den Duft der Welt einzuatmen.

Ja, das könnte echt was werden!

„Weißt du eigentlich, dass ich dich gern hab?", fragte Matthias mit leiser Stimme. „Nicht nur, dass ich dich liebe und enorm sexy finde und stundenlang deinen Liedern zuhören könnte. Das natürlich auch. Aber ich mag dich auch als Mensch. Ich glaube, ich würde dich auch als gute Freundin haben wollen, selbst wenn wir beide anderweitig vergeben wären. Einfach, weil du bist, wie du bist."

Er war so toll.

So offen und unwiderstehlich ehrlich und einfach irrsinnig liebenswert.

„Wär's komisch, wenn ich jetzt mitten im Tearoom auf deinen Schoß hüpfe und dich niederschmuse?", fragte sie.

Er lachte. Lachte sein Traummann-Naturburschen-Sexgott-bester Freund-Lachen, in das sie am liebsten auf der Stelle hineingehüpft wäre, selbst wenn es nach Gülle stinken würde wie das Becken hinter Quirins Stall.

„Du bist wirklich was Besonderes", sagte er. „Und herrlich durchgeknallt."

„Sagt jemand, dessen Tante aus Tannennadeln und getrockneten Kiwischalen einen Sud braut, um die Lottozahlen vorhersagen zu können!"

Es hatte nicht funktioniert, dabei war Burgi doch so überzeugt davon gewesen!

„Wer braucht schon einen Sechser im Lotto! Also, mir reicht es, dass ich mit dir einen so großen Gewinn gemacht habe, Frau Investorin." Er deutete eine Verbeugung an.

Kelly hatte nämlich ihre Villa in Berlin verkauft. Was sollte sie noch damit? Sie brauchte das elegante Haus nicht mehr. Von einem Teil des Geldes hatte sie eine kleine Wohnung in München gekauft, die sie vermietete. Einen anderen Teil hatte sie in Matthias' Hof investiert, genauer gesagt, in einen Melkroboter. Der erleichterte den Ablauf im Stall ungemein und gab ihnen die Freiheit, auch mal für ein paar Tage wegzufahren. Matthias war stur wie ein Esel gewesen und hatte darauf bestanden, einen Vertrag abzuschließen, denn er wollte das Geld nicht als Geschenk annehmen. Auch in dieser Hinsicht war er wirklich anders als Francesco.

Jetzt musste Kelly grinsen, denn in der Musikbranche hatte es sich herumgesprochen, dass sie ihren Manager rausgekickt hatte. Und offenbar hatten einige Leute schon so schlechte Erfahrungen mit ihm gemacht, dass es ihm schwerfiel, irgendwo als Manager unterzukommen. Den Gerüchten nach hofierte er derzeit ein Schlagersternchen namens Cheyenne Sundance Bierbichler, die den Ruf hatte, richtig schwierig zu sein. Kelly bezweifelte sehr, dass diese kaugummikauende Göre, die komischerweise gern im *Fernsehgarten* und bei der *Großen Schlagerparade* auftrat, ihm einen Lamborghini vor die Garage stellen würde. Aber das war nicht mehr ihr Problem.

Matthias hatte inzwischen bezahlt. Es wurde Zeit, sich auf den Heimweg zu machen. Der Robbie für den Stall würde erst nächste Woche angeliefert werden und bis dahin mussten Matthias und Burgi das Melken noch selbst übernehmen.

Sie verabschiedeten sich von Maggie, nahmen sich für den nächsten Tag noch einen Laib Krustenbrot mit und schlenderten Hand in Hand zurück zum Hof.

Dort lief Burgi gerade aus der Baustelle heraus und fluchte mit ärgerlichem Blick vor sich hin. Als Kelly sie sah, musste sie grinsen. Sie hatte ihre graue Mähne nämlich heute mit einem breiten Stirnband nach hinten geschoben. Und das hatte es in sich. Darauf glitzerten nämlich Halbedelsteine, die Kelly bekannt vorkamen. Einen weiteren Streifen davon hatte sie sich als Saum um ihren Rock genäht, wie Kelly gerade feststellte.

„Sie hat dein Kleid für ihr seltsames Schamaninnen-Outfit verbraten?", fragte Matthias und schüttelte ungläubig den Kopf. „Das gibt's ja nicht!"

„Ich habe es ihr geschenkt. Und sie meinte, es habe etwas Magisches an sich. Bei Erwin scheint der Zauber aber nicht zu wirken."

Sie kamen näher. Als Burgi sie sah, stürmte sie auf sie beide zu und regte sich lautstark auf. „Der tut echt, als würd ich ihm sein bestes Stück abschneiden wollen! Dabei reicht mir doch ein kurzer Blick in seine Hand. Ich hab schließlich das Recht zu wissen, ob er der Richtige ist!"

„Na ja", sagte Matthias. „Du könntest dich auch einfach ganz gewaltlos mit ihm unterhalten. Vielleicht würdet ihr dann rausfinden, ob ihr zusammenpasst oder nicht."

„Zeitverschwendung", zischte sie sofort. „Das ist doch vorherbestimmt. Das Schicksal sucht das aus! Und man muss nur eines tun: Erkennen, was das Schicksal für einen selbst geplant hat und dann bestmöglichst versuchen, seiner Bestimmung nicht dumm im Weg rumzustehen."

Burgis Logik war unschlagbar, fand Kelly. Da konnte echt was dran sein!

Jetzt wandte sich Burgi ihr zu, allerdings mit viel milderem Gesichtsausdruck.

„Du verstehst das, gell? Du bist doch auch nicht einfach aus Zufall hier. Überleg doch nur, was alles erst hat passieren müssen, um das möglich zu machen! Du musstest genau bei diesem Radiosender sitzen, den der Quirin gehört hat. Und der Matthias war genau zum richtigen Zeitpunkt bei Quirin, außerdem haben die beiden genau dann Pause gemacht. Dass er angerufen hat, ist eh schon ein Wunder, aber dass er auch noch durchgekommen ist und der hundertste Anrufer war – da kann doch kein vernünftiger Mensch sagen, dass sowas einfach so passiert! Nein, das Schicksal hat sich richtig angestrengt, um das alles so hinzukriegen. Damit ihr beide zusammenkommen könnt."

Kelly sah die alte Frau an.

Sie war kunterbunt angezogen, trug ein Glitzerstirnband, Hühnerknochenketten und eine Brosche, die verdächtig wie ein sitzender Indianer-Buddha aussah. Und doch gab sie richtig schlaue Sachen von sich.

„Da hat das Schicksal sich tatsächlich ganz schön ins Zeug gelegt", sagte Kelly leise und Matthias legte seinen Arm um sie.

Im Hintergrund muhte Mira freundlich, denn sie wusste, dass es immer ein paar Streicheleinheiten gab, wenn Kelly vorbeikam. Ein paar Hühner jagten sich gackernd über den Hof und irgendwo bellte ein Hund.

Burgi murmelte etwas von einem Tee der Erkenntnis, den sie sich jetzt aufbrühen würde und verschwand.

„Den brauch ich nicht", flüsterte Matthias ihr zu und zog sie an sich. „Ich hab schon längst erkannt, dass ich die einzig richtige Frau in meinen Armen halte."

Kelly schmiegte sich an ihn und schloss die Augen.

Sie atmete tief ein, sog Matthias Geruch nach Waldfrühling

und Heimatliebe ein. Fühlte seine regelmäßigen Atemzüge, weil sie eine Hand auf seine Brust gelegt hatte. Spürte etwas Warmes, Weiches, das ihr um die Beine strich. Sie musste nicht hinunterschauen, um zu wissen, dass Rossi um sie herumschlich und sein Köpfchen an ihrer Wade rieb.

„Er hat sein Glück gefunden", raunte Matthias ihr mit seiner herrlich dunklen Stimme zu. „Und ich auch."

Er schlang seine Arme ganz eng um sie, strich ihr über die Haare und küsste ihren Scheitel.

Kelly stand einfach nur da, den Kopf an seine Halsbeuge geschmiegt und völlig im Einklang mit sich selbst und der Welt.

Ja, auch sie hatte ihr Glück gefunden. Den Himmel, die große Liebe, den Seelenfrieden. Aber noch etwas hatte sie geschenkt bekommen.

Etwas, nach dem sie wahrscheinlich ihr ganzes Leben lang gesucht hatte, ohne dass es ihr überhaupt bewusst war. Denn hier, auf Matthias' Hof, zwischen all den Vierbeinern und vor allem in seiner Umarmung, da war etwas, das sie nie mehr missen wollte: Heimat für ihr Herz.

ENDE

Es geht weiter!

Hast du Lust auf eine Fortsetzung rund um Tierarzt Sebastian und seiner Wirbelwind-Tochter Issy?

Kirschbaumträume

Endlich ein Ausweg! Sophia hat genug von ihrem Job als Zahnarzthelferin und will als Jungunternehmerin durchstarten. Für ihre selbst entwickelte Partnerbörse hat sie einen Geldgeber an der Angel. Der will aber einen Beweis, dass das Dating-Portal funktioniert: Sophia soll ihren eigenen Traummann suchen. Und – es klappt! Die App spuckt aus, dass der attraktive Tierarzt Sebastian aus Oberapfelbach ein Volltreffer ist. Also nix wie hin!

Allerdings ahnt Sebastian nichts von seiner Dating-Karriere, denn seine Tochter Issy hat ihn heimlich angemeldet. Das Letzte, was Sebastian in seinem Leben will, ist eine Frau, noch dazu aus der Stadt! Doch Sophia lässt sich von einem widerspenstigen Tierarzt auf gar keinen Fall ihren Plan vereiteln!

Hier kommt dein Geschenk aus Oberapfelbach!

Burgi hat schon alle Tricks und Liebeszauber ausprobiert – aber bei Erwin funktioniert gar nichts! Da versucht sie etwas ganz Besonderes – und verursacht das größte Chaos, das Oberapfelbach je gesehen hat!

Melde dich zu meinem Newsletter an und erhalte den Kurzroman **Burgis Casanova Chaos!**

Anmeldung bei www.karinkoenicke.de